古典文獻研究輯刊

五　編

曾　永　義　主編

第 3 冊

以悲爲美
——詞學中的審美意識抉微

林　佳　瑩　著

國家圖書館出版品預行編目資料

以悲為美——詞學中的審美意識抉微／林佳瑩 著 — 初版 —
新北市：花木蘭文化出版社，2012〔民 101〕
目 4+222 面；19×26 公分
（古典文學研究輯刊　五編；第 3 冊）
ISBN：978-986-254-924-7（精裝）
1. 詞論 2. 審美
820.8　　　　　　　　　　　　　　　　　　101014709

ISBN-978-986-254-924-7

古典文學研究輯刊
五 編 第三冊　　　　　　　ISBN：978-986-254-924-7

以悲爲美──詞學中的審美意識抉微

作　　者　林佳瑩
主　　編　曾永義
總 編 輯　杜潔祥
出　　版　花木蘭文化出版社
發 行 所　花木蘭文化出版社
發 行 人　高小娟
聯絡地址　新北市永和區中正路五九五號七樓
　　　　　電話：02-2923-1455／傳眞：02-2923-1452
網　　址　http://www.huamulan.tw 信箱 sut81518@gmail.com
印　　刷　普羅文化出版廣告事業
初　　版　2012 年 9 月
定　　價　五編 20 冊（精裝）新台幣 33,000 元

以悲爲美
——詞學中的審美意識抉微

林佳瑩　著

作者簡介

林佳瑩，1981 年生於台中市，靜宜大學中文系、中興大學中文所畢業。撰有〈吳澄之為學工夫探析〉一文，刊載於《東方人文學誌》。喜愛中國文學所展現之對天地萬物的關懷，以及對自我內在的觀照省察。對與人之心理活動相關的範疇具備濃厚興趣，如心理學、美學、讀者接受與反應等。在文學之外，也閱讀社會歷史、數理科學、教育學習、音樂藝術、旅遊地理等作品，屬雜食性讀者。對世界充滿好奇心，以觀察生活見聞，探究與分析事物現象與理則為樂趣。

提　要

　　「以悲為美」是中國文學於審美批評傳統的一個明顯傾向，此種特色在「詞」中的表現更是突出，然而「詞」在這方面的研究成果尚呈現待挖掘的情況。本研究即懷抱著開發此領域的精神，以唐圭璋所編之《詞話叢編》為文本範圍，藉著讀者對作者、作品之悲的感動與紀錄，考察詞「以悲為美」的內容，並期望透過讀者的審美評鑑，梳理出「以悲為美」的發展過程。本文共分六章進行，第一章為緒論，說明主題的研究動機與所要解決的問題，回顧前人的研究成果以作為本研究前進的依據，界定研究內容並闡述進行之方式與方法。第二章根據詞學中對詞人作者的記載，以創作出悲詞的「作者」為首要研究方向，了解文人為什麼要以詞寫悲。第三章根據詞學中讀者對詞作的讀後感受，以展現出悲情的「作品」本身為研究方向，了解詞人是怎麼安排內容，使作品能確實呈現心中抽象的悲情。第四章根據詞學中讀者對作者、作品的反應，以體會詞中悲情的「讀者」主體為研究方向，了解讀者為什麼能夠感受詞人的心意，並從靜態的文字作品獲得心靈的觸動。第五章根據詞學中之審美主體的立論主張，由作為讀者的「審美主體」出發，了解「以悲為美」之審美意識的發展情形。第六章為結論，提出通過研究所對預設問題的獲得並總結全文。

謝　誌

　　由閱讀文本至撰寫完成，經過了數百個日升日落，卻彷彿昨天才翻開唐圭璋《詞話叢編》第一冊準備閱讀。在整個過程中，最要感謝支持並引領我前進的指導教授——林淑貞老師。老師，因為您，這好奇又似乎有點任性的研究想法，才能從種子苗壯到得以結出一本甘美的論文果實。在論文的撰寫中，我有如學步的孩子，每一步都是冒險，但是充滿樂趣，偶爾還會有發現的驚喜。這一切都基於您在一旁的默默守護、等待、提攜，與適時指引，因此能擁有勇氣邁開腳步，能稍作停留以休息與思考，能在挫折中站起，能帶著冒險中獲得的滋養前進對的道路。老師，謝謝您。

　　在論文的終極檢測中，感謝口試委員王建生老師與黃雅莉老師給予我能更進步的機會。因為您的悉心指導，耐心地解釋與釐清觀念，並提供許多意見與資料，使論文在修改上有明確的方向可依循，謝謝您。

　　對於家人的包容與幫助，心中有無限的感激。因為嬸嬸的操持家務，以及貼心的堂弟們願意當跑腿，才能有更多可運用於論文寫作的時間，謝謝您。尤其最要感謝親愛的姑姑，能獲得心靈上的富足，要謝謝您的照顧與用心；擁有最單純的學生生活，要謝謝您的辛苦；能走自己想走的道路，要謝謝您尊重我的選擇。我所有的一切都來自您的愛，謝謝您給我這麼多的幸福。

　　求學與寫論文的日子，非但不乏味，還過得非常豐富且開心，這都是因為有親愛的你們。謝謝湯湯助教提醒與協助論文提交的每個步驟，您辛苦了。謝謝凱雯學姊的鼓勵與分享論文寫作的心得，使我獲益良多。謝謝明儀、依容、景惠、芳滋、詩涵、至廷，跟你們在一起上課討論、期末趕報告、八卦談天的日子，真令人回味無窮。謝謝郡芝、珮婷、淑貞、孟芳、子瓔、佳臻

等林門眾姝，每回相聚總有說不完的話題與道不盡的祝福，同窗又同門就是一個家啊，這份難得的緣分與情誼，銘記在心。謝謝穎琦數次協助摘要的翻譯，有了妳，英文不卡關喔。謝謝儀興影印耐心處理多次緊急改稿、重印的火速任務。謝謝逸君北鼻的關懷，總在我醃在家中宅到快變醬菜時，帶我投入大自然的懷抱，吸收更多的日月精華以堅持下去。謝謝憶嵐、林怡、靜盈、召容、羿君等好友包容與世隔絕的我，不離不棄。謝謝欣怡從宜蘭遠道而來的關懷問候，並時常捎來明信片與我分享旅途點滴。謝謝佑阡的體諒，不只幫忙解決論文生活中各種瑣碎事務、焦慮煩躁等疑難雜症，確保最重要的電腦健健康康，更照顧我和我的家人，你是神奇萬能的哆啦 A 夢。諸位大德是我生命中最美好的一道彩虹，感謝。

　　最後，謹以本文獻給在天上的曾祖母、爺爺、奶奶。謝謝您樂觀與愛的灌溉，使我心中能常存一盞不滅的溫暖火光。

林佳瑩　庚寅七夕謹誌於台中

目 次

第一章 緒 論

第一節 研究動機與問題意識

　　喜、怒、哀、樂爲人主要的情緒反應，表現在詩歌中，則產生「歡樂」與「悲傷」等兩大類作品。中國詩歌文學中的「歡樂」作品〔註1〕，如《詩經・邶風・靜女》：「自牧歸荑，洵美且異。匪女之爲美，美人之貽。」〔註2〕道出情人相戀時的快樂心情。《楚辭・九歌・東皇太一》：「吉日兮辰良，穆將愉兮上皇。……靈偃蹇兮姣服，芳菲菲兮滿堂。五音紛兮繁會，君欣欣兮樂康。」〔註3〕描述祭祀時安樂隆盛的情景。漢樂府〈江南〉：「江南可採蓮，蓮葉何田田。魚戲蓮葉間，魚戲蓮葉東，魚戲蓮葉西，魚戲蓮葉南，魚戲蓮葉北。」〔註4〕採蓮人與戲水魚兒構成一幅熱鬧趣味的江南寫照。陶淵明〈飲酒詩〉第五首：「結廬在人境，而無車馬喧。問君何能爾，心遠地自偏。採菊東籬下，悠然見南山。山氣日夕佳，飛鳥相與還。此還有眞意，欲辨已忘言。」〔註5〕反映詩人怡然自適的忘我心境。杜甫〈聞軍官收河南河北〉：「劍外忽傳收薊北，初聞涕淚滿衣裳。卻看妻子愁何在，漫卷詩書喜欲狂。白日放歌須縱酒，青春作伴好還鄉。

〔註1〕 感謝口試委員王建生老師給予的寶貴意見，此處據以補充、修改。

〔註2〕 高亨：《詩經今注》（臺北：漢京，1984 年 2 月），頁 60。

〔註3〕 〔宋〕洪興祖：《楚辭補註》（臺北：藝文印書館，1981 年 3 月），卷 2，頁 99 ～101。

〔註4〕 〔宋〕郭茂倩編：《樂府詩集・相和歌辭一》（臺北：里仁書局，1980 年），卷 26，頁 384。

〔註5〕 「此還有眞意」一句又作「此中有眞意」。逯欽立輯校：《先秦漢魏晉南北朝詩・晉詩》（北京：學海出版社，1991 年 2 月），卷 17，頁 998。

即從巴峽穿巫峽，便下襄陽向洛陽。」〔註6〕呈現詩人獲知失土收復時的狂喜之情。李清照〈怨王孫〉：「水光山色與人親，說不盡、無窮好。……眠沙鷗鷺不回頭，似也恨、人歸早。」〔註7〕流露歡樂可愛的秋遊情調。

另一方面，「悲傷」情懷的作品數量更多，且深遠地影響了中國文學作品的思想內容。如《詩經・魏風・碩鼠》：「碩鼠，碩鼠，無食我苗！三歲貫女，莫我肯勞。逝將去女，適彼樂郊；樂郊，樂郊，誰之永號！」〔註8〕表現百姓生活在勞役重稅下的悲慘與不滿。〈離騷〉：「汨余若將不及兮，恐年歲之不吾與。……長太息以掩涕兮，哀民生之多艱。……亦余心之所善兮，雖九死其猶未悔。……忳鬱邑余侘傺兮，吾獨窮困乎此時也。……曾歔欷余鬱邑兮，哀朕時之不當。」〔註9〕屈原哀嘆人生既短暫又艱苦難行，更遭受小人阻礙其理想的實現，生不逢時的痛苦發爲悲歌。江淹〈別賦〉：「黯然銷魂者，唯別而已矣！……是以行子腸斷，百感悽惻。……居人愁臥，怳若有亡。」〔註10〕說明離別是最令人悲傷的事，使行人滿心愁苦，而留者哀愁失落。漢樂府〈孤兒行〉：「孤兒生，孤子遇生，命獨當苦！……頭多蟣虱，面目多塵。……手爲錯，足下無菲。……拔斷蒺藜，腸中愴欲悲。……居生不樂，不如早去，下從地下黃泉。」〔註11〕敘述孤兒飽受折磨，生不如死的悲苦遭遇。王粲〈七哀詩〉：「路有飢婦人，抱子棄草間。顧聞號泣聲，揮涕獨不還。未知身死處，何能兩相完。驅馬棄之去，不忍聽此言。」〔註12〕記錄亂世裡慘不忍睹的親情悲劇。李商隱〈無題〉：「相見時難別亦難，東風無力百花殘。春蠶到死絲方盡，蠟炬成灰淚始乾。曉鏡但愁雲鬢改，夜吟應覺月光寒。蓬山此去無多路，青鳥殷勤爲探看。」〔註13〕現實中無法圓滿的愛情帶給人無盡的相思，伴隨著失落的執著造成心靈的痛苦不堪。

王立於《中國古代文學十大主題──原型與流變》中歸納、分析有「惜時」、

〔註6〕 〔清〕清聖祖御定：《全唐詩・杜甫十二》（北京：中華書局，1996年1月），卷227，頁2460。

〔註7〕 王學初校注：《李清照集校註》（台北：里仁，1982年），頁32。

〔註8〕 高亨：《詩經今注》，頁148。

〔註9〕 〔宋〕洪興祖：《楚辭補註》，卷1，頁17～47。

〔註10〕 〔梁〕蕭統撰，〔唐〕李善注：《昭明文選》（臺北，東華書局，1989年10月），卷16，頁221。

〔註11〕 〔宋〕郭茂倩編：《樂府詩集・相和歌辭十三》，卷38，頁567。

〔註12〕 逯欽立輯校：《先秦漢魏晉南北朝詩・魏詩》，卷2，頁365。

〔註13〕 〔清〕清聖祖御定：《全唐詩・李商隱一》，卷539，頁6168～6169。

「相思」、「出處」、「懷古」、「悲秋」、「春恨」、「遊仙」、「思鄉」、「黍離」、「生死」等十大主題〔註14〕，包含了人對青春有限、別易會難、理想未竟的種種悲情愁緒。此十大主題即說明了無論在縱向的時代變遷，或是橫向的文學體裁，「悲」皆作為一個重要的基調而存在於中國文學數千年的發展中。《國風‧衛‧竹竿》有：「駕言出遊，以寫我憂」〔註15〕；《魯詩‧小雅‧四月》有：「君子作歌，維以告哀。」〔註16〕《楚辭‧九章》有：「發憤以杼情」〔註17〕；《楚辭‧九辯》有：「悲哉！秋之為氣也。……坎廩兮，貧士失職而志不平。」〔註18〕《漢書‧藝文志》寫著：「故哀樂之心感，而歌詠之聲發。」〔註19〕韓愈〈送高閑上人序〉中提到：「往時張旭善草書，不治他伎，喜怒窘窮、憂悲愉佚、怨恨思慕、酣醉無聊不平，有動於心，必於草書焉發之。觀於物，見山水崖谷、鳥獸蟲魚、草木之花實、日月列星、風雨水火、雷霆霹靂、歌舞戰鬥，天地事物之變，可喜可愕，一寓於書。」〔註20〕另〈送孟東野序〉裡有感：「大凡物不得其平則鳴。……三子者之鳴信善矣，抑不知天將和其聲，而使鳴國家之盛邪？抑將窮餓其身，思愁其心腸，而使自鳴其不幸邪？」〔註21〕顯示人不限於遭受危難、失意潦倒之際才感到悲傷，處於國家盛世之人也會懷有愁思，只要心有所不平便會產生難抑之「悲」，須透過「寫」、「告」、「發」、「鳴」等方式抒解。中國的人生哲學一方面重視「憂患意識」的保有，以避免樂極生悲；一方面又勉勵以「義命對揚」之勇往直前的精神，與無可避免的悲苦來源奮鬥到底。以詩反映社會民生的白居易，在〈讀李杜詩集因題卷後〉云：「不得高官職，仍逢苦亂離，……天意君須會，人間要好詩。」〔註22〕視詩人生命所遭逢的悲苦亂離為創作「好詩」的根據，即立足於讀者角度，將人生之「悲」昇華至精神之「美」的境界。

　　詩歌文學發展至詞，繼承並融合詩歌中「悲」情傳統的部份。如宋詞之悲

〔註14〕王立：《中國古代文學十大主題──原型與流變》（臺北：文史哲出版社，1994年7月）。

〔註15〕高亨：《詩經今注》，頁88。

〔註16〕高亨：《詩經今注》，頁314。

〔註17〕〔宋〕洪興祖補註：《楚辭補註》，卷4，頁202。

〔註18〕〔宋〕洪興祖補註：《楚辭補註》，卷8，頁300～301。

〔註19〕〔漢〕班固撰，〔唐〕顏師古注，〔唐〕長孫無忌等撰，楊家駱編：《新校漢書藝文志》（臺北：世界書局，1963年4月），頁7。

〔註20〕韓愈撰，馬其昶校注：《韓昌黎文集校注》（臺北：世界書局，1967年5月），頁158。

〔註21〕韓愈撰，馬其昶校注：《韓昌黎文集校注》，頁136～137。

〔註22〕白居易：《白香山詩集》（臺北：世界書局，1969年5月），頁166。

偏於「貧士失職而志不平」的宋玉式悲涼，是對屈原式偏於忠臣賢士不得志之「怨憤」的淡化，而晚唐李商隱詩中死亡意識、感傷愁懷的悲情愁苦，則是濡染了宋詞的感傷悲美情調。〔註23〕「詞」雖是一新興體裁，在情感上卻與詩歌「寫憂、告哀、抒情、歌詠哀樂、鳴不平」的情感基礎一脈相承，使得「悲」在詞中所佔的比例極高。讀者所喜愛的知名詞作，大多數都承載著詞人內心的苦痛，或有看似書寫遊歷所見，而被解讀以深具家國之悲的作品。詞不僅給予讀者「美」的感受，更帶來「悲」的體會，形成抒悲、感悲以「詞」爲盛的現象。於是，在「悲」情的表現與感受部分，「詞」可謂獲得較其他文體顯著的成就。然而，在文學研究中，對於「悲」的注意以「悲劇美」探究戲劇或小說領域之研究爲常見；對於「詞」的關切以作者其人，或作品分類與藝術表現的研究爲大宗，「悲」作爲「詞」代表性的特色，卻少被論及。是故，本論文由詞之悲與美建構出的「以悲爲美」作爲研究中心，考察方向主要有四：

一、詞多抒悲。因此在作者方面，討論其人生諸多悲感來源爲何？爲何選擇詞書寫悲情？此書寫過程又代表何種意義？

二、詞的篇幅有限。因此在作品方面，討論詞作中主要的悲感主題爲何？如何在有限的篇幅中同時展現悲與美？詞作中的內容又蘊含何種意義？

三、詞受讀者喜愛。因此在讀者方面，討論讀者與悲詞的關係爲何？讀者的閱讀造成何種影響？讀者又爲何喜愛悲詞？

四、「以悲爲美」爲詞的主要審美內涵。因此在「以悲爲美」此一審美意識方面，討論其在詞學發展過程的情形爲何？所具備的意義又爲何？

　　朱光潛在《文藝心理學·作者自白》中指出：「一個人研究一種學問，原因不外兩種：一種是那種學問對於他有直接的實用，像兒童心理學對於教育家；一種是它雖沒有直接的實用，而它的問題卻易引起好奇心，人要研究它，好比小孩子們要鑽進迷徑裏去尋出路，祇因爲這事本身有趣。」〔註24〕本研究的研究動機兼具朱光潛所言的「實用」與「好奇」兩種，期望透過研究親手找尋答案，在出於好奇與趣味之研究動機的推進中，栽出實用的果實，不僅增加對詞之悲與美關係的了解，更在既有的研究視野中有所開展，爲詞的

〔註23〕感謝口試委員黃雅莉老師給予的寶貴意見。

〔註24〕朱光潛：《文藝心理學·作者自白》（臺北市：臺灣開明書局，1999年1月），頁9。

研究成果帶來貢獻。

第二節　研究現況

　　本文研究主題為「以悲為美——詞學中的審美意識抉微」，旨在觀察詞中之悲及其審美的情形。研究主題中的「悲」，顯示作者有意探討作品之「悲」或人生之「悲」的意涵，因此在文獻回顧中，以主題名稱使用「悲」字的文獻為主。以下分別由對悲的審美觀照、使用「以悲為美」為主題的研究，以及對詞之「悲」特色的注意三方面，考察此一主題在詞中的研究現況。

一、對悲的審美觀照

（一）臺灣地區學位論文

　　將與中國文學相關之研究中以「悲」為論文主題，且在摘要說明中具備與「悲之審美」相關內涵之臺灣地區學位論文，整理列表如下：〔註25〕

表 1-2-1　「悲之審美」相關內涵之臺灣地區學位論文一覽表

分類	論文名稱	作者	學校所別論文別	學年度	相關摘要
小說	超越悲劇的生命美學——論鍾理和及其文學	吳雅蓉	中正中文碩士論文	87	由鍾理和於作品中所表現之正視悲劇、投入其中、掙脫於悲感、為生命另覓出路的過程，探討鍾理和對於自我與世界的美的觀看方式。
	曹文軒少年小說悲劇意識之研究——以《草房子》及《紅瓦房》為例	楊美珠	屏師國教碩士論文	92	從「悲劇」的角度切入曹文軒《草房子》和《紅瓦房》，藉由中西方悲劇理論的輔助，分析作品蘊涵的悲劇意識。
	唐代士人悲劇意識之研究——以唐人小說為例	柯潔茹	中山中文碩士論文	95	運用西方悲劇理論探討由唐代小說士人之外在群象與內在心理衝突所產生的悲劇意識與消解之道。

〔註25〕臺灣詞領域學位論文名稱直接以「悲」、「美」表示研究重點的數量極為有限，故擴大範圍至與中國文學相關之研究。

小說	1980 年以後大陸地區三國演義悲劇觀研究之考察	丁秋霞	政大教學碩士論文	95	探討《三國演義》的悲劇意識與中國傳統文化的關係，將其置於西方悲劇美學中，觀察和西方美學對話之情形。
魏晉六朝	魏晉士人之悲情意識研究	黃雅淳	高師國文博士論文	89	以悲情意識爲魏晉士人生命的主旋律，藉此探討魏晉士人悲情意識之文化淵源、基調、呈現與消解之道。
	六朝悲美詩風研究	田秀鳳	師大中文碩士論文	92	「以悲爲美」之詩風乃六朝詩歌不可忽視之美學思潮。探討悲情之產生、悲美詩之內容意趣、消解悲情之型態，及對後世之影響。
	超越與禁錮─魏晉詩賦登臨書寫之研究	楊孟蓉	東海中文碩士論文	95	提到魏晉文士登臨經驗的悲情受「以悲爲美」的審美觀影響。主要探討登臨傳統、社會文化背景，以及詩賦之登臨意境、內容與悲情基調的呈現。
古文	史記悲劇人物與悲劇精神研究	蔡雅惠	成大中文博士論文	89	透過西方美學角度探討《史記》中的悲劇內涵，檢視悲劇人物與悲劇精神的構成與特點，以展現《史記》的悲劇美。
樂府	樂府古辭之原型與流變──以漢至唐爲斷限	劉德玲	師大中文博士論文	91	提到「以悲爲美」的意識，是漢魏詩人普遍的審美特質，文中對漢魏樂府以悲爲美的特質與以悲爲美的主題再現有所探討。
唐詩	義山詩修辭研究	李秋嫻	高師國教博士論文	95	述及李商隱顛簸於身世、宦途與愛情，由此形成詩作意境深遠、朦朧隱曲，與悲美意蘊的特色。研究重點爲分析李商隱詩所使用的修辭。
詞	悲劇生命的心靈歌吟──王國維詞研究	張瓊予	台南語教碩士論文	95	探討王國維隱藏在詞作背後之曲折幽微的心理煎熬，通過詞作藝術特色的透析以了解其時代意義與價值。
戲曲	楊家將戲曲之研究	李孟君	輔大中文博士論文	94	詳考「楊家將」之源流，並對「一悲到底」之戲曲美學有所陳述。以觀眾涕零於楊家將之崇高悲美的過程，能夠砥礪志節、獲得歷史的經驗教訓。

| 現代
戲劇 | 霹靂布袋戲不死
系之研究 | 張瓊霙 | 嘉大中文
碩士論文 | 94 | 從霹靂的文本內涵和創作手
法中探視霹靂的重武特色，透
過暴力美學和悲劇美學的表
演藝術，詮釋劇中的英雄人
物。 |

由上表可見，歷屆碩、博士論文中，吳雅蓉於民國 87 學年度所著之《超越悲
劇的生命美學──論鍾理和及其文學》，是此一主題的先聲，對之後現代小
說、唐人小說、三國演義由悲劇角度切入研究有前瞻性的作用。而稍晚的黃
雅淳，以《魏晉士人之悲情意識研究》一作開啟並影響之後六朝詩與魏晉詩
賦的研究。「詞」的部份，張瓊予《悲劇生命的心靈歌吟──王國維詞研究》
之題目與摘要未見「美」一詞，其對「美」的探討主要在王國維詞作的「藝
術美」部分。雖然以「悲之審美」作為觀察角度的研究並不多見，直接以「悲」、
「美」架構論文名稱的只有吳雅蓉《超越悲劇的生命美學──論鍾理和及其
文學》，以及田秀鳳《六朝悲美詩風研究》。但是，由摘要中可以了解近 10 年
來以「悲」為主題的學位論文，開始透過西方美學獲得對悲的審美觀照，所
觸及的領域在小說與魏晉六朝詩賦以外，尚有古文、樂府、唐詩、清詞、戲
曲、現代布袋戲劇等。

（二）期刊論文

　　從以下之臺灣地區期刊論文，觀察「悲」與「美」同時出現於篇名的發
表情形；大陸地區方面，「悲」與「美」同時出現於篇名者達 130 篇，因此集
中焦點於「詞」領域的期刊論文。

1. 臺灣地區期刊論文

表 1-2-2　臺灣地區 1978～2009「示悲、美」之期刊論文一覽表

分類	主 題 名 稱	作 者	期刊名	卷 期 出版年	頁 數
理論	悲壯藝術的美學性格──論 悲壯（下篇）	姚一葦	文學評論	5 民 67.06	頁 263～310
小說	論紀德「窄門」之悲劇美感	鄒成禧	中華文藝	20:6 民 70.02	頁 162～167
小說	自心理學觀點論「美麗與悲 哀」（川端康成著）的人物行 為	鄒成禧	中華文藝	21:6 民 70.08	頁 142～147

人物	當代藝評家及其思想（11）：美麗的悲哀——蘇珊・宋妲（Susan Sontag）	呂清夫	雄獅美術	135 民71.05	頁137～148
美術	美的沈思（11）：悲願激情之美——敦煌的北朝壁畫	蔣勳	雄獅美術	172 民74.06	頁87～90
小說	美麗與悲愴：川端康成小說「千羽鶴」、「雪鄉」、「古都」之賞析	鍾鳳美	文藝月刊	199 民75.01	頁50～60
戲劇	震撼顛覆，抑或翩然起舞——「悲情城市」的歷史與美學問題	龔卓軍	中國論壇	29:7=343 民79.01.10	頁60～62
人物	周璇的悲劇美	王祿	中外雜誌	51:2=300 民81.02	頁58～60
戲劇	「悲情城市」的聲音美學	羅瑞芝	中外文學	20:10=238 民81.03	頁130～144
音樂	艾爾加（Edward Elgar 1857～1934）E 小調大提琴協奏曲，作品八十五號——充滿秋意悲悽的美感	王唯唯	古典音樂	1 民81.03	頁38～39
理論	邦雅明（W. Benjamin）美學思想（4）——批判美學裏悲劇成因的構成根源	陳瑞文	現代美術	41 民81.04	頁84～89
理論	尼采「悲劇的誕生」中的神話美學與藝術形上學	張炳陽	哲學雜誌	3 民82.01	頁198～213
藝術	動亂時代的悲情之美——北魏藝術概述	林耀辛	甲工學報	10 民82.05	頁6～14
戲劇	淺探「霸王別姬」的悲劇美	范長華	國文天地	9:7=103 民82.12	頁74～81
現代詩	夢・漂泊和遠方的雪花——你的悲愴，萬分美麗；讀李經藝的詩	林煥彰	亞洲華文作家雜誌	41 民83.06	頁117～123
理論	尼采悲劇美學著作中的形上學思考	陳懷恩	哲學雜誌	10 民83.10	頁98～117
愛情主題	不美滿裡的美滿——中國古典文學的愛情悲劇	張碧月	建中學報	1 民84.12	頁273～279

現代詩	蔣勳詩中的生命美——豪縱、悲愴與靜默	蕭美齡	臺南師院學生學刊	18 民 86.02	頁 55～72
美術	未見悲情，遑論昇華？——看北美館「二二八美展」	黃寶萍	藝術家	44:4=263 民 86.04	頁 309～311
楚辭	「離騷」雄渾悲壯的藝術美	張來芳	國文天地	13:11=155 民 87.04	頁 43～47
明傳奇	悲劇還是悲情？——從悲劇美學觀點分析「桃花扇」	林湘華	雲漢學刊	5 民 87.05	頁 191～206
元雜劇	談《竇娥冤》的悲劇性和悲劇美感	梁惠敏	輔大中研所學刊	8 民 87.09	頁 253～273
宗教	悲.智.法界之美——寧夏西夏佛塔發現的唐卡及其特點	何繼英 王存海	國立歷史博物館館刊	9:4=69 民 88.04	頁 36～45
理論	悲劇性與喜劇性的美感尋求	陳啓成	國民教育	39:5 民 88.06	頁 51～54
美術	悲憫的誕生，世紀末的巡航——從審美心理與藝術社會學的觀點評析李自健的油畫創作	曾肅良	藝術家	48:6=289 民 88.06	頁 376～402
現代詩	寓美麗於悲淒之中——讀尹玲的「一隻白鴿飛過」	古遠清	臺灣詩學季刊	28 民 88.09	頁 136～138
書評	《中國劇詩美學風格》一書所引發的悲劇聯想	唐瑞霞	明新學報	23 民 88.12	頁 63～71
人生	生命悲劇的美學	朱敬武	大漢學報	16 民 90.11	頁 409～417
音樂	阮籍〈樂論〉所論之「樂」意探究	蕭凱文	問學集	11 民 91.06	頁 103～115
現代作品	悲壯審美與內在人格的整合——試論蘇雪林前期作品中的男性角色（上）	廖冰凌	國文天地	18:8=212 民 92.01	頁 64～69
現代作品	悲壯審美與內在人格的整合——試論蘇雪林前期作品中的男性角色（下）	廖冰凌	國文天地	18:9=213 民 92.02	頁 79～84
詩文	談中國古代詩文以悲為美的音樂特色	張崇利	中文	11 民 94	頁 37～41
小說	抒情式的人道主義——試論汪曾祺小說中的和諧美與悲劇意蘊	劉婉雯	清華中文學林	1 民 94.04	頁 177～214

理論	中西古典悲劇美學特徵之比較	陳立華	新亞論叢	7 民94.06	頁303～308
詩	李商隱審美觀之形成及其理論初探	陳靜芬	明新學報	31 民94.10	頁37～55
理論	黑格爾之悲劇理論：希臘悲劇作爲一「主體性的經驗」	王志輝	國立政治大學哲學學報	16 民95.07	頁61～105
理論	沉醉之美與藝術之愛——尼采與布爾迪厄美學思想之比較	李芳森	空大人文學報	15 民95.12	頁225～248
理論	以亞里斯多德的「悲劇美學」論戲劇之社教功能	陳麗妃 陳麗舟 陳重任	美容科技學刊	5:1 民97.03	頁221～230
詩書	從美學視野論于右任詩書之悲壯情懷	柯耀程	興大中文學報	25 民98.06	頁391～418

民國67年，姚一葦於《文學評論》所發表之〈悲壯藝術的美學性格——論悲壯（下篇）〉一文，篇幅長達48頁，開啓國內由悲的美學角度審視作品的新視野。民國70～79年，有6篇相關發表，研究內容以小說爲主，篇幅10頁以上有2。民國80～89年，發表數量增加至20篇，研究內容以現代文學、藝術、西方理論等爲主，中國古典文學方面則略少，篇幅10頁以上有6。民國90～98年的12篇發表中，仍以現代小說與西方理論爲主，篇幅10頁以上有6，顯示期刊論文於研究內容上的加深加廣。此外，蕭凱文〈阮籍「樂論」所論之「樂」意探究〉的關鍵詞中出現「以悲爲美」；其後張崇利〈談中國古代詩文以悲爲美的音樂特色〉爲期刊中「以悲爲美」一詞的首次出現，篇幅雖短，卻明白表示透過對悲的審美觀照作爲研究方式。此總計39篇的發表數量中，小說、戲劇戲曲類即佔11篇，顯示對悲之審美與分析的焦點集中在具備悲劇情節的作品上，也促進對西方悲劇理論與對西方美學理論的研究。值得注意的是，無論現代或古典作品，此視角對作品分析之應用廣泛，舉凡小說、戲劇戲曲、人物、音樂、美術、藝術、宗教、現代詩、楚辭、古典詩、書法等領域皆或多或少有所成果，唯獨「詞」一門於此視角中的研究呈現付之闕如的狀態。

2. 大陸地區期刊論文

表 1-2-3　大陸地區 1994～2009「示悲、美」之相關期刊論文一覽表

篇　　名	作者	刊　　名	出版年	期數
試論宋詞悲美情感場	蕭延恕	湘潭師範學院學報（社會科學版）	1997	04
論李清照愁情詞的認識價值及審美意義	孔令順	菏澤師範專科學校學報	1999	01
悲情美：唐宋詞的抒情藝術	鄧嗣明	中學語文	2001	03
論北宋詞的審美悲劇意識	翦伯象	常德師範學院學報（社會科學版）	2002	06
論李清照詞的感傷美	鄧樹強	克山師專學報	2004	03
審悲中的甘美——淺談唐宋詞中的悲感產生的理論基礎	呂君麗	連雲港師範高等專科學校學報	2005	02
以悲爲美，紓解人生——簡論王國維的文藝悲劇思想	周玲	濟南職業學院學報	2005	04
驚奇之美與黍離之悲——張炎北遊詞淺析	吳敏	南京師范大學文學院學報	2006	04
從唐宋婉約詞的「紅」「綠」系詞組看唐宋文人的悲情審美意識	劉施宏	現代語文（文學研究版）	2007	02
以悲爲美　以境爲鑒——論王國維對李煜詞的評價	趙青	語文學刊	2008	04
以悲爲美——論唐宋詞中的傷感意緒	高靜	科教文匯（上旬刊）	2009	01

相較臺灣地區在此主題下獨缺「詞」之篇章發表的情形，大陸地區方面可見到的有 11 篇〔註26〕相關期刊發表。1994～1999 年有 2 篇，其餘 9 篇集中於近 10 年中，幾乎是以一年一篇的時間間隔發表。此 11 篇中，即有 6 篇以北宋、宋代或唐宋之時代範圍主題爲研究內容，另外 5 篇以專家詞爲研究內容者，包括李清照 2、張炎 1、王國維的文藝悲劇思想 1，與王國維對李煜詞的評價 1。顯現小至作品，大至整個時代環境，皆可反映出對悲之審美觀照的現象。而於 2005 年，由周玲發表之〈以悲爲美，紓解人生——簡論王國維的文藝悲劇思想〉，則是在詞相關研究中，篇名首次出現「以悲爲美」一詞的期刊論文；

〔註26〕中國期刊網：中國期刊全文數據庫
　　　　http://cnki50.csis.com.tw/kns50/Navigator.aspx?ID=CJFD，2010 年 3 月 10 日。

之後的趙青、高靜，也同樣使用「以悲爲美」作爲研究主題之宗旨的提挈。

二、「以悲爲美」主題的研究

（一）學位論文

大陸地區目前尙未出現使用「以悲爲美」作研究主題的學位論文；臺灣地區唯有田秀鳳於 92 學年度發表之《六朝悲美詩風研究》，使用「以悲爲美」爲關鍵詞。

（二）大陸地區期刊論文

臺灣地區目前使用「以悲爲美」作研究主題的期刊論文，唯有張崇利〈談中國古代詩文以悲爲美的音樂特色〉一文〔註 27〕，而其篇幅只有三頁，是爲簡要探討詩文的音樂特色。故此部分的文獻回顧將從大陸地區的期刊論文觀察之，試見下表：

表 1-2-4　大陸地區 1994～2009「示以悲為美」之期刊論文一覽表

篇　　名	作者	刊　　名	出版年	期數
略論漢樂府民歌的「以悲爲美」	王蘭英	語文學刊	1995	03
南楚文化與「以悲爲美」的產生	傅新營	浙江教育學院學報	2002	01
以悲音爲美──論中國古代審美特徵	趙軍先	咸陽師範學院學報	2002	01
論魏晉時期生命意識對文學以悲爲美的影響	屈一鋒	湖北商業高等專科學校學報	2002	01
論古代詩歌的「以悲爲美」	傅朝霞	連雲港化工高等專科學校學報	2002	04
漢魏六朝以哀爲美的悲怨文學	趙革萍	漯河職業技術學院學報	2004	01
中國古代詩歌「以悲爲美」探索三題	張錫坤	文藝研究	2004	02
古代音樂以「悲」爲美的審美取向	曹世瑞	華夏文化	2004	04
楚音以悲爲美論略	梁惠敏	長江大學學報（社會科學版）	2004	04
以悲爲美的審美情趣──日本文學理念「物哀」試析	武德慶	武漢理工大學學報（社會科學版）	2004	05

〔註27〕張崇利：〈談中國古代詩文以悲爲美的音樂特色〉，《中文》第 11 期（2005 年），頁 37～41。

關於「以悲爲美」問題的誤解及其澄清——兼與張錫坤等先生商榷	徐國榮	文藝研究	2004	05
淺析《詩品》「以悲爲美」的審美傾向	馬黎麗	黔西南民族師範高等專科學校學報	2005	02
傳統文學悲與美的震撼——以《雪國》傳承的「物哀」美爲中心	全賢淑	大連海事大學學報（社會科學版）	2005	02
音響一何悲——談中國古代音樂鑒賞中的「以悲爲美」	王夔	浙江藝術職業學院學報	2005	04
以悲爲美，紓解人生——簡論王國維的文藝悲劇思想	周玲	濟南職業學院學報	2005	04
再論中國古代詩歌的「以悲爲美」——兼答徐國榮先生	張錫坤	文藝研究	2005	08
「以悲爲美」話李賀——從李賀〈馬〉詩二十三首談其冷艷特色	張玉華	保山師專學報	2006	01
「距離說」與「以悲爲美」的審美特質	傅新營	山東社會科學	2006	03
長歌可以當泣——談談漢樂府民歌的「以悲爲美」	張敏麗	西藏民族學院學報（哲學社會科學版）	2006	04
哲思音樂中的「以悲爲美」——試論音樂中的悲對美的升華	周凱	安徽文學（下半月）	2007	07
美麗地描寫悲哀——以《親愛的爸爸媽媽》爲例談文學作品的化悲爲美	陳卉	語文建設	2007	11
喻世、思人、賦情——淺談魏晉南北朝至宋代「以悲爲美」箏樂審美的體現	洪艷	科教文匯（上旬刊）	2007	12
以悲爲美　以境爲鑒——論王國維對李煜詞的評價	趙青	語文學刊	2008	04
論漢代「以悲爲美」的音樂欣賞觀念	宗亦耘	徐州師範大學學報（哲學社會科學版）	2008	05
試論南朝宮體詩人「以悲爲美」之審美情趣——兼及其心理探源	黃意	北京理工大學學報（社會科學版）	2008	06
隕落了的美的挽歌——論〈孔雀東南飛〉以悲爲關的審美取向及其表現途徑	馬尙玲	六盤水師範高等專科學校學報	2009	01
以悲爲美——論唐宋詞中的傷感意緒	高靜	科教文匯（上旬刊）	2009	01
以悲爲美——論蒲寧小說《輕盈的氣息》寫作藝術	王平	寫作	2009	03

大陸地區有 28 篇期刊論文明確使用「以悲爲美」爲研究主題，其中 27 篇皆出

自 2002 年以後，可見「以悲爲美」是近年來逐漸被察覺而明朗的概念。探討的內容爲「以悲爲美」在各類文學或音樂中的呈現，如〈長歌可以當泣——談談漢樂府民歌的「以悲爲美」〉、〈論漢代「以悲爲美」的音樂欣賞觀念〉；或「以悲爲美」的形成與內涵，如〈南楚文化與「以悲爲美」的產生〉、〈論魏晉時期生命意識對文學以悲爲美的影響〉；以及總論中國「以悲爲美」的情形，如〈論古代詩歌的「以悲爲美」〉、〈音響一何悲——談中國古代音樂鑒賞中的「以悲爲美」〉。而與詞作或詞人相關者有高靜：〈以悲爲美——論唐宋詞中的傷感意緒〉、趙青：〈以悲爲美，以境爲鑒——論王國維對李煜詞的評價〉、周玲：〈以悲爲美，紓解人生——簡論王國維的文藝悲劇思想〉等 3 篇。此外，目前大陸地區「以悲爲美」主題的期刊論文，以漢至魏晉南北朝與音樂領域的研究較多，並跨越一朝一時之限制以探討「以悲爲美」之整體表現或內涵爲主。

三、對詞之「悲」的注意

（一）臺灣地區學位論文

目前所見研究「詞」的臺灣地區學位論文中，論文名稱明白指示研究重點與「悲」之內容相關者共計 11，試見下表：

表 1-2-5　臺灣地區「寓悲」之相關學位論文一覽表

論　文　名　稱	研究者	學　校　所　別	學年度
晏幾道離別詞研究	許　婷	國立臺灣師範大學國文研究所	91
困境與超越——以東坡黃州詞爲例	許慈娟	國立彰化師範大學國文研究所	91
珠玉詞的感傷與消解	張秋芬	國立彰化師範大學國文研究所	93
蘇軾貶謫時期詞作之研究	鄒碧玲	玄奘大學中國語文研究所	93
辛稼軒離別詞篇章結構探析	毛玉玫	國立臺灣師範大學國文研究所	95
悲劇生命的心靈歌吟——王國維詞研究	張瓊予	國立臺南大學語文教育研究所	95
東坡送別詞意象探析	黃千足	國立臺灣師範大學國文研究所	96
元好問亡國後詞作研究	楊詔閑	國立高雄師範大學國文研究所	96
柳永羈旅行役詞研究	謝曉芳	國立彰化師範大學國文研究所	97
蘇軾離別詞之研究	林麗惠	東海大學中國文學研究所	97
動亂中的詞人——李煜李清照詞比較研究	王廣琪	國立彰化師範大學國文研究所	97

由上表可見，此類主題皆於近 10 年中發表，研究對象以宋朝詞人為主，包括晏幾道 2、蘇東坡 4、柳永 1、李清照與李煜 1、辛棄疾 1；此外，尚有金朝詞人元好問與清末民初詞人王國維各 1，皆屬於專家詞的研究。其中，論文名稱真正點出「悲」，展現對詞中此一主題之聚焦清楚且集中的，唯有張瓊予《悲劇生命的心靈歌吟──王國維詞研究》。然而，論文名稱中的「離別」、「困境」、「感傷」、「貶謫」、「送別」、「亡國」、「羈旅行役」、「動亂」等詞語，也表現了以作者與作品之「悲」為考察對象的意識，是對詞之「悲」特色的注意，可謂國內「詞」領域之學位論文於近 10 年來的新方向之一。

（二）期刊論文

在期刊論文中，「悲」明確出現於篇名的則較多見，以下分從臺灣地區與大陸地區的期刊論文發表情形觀察之。

1. 臺灣地區期刊論文

表 1-2-6　臺灣地區 1981～2009「示悲」之相關期刊論文一覽表

主 題 名 稱	作 者	期刊名	卷期與出版年月	頁數
甯調元慷慨悲歌:附錄甯先烈詩詞選粹	王衛民	藝文誌	209 民 72.02	頁 30～31
悲劇帝王李後主及其詞	許金枝	中正嶺學術研究集刊	2 民 72.06	頁 65～76
悲秋的詞——黃侃詞的時間意識研究（上）	黎活仁	國文天地	6:8=68 民 80.01	頁 89～93
悲情與哲思——王國維人間詞選評-1	朱歧祥	國文天地	10:9=117 民 84.02	頁 45～49
悲情與哲思——王國維人間詞選評-2	朱歧祥	國文天地	10:10=118 民 84.03	頁 51～53
悲情與哲思——王國維人間詞選評-3	朱歧祥	國文天地	10:11=119 民 84.04	頁 6～8
悲情與哲思——王國維人間詞選評-4	朱歧祥	國文天地	11:1=121 民 84.06	頁 41～43
悲情與哲思——王國維人間詞選評-5	朱歧祥	國文天地	11:2=122 民 84.07	頁 60～63
悲情與哲思——王國維人間詞選評-6	朱歧祥	國文天地	11:5=125 民 84.10	頁 97～101

悲情與哲思——王國維人間詞選評-7	朱歧祥	國文天地	11:11=131 民 85.04	頁 84～87
略論柳永對悲秋詞的拓展及其情感意蘊	黃雅莉	中國學術年刊	18 民 86.03	頁 205～220、437～438
王靜安在其詞作中展現的悲劇性格	陳茂村	國立高雄海院學報	14 民 88.07	頁 143～161
「醉臥古藤陰下，了不知南北」——論秦觀詞的悲愴情調	黃淑貞	中國語文	88:4=526 民 90.04	頁 36～52
華豔與悲哀——論溫庭筠詞中之境	高瑞惠	輔大中研所學刊	13 民 92.09	頁 201～224

臺灣地區期刊論文於「詞」之研究中，明白點出以「悲」作為觀察角度的共有 14 篇〔註28〕。而朱歧祥分 7 篇短幅發表的〈悲情與哲思——王國維人間詞選評〉，實為 1 篇完整內容，因此實際上是為 8 篇相異主題。以 10 年為一個階段來看，民國 70～79 年 2 篇主題、民國 80～89 年 4 篇主題、民國 90 至 98 年 2 篇主題，其中溫庭筠、柳永、秦觀、李煜、甯調元、黃侃各 1，王國維有 2，研究內容多以個別專家詞人作品中的悲為主。雖然期刊在發表上有篇幅的限制，但由黃雅莉〈略論柳永對悲秋詞的拓展及其情感意蘊〉開始，以較從前為多的篇幅，將研究深入至作品底層的情感與悲秋詞的拓展中，對後來期刊論文在詞之「悲」特色的關注上有所啟發。

2. 大陸地區期刊論文

表 1-2-7　大陸地區 1994～2009「示悲」之相關期刊論文一覽表

篇　　名	作者	刊　　名	出版年	期數
論士大夫詞之悲情	胡濤	齊魯學刊	1997	06
從李清照詞看其內心憂鬱感情悲愴的原因	周建華	昭烏達蒙族師專學報（漢文哲學社會科學版）	1999	01
國家興亡與詩人之悲——簡論中國古詩詞中的「興亡」之嘆	唐瑛	阿壩師範高等專科學校學報	1999	02
蒼涼悲慨寫邊聲——評納蘭容若的塞上詞	宋公然	綏化師專學報	2000	04

〔註28〕國家圖書館：臺灣期刊論文索引系統 http://readopac.ncl.edu.tw/nclJournal/，2010 年 3 月 10 日。

杜鵑：中國古典悲情詞中的一個顯性情感符號	蒲生華	青海師範大學民族師範學院學報	2001	01
論姜夔詞的黍離之悲	劉玉力	勝利油田師範專科學校學報	2002	02
析南宋詞中的「黍離之悲」主題	賈知洵	張家口師專學報	2002	04
文體異，格調同──論建安詩和南宋詞的悲慨格調	劉曙光	牡丹江師範學院學報（哲學社會科學版）	2002	05
血書的深慟大悲──從〈虞美人〉談李煜詞感情基調的平民性	王茂恒	寫作	2002	22
既悲且壯論辛詞	韋丙海	聊城大學學報（社會科學版）	2003	01
傷春與悲秋──略探易安詞中的女性意識	楊雨	中南大學學報（社會科學版）	2003	02
季世悲吟　詞壇結響──常州詞派的現實關懷與裂變史程	朱德慈	南京師范大學文學院學報	2003	02
寄悲慨於雄放飄逸之外　寓曠遠於清麗婉曲之中──蘇軾詞風之我見	曲景毅	合肥學院學報（社會科學版）	2004	01
「黍離之悲」的餘味──讀姜夔〈揚州慢〉一詞兼論其詞風	王冬艷	齊齊哈爾大學學報（哲學社會科學版）	2004	01
黍離之悲的抒發模式──蔣捷詞主題淺窺	王兵	邊疆經濟與文化	2004	12
抹不去的亡國悲音─略論南宋牡丹詞	路成文	集寧師專學報	2006	01
俯仰悲古今──讀〈揚州慢〉管窺姜夔其人其詞	周志艷	語文學刊	2006	04
傷逝之悲──淺論李清照詞的感情基調	金軍華	語文學刊	2006	14
論玉溪詩與夢窗詞的悲情心理和情思內涵	景紅錄	唐山師範學院學報	2007	01
論李煜後期詞的悲情意識	王德宜	樂山師範學院學報	2007	01
亂世的悲情詞人──淺析蔣捷詞中的愁苦情緒	趙旭	沈陽教育學院學報	2007	01
一位末代女真貴族的悲情──讀完顏（王壽）〈沁園春〉詞	薑麗華	文史知識	2007	02
頭白遺民不勝悲，日暮傷心作殿軍──論張炎詞的藝術特色	張雷宇	牡丹江師範學院學報（哲學社會科學版）	2007	02
音情之悲與詞體之尊──李清照〈詞論〉新探	彭玉平	中山大學學報（社會科學版）	2007	03

〈詩品〉之自然悲慨與納蘭性德詞風及成因探尋	季汝甜	雲南電大學報	2007	04
論稼軒節日詞的悲情意識	倪春雷	現代語文（文學研究版）	2007	04
「黍離之悲」與張炎豔情詞的新變	徐兵	安徽文學（下半月）	2007	08
蘇軾詞作〈十年生死兩茫茫〉的夢境與悲情	高峰	文學教育（下）	2007	12
鐘隱多寒泣冰雪 靜安秋晚哀霰霜──李煜與王國維悲情詞比較	龔賢	寫作	2007	13
悲喜纏綿七夕詞	馬俊芬	西昌學院學報（社會科學版）	2008	01
李煜詞中的悲情	孫淑俠	新語文學習（教師版）	2008	03
王夫之詞中的黍離之悲	李婷婷	周口師範學院學報	2008	03
論劉辰翁詞中的黍離之悲	張海蘊	宜賓學院學報	2008	04
萬物搖落悲風雨 千里清秋斷愁腸──試論辛棄疾詞對傳統悲秋母題的超越	肖智慧	作家	2008	10
金代初期吳激的悲婉相濟詞風研究	李藝	名作欣賞	2008	14
清新婉麗中的悲情──談朱淑眞的詞	孫力	成才之路	2008	20
試論吳藻詞的悲情體驗和憂患意識	沈燕紅	名作欣賞	2008	24
歐陽修詞豪放背後的悲慨	儲兆文	山東文學	2008	Z1
悲情滋養出的生命之花──論辛棄疾寫景詠物詞的生態意識	周進珍	黃石理工學院學報（人文社會科學版）	2009	01
從「閨思閑愁」到「苦寂悲愁」──李清照前後期詞風變化之研究	方波	綏化學院學報	2009	03
悲情的雨聲及苦難的人生覺醒──蔣捷〈聽雨〉詞三種衍變的生命姿態與一條命定的悲劇走向	韓廣	名作欣賞	2009	03
女容、悲情及文人詞的隱喻品格	李雁	東嶽論叢	2009	03
試論李清照詞的情感悲喜色彩	李華香	文教資料	2009	03
從陸遊詞看其狂與悲交織的復雜心態	張莉姍	貴州教育學院學報	2009	04
風花雪月異樣情──西蜀花間詞人的黍離之悲	韋蝶青	重慶科技學院學報（社會科學版）	2009	06
論桂林詞人王鵬運詞作的悲情意識	尹福佺	現代語文（文學研究版）	2009	07

大陸地區期刊論文於「詞」之研究中，篇名中有「悲」的總計 46 篇。〔註 29〕1994
～1999 年有 3 篇，2000 年至 2009 年有 43 篇，值得注意的是，這 43 篇中有 28
篇集中於 2007 年至 2009 年，顯示探討詞中之「悲」成為大陸地區近年來研究
詞的一項新趨勢。在研究對象方面，共有 35 篇以專家詞為主要研究對象，可見
專家詞的研究仍為大宗，包括李清照 5、辛棄疾 4、李煜 3、姜夔 3、蔣捷 3、
蘇軾 2、張炎 2、納蘭容若 2，與歐陽修、吳夢窗、陸遊、朱淑眞、劉辰翁、吳
激、吳藻詞、完顏（亮壽）、王夫之、王鵬運各 1，以及李煜與王國維比較 1。
在研究內容方面，如觀察了士大夫、唐宋文人、西蜀花間詞人等詞人群體之悲，
以及探究風格、意象、際遇、傷春悲秋、心理所呈現的悲，甚至是受現實之悲
影響的詞論等，表現出大陸地區期刊論文在此一部份中豐富的探討方向。然而，
從中可以看到主題名稱出現「興亡」或「黍離」的即有 10 篇，集中討論的專家
詞人也多處於改朝換代，遭遇世亂黍離之悲苦的人，顯示出對「興亡黍離」主
題的偏好。

四、「以悲為美」主題於「詞」領域中的待開發

將上述研究中屬於「詞」之領域的論文數量整理如下表：

表 1-2-8 「以悲為美」主題於「詞」領域的研究數量統計表

	對悲的審美觀照	以悲為美之主題	對詞之「悲」特色的注意
臺灣地區學位論文	1	0	11
臺灣地區期刊論文	0	0	8
大陸地區期刊論文	11	3	46

透過學位論文與期刊論文等文獻的觀察，可知在悲與美之主題中，所能探討
的領域非常廣泛。只是臺灣地區目前在詞的領域中，研究範圍多數集中在一
人、一書或一時，對於悲與美的關係通常置於作品藝術表現或特色中討論，
只佔研究中的一小部份。然而，在作品主題中，無論是與人往來所有的離別
詞，遭遇人生困頓處境的貶謫詞或羈旅行役詞，或亡國之際動亂流離的悲音，
甚至是對生命時感悲觀的悲情詞，這些主題與際遇更多地發生在其他詞人生

〔註 29〕主題名稱中有「美」的已於前討論，故此處不列計其中。中國期刊網：中國
　　　期刊全文數據庫 http://cnki50.csis.com.tw/kns50/Navigator.aspx?ID=CJFD，2010
　　　年 3 月 10 日。

命過程中。這也證明「悲」確實是「詞」領域中常見的內容，是詞人常有的情緒，並非只出現於常被作爲研究對象之知名詞人的作品中。即使偶有論及「以悲爲美」的情形，也多是簡單陳述此一現象，對於爲何要「以悲爲美」，以及「以悲爲美」的審美發展情形爲何，則未深入論述。大陸地區在悲與美之相關主題的研究陸續發表，所論及的內容也逐漸擴充，唯大陸地區期刊論文篇幅精簡，難免有未盡周詳之憾。「悲」、「美」是詞明顯呈現的特色，絕對是構成詞史的重要區塊，詞在這部份的研究卻較其他領域少得多，此種等待探究、挖掘的空白狀態，正說明了此一主題是極爲值得被開發與研究的領域。

第三節　研究範圍、進路與方法

一、研究範圍

　　「以悲爲美」作爲一種對詞的審美現象，是經由悲與美互攝相融的過程而來，故分爲兩個層次進行探究。首先是悲與美的涵義：悲，是人表現在外的情緒之一，爲內在心理活動的狀態反映；悲感，即是說明此種情緒可爲人感知。對此所需要瞭解的部分，在抽象方面是考察引發人之悲感的緣由；在具體方面則觀察人之悲感在詞作中的表現。至於美，是人面對世界所持有的態度之一；美感，是人超越功利而獲得精神愉快的純粹感受。對此所需要瞭解的部分，在抽象方面是考察人對美的看法，爲審美意識；在具體方面則觀察人的審美意識在詞作中的反映，爲藝術表現。接著透過悲與美彼此的交互作用，建構出「以悲爲美」的審美內涵，並觀察此種審美觀的發展趨勢。由此可見，詞之「以悲爲美」的現象存在於作者、作品，與讀者的審美中，而詞話本身即包括有作者、作品之相關資料的記載，以及讀者審美的紀錄。因此，本研究以唐圭璋所編之《詞話叢編》爲主要文本範圍，藉著讀者對作者、作品之悲的感動與紀錄，考察由悲與美至「以悲爲美」的內容，並期望透過讀者的審美內容，梳理出「以悲爲美」的發展過程。一種現象的發展，必是一段長期積累的過程，故本研究之時代範圍也同樣以《詞話叢編》之宋代至清末民初爲主，並參考前人對詞話與詞學之研究專著，補足有話詞之語而無詞話專著之唐五代時期的審美情形。

二、研究進路

在內容上，本研究分六章進行，第一章爲緒論，說明主題的研究動機與所要解決的問題，回顧前人的研究成果以作爲本研究前進的依據，界定研究內容並闡述進行之方式與方法。第六章爲結論，提出通過研究所對預設問題的獲得並總結全文。第二章到第五章的部份，主要探究「悲與美」至「以悲爲美」之兩個層次的內容意涵與作用關係，其間組織如下表所示：

表 1-3-1　由悲與美至「以悲爲美」的組織表

		美	
		抽象—審美意識	具體—藝術表現
悲	抽象—悲感緣由	1、對悲感緣由的看法與抒發管道的選擇	2、將抽象悲感透過文字實際呈現
	具體—悲情內容	3、對悲情作品的接受情形	4、審美意識的內容與發展

上述之組織表，可謂包含了由點、線、面所構成的研究整體，以下透過立體圖清楚呈現本研究第二章至第五章之主要內容架構，試見下圖：

圖 1-3-1　本研究架構圖

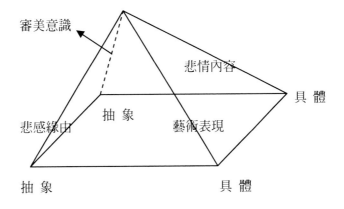

第二章所關注的是，當詞人受到某些緣由引發心中悲感，產生創作需要之時，其審美意識一方面影響所欲保留、記載的書寫內容，一方面表現在作爲抒發管道之書寫體裁的選擇上。因此，本章即通過悲之抽象端點所發展出的悲感緣由，與美之抽象端點發展出的審美意識相互作用而來，以「作者」爲主題，探討對

悲感緣由之看法與抒發管道之選擇的作者面向，藉此瞭解「以悲爲美」在作者層面的內涵。第三章所關注的是，於書寫下筆之際，詞人必須將心中抽象的悲感，透過象徵其審美意識的藝術手法，表現爲符合詞體的形式與文字，成爲作品。因此，本章即通過悲之抽象端點所發展出的悲感緣由，與美之具體端點發展出的藝術表現相互作用而來，以「作品」爲主題，探討將抽象悲感透過文字實際呈現的作品面向，藉此瞭解「以悲爲美」在作品層面的內涵。第四章所關注的是，抽象悲感具體化爲作品的悲情內容後，則等待與讀者之審美意識的相遇，產生融入或隔閡的情形。因此，本章即通過悲之具體端點所發展出的悲情內容，與美之抽象端點發展出的審美意識相互作用而來，以「讀者」爲主題，探討對悲情作品接受過程的讀者面向，藉此瞭解「以悲爲美」在讀者層面的內涵。第五章所關注的是，讀者對詞作內容的看法，或保持抽象意識的狀態，或透過文字的藝術表達感受、觀點，甚或創造出另一件作品。因此，本章即通過悲之具體端點所發展出的悲情內容，與美之具體端點發展出的藝術表現相互作用而來，以「讀者批評」爲主題，探討「以悲爲美」之審美內容與發展過程的讀者批評面向，藉此瞭解「以悲爲美」在讀者批評層面的內涵。經由上述第二章至第五章諸面向的探討，立足在「悲與美」的基礎上，期望對「以悲爲美」之整體有所建構，透顯出「以悲爲美」於創作過程至審美過程的意義與價值。

三、研究方法

本研究從詞學出發，其本身即屬於「詞的理論」，關於作者創作、作品藝術、讀者審美等皆在詞學內容中有所討論與探究。因此，以「文獻分析法」爲主，透過閱讀與整理歸納《詞話叢編》內的詞學文獻，並客觀解讀與分析後，進行合理詮釋以獲得對本研究主題之內涵脈絡的瞭解。

在「文獻分析法」之外，輔以心理學、美學、接受美學與讀者反應理論等方法，有助於問題的釐清與解決，以下作一說明：

（一）心理學

心理學是以意識活動爲對象的科學，要探究審美意識的活動內容，自然需要以心理學方法作爲輔助，如文藝學、美學、悲劇理論等皆透過與心理學的跨領域合作，而在審美意識方面獲得更多瞭解。關於「文藝心理學」，朱光潛說明此爲「把文藝的創造和欣賞當作心理的事實去研究，從事實中歸納得一些可適

用於文藝批評的原理。它的對象是文藝的創造和欣賞，它的觀點大致是心理學的。……《文藝心理學》是從心理學觀點研究出來的『美學』。」〔註30〕由此可知文藝心理學以文學藝術為對象，研究內容包括了創作者的心理過程、作品的心理意蘊，與接受的心理機制等。另有「審美心理學」，楊恩寰解釋：「主要是個心理學問題，作為獨立發展的學科，兼有美學和心理學雙重因素。……隨著科學心理學的研究進展，新成果的推出，對審美經驗探索的深入，審美心理學將會與基礎美學分離而走向獨立。……既是心理學的，又是哲學美學的。……既是一種理論研究，又是一種實證研究。」〔註31〕即以美學和心理學為理論基礎，研究對象為出於審美需要並依據自身審美能力以獲得滿足的審美經驗。此外，悲劇理論探討悲劇的本質與構成原理，對於悲劇的需要與審美，朱光潛指出：「悲劇的欣賞是一個複雜的現象，沒有哪一種原因就能夠對之作出全面的說明。……研究悲劇快感問題最好的方法是公平地檢查從前的理論，取其精華。」〔註32〕以心理學作為探求原因的通道，「悲劇心理學」因而產生。就詞來說，悲詞雖不若悲劇具備戲劇形式，卻有其章法形式，且二者同樣是憑藉藝術之美來展現「悲」。因此，藉由悲劇心理學對各家悲劇理論的批判研究，實有助於了解悲文學藝術之需要與審美的內涵。

　　審美與人之需要相關，由需要的角度談論人對審美的需要，包括悲情美的需要，則必須藉著馬斯洛之人本心理學來獲得這部份的了解。馬斯洛重視人的意識經驗，強調生命的意義在自我實現，由此發展出基本需求理論，依序為生理需求、安全需求、愛與歸屬需求、自尊需求、自我實現需求等五個層次，在自我實現需求之中尚有知識需求與審美需求，總共七種需求。〔註33〕其中生理、安全、歸屬、尊嚴等四類屬於匱乏需求，是低層次的需求；自我實現、知識、審美屬於存在需求，是高層次的需求，也是人類獨有的需求。〔註34〕隨著低層次需求滿足漸增，高層次需求的作用力也會逐漸增強。〔註35〕他強調自我實現者在匱乏需求的適度滿足後，能進展至超越動機以追求成長與真、善、美等存

〔註30〕　朱光潛：《文藝心理學・作者自白》，頁7。
〔註31〕　楊恩寰：《審美心理學》（臺北：五南，1993年），頁20～21。
〔註32〕　朱光潛：《悲劇心理學——各種悲劇快感理論的批評研究》（臺北：蒲公英，
　　　　　1984年），頁10。
〔註33〕　莊耀嘉編譯：《馬斯洛》（臺北：桂冠圖書，2000年2月），頁58～66。
〔註34〕　莊耀嘉編譯：《馬斯洛》，頁77～78。
〔註35〕　莊耀嘉編譯：《馬斯洛》，頁167。

在價值的實現〔註36〕，故較一般人常體驗到高峰經驗時刻的愉悅狂喜〔註37〕，說明了高層次的需求比低層次的需求具有更大的價值，顯示出審美在生命意義中的重要性。

（二）美　學

自古希臘的柏拉圖及亞里斯多德開始，即有對審美現象的思考與探討，然而直到十八世紀，德國哲學家包佳頓（Alexander Baumgarten, 1714～1762）首次以 Aesthetics 指稱感性認識的學問，並將美學作爲獨立研究的學科。〔註38〕其研究主題包括對美的本質、美的意義，以及審美意識與審美對象之關係等的探討。朱光潛曾說：「美不僅在物，亦不僅在心，它在心與物的關係上面，……它是心藉物的形相來表現情趣。世間並沒有天生自在、俯拾即是的美，凡是美都要經過心靈的創造。……美就是情趣意象化或意象情趣化時心中所覺到的『恰好』的快感。」〔註39〕詞人經由心靈的創造，使心中引動的悲情展現出美的姿態；讀者受到悲詞感染情緒，在「恰好」之中獲得美感經驗。此過程也就是心與物的作用過程，偏重主體對審美客體的主觀感受。

在美學的流派中，「心理學派的美學認爲美是與心靈活動不可分的，美是一種主觀意識的現象」〔註40〕，此派又分有純粹心理學、實驗心理學、潛意識等三派。〔註41〕在純粹心理學派的美學中，德國費希納（Gustav Theodor Fechner, 1801～1887）是美學史上第一個提倡以實驗的方法與結果，來考察美之標準與原因的學者，他學說的主要方向，是以美感的心理狀態來說明美的內容。〔註42〕英國弗昂李（Verhan Lee, 1856～1935）提出情移說，重視經驗之反省，主張自身對象之適應活動，是產生美之必要條件。〔註43〕德國里蒲士（Theoder Lipps, 1881～1941）在情移說之基礎上提出了模仿說，重視經驗之本體，認定情移作用產生於物我不分之際，人對物的關注會帶來身體之外模仿與意識上之

〔註36〕 莊耀嘉編譯：《馬斯洛》，頁 93。
〔註37〕 莊耀嘉編譯：《馬斯洛》，頁 121。
〔註38〕 劉昌元：《西方美學導論》（臺北：聯經，2002 年 12 月），頁 1～2。
〔註39〕 朱光潛：《文藝心理學》，頁 176。
〔註40〕 田曼詩：《美學》（臺北市：三民，1982 年 6 月），頁 13。
〔註41〕 此三種不同的流派是隨著心理學的發展而先後分化的：純粹心理學派的美學偏於美感的意識活動的考察；實驗心理學派的美學偏於美的現象的考察；潛意識派的美學由精神分析的方法上去研究美。田曼詩：《美學》，頁 13。
〔註42〕 田曼詩：《美學》，頁 14。
〔註43〕 田曼詩：《美學》，頁 16～17。

內模仿，通過模仿而產生情移作用。〔註44〕德國渦林洛（Wilhelm Worringer, 1881 ～1965）認爲情移說無法解釋藝術史中的幾何抽象藝術，因此提出感情抽離說 作爲藝術家表現抽象的心理方式。〔註45〕德國閔斯特堡（Hugo, Munsterberg, 1863～1916）提出境界孤立說，認爲對藝術的審美建立於對審美事件的孤立， 而藝術創作之根本便在於心靈孤立的能力。〔註46〕英國布洛（Edward Bullough, 1880～1934）提出心理距離說，認爲美感來自本身與感動之根源或媒介之對象 間的適當心理距離，距離太近則感到無聊，距離太遠將感到荒謬。〔註47〕由於 此學派的學說內容主要爲考察美感之意識活動，與本研究所欲探討之審美意識 相關，故在方法上以此學派學說輔助之。

（三）接受美學與讀者反應理論

　　早期文學理論的焦點在於作者與作品上，對於讀者本身以及讀者與作品 間的互動關係，則多有忽略。二十世紀之後，這份關注力轉移到了讀者此一 身分，出現了以讀者爲中心的接受美學與讀者反應理論，其基本觀念爲文學 作品的意義並非單一且具有正確涵義，而是必須藉由讀者的閱讀以賦予意義 的產生。主要學者以姚斯（Hans Robert Jauss, 1921～1997）與伊瑟（Wolfgang Iser, 1926～2007）爲代表。姚斯認爲讀者在閱讀文學作品前，受到特定時空的 審美價值與文學規範影響，故已具備一定的理解與知識，也就是「先在理解」； 由此對文學產生特定的期待，稱爲「期待視野」（horizons of expectation），密 切關係著讀者對作品的解讀，並在閱讀過程中改變對作品的觀感，不同讀者 的期待視野之間也會發生視野交融的情形。〔註48〕這說明了文學作品的意義 並非永恆不變的，反而透過讀者期待視野的改變與融合，賦予文學作品更多 新意的可能。伊瑟則認爲本文對讀者的意義是其交流的結果，是「一種期望 得到的結果」，並提出「隱含讀者」（the implied reader）作爲對讀者與本文潛 在意義的結合，屬於本文結構本身。〔註49〕他以文學本文的語言意義未定與

〔註44〕田曼詩：《美學》，頁 17。
〔註45〕田曼詩：《美學》，頁 17～19。
〔註46〕田曼詩：《美學》，頁 19～20。
〔註47〕田曼詩：《美學》，頁 20～23。
〔註48〕〔德〕Hans Robert Jauss（姚斯），〔美〕Robert C.Holub（霍拉勃）著，周寧、 金元浦譯：《接受美學與接受理論》（瀋陽市：遼寧人民，1987 年 9 月），頁 339～351。
〔註49〕〔德〕Hans Robert Jauss（姚斯），〔美〕Robert C.Holub（霍拉勃）著，周寧、

空白爲構成文學的基礎結構，此即「召喚結構」，讀者必須透過「游移觀點」（wandering viewpoint）與想像活動在本文各視點間轉換、漫遊，達到意義的關連吻合或是再創造，使這些空缺和空白能獲得讀者填入〔註50〕。

金元浦譯：《接受美學與接受理論》，頁 367～369。

〔註50〕〔德〕Hans Robert Jauss（姚斯），〔美〕Robert C.Holub（霍拉勃）著，周寧、金元浦譯：《接受美學與接受理論》，頁 369～380。

第二章 作者表述：詞人悲傷情懷之發抒

　　「詞」，爲何多是對悲傷之情的描寫？要解答這個問題，必須先以創作出悲詞的「作者」爲首要研究方向，了解文人爲什麼要以詞寫悲。本章根據詞學中對詞人作者的記載，分從三個部份進行：首先分析作者爲什麼能感到悲傷，以及是什麼引發其悲傷，此爲第一節「有情人生的悲感來源」部分。接著討論作者的創作動機，即爲什麼要選擇「詞」來抒悲，詞人創作大量悲詞的書寫意義又爲何，此爲第二節「抒情治療的創作需要」部分。最後探究作者由感悲以至創作爲詞的過程所代表的意義，此爲第三節「推己及人的生命美學」部分。

第一節　有情人生的悲感來源

　　本節自「人生而有情」、「個人生命歷程的悲感」、「外在偶然觸動的悲感」三部份，分析引發詞人心中悲情的來源。

一、人生而有情

　　「情」是與人密切相關的生命課題，無論是心理學所談論的情緒、情感、情意，或是中國哲學所探討的性情問題，都顯示了人對與生俱有之「情」的高度關切。人因爲有情，在面對他人不幸的遭遇時，便能給予同情，沈雄《古今詞話·三奠子》記載著：

> 黃九煙曰：康熙甲寅元旦，有孿生男女墮地時，尚有聯合作歡狀，棄置冰雪中。沈雄詞以哀之。「趁春光遷變，一會顛連。生墮地，不昇天。並頭開雪裏，比翼落風前。合歡錦，聯環玉，短姻緣。　笑人薄倖，

> 悵爾纏綿。空覯面，共偎肩。已辭香案遠，難續鏡臺圓。願同衾，長
> 交頸，白頭年。」聊爲紀事，以見未免有情，亦復誰能遣此也。〔註1〕

孿生男女就現代醫學觀點來看，即是異卵雙生的龍鳳胎，在當時的這對龍鳳胎以聯合狀出生，其樣態不被人們接受，竟然棄置冰雪中任其滅亡。沈雄感嘆這對嬰兒彼此的緣分如此短暫，給予他們在地下同衾而眠的祝願，也顯示了隋唐佛教盛行所帶來的「輪迴」、「投胎」觀念的深植人心，才會有初生嬰兒們有前世姻緣的想法。對此事的紀錄，沈雄自言是因有「情」使然。有情，方能同情嬰兒不幸的遭遇，即便此事只是經他人之口而得知，也能心生哀感，在詞作中流露出悲涼無奈之情。

「情」具備一普遍的共通性，不僅人生而有情，人還能對萬物存在有所感動，當心有所感，便需要管道抒發，如晏小山在其歌詞《樂府補亡》自序中提到：

> 往與二三忘名之士，浮沈酒中。病世之歌詞，不足以析酲解愠，試續
> 南部諸賢，作五七字語，期以自娛。不皆敘所懷，亦兼寫一時杯酒間
> 聞見，及同游者意中事。嘗思感物之情，古今不異。〔註2〕

晏小山感到當時的歌詞無法發揮解酒消愁，使人愉快的作用，促使他創作能夠達到自娛效果的詞，並藉此抒發自身感物之情。創作內容包括自己心中所懷之感、所聽聞見到之事，以及同游他人的心事。也就是說，他內心的情感無法在現有的作品中得到抒發，於是轉而透過自己創作來抒情。在作詞的過程中體認到，能對萬物產生感懷的這份「情」是古今皆同，超越時空存在的。

因此，一般人的刻板印象中以爲詞專道風花雪月之事，或爲詞造情，然而與此相反，有更多的眞情實感透過詞展現出來。例如謝章鋌所言：

> 亦知詞固有興觀羣怨，事父事君，而與雅頌同文者乎。……凡此忠孝
> 節義之事，可約略舉也。或謂終不敵迷花殢酒之事居多。竊以爲何文
> 縝，盡節名臣也，而有贈妓惠柔之作。眞西山，作大學衍義人也，而
> 有〈蝶戀花〉之詞。蓋古來忠孝節義之事，大抵發於情，情本於性，

〔註1〕 沈雄：《古今詞話·詞辨》下卷，見於唐圭璋編：《詞話叢編》第一冊（北京：中華書局，2005 年 10 月第二版），頁 932。

〔註2〕 此語記載於王灼：《碧雞漫志》卷二，見於唐圭璋編：《詞話叢編》第一冊，頁 85。

未有無情而能自立於天地間者。此雙蓮鳰邱，鳥獸草木，亦以情而并
垂不朽也。〔註3〕

謝章鋌說明詞不只與詩歌同樣具有興觀群怨的功用，內容也多符合忠孝節義的
思想，使人心獲得感動。無論詞之內容寫的是「迷花嬲酒」之事，或「忠孝節
義」之事，皆由「情」而來，情本於性，性是人與生俱有，與天理相呼應的理
則，只要人存在天地間，就必有此一與天理相應的性。性、情是相依相存的一
體兩面，是人無法捨棄忽視的，於是說「無情」而能生存在天地間是不可能的。
連人以外的鳥獸草木等生物，能不朽於世也都是因為作者有「情」的緣故。

二、個人生命歷程的悲感

（一）科舉失利

隋代開設進士科以策問取士後，往科舉制度向前邁進一步〔註4〕，在對於
世家大族有利的選舉制度與易埋沒人才的學校制度中，開出一條取士新道
路。在唐代科舉中，能夠進士及第仍是最榮譽的事，也是平民出仕的唯一途
徑。〔註5〕科舉制度在五代十國並沒有什麼改革，直到宋代以重文輕武政策治
國，需要大量文士而重振科舉，不僅中舉名額大增〔註6〕，加設由皇帝親自決
定名次的殿試，減少了平民百姓仕途的妨礙。〔註7〕由於更公平、增名額、直
接授官的制度，使得一般人獲得官職的機會大大提高，加強了人民對讀書求
仕的熱情與希望，參加考試的人也必然增加。

赴試的過程是艱辛的，舟車勞頓之後，得靠意志力撐過一道道的考試關
卡，極其耗費體力與精神。宋代無名氏〈青玉案・詠舉子赴省〉中，記錄了
赴試的辛苦過程：

〔註3〕　謝章鋌：《賭棋山莊詞話》卷十一，見於唐圭璋編：《詞話叢編》第四冊，頁
　　　　3465～3466。
〔註4〕　黃寬重、柳立言編著：《中國社會史》（臺北：國立空中大學，2000年8月），
　　　　頁96。
〔註5〕　黃寬重、柳立言編著：《中國社會史》，頁96。
〔註6〕　唐代科舉名額一般一、二十人，宋代則是提高至百人到千人之多。黃寬重、
　　　　柳立言編著：《中國社會史》，頁104。
〔註7〕　士人中舉後即按等第高下授以各種官職，為避免考官徇私，有謄錄和糊名的
　　　　制度，並以「天子門生」的關係取代考官與考生的座主與門生的關係。據黃
　　　　寬重、柳立言編著：《中國社會史》，頁104。

釘鞋踏破祥符路。似白鷺、紛紛去。試盞幞頭誰與度。八廊兒事，兩員直殿，懷挾無藏處。　時辰報盡天將暮。把筆胡填備員句。試問閒愁知幾許。兩條脂燭，半盂餿飯，一陣黃昏雨。〔註8〕

應試者挾帶的小抄在嚴密的檢查中被發現，由於準備不周，最後只能胡亂下筆。加上食、宿品質差，心裡便湧起一陣唏噓的酸楚。

　　元代將科舉分蒙古人和色目人一組，漢人和南人一組。〔註9〕然而，元人歧視漢人與南人，視儒士與乞丐沒有兩樣，讀書人自然多不願意在蒙古統治下爲吏。而明代科舉「弊端叢叢，有人說科舉是得不到氣節之士的，然而氣節之士必須通過科舉才能出頭，故不得不應舉」〔註10〕，道出了明代有志之士迫於現實的無奈。到了清代，讀書人要能作官，必先在艱苦的童試、院試、鄉試、會試，以及殿試中過關斬將，除了實力外，多少帶點運氣成分〔註11〕，考運欠佳甚至連年不上榜者，難免因漫長的寒窗苦讀與艱苦赴考過程而心生悲怨了。王度〈滿江紅‧甲戌別場屋〉：

號舍之神，酹墨汁、與君爲別。慚愧煞、曲臂蒙頭，欹眠逾月。銀蠟淚乾心未死，冰蠶鼎沸絲難竭。最驚人、一陣黑罡風，砂如雪。　頭已白，鬢還鑷。腸已斷，腰還折。聽樓頭畫角，壯懷銷滅。便踏曲江遲暮矣，五湖煙水堪容拙。謝多情、吾自有吾廬，從今絕。〔註12〕

謝章鋌稱此詞：「久困者，讀之能無慨然。然欹眠逾月，計之不過四五度秋風耳。彼駪駪終身鍥而不舍者，又豈少哉。」〔註13〕可見久困場屋者，所在多有，歷經四五年只是「不過」。李佳《左庵詞話‧曉泉詞》中所記：「曉泉十

〔註8〕唐圭璋編：《全宋詞》（北京：中華書局，1998 年 11 月），頁 3666。

〔註9〕《元史》記載：「考試程式：蒙古、色目人，第一場經問五條，……第二場策一道，……漢人、南人，第一場明經經疑二問，……第二場古賦詔誥章表內科一道，……第三場策一道，……蒙古、色目人，願試漢人、南人科目，中選者加一等注授。」〔明〕宋濂：《元史》（臺北：鼎文書局，1977 年 10 月），卷 81，〈志第三十一‧選舉一〉，頁 2019。

〔註10〕黃寬重、柳立言編著：《中國社會史》，頁 112。

〔註11〕鄉試各省名額一定，取中的便是舉人。舉人在次年上京考「會試」，若遇到省內該有的名額滿了，縱使成績比別省的貢士還要好，也只得落第。黃寬重、柳立言編著：《中國社會史》，頁 113～114。

〔註12〕謝章鋌：《賭棋山莊詞話》續編三，見於唐圭璋編：《詞話叢編》第四冊，頁 3521～3522。

〔註13〕謝章鋌：《賭棋山莊詞話》續編三，見於唐圭璋編：《詞話叢編》第四冊，頁 3522。

入秋闈，始獲一捷。又兩喪愛姬，故詞多哀怨之音。」〔註14〕一輩子在考場中奮鬥至「白頭鑷鬢、斷腸折腰」的大有人在。

讀書人歷經一年年寒窗苦讀的歲月，忍耐一段段遙遠顛簸的路程，面對一場場大大小小的考試，勞心勞力過後，若是榜上有名，一切辛苦都隨著上榜化成甜美的果實，達到作官的目標；相反地，只能往仕途之路繼續努力，或者帶著遺憾放棄為官夢想，回歸最初的生活，轉往其他行業發展。

（二）政治失勢

獲得官職之後，複雜的政治環境成為士人生活的主要部分，卻往往為生命帶來了衝突與矛盾。

宋代藉由科舉制度大量取士，士人們來自各個地區與階層，在相異的生活背景之下，對事物的著眼點與思考角度不同，呈現為政治理念的差異。范純仁曾上疏說明：「朋黨之起，蓋因趣向異同，同我者謂之正人，異我者疑為邪黨。既惡其異我，則逆耳之言難至；既喜其同我，則迎合之佞日親。」〔註15〕基於「道不同，不相為謀」的立場，意見相近的便較容易成為一派。原本不具明顯派別傾向的士人、官員，也由於被拉攏或是自身選擇而使其政治立場明顯。這種差異導致政治勢力的分化，以至於壁壘分明。如仁宗慶曆年間，范仲淹主導新政雖獲得皇帝的支持，卻因舊黨的反對而結束。主張改革的新黨，以及傾向保守的舊黨等兩大勢力，對政策往往無法取得共識，各持己見形成對立，爭執與衝突隨之而起，更互指對方結為朋黨而糾舉彈劾之，宋代士人們的政見之爭遂經常演變為新舊黨爭。又如王安石在神宗熙寧時的變法，引發神宗、哲宗、徽宗三朝的一連串黨爭，而蘇軾即於神宗元豐二年（1079 年）因烏臺詩案被貶謫至黃州：

> 徙知湖州，上表以謝。又以事不便民者不敢言，以詩託諷，庶有補於國。御史李定、舒亶、何正臣摭其表語，並媒糵所為詩以為訕謗，逮赴臺獄，欲置之死，鍛鍊久之不決。神宗獨憐之，以黃州團練副使安置。〔註16〕

〔註14〕 李佳：《左庵詞話》卷下，見於唐圭璋編：《詞話叢編》第四冊，頁 3150。

〔註15〕 范純仁為范仲淹二子。〔元〕脫脫：《宋史》（北京：中華書局，1995 年 3 月），卷 314，〈列傳第七十三·范純仁〉，頁 10288。

〔註16〕 〔元〕脫脫：《宋史》，卷 338，〈列傳第九十七·蘇軾〉，頁 10809。

御史認爲蘇軾上表之用語隱含諷刺，遂以此彈劾他。烏臺詩案牽連甚廣，遭罪者多爲反對新法者，顯見擁護新法者藉由烏臺詩案以弭平反對聲浪。當意見被採納的一方得勢，另一方即相對失勢，其政治生涯也因此受到影響，此種政治上的對立造成宋代士人的政治生活充滿緊張與危機。

讀書人的仕途在元代受到壓抑，明代由漢人重握政權，讀書人同樣可由科舉獲得官職，然而明代的政治情形和宋代卻大不相同了。宋代禮遇文人，其政治理念有實踐的機會，而明代則由皇帝集中權力，對於文人採取貶抑、懷疑的態度。由於朱元璋無法信任大臣，以爲高官必有圖謀之心，於是廢除了中國歷代的宰相制度；然而政務處理又需要士人文官的存在，爲了避免官吏心懷不軌與反對政令，皇帝便有在朝廷上杖打官吏的「廷杖」權力。《明史·刑法三》記載：「廷杖之刑，亦自太祖始矣。……公卿之辱，前此未有。又因正旦朝賀，怒六科給事中張思靜等，皆朝服予杖，天下莫不駭然。四十餘年間，杖殺朝士，倍蓰前代。」〔註17〕對文人而言可謂莫大的屈辱。此外，明太祖朱元璋設立錦衣衛，明成祖則加設東廠：

> 明興，創設錦衣衛，典親軍，暱居肘腋。成祖即位，知人不附己，欲以威讋天下，特任紀綱爲錦衣，寄耳目。綱刺廷臣陰事，以希上指，帝以爲忠，被殘殺者不可勝數。英宗時，門達、逯杲之徒，並見親信。至其後，廠衛遂相表裏，清流之禍酷焉。〔註18〕

> 東廠之設，始於成祖。錦衣衛之獄，太祖嘗用之，後已禁止，其復用亦自永樂時。廠與衛相倚，故言者並稱廠衛。……故即位後專倚宦官，立東廠於東安門北，令嬖暱者提督之，緝訪謀逆妖言大奸惡等。〔註19〕

明成祖起初以能接近明惠帝之人爲耳目，刺探宮中之事。之後更藉廠衛制度監視各級官員的言行舉止是否存有反抗之心，朝政因此把持在宦官手中，失去控制力的皇帝只好依據不實、偏頗的消息處理政務。官吏們的仕途在種種政策與弊端之下，顯得更加坎坷危險，如日後的東林黨爭即是發生於宦官與忠臣的對立背景下，許多正義官吏與志節士人因而犧牲。「清流之禍酷焉」，

〔註17〕〔清〕張廷玉：《明史》（臺北：鼎文書局，1975年6月），卷95，〈志第七十一·刑法三〉，頁2329～2330。

〔註18〕〔清〕張廷玉：《明史》，卷307，〈列傳第一百九十五·佞倖〉，頁7875。

〔註19〕〔清〕張廷玉：《明史》，卷95，〈志第七十一·刑法三〉，頁2331。

正道出清廉與忠貞之士在此時勢中的悲劇遭遇。

政治的腐化使明朝走向敗亡，滿清入關建立清朝後，順治對於遺明漢人採取「放任政策」〔註 20〕。而康熙繼以「恩禮政策」〔註 21〕，重用大批文士編纂叢書以降低漢文人對新朝代的抗拒，並以其勵精圖治，廣開科舉招攬人才，展現其對漢文化的接納與愛好。及至雍正，開始嚴格審查禁書，施行「調和政策」〔註 22〕。到了乾隆則使用「壓制政策」〔註 23〕，在銷毀禁書之外，晚年更大興文字獄，對貪官和珅的寵信，使其成為朝廷主要勢力，加速了政治的腐化與國勢的衰弱。

可見讀書人通過科舉獲得官職之後，要能平步青雲，在官場上一帆風順地終老也不是件容易的事。有人作官的目的是為了一展長才，實現抱負與理想，但是，縱使人人皆懷著理想為官，也會因彼此理念不同而產生衝突。當然也有人是為了獲取名利、權勢與財富，視阻礙者為敵人，於是歷史上產生許多無辜忠良遭小人奸佞所陷害的事情。如郭麐在《靈芬館詞話・吳兆騫詞》中所說：「吾鄉吳漢槎，以事戍甯古塔，所傳《秋笳集》，悲涼抑塞，真有崩雲裂石之音。」〔註 24〕更多的人是介於兩者之間，為堅持理想或是妥協現實而矛盾掙扎，要自許清流或同流合污而不安焦慮，這種對選擇的徬徨與懷疑也就成為士人們內在精神上的痛苦。

因政治失勢改變自身際遇的不單只有官吏，身為統治者的皇帝也會面臨此一危難，沈雄《古今詞話・後主附宋後賦詞》引《樂府紀聞》的內容：「後主附

〔註 20〕順治時，戎馬倉皇，根基未定，一切大政，俱取籠絡人心之手段，對於抱故國之思者，亦採一種不聞不問之態度。又可稱「感化政策」。蕭一山：《清代通史・上卷》（北京市：中華書局，1986 年 9 月），頁 895。

〔註 21〕康熙十二年，詔舉山林隱逸，十七年詔舉博學鴻儒，次年復開明史館。蓋假《明史》以相號召，則節義之士，亦所樂從。因述故國之事，可以寄託其孤臣孽子之心也。又可稱「懷柔政策」。蕭一山：《清代通史・上卷》，頁 895。

〔註 22〕雍正初年，文字之獄，疊見層出：然皆黨翼諸王，誹謗朝政，無關於排滿之思想也。……故一方面不惜諄諄告誡，以「帝位在德不在人」為言；而一方面又力除猜疑漢人之成見，以示調和二族之誠意。蕭一山：《清代通史・上卷》，頁 895～896。

〔註 23〕乾隆時，凡有詆斥滿洲者，誅之不稍寬假。……雖然，順，康，雍三朝之政策，無論其為放任，為恩禮，為調和，皆有壓制政策為其裏面。故文字之獄興，而人民乃蜷伏於積威之下，不敢放言矣。蕭一山：《清代通史・上卷》，頁 896。

〔註 24〕郭麐：《靈芬館詞話》卷二，見於唐圭璋編：《詞話叢編》第二冊，頁 1536。吳漢槎中舉後遭到陷害，稱其在科場中作弊，於是被定罪流放甯古塔（今黑龍江）。

宋，與故宮人云：『此中日夕以眼淚洗面。』每懷故國，詞調愈工。」〔註25〕
謀政奪位、改朝換代之際，尊貴的九五之軀或流離逃難，或成階下囚，身世際
遇轉變之大，又豈不令人傷懷。

（三）愛情失意

愛，給予心靈慰藉與支持的力量，無論是親情之愛、愛情之愛，或友情
之愛，都是人一生永不止息的需要。其中，愛情能給人莫大的幸福感，也能
帶來深切的痛苦，美好卻又多變的難以捉摸，成爲人人既期待又怕受傷害的
生命體驗。「有情人終成眷屬」是相愛之人心底最眞切的希望，然而往往迫於
現實變成人生最殘酷的悲哀。

「門當戶對」是攔阻有情人成眷屬的第一道高聳大門，此種對婚姻對象
之階級和社會地位的限制〔註26〕，對「父母之命，媒妁之言」的遵從，來自
社會與個人價值觀的根本差異，張樹棟、李秀領於《中國婚姻家庭的嬗變》
又說：

> 「父母之命」在統治者中更多地是爲了保持門第的純潔，維護本階級
> 的利益；而在平民百姓中，更多地是出於愛子之心。父母在處理子女
> 的婚姻問題時，首先考慮的是子女的溫飽，而不是抽象的愛情。所以，
> 當子女有了意中人時，「父母之命」就與子女私情發生尖銳的對立，其
> 結局大多以子女私情服從「父母之命」而告終。〔註27〕

對統治者而言，婚姻具有維護其家族社會地位的功能，藉血統之純正象徵其
高貴難得，確保繼承權的歸屬。對平民百姓而言，考慮的是能否在現實社會
中生存的「麵包」，是生命的維持。然而，戀人們所認爲的婚姻的價值，不在
社會地位的維護，不在生活溫飽的維持，而是兩人世界的創造，是愛情關係
的延續。於是，物質面的麵包與精神面的愛情產生對立，外在社會的壓力與
自我內心的情感產生衝突，服從「父母之命」顯然是對自我內在的壓抑、對
外在強權的屈服，形成身不由己的悲感。

當婚姻建立在目的與利益上，成爲不考慮愛情的強制行爲時，男女雙方

〔註25〕此語記載於沈雄：《古今詞話・詞話》上卷，見於唐圭璋編：《詞話叢編》第
　　　　一冊，頁755。
〔註26〕其限制在於良賤不婚、官民不婚、士庶不婚。張樹棟、李秀領：《中國婚姻家
　　　　庭的嬗變》（杭州：浙江人民出版社，1990年5月初版），頁73。
〔註27〕張樹棟、李秀領：《中國婚姻家庭的嬗變》，頁78。

也由於「心不甘，情不願」讓婚姻難以幸福。縱使婚後雙方願意透過相處以培養感情，也由於生計與功名的需要，使得夫妻時常分隔二地，相思之情油然而生。《名媛集》與《古杭雜記》分別提到：

> 朱希眞名秋娘，適徐必用。徐久客不歸，朱賦〈菩薩蠻〉詞云：「……人憐花似舊。花比人應瘦。莫凭小闌干。夜深花正寒。」〔註28〕

> 太學服膺齋上舍鄭文，秀州人，其妻寄以〈憶秦娥〉云：「花深深。一鉤羅襪行花陰。行花陰。閒將柳帶，試結同心。　日邊消息空沉沉。畫眉樓上愁登臨。愁登臨。海棠開後，望到如今。」此詞爲同舍所見，一時傳播，酒樓妓館皆歌之。〔註29〕

女子出嫁後，丈夫成爲自己的依靠，是和自己關係最密切的人。當丈夫遠行或久不返家，妻子見不到依靠與熟悉之人，心裡的擔憂與落寞雖與日俱增，也只能繼續苦等和期盼丈夫早日返家。其中，蕭廷恕在〈試論宋詞悲美情感場〉指出：「隨著城市商業經濟的繁榮，市民階層的壯大，以及統治階級享樂的需要」〔註30〕，妓女大量產生，不僅有宮妓、官妓、家妓，「酒樓妓館」更是林立在宋代城鎮。文人與妓女間交往的普遍產生了贈妓詞，其戀情或許是一種「愛情補償物」〔註31〕，吳曾《能改齋詞話・弔二姬溫卿宜哥詞》記載：

> 宿州營妓張玉姐，字溫卿，本蘄澤人，色技冠一時，見者皆屬意。沈子山爲獄掾，最所鍾愛，既罷，途次南京，念之不忘，爲〈別銀燈〉二闋。〔註32〕

明媒正娶的妻子是經過家族、父母認可的，卻不一定爲男子所愛，於是將心中的愛情寄託到其它女子身上。男子對林立的酒樓妓館有選擇權，對館內的妓女也同樣有選擇權，彌補了對婚姻選擇權的缺乏。酒樓妓館作爲文人官吏交際往來的場所，妓女除了才、貌之外，還要有懂得爲客人分憂解勞的智慧，

〔註28〕此語記載於馮金伯：《詞苑萃編》卷二十四，見於唐圭璋編：《詞話叢編》第三冊，頁 2274。

〔註29〕此語記載於王弈清：《歷代詞話》卷七，見於唐圭璋編：《詞話叢編》第二冊，頁 1227。

〔註30〕蕭廷恕：〈試論宋詞悲美情感場〉，《湘潭師範學院學報》第四期（1997 年 8 月），頁 4。

〔註31〕蕭廷恕：〈試論宋詞悲美情感場〉，《湘潭師範學院學報》第四期，頁 4。

〔註32〕吳曾：《能改齋詞話》卷二，見於唐圭璋編：《詞話叢編》第一冊，頁 151。

漸漸地成爲才士文人們的紅粉知己，日久生情。這樣眞切主動的愛情，補償
了婚姻中無奈被動的情感。然而，仕途多變的不安定與身分地位的差距，使
文人官吏與妓女的愛情難有結果，這份眞心最終化爲充滿悲感的情詞。

　　男子只要經濟許可，可以同時有多位妻妾，或是由與妓女交往中享受愛
情。而爲了確保孩子的血統以及對家產的繼承權，妻妾們必須對丈夫忠貞，
或由相處萌生愛情，或轉愛情爲親情，或如朱淑眞一生抑鬱，如陳霆《渚山
堂詞話・朱淑眞詞》所載：

> 聞之前輩，朱淑眞才色冠一時，然所適非偶。故形之篇章，往往多怨
> 恨之句。世因題其稿曰《斷腸集》。大抵佳人命薄，自古而然，斷腸獨
> 斯人哉。〔註33〕

女詞人朱淑眞才貌雙全，比起一般平民女子有較多的自我想法，卻也只能接
受被安排的婚姻。丈夫並非她愛情所要傳達的對象，情感沒有對象可接受，
缺乏幸福感的婚姻遂造成她一生的遺憾。其詞集名爲《斷腸集》，可見她對於
人生充滿了多大的悲怨憤恨。而「大抵佳人命薄，自古而然，斷腸獨斯人哉」，
即如妓女雖能獲得愛情，也受制於禮法難與相愛之人相守；妻子雖爲禮法所
認定，卻必須面對離別與接受丈夫在外留情，顯示了對愛情、婚姻的不自主
性與不公平，爲眾多女性帶來了悲慘的命運。

　　面對愛情自主權的剝奪，更有不願接受安排，而以自身生命作爲抗議禮
教與表現相愛決心的人。如楊湜《古今詞話・韋莊》記載了韋莊寵姬遭王建
奪取，「莊追念悒怏，作〈小重山〉及〈空相憶〉……情意悽怨，人相傳播，
盛行於時。姬後傳聞之，遂不食而卒。」〔註34〕又如楊愼《詞品・徐君寶妻
詞》提到：

> 岳州徐君寶妻某氏，被虜來杭，居韓蘄王府。自岳至杭，相從數千里。
> 其主者數欲犯之，而終以巧計脫。蓋某氏有令姿，主者弗忍殺之也。
> 一日，主者怒甚，將即強焉。因告曰：俟妾祭謝先夫，然後乃爲君婦
> 不遲也，君奚怒焉。主者喜諾。某氏乃焚香再拜默祝，南向飲泣，題
> 〈滿庭芳〉一詞於壁上。書已，投大池中以死。〔註35〕

〔註33〕陳霆：《渚山堂詞話》卷二，見於唐圭璋編：《詞話叢編》第一冊，頁361。
〔註34〕楊湜：《古今詞話》，見於唐圭璋編：《詞話叢編》第一冊，頁20。
〔註35〕楊愼：《詞品》卷六，見於唐圭璋編：《詞話叢編》第一冊，頁527。

徐君寶之妻遭逢宋末亂離，世局動盪已給生命帶來不安全感，卻又成爲活在恐懼下的俘虜。愛情受強權介入破壞，無力反擊的人們只能以自身生命爲籌碼，此種無能爲力的無奈，引發對自身際遇的強大悲感，殉情遂成爲古代常見的愛情悲劇。因愛情受挫而產生的悲傷，也透過情詞寫作達到發聲吶喊。

（四）家庭失和

「修身、齊家、治國、平天下」與「家和萬事興」道出家庭和諧的重要性，但由「清官難斷家務事」了解家庭事務的複雜與和諧之不易。女子出嫁之後，面對陌生的家庭環境，則由熟悉家中事務，同樣具備媳婦身分的婆婆加以指導。在密切的接觸與相處中，「婆媳問題」隨著彼此意見不合與摩擦產生了。

「不順父母」作爲七出之條其一，規範女子凡事須遵從公婆意見。關於婆婆在家庭中的權威性，張樹棟、李秀領指出：「婆婆對媳婦的喜好觀感是主觀的。順眼則二人相安無事，不如意則可以教訓媳婦、責罰媳婦，由於公婆是丈夫的父母親，是家中地位崇高的尊長，媳婦若忤逆公婆，則被視爲國法所不容之事。」〔註36〕女子若嫁至不被婆婆喜愛，甚至不被丈夫疼愛的家庭，婚後生活將飽受身心煎熬，試看陳廷焯《白雨齋詞話‧雙卿詞十二闋》與《白雨齋詞話‧雙卿摸魚兒》之記載：

> 西青散記，載綃山女子雙卿詞十二闋。雙卿負絕世才，秉絕代姿，爲農家婦。姑惡夫暴，勞瘁以死。〔註37〕

> 西青散記：鄰女韓西，新嫁而歸，性頗慧，見雙卿獨春汲，恆助之。瘧時，坐於牀爲雙卿泣。不識字，然愛雙卿書。乞雙卿寫心經，且教之誦。是時將返其夫家，父母餞之。召雙卿，瘧弗能往，韓西亦弗食。乃分其所食自裹之遺雙卿。雙卿泣爲此詞，以淡墨細書蘆葉。〔註38〕

雙卿是位命運悲慘的古代女子，嫁作農家婦，辛勞工作以外，還得忍受婆婆與丈夫的虐待，即使到臥病不起的情形，也必須汲水勞動。她唯一的溫暖來自同樣嫁作人婦的鄰女韓西。婚姻生活的悲慘與韓西友情的溫暖，皆澎湃她

〔註36〕婆婆是媳婦的監督者。媳婦有不如意的地方，婆婆可以教訓，叫她悔改，如教她不聽，舊習不改，可對她進行責罰，直到出棄。相反地，媳婦若對公婆有侵侮不遜的行爲，是爲國法人情所不容的事，將受嚴屬的制裁。張樹棟、李秀領：《中國婚姻家庭的嬗變》，頁197。

〔註37〕陳廷焯：《白雨齋詞話》卷五，見於唐圭璋編：《詞話叢編》第四冊，頁3895。

〔註38〕陳廷焯：《白雨齋詞話》卷五，見於唐圭璋編：《詞話叢編》第四冊，頁3897。

心中的情感，成爲創作的動力來源。無權決定婚姻的女子，將被安排嫁至何種家庭，面對何種家人，完全只能靠運氣。男人休妻後可再娶，女子被出卻難再嫁，爲了依靠夫家生活，又擔憂損害娘家名譽，只好咬緊牙根、逆來順受以避免遭受出妻的厄運。

　　從七出之條〔註39〕也可看出女子地位在傳統社會中的卑下。傳宗接代、侍奉公婆，與家事服務成爲媳婦最主要的價值所在，種種約束是對男人權益的維護，目的在於讓丈夫能夠無後顧之憂地工作，方便其對女人的管理。丈夫雖握有出妻權利，仍須尊重父母之意〔註40〕，與媳婦最常接觸的婆婆便成爲關鍵人。無論是魏晉的「焦仲卿與劉蘭芝」或宋代的「陸游與唐琬」，皆是受婆婆主導所拆散，陳廷焯《白雨齋詞話・放翁詞》指出：

> 「山盟雖在，錦書難託。莫莫莫。」放翁傷其妻之作也。（放翁妻唐氏改適趙士程。）「不合畫春山、依舊留愁住。」放翁妾別放翁詞也。前則迫於其母而出其妻。後又迫於後妻而不能庇一妾。何所遭之不偶也。至兩詞皆不免於怨，而情自可哀。〔註41〕

陸游與表妹唐琬自小訂親，婚後感情融洽，因陸母的主張使唐琬遭遇出妻與被迫改嫁的命運。相愛的有情人難得能成眷屬，卻仍被迫拆散，而這棒打鴛鴦的還是自己的母親，夾在兩個所愛的女人之間的男人，最終只能依「百善孝爲先」的原則遵從母命，放棄自己的愛情。此種「得而復失」的悲痛，經文人之筆創造出〈孔雀東南飛〉與〈釵頭鳳〉等動人名篇。「後又迫於後妻而不能庇一妾」，即指陸游之妾遭受後妻嫉妒而被出，顯示妻妾問題是婆媳問題以外，造成家庭失和的另一原因。除了家長，皇帝也有權利安排臣子婚姻，故常發生中舉者雖在家鄉早有妻子，卻因不敢違抗皇命而另在京城娶妻的情形。或者中舉後地位提高，經濟改善，得以日後納妾。原本即具一定社會地位的文人官吏，依父母之命娶妻後，也能再自行納妾。於是，妻妾普遍存在文人官吏的家庭，而妻子在家中的地位爲正室，高於妾之側室。家中多妻妾，

〔註39〕七出，即將妻子趕出家門的七項條件。七出的內容雖說法不一，但大同小異。禮書上記載的是：不順父母、無子、淫、妒、有惡疾、口多言、盜竊。張樹棟、李秀領：《中國婚姻家庭的嬗變》，頁130。

〔註40〕「既然婚姻的締結以父母之命爲主，婚姻的解除也必以父母意志爲主。」張樹棟、李秀領：《中國婚姻家庭的嬗變》，頁133。

〔註41〕陳廷焯：《白雨齋詞話》卷六，見於唐圭璋編：《詞話叢編》第四冊，頁3922～3923。

彼此難免爭風吃醋，妻妾自分小團體的互鬥形成婆媳以外另一種女人為難女人的情況，影響了家庭的和樂。

　　無論是婆媳或妻妾問題，對男人而言都是一種莫大的為難與困擾；對女人而言便是一種苦難。為人媳婦者，害怕不討婆婆喜愛而遭出妻；為人婆婆者，在重男輕女、母憑子貴的觀念中，兒子的成就即是衡量母親成功與否的標準，於是擔憂兒子耽溺愛情而忽略上進。作為妻子的擔憂失寵愛，成為小妾的害怕受欺壓，身為兒子與丈夫的男人煩惱情感受挫。家庭失和，確實是人們痛苦不安的來源，也是悲苦抒情之由來。

三、外在偶然觸動的悲感

（一）人情人事的感動

1. 同一時空的相遇

　　自身與他人雖是不同個體，卻能對他人之際遇產生共鳴，無論彼此相識與否，外在的「他人」往往能帶動自身內在情感以創作。毛大瀛《戲鷗居詞話·許尚質釀川集》記載著許尚質〈花心動〉即由一同舟北去的陌生女子而來：

> 山陰許尚質又文《釀川集》云：甲子依人入洛，同舟有北去女子，時聞嘆息。泊江口，填〈花心動〉一闋云：「……側坐小車，障面輕容，偷見淚痕如雨。生憐同是離鄉也，誰似我、離鄉尤苦。苦相對，無言黯黯，暗傷柔櫓。……此身拚作商人婦，也絕勝、遠離鄉土。想幽恨、分明倩予細訴。」又文令小伶歌之。中夜，忽隔艙大慟，詢所以，云無奈「生憐同是離鄉也，誰似我、離鄉尤苦」兩語耳。迨曉，各分道陸行，同行咸愴然累日。〔註42〕

北去女子對許尚質而言是陌生人，卻因女子不知何由的嘆息，引發自身離鄉之愁苦，寫下〈花心動〉一詞。詞中「生憐同是離鄉也，誰似我、離鄉尤苦」二句，不僅引起隔艙之人的悲慟，更使同行之人傷感數日。許尚質對隔艙之人而言也是陌生人，其心中滿懷之離愁使彼此情感產生共鳴。

　　再如，李南金因良家女流落飄零的身世，引發感嘆而寫下〈賀新郎〉，葉申薌在《本事詞·李南金賀新郎》中便說此詞：「悲涼感歎，想南金亦自寫其

〔註42〕毛大瀛：《戲鷗居詞話》，見於唐圭璋編：《詞話叢編》第二冊，頁1585。

流落之意歟。」〔註43〕良家女與李南金是互不相識的陌生人，原本無所交集的生命，在李南金得知二人身世際遇相似後，以興發之內心悲感爲針線，「流落今如許。我亦三生杜牧，爲秋娘著句。……若說與、英雄心事，一生更苦」〔註44〕，縫製出使二人生命建立關連的〈賀新郎〉，詞雖爲良家女所作，實是寄託對自身際遇之悲感。尤其身處國家動亂、改朝換代之際的人們，更具有相同或相似的身世際遇，去國懷鄉的悲感便成爲時人普遍的心理傷痛。如洪邁提到吳彥高〈人月圓〉的創作由來：

> 先公在燕山日，偶赴北人張總侍御家集，出侍兒佐酒，中有一人進止溫雅，意狀摧抑可憐，問其姓名，乃宣和殿小宮姬也。坐客翰林直學士吳彥高作〈人月圓〉詞紀之云：「南朝千古傷心地，曾唱〈後庭花〉。舊時王謝，堂前燕子，飛入人家。　恍然一夢，天姿勝雪，宮鬢堆鴉。江州司馬，青衫溼淚，同是天涯。」舉座凄然有揮涕者。〔註45〕

吳彥高爲北宋進士，奉使金國卻被留任金國翰林待制〔註46〕，他在北宋覆亡後的一次宴會中，得知侍兒爲宣和殿小宮姬，二人也由單純客人與侍者的關係，成爲由熟悉的故土遷徙到異族之地生活、有共同國族記憶的北宋人。北宋南遷偏安爲南宋，而朝中宮姬成爲他人家中侍兒，侍兒身世際遇的轉變正代表著政局的變遷，遂在得知侍兒是北宋宮人後，興發感懷以作〈人月圓〉。

　　引發詞人書寫的外在他人因素，不單是對他人的身世際遇產生共鳴，尚有由彼此心境的對比衝突而來。黃庭堅〈南鄉子〉便是一例，試見陳霆《渚山堂詞話·山谷南鄉子詞》之記載：

> 崇寧間，山谷謫宜州。乙酉歲九日登城樓眺望，聽邊人相語云，今歲

〔註43〕葉申薌：《本事詞》卷下，見於唐圭璋編：《詞話叢編》第三冊，頁2355。

〔註44〕李南金〈賀新郎〉：「流落今如許。我亦三生杜牧，爲秋娘著句。先自多愁多感慨，更值江南春暮。君看取。落花飛絮。也有吹來穿繡戶，有因風、飄墜隨塵土。人世事，總無據。　佳人命薄君休訴。若說與、英雄心事，一生更苦。且盡尊前今日意，休記綠窗眉嫵。但春到兒家庭戶。幽恨一簾烟月曉，恐明朝、燕亦無尋處。渾欲倩，鶯留住。」葉申薌：《本事詞》卷下，見於唐圭璋編：《詞話叢編》第三冊，頁2354～2355。

〔註45〕此語記載於王弈清：《歷代詞話》卷九，見於唐圭璋編：《詞話叢編》第二冊，頁1270。

〔註46〕吳彥高（1190～1142），「將宋命至金，以知名留不遣，命爲翰林待制。」脫脫：《金史》（北京：中華書局出版，1987年11月），卷125，〈列傳第六十三·文藝上〉，頁2718。

當麾戰取封侯。因作〈南鄉子〉云：「諸將説封侯。短笛長吟獨倚樓。萬事總成風雨去，休休。戲馬臺南金絡頭。　催酒莫遲留。飲量今秋勝去秋。花向老人頭上笑，羞羞。人不羞花花自羞。」詞成，倚闌高歌，若不能堪。是月三十日，遂不起。〔註47〕

黃庭堅元祐初爲校書郎，編寫《神宗實錄》後擢起居舍人。至紹聖初，新黨稱其《神宗實錄》「多誣」，因此被貶涪州別駕、黔州安置，又移戎州。徽宗即位後，知太平州事九天即被罷免，隨後流放至宜州。〔註48〕他因新舊黨爭之故遭受貶謫，從都城一路遷徙至邊地，在此失意的情況下聽到守邊之人立志從邊地邁向都城的自我期許，與他當下的心境恰好形成一強烈對比。外在他人的想法、言語，爲作者生命帶來衝突，造成了心中抑鬱之情的高升，遂藉寫作達到情緒的發洩。詞成之後，更像對天地吶喊般地「倚闌高歌」，可見其情之悲苦不堪。

2. 相異時空的交會

在同一時空裡，人之生命總與他人有或深或淺的交集，縱使將來無法再相見，這份交集也就成爲回憶的依據，並作爲情感湧現的來源。丁紹儀《聽秋聲館詞話・顧廣圻詞》中記載著，清代袁綬階性好風雅，過著與名士飲酒繪畫賦詩詞的生活，遇人有難，更是傾其所有以集資助人。然而他身故之後，家中原本富裕的經濟不再，子孫更須變賣田產換取溫飽，與以往資產豐饒、風雅度日的生活是天壤之別。顧澗蘋曾爲袁綬階不顧己身也要助人的舉止感到驚訝，某日過其故居回想起往事，不禁悲從中來寫下〈月下笛〉：「試問樓中，生前肯信，破家如此。生平已矣。陳跡偏經舊時里。……話往事重重，痛心曷已。……便放筆，寫悲歌，忘了曾遭抵几。」〔註49〕丁紹儀讀後稱此

〔註47〕陳霆：《渚山堂詞話》卷二，見於唐圭璋編：《詞話叢編》第一冊，頁364。

〔註48〕黃庭堅，「哲宗立，召爲校書郎、《神宗實錄》檢討官。逾年，遷著作佐郎，加集賢校理。《實錄》成，擢起居舍人。……紹聖初，出知宣州，改鄂州。章惇、蔡卞與其黨論《實錄》多誣，俾前史官分居畿邑以待問，摘千餘條示之，謂爲無驗證。既而院吏考閱，悉有據依，所餘才三十二事。……貶涪州別駕、黔州安置，言者猶以處善地爲骫法。以親嫌，遂移戎州，……徽宗即位，起監鄂州稅，簽書寧國軍判官，知舒州，以吏部員外郎召，皆辭不行。丐郡，得知太平州，至之九日罷，主管玉隆觀。庭堅在河北與趙挺之有微陳，挺之執政，轉運判官陳舉承風旨，上其所作〈荊南承天院記〉，指爲幸災，復除名，羈管宜州。」〔元〕脱脱：《宋史》（北京：中華書局，1995年3月），卷444，〈列傳第二百三・文苑六〉，頁13110。

〔註49〕丁紹儀：《聽秋聲館詞話》卷五，見於唐圭璋編：《詞話叢編》第三冊，頁2632。

詞：「激烈之音，不堪卒讀。」〔註50〕再如《詞苑》所記載：

> 宋有陳襲善者，遊錢塘，與營伎周子文狎，挾之遍歷湖山。後襲善去為
> 河朔掾，宿奉高驛，夢子文騫幃頓蹙，挽之不可，冉冉悲啼而沒。久之
> 得故人書云：「子文死矣。」按其日，則宿奉高驛時也。既歸，遊驚嶺，
> 作〈漁家傲〉以寄情云：「驚嶺峯前欄獨倚。愁眉促損愁腸碎。紅粉佳
> 人傷別袂。情何已。登山臨水年年是。　常記同來今獨至。孤舟晚颭湖
> 光裏。衰草斜陽無限意。誰與寄。西湖水是相思淚。」〔註51〕

陳襲善與周子文關係親近，時常出遊，在陳襲善至河朔上任後的某夜，夢到
周子文流淚離去，之後竟接到周子文逝去的消息。當陳襲善於歸返路途中看
見驚嶺風光，不禁勾起與周子文出遊的回憶。昔日常相聚的人，突然間已時
空分隔，少了年年一同分享美好風光的人，他只能「獨」倚、「獨」至，無限
情意無人可寄，遂藉詞「寄情」。曾有過交集的生命，剩下回憶以慰相思之情，
兩相對照之下不免淒涼。

　　人與人不僅能在同一時空下相遇而產生影響，逝去之人的生平事蹟作為
一種歷史的存在，同樣能引發人的情感，此際精神便超越相異時空而達到交
會。如北宋抗金的歷史，即透過一石刻的出土引發後人文徵明的心中情感，
試見《詞苑叢談・文徵明滿江紅》：

> 夏侯橋、沈潤卿掘地，得宋高宗賜岳侯手敕石刻，文徵明待詔題〈滿
> 江紅〉詞云：「拂拭殘碑，敕飛字、依稀堪讀。慨當初、倚飛何重，後
> 來何酷。豈是功成身合死，可憐事去言難贖。最無端、堪恨又堪悲，
> 風波獄。　豈不念，封疆蹙。豈不念，徽欽辱。念徽欽既返，此身何
> 屬。千載休談南渡錯，當時自怕中原復。笑區區、一檜亦何能，逢其
> 欲。」激昂感慨，自具論古隻眼。〔註52〕

北宋徽、欽二帝在靖康之難中成為金人俘虜後，由宋高宗建立偏安的南宋政
權。岳飛是一代忠臣勇將，本受宋高宗重用，然而宋朝向來秉持重文輕武的

〔註50〕丁紹儀：《聽秋聲館詞話》卷五，見於唐圭璋編：《詞話叢編》第三冊，頁
　　　　2632。
〔註51〕此語記載於馮金伯：《詞苑萃編》卷十四，見於唐圭璋編：《詞話叢編》第三
　　　　冊，頁2079～2080。
〔註52〕此語記載於馮金伯：《詞苑萃編》卷十六，見於唐圭璋編：《詞話叢編》第三
　　　　冊，頁2102。

政策，對於武人掌權採取防備的態度。加上岳飛是主戰派，面對二帝被虜之國恥，力求攻克金兵以迎回宋帝，對宋高宗而言此舉無疑對其帝位造成威脅。宋室南渡偏安後，暫時擺脫戰亂的恐懼氣氛，主戰派的戰力已非皇帝所要，反而由主和派的秦檜成為符合宋高宗的心思與需要的人。二派對立造成其中一派失勢，岳飛遭十二道金牌急召回宮，獲罪下獄以至處死，隨其英雄事蹟而來的悲劇際遇是歷史上血淚的一章。明代文徵明見到掘地所得之宋高宗賜給岳飛的石刻，引發他心中對此歷史事件激昂感慨之情，詞的書寫便是其精神與歷史相遇的證明。

　　謝章鋌《賭棋山莊詞話・弔李光瑚夫婦詞》提到閩縣李亦珊：「自甘涼解餉歸，抑鬱以死，棺久不得歸」，其妻蔡梅魁對一老婦說：「吾夫死，無一過問者，設久殯此，其何以堪。我將死之，聞者或憐我之節，送夫柩歸，吾翁姑亦籍以同歸，吾無憾矣。」〔註53〕蔡梅魁在丈夫與婆婆過世後選擇自縊，一方面是表示守節的決心，一方面是希望丈夫與婆婆的棺木得以回鄉安葬。有位官夫人從老婦口中聽聞此事，心中不忍，不只請丈夫資助二百金送其一家棺木回鄉，更為蔡梅魁立廟祭祀，謝章鋌《賭棋山莊詞話・弔李光瑚夫婦詞》記載著：

> 粵中南海知縣仲振履為之填雙鴛祠院本。振履字柘泉，……長於倚聲，此詞尤哀怨動人。卷首有吾鄉劉心香（士棻）先生題詞，余調〈乳燕飛〉書其後云：「苦雨淒風夜。把此卷、長吟一遍，數行泣下。夫婦人間多似鯽，似汝淒涼蓋寡。儘辛苦、艱難都罷。……肝腸寸斷顏凋謝。却猶將、綱常二字，時時認者。……博得旁觀稱苦節，想君心聽此添悲詫。不得已，如斯也。」〔註54〕

蔡梅魁在失去親人的內心悲痛之外，尚時時謹記「綱常」，藉自我生命的犧牲達到守節操、重孝道的實踐，其辛苦艱難的淒涼身世令人同情。她雖是一名平凡婦女，其事蹟同樣能牽動他人的內心情感，縱使彼此非親非故、時空相異，也為她「數行泣下」。

　　另外，《樂府紀聞》中寫道：「大名民家，有男女以私情不遂赴水死。後三日，二屍相抱出水濱。是年此陂荷花，無不並蒂。李冶賦〈雙蕖怨〉……

〔註53〕謝章鋌：《賭棋山莊詞話》卷二，見於唐圭璋編：《詞話叢編》第四冊，頁3337。
〔註54〕謝章鋌：《賭棋山莊詞話》卷二，見於唐圭璋編：《詞話叢編》第四冊，頁3337～3338。

此即〈摸魚兒〉，與〈雁丘詞〉並膾炙人口。」〔註55〕愛情路上的重重阻礙，使有情人們無法獲得圓滿結局，只好以「共死」彌補無法「同生」的遺憾，殉情事件的發生，總讓人不勝唏噓。美好青春生命的犧牲，伴隨著死後僵硬軀體的相擁浮現，以及並蒂荷花的綻放，殉情人兒的生命彷彿以另一種形式延續了下去。李冶與殉情人並不相識，透過閱讀或聽聞此帶有奇異色彩的殉情事件後，心有所感而賦〈雙蕖怨〉。顯示即使是不爲人知的尋常人物，其行爲事蹟也會經由流傳而影響身處相異時空的陌生人，當詞人的心靈受到觸動，創作便由此展開。

（二）物色物感之觸發

1. 空間的景物呈現

人與其生存的空間密切聯繫著，透過視、聽、味、觸、嗅等感官與空間內的萬象萬物進行互動，是除了自身歷程與社會他人之外，所能觸動內心情感的另一來源。謝章鋌《賭棋山莊詞話・鄭仲濂詞》提到鄭仲濂因「寓齋雪丁香盛開，不旬日，謝矣，感而有作」〔註56〕，丁香盛開後在十日間又匆匆凋落，雖然只是日常可見的花開花落，是自然規律的循環，人之生老病死也依循此自然理則，詞人看到之後仍不免心生感嘆。具生命消長型態的萬象萬物，其凋落象徵了生命的消逝與美好的難以長久，故常引發人之內心情感。然而，即便是無生命的物件也爲詞人帶來悲感，如李佳《左庵詞話・吳蘭修詞》的記載：

> 吳蘭修，嶺南詞人，新著《桐花閣稿》，多清新可愛。爲梁子春題春堂藏書圖〈乳燕飛〉，尤情韻綿邈，眞摯足以感人。詞云：「一夕酸心話。問平生、說猶未忍，那堪圖畫。阿母昔兼師與父，儲取縹緗滿架。將舊日、釵鈿都捨。一盞寒燈親口授，有繅車、伴盡啼鳥夜。衣絮冷，寺鐘打。　而今白首悲親舍。笑哭秋風，樹根讀竟，淚涔涔下。剩有緗帷常入夢，猶侍殘機未罷。算此種、深恩難寫。任説馬周當富貴，痛泉台、何處頻封鮓。我亦是，傷心者。」〔註57〕

燕鳥不辭勞苦銜草木築巢，每日爲嗷嗷待哺的幼鳥覓食，而幼鳥終會離巢遠

〔註55〕此語記載於沈雄：《古今詞話・詞話》下卷，見於唐圭璋編：《詞話叢編》第一冊，頁789。
〔註56〕謝章鋌：《賭棋山莊詞話》續編二，見於唐圭璋編：《詞話叢編》第四冊，頁3505。
〔註57〕李佳：《左庵詞話》卷上，見於唐圭璋編：《詞話叢編》第四冊，頁3113。

去。這一幅圖畫，觸動吳蘭修心中對母親的回憶與感念，想起母親扶養他長大成人的辛勞，當他有能力回饋時，卻是「而今白首悲親舍」，只能潸潸淚下，等待夢中相見了。其失去親情的哀傷，由圖引之，藉詞發之，真摯感人。

落花與圖畫皆是具象呈現在詞人眼前，另如聲音的傳遞屬於抽象形式，同樣影響人心至深。李佳《左庵詞話・舒佐堯詞》指出：「舒棠陔茂才佐堯〈摸魚兒〉詞題云：粵中木魚歌聲最悽咽，客中聞此，百感頓生，吟以遣之。」〔註58〕木魚歌盛行於廣東，深受粵方言地區的民眾喜愛。〔註59〕木魚歌又名摸魚歌，自明代已在廣東東莞出現，內容多為孝義貞烈之事，聽者的喜怒哀樂隨內容而變化，「最悽咽」是其特點，今莞人唱木魚歌仍常帶悲音。〔註60〕舒佐堯的「百感」起於木魚歌的悲淒之聲，透過詞的創作達到情感的抒發。

許多個別的具象、抽象景物構成各有特色的自然環境，自然環境的改變也由眾多個別物象的改變組成。導致改變的因素，在天災中的地震、風災、水災、火災等，與人禍而起的縱火、戰爭等，是形成時間較短的；天災中的旱災，以及受長期的自然力作用而來的地形、氣候、水文等自然變化則是通過長期累積而來。另外，人禍中的環境污染，屬於短期突發與長期累積的皆有。面對環境的改變，人必須學習適應它的陌生與接受它的樣貌，今昔的差異難免使人有所比較，如丁紹儀《聽秋聲館詞話・周星詒星譽詞》即感嘆：

> 自蘇城至虎丘，中為山塘，月地花天，終歲遊人如織。《烏絲詞》所謂「夜火千家紅杏幕，春衫十里綠楊樓」是也。逮金陵陷後，虎旅雲屯，漸形寥落。祥符周季貺司馬（星詒）有重過山塘感賦〈減字木蘭花〉云：「山光水色。風景依稀渾似昔。少了燈船。閒煞山塘七里烟。　屋荒人靜。歌板酒旗零落盡。月黑風尖。小隊銀刀結束嚴。」誦之令人悵惘。〔註61〕

〔註58〕李佳：《左庵詞話》卷下，見於唐圭璋編：《詞話叢編》第四冊，頁3148。

〔註59〕楊寶霖指出：「木魚歌是廣東珠江三角地區的俗文學，除了它的內容喜為粵方言地區的廣大民眾接受之外，運用大量的粵方言，是木魚歌為粵方言地區的廣大民眾喜聞樂見的原因之一。」楊寶霖：〈東莞木魚歌研究（下）〉，《東莞理工學院學報》第12卷第4期（2005年8月），頁4。

〔註60〕楊寶霖：〈東莞木魚歌研究（上）〉，《東莞理工學院學報》第12卷第2期（2005年4月），頁5～6。

〔註61〕丁紹儀：《聽秋聲館詞話》卷三，見於唐圭璋編：《詞話叢編》第三冊，頁2609～2610。

金陵爲南京古名，一方面有自然絕美的江南風光，一方面更是人文豐富的歷史古蹟，因此成爲人們喜愛的旅遊觀光景點。然而，鴉片戰爭結束後，自西元 1851 年至西元 1864 年，歷時十四年的太平天國之亂〔註62〕，嚴重破壞了這個地區的美好，尤其是蘇州一帶，曾經具有「天下財貨莫盛於蘇州，蘇州財貨莫盛於閶門……寇之所熱中者，城內十一，而此地十九」〔註63〕的繁盛，亂事底定後卻仍是「通和坊東口，至瓣蓮巷北，四十年前全爲瓦礫墩，今始蓋造房屋，想見亂時慘狀，不僅同涇橋至楓橋爲荒郊也。」〔註64〕呈現長期破敗蕭條的景象。清初陳維崧《烏絲詞》〈望江南·歲暮雜憶〉〔註65〕中生氣勃發的景象已不復見，周季貺〔註66〕此番「重過」山塘，看見的是環境的巨變，雖然山水風光渾似昔，但氣氛已從歡喜熱鬧變成蕭瑟殘破，由戰亂帶來的環境改變使周季貺感慨不已。

2. 時間的歲月流轉

在人有限的壽命中，所能見到的淺表環境改變或許尚可通過時間以似「故」，然而時間在人身上的作用卻只存在遠「故」的年歲增長，如陸輔之《詞旨·屬對凡三十八則》中對周邦彥〈西平樂〉的記載：

> （元豐初，予以布衣西上，過天長道中。後四十餘年，辛丑正月二十六日，避賊復遊故地，感歎歲月，偶成此詞。）稚柳蘇晴，故溪歇雨，川迥未覺春賒。……歎事逐孤鴻去盡，身與塘蒲共晚，爭知向此征途，區區竚立塵沙。追念朱顏翠髮，曾到處，故地使人嗟。……重慕想東

〔註62〕 鴉片戰爭是太平天國之亂的成因之一，「戰爭中消耗的軍費及賠款，都轉嫁於人民，各地官吏又乘機巧立名目，濫徵私派，使得民窮財盡。戰後政府弱點暴露，威信大失，加上災害不斷，飢民遍野，民有亂心，小則拒捕抗官，大則揭竿而起。」黃寬重、柳立言編著：《中國社會史》，頁 184。

〔註63〕 吳秀之等修，曹允源等纂：《吳縣志》（臺北：成文出版社，1970 年），卷 53，〈兵防考一〉，頁 883。

〔註64〕 此爲顧頡剛記載王伯祥所言，另提到「清軍奪回蘇州之後，如能趕興楓橋一帶市面，此處必不致如此寥落。」顧頡剛：《顧頡剛讀書筆記》（臺北：聯經出版社，1990 年 1 月），〈景西雜記（六）·太平天國前後之蘇州市面〉，頁 440～442。

〔註65〕 此爲陳維崧〈望江南·歲暮雜憶〉十首之三，原詞是「江南憶，少小住長洲。夜火千家紅杏幔，春衫十里綠楊樓。頭白想重遊。」陳維崧撰，王雲五主編：《烏絲詞》（臺北：臺灣商務印書館，1965 年 11 月），頁 3～4。

〔註66〕 周星詒，字季貺，浙江山陰人，西元 1833～1904 年。梁廷燦：《歷代名人生卒年表》（臺北：臺灣商務印書館，1979 年 11 月臺二版），頁 267。

陵晦迹，彭澤歸來……。〔註67〕

周邦彥，錢塘人（今浙江杭州），在元豐初年爲太學生，獻〈汴都賦〉受神宗賞識，宣和二年，徙知處州（今浙江麗水）。然而，睦州（今浙江淳安）此時發生了方臘之亂〔註68〕，周邦彥爲避亂而於宣和三年〔註69〕經過故地，想起四十多年前的自己還是個游京師的少年，如今也已進入六十多歲的人生了。〈西平樂〉中「追念朱顏翠髮，曾到處，故地使人嗟」，感嘆四十年的歲月或許未使故地有多大改變，卻足以讓人改變很多，更是人一生的大部分時光。歲月消逝引發其傷感之情，在官場度過大半歲月之後，最終希望生命獲得平靜自在，表達出對田園生活的嚮往。再如記載於陸輔之《詞旨・屬對凡三十八則》中的張炎〈八聲甘州〉：

> （甘州，杭州晤趙文叔。去病案：新一作歌。又龔本題，趙文叔與余賦別十年餘，余方東游，文叔北歸，況味俱寥落。更十年觀此曲，又當如何耶。）記當年紫曲戲分花，簾影最深深。惺忪語笑，香尋古字，譜掐新聲。散盡黃金歌舞，那處著春情。夢醒方知夢，夢豈無憑。　　幾點別餘清淚，盡化作妝樓，斷雨殘雲。指梢頭舊恨，荳蔻結愁心。都休問、北來南去，但依依、同是可憐人。還飄泊，何時尊酒，卻說如今。〔註70〕

張炎與趙文叔直到今日在杭州相聚之前，已分別十多年了，時間引領生命成長茁壯，也使生命走向衰老，十年是一段可以有很多變化的歲月。聚散無常的人生使張炎有感而發，作詞懷想十多年前交遊的歡樂，感嘆十多年來分離的長久，更遙想二人未來十多年的景況。寫詞的當下，想到的是十多年來的歲月，詞中「更十年觀此曲」一句，則將憶起二十多年來的點滴。此刻與友相聚，卻無法保證二人十年後是否能再聚首，只能珍惜眼下相聚時光，期待將來能「尊酒說如今」了。

　　地球上的每個人的每秒鐘雖然長度相同，不因身分、階級、性別、種族、

〔註67〕　陸輔之：《詞旨》卷上，見於唐圭璋編：《詞話叢編》第一冊，頁304。

〔註68〕　「方臘者，睦州青溪人也。……時吳中困於朱勔花石之擾，比屋致怨，臘因民不忍，陰聚貧乏游手之徒。宣和二年十月，起爲亂，……不旬日聚眾至數萬，破殺將官蔡遵于息坑。十一月陷青溪，十二月陷睦、歙二州。南陷衢，殺郡守彭汝方：北掠新城、桐廬、富陽諸縣，進逼杭州。」〔元〕脫脫：《宋史》，卷468，〈列傳第二百二十七・宦者三〉，頁13659～13660。

〔註69〕　此年爲辛丑年，西元1121年。梁廷燦：《歷代名人生卒年表》，頁70。

〔註70〕　陸輔之：《詞旨》卷上，見於唐圭璋編：《詞話叢編》第一冊，頁315～316。

宗教、年齡等不同而有所差異，生命的長短卻不一定。時間並非爲人所有，也不受人的存在與否影響，生者的生命卻因時間得繼續前進。生命長度的不確定性，總帶給人不勝唏噓的悲感，謝章鋌《賭棋山莊詞話・金繩武夫婦評花仙館合詞》記錄了金韻仙〈雲仙引〉：

> 〈雲仙引〉（自序：玉卿逝二十六日矣，時楚氛告警，羽檄飛馳，杭人遷徙，道路如織。余爲厝其柩於西湖臥龍橋南，既念逝者，行復自痛。）云：「……曉角一聲，青山紅粉，從此茫茫。　送伊過了橫塘。猶憶得、花開陌上香。不道今生，再無儂分，替檢歸裝。又是回風，蕭騷做暝，怎不教人屢斷腸。一抔荒草，五更殘夢，兩地思量。」〔註71〕

金韻仙與妻子結褵二年即喪妻，又身處動亂的社會，使得精神承受生離死別之痛，身體也遭遇顛沛不安之苦。生命中頓時少了相互扶持的伴侶，在離亂中更感到孤單冷清，縱使一年之春又到，與妻子相聚的歲月卻再也不回。謝章鋌對「玉卿來歸二年餘即卒，韻仙時已舉孝廉，遂遭離亂，傷春傷別，如泣如訴，其詞格亦相似也」〔註72〕，表示了感慨無奈之意。陌上花開花謝、枝上葉生葉落之後，等待下一次生長季節到來，又能獲得重生，人的生命雖似一年四季之春夏秋冬而有生老病死的規律，然而不同的是，人一旦死去就無法復生。因此，「青山紅粉，從此茫茫」、「猶憶得、花開陌上香。不道今生，再無儂分，替檢歸裝」，失去妻子給金韻仙帶來了深切的悲痛，使其作品流露一股悲傷情調。

　　時間的存在形成往古來今的差異，對時間的感受，當屬自然的四季變遷最明顯，春、夏、秋、冬一年一循環，設立其中的節日也是如此。如歡喜熱鬧的年節時候，家族親戚齊聚一堂，自己的稱謂也在一年年的年節中升級了，由兄弟姊妹到伯叔姑舅姨再到公婆，甚至公婆祖字輩。中國的節日多具有慎終追遠的內涵，於是節日不僅促進人們關懷相聚，使人「倍思親」之外，更是感受到歲月的流轉，尤其是清明時節。沈雄《古今詞話・蘇幕遮》即指出：

〔註71〕謝章鋌：《賭棋山莊詞話》續編四，見於唐圭璋編：《詞話叢編》第四冊，頁3556。

〔註72〕謝章鋌：《賭棋山莊詞話》續編四，見於唐圭璋編：《詞話叢編》第四冊，頁3555～3556。

〈蘇幕遮〉，一名〈鬢雲鬆〉，范仲淹、周邦彥有此詞。今以陳黃門之
〈鬢雲鬆〉證之：「……繡原長，青塚小。重問幽泉，可照紅裳曉。地
下傷春應不老。香魂依舊嬌芳草。」此三月十九日作，幾許悲涼，蓋
詠清明也。〔註73〕

隨著年紀漸長，在清明中的任務往往由只拿香祭拜至準備祭品，再成為家族
祭祀活動的號召者等等；祭祀墓塚的親人名號也會一個個增加，甚至也為朋
友墓塚上香，直到某日自己也歸入塵土之中。地下之人不必再受老病之苦，
也不須再為時間的消逝而感傷，這些感慨都留待生者去感受體會。在清明尚
帶涼意，或有細雨紛飛的氣候中，人們親手整理家族墓塚，焚香祭拜，勾起
對逝者的懷念與回憶，心中也增添了一份悲傷。

第二節　抒情治療的創作需要

本節從「從詞體抒情特性進入」、「由生命書寫獲得治療」兩方面，討論
詞人創作悲詞的原因。

一、從詞體抒情特性進入

清代經學家焦循曾經反駁時人輕視詞為小道的看法，他指出：「詩詞是以移
其情而豁其趣，則有益於經學者正不淺。」〔註74〕說明詩詞比起其他文體更能
移人之情的特性。移情是情緒的轉移，有助於心理的健康與壓力的緩解，因此
說詩詞的學習對於治經學者也有很大的助益。若將同樣能「移其情而豁其趣」
的詩與詞相比，則詞又比詩更適合抒情，如張炎在《詞源・賦情》中表示：「簸
弄風月，陶寫性情，詞婉於詩。」〔註75〕風月關乎情，在同為抒發性情而作的
情況下，詞卻給人比詩多了「婉」的感受，因此特別適合表現性情的幽深與細
密，說明了詞較詩更宜於抒情的特質。這種特質，是來自詞體本身，劉體仁《七
頌堂詞繹・詞境詩不能至》即提到：「詞中境界，有非詩之所能至者，體限之也。」
〔註76〕詞之所以能擁有詩無法呈現的境界，原因即在於詞本身體裁具備的獨特

〔註73〕沈雄：《古今詞話・詞辨》下卷，見於唐圭璋編：《詞話叢編》第一冊，頁
　　　　927。
〔註74〕焦循：《雕菰樓詞話》，見於唐圭璋編：《詞話叢編》第二冊，頁1491。
〔註75〕張炎：《詞源》卷下，見於唐圭璋編：《詞話叢編》第一冊，頁263。
〔註76〕劉體仁：《七頌堂詞繹》，見於唐圭璋編：《詞話叢編》第一冊，頁619。

性。舉例來說：「『夜闌更秉燭，相對如夢寐』，叔原則云：『今宵賸把銀缸照，猶恐相逢是夢中。』此詩與詞之分疆也。」〔註77〕晏殊取材於杜詩而成的詞，充滿深婉纏綿的情致，營造出與詩境迥然相異的詞境，是爲合於詞而不合於詩的部分。況周頤進一步分析詞之體裁的特性，試見《蕙風詞話‧詞非詩之賸義》：

> 詩餘之「餘」，作贏餘之「餘」解。唐人朝成一詩，夕付管絃，往往聲希節促，則加入和聲。凡和聲皆以實字塡之，遂成爲詞。詞之情文節奏，並皆有餘於詩，故曰「詩餘」。世俗之說，若以詞爲詩之賸義，則誤解此餘字矣。〔註78〕

依其所言，詩餘一名之由來，乃是這種體裁含有「餘」之內涵。唐人若要將詩配樂歌唱，必須加入和聲之字，以達到與音樂節奏的協調配合，這增以實字的詩便成了一種名爲「詞」的新興體裁。詞因應音樂而生，自然富有音樂性與節奏感，並形成長短句的體制。隨著音律的起伏迭宕、節奏的輕重緩急，更容易引發人心的情意並與之共鳴。加上詞之長短句的句式多變化，可提供創作者多樣選擇。是故，況周頤根據詞體的形成與特質，主張詩餘之「餘」代表在情文節奏方面的贏餘，即相較於詩，所具有的情文節奏更多、更傑出。可見，富含情意的承載力爲詞體先天的特質，因此適合人們作爲抒情之用。

既然人生而有情，且對萬物有感，那麼這些時而湧現的情感就必須透過適當的管道獲得抒發。每種文體有其本身的特色與功能，單一文體絕對無法滿足人的所有需求，也因此才會發展出多種文體以適合人之不同需要。Kate, E. 曾直接地指出，詩歌和創造性書寫能夠提供遭受到心理健康之苦的人們一個有效的發洩途徑。〔註79〕詞作爲詩歌的一種，比起散文與詩，更適合作爲情意的載體，對此，查禮曾於《銅鼓書堂詞話‧黃孝邁詞》說明：「情有文不能達，詩不能道者，而獨於長短句中，可以委宛形容之。」〔註80〕詞之所以承載了人們大量情感，敘寫了諸多生命的悲哀愁苦，即在於「情」透過詞可以獲得更好的抒發，長短句的體裁與其崇尚委曲柔宛的特色，恰好適合情感的

〔註77〕 劉體仁：《七頌堂詞繹》，見於唐圭璋編：《詞話叢編》第一冊，頁 619。

〔註78〕 況周頤：《蕙風詞話》，見於唐圭璋編：《詞話叢編》第五冊，頁 4406。

〔註79〕 Kate, E.（2004）. Express Yourself. Community Care,1509, 28.轉引自簡怡人、詹美涓、呂旭亞：〈書寫治療的應用及其療效〉，《諮商與輔導》第 239 期（2005年 11 月），頁 24。

〔註80〕 查禮：《銅鼓書堂詞話》，見於唐圭璋編：《詞話叢編》第二冊，頁 1481。

曲折綿密，因此作爲抒情的管道，詞是更合用的一種體制。

　　對詞的學習，不僅不妨害其他學術的研習，更有助於情緒的抒發，尤其作爲人在遭遇不如意時，心底最深最痛的吶喊出口。李佳《左庵詞話‧劉炳照詞》指出：

> 陽湖劉光珊學博炳照，工倚聲，號語石詞人。有留雲借月庵詞，俞陰甫太史序之，有云：「歐陽公有言，詩必窮而後工，余謂詞亦然。」自題秋窗塡詞圖云：「一寸詞腸，七分是血，三分是淚。」其概可見。〔註81〕

張潮在《幽夢影》中曾說：「古人云：『詩必窮而後工。』蓋窮則語多感慨，易於見長耳。若富貴中人，既不可憂貧歎賤，所談者不過風雲月露而已，詩安得佳？」〔註82〕詩必窮而後工，詞腸是血淚化成，在人生窮塞不通之際，這十常八九的不如意便化爲對命運不得不低頭的悲情，血在體內激烈湧動，淚在體外熱燙流淌，是心中情緒積累到極致的表現，這極痛極眞的人生感慨，無法壓抑的心情，選擇詞體作爲抒情管道是再恰當不過的。於是，這些富有生命力的詞敘說著詞人的生命，展現詞人深藏心底不爲人知的悲情，成爲感人動人的作品。

二、由生命書寫獲得治療

　　書寫被大量應用在精神治療領域，是 Progoff, I.在 1977 年發展「密集式心靈手記工作坊」後。〔註83〕到了 1989 年，經由北美學者 Pennebaker, J. W. 等人的實驗，證明書寫對於生活能產生大量好處。〔註84〕Weldon, M.於 2001年正式提出書寫治療法，並將其定義爲以文字書寫的歷程做爲增進自我了解

〔註81〕李佳：《左庵詞話》卷下，見於唐圭璋編：《詞話叢編》第四冊，頁 3146。

〔註82〕張潮：《幽夢影》（臺北：文津出版社，1991 年 11 月），頁 76。

〔註83〕Ira Progoff（1921～1997），爲榮格的弟子，是「美國人文心理學會」（簡稱 AHP）創始人之一。Progoff, I.（1977）. At a journal Workshop: The basic text and guide for using the intensive journal process. New York: Dialogue.轉引自簡怡人、詹美涓、呂旭亞：〈書寫治療的應用及其療效〉，《諮商與輔導》第 239 期，頁 23。

〔註84〕在 Pennebaker（1925～）的表達性書寫實驗操作中，人們每次書寫 20 至 30分鐘有關他們對於壓力事件最深刻的思想和感覺，而此一對生活中壓力事件的簡短介入常常會產生高度啓發性的，且有時是強烈個人化的解釋。此外，眾多的實驗發現中亦指出書寫練習也能產生大量的好處。Pennebaker, J. W.（1989）. Confession, inhibition, and disease J. In L J.轉引自簡怡人、詹美涓、呂旭亞：〈書寫治療的應用及其療效〉，《諮商與輔導》第 239 期，頁 22。

與情感抒發的工具。〔註85〕亦有學者認爲不論是由自我產生或是由治療學家、研究者建議去做的，只要是個案表達性和反射性的書寫，皆可稱爲是書寫治療。〔註86〕

詞的創作是一種書寫，中國在此之前即注意到書寫有助於情緒抒解的特點，如陳廷焯在〈放歌集序〉中提到：

> 息深達夐，悱惻纏綿，學人之詞也。若瑰奇磊落之士，鬱鬱不得志，情有所激，不能一軌於正，而胥於詞發之。風雷之在天，虎豹之在山，蛟龍之在淵，恣其意之所向，而不可以繩尺求。酒酣耳熱，臨風浩歌，亦人生肆志之一端也。杜詩云：「放歌破愁絕。」誠慨乎其言矣。〔註87〕

胸懷坦蕩之人，其對人對事雖俯仰無愧，抱負卻受阻而難以實現，在不得志之際，心中必是愁苦鬱悶。這樣的挫折引發其心中感慨，鬱悶之情日漸累積，在抱負無法實現的情況下，於是藉詞抒發。此刻心中澎湃之情，就如天之風雷、山之虎豹、淵之蛟龍，任憑其所想之處前往，無法加以約束。盡情地透過詞的書寫之外，飲酒放歌也是人抒發情志的一種方式。陳廷焯在序中表明對唐朝杜甫所言之放歌可以解除心中憂愁的贊同，並指出作詞抒情後的快意感受。這即是情緒透過書寫而獲得了治療的效果。

一件事要順利完成，往往須得到天時、地利、人和的三方結合，然而只要過程中人、事、地、時等種種因素的某一環節出了差錯，便會造成問題，人生之不如意，遂因此十常八九。問題帶來煩惱，可以解決的煩惱使人從中學習，無法解決的煩惱讓人陷入困境，產生挫折感。一生順遂很難，絕大多數的人都在接踵而至的煩惱中，對生命不斷地發出感慨，陳廷焯《白雨齋詞話・碧山詠物詞空絕古今》指出：「詠物詞至王碧山，可謂空絕古今。然亦身

〔註85〕Weldon（1958～）是作家也是書寫團體領導人，她在著作《Writing to Save Your Life》中仿造讀書治療法（Bibliotherapy）的拼字法，提出書寫治療法（Scribotherapy）。Weldon, M.（2001）. Writing to Save Your Life: How to Honor Your Story Through Journaling. Hazelden Information Education.轉引自簡怡人、詹美涓、呂旭亞：〈書寫治療的應用及其療效〉，《諮商與輔導》第239期，頁23。

〔註86〕Wright, J.（2002）. Online counselling: learning from writing therapy. British Journal of Guidance & Counselling, 30（3），285～298. Wright, J. & Chung, M. C.（2001）. Mastery or mystery? Therapeutic writing: a review of the literature. British Journal of Guidance and Counselling, 29（3），277～291.轉引自簡怡人、詹美涓、呂旭亞：〈書寫治療的應用及其療效〉，《諮商與輔導》第239期，頁23。

〔註87〕陳廷焯：《白雨齋詞話》卷五，見於唐圭璋編：《詞話叢編》第四冊，頁3892。

世之感使然，後人不能強求也。」〔註88〕又說：「鹿潭窮愁潦倒，抑鬱以終，悲憤慷慨，一發於詞。」〔註89〕《篋中詞》記載著沈昌宇：「才人失職，侘傺不平，身世多感，託諸倚聲，填詞百篇，皆商聲也。」〔註90〕身世際遇坎坷之人，比起際遇較平順的他人有更多的煩惱，遭遇更深的挫折感。王沂孫寓身世之感於所作詠物詞，使詠物詞不單有「物」，更充滿「人」對生命的感慨，陳廷焯稱其詠物詞因此空絕古今。蔣春霖窮愁潦倒的淒涼遭遇，使他一生抑鬱，挫折不斷的無情打擊，使人從憂愁變得悲憤，透過詞的書寫抒發心中強烈的「悲憤慷慨」之情。沈昌宇在詞中寫下他對自身懷才不遇的不平之鳴與感慨，使他的百篇詞作流露著悲傷之情。陳廷焯《白雨齋詞話・乙酉鄉試後賦詞》又提到：

> 乙酉鄉試，泄瀉委頓，草草完卷，歸舟望月，秋氣沉寥，曾賦〈臨江仙〉云：「八月西風吹客袂，初程少駐征鞍。雁聲嘹唳碧雲端。高城天共遠，回首淚闌干。　短荻長蘆秋瑟瑟，水邊紅蓼花殘。冰輪寂寞夜江寒。迴潮如有恨，嗚咽繞前灘。」意不勝而情勝。明日阻雨，又賦〈洞仙歌〉一闋。……亦即上章之意，詞境皆淺，聊寄吾懷而已。〔註91〕

陳廷焯面對鄉試中的不順遂，將心裡的失落與惆悵之情化為詞作內容，自言其書寫依據心中一片真情。McGarry, T. J.與 Prince M.認為表達性書寫可以用來將個案從極度的痛苦和其所關注的事物中釋放出來，以增加其對外在世界的興趣。〔註92〕這也是為何人可以只透過「聊寄吾懷」便獲得壓力的抒解，詞人的創作大多時候只是為了寄懷抒情，不一定是為了創作出傳世作品而書寫，卻可以藉此轉移在挫折上的焦點，看看自身所處世界的一切，進而對生命展開面對與省思。

　　正因藉詞書寫的目的主要是在創作的過程中得到情緒的舒緩，降低壓力帶來的緊張，作者具名與否並不影響他在書寫中「寄懷抒情」的獲得。謝章

〔註88〕陳廷焯：《白雨齋詞話》卷七，見於唐圭璋編：《詞話叢編》第四冊，頁 3937。
〔註89〕陳廷焯：《白雨齋詞話》卷五，見於唐圭璋編：《詞話叢編》第四冊，頁 3872。
〔註90〕此語記載於譚獻：《復堂詞話》，見於唐圭璋編：《詞話叢編》第四冊，頁 4019。
〔註91〕陳廷焯：《白雨齋詞話》卷七，見於唐圭璋編：《詞話叢編》第四冊，頁 3947。
〔註92〕McGarry, T. J. & Prince M. （1998）. Implementation of groups for creative expression on a psychiatric inpatient unit. Journal of Psychosocial Nursing and Mental Health Services, 36（3），9～24. 轉引自簡怡人、詹美涓、呂旭亞：〈書寫治療的應用及其療效〉，《諮商與輔導》第 239 期，頁 24。

鋌《賭棋山莊詞話‧鹽田旅壁詞》中收錄芑川之言：

> 鹽田旅壁有調〈醉太平〉云：「愁多病多。血潮淚波。清風明月聞歌。喚數聲奈何。　時過夢過。心長景矬。情絲欲斷還拖。把青萍自磨。」末云：「僕西湖狂客，東嶠勞人，無地埋憂，有天問句。孔融四海，難覓新知。杜牧十年，空留舊夢。釗**茲**黯黯一燈，倍覺茫茫萬感，聊題小令，自識孤蹤。丙申六月仁和屬淳。」〔註93〕

這闋鹽田旅壁上的詞，不知作者眞實姓名，只知他自稱西湖狂客，還有一身愁病憂情。人生種種不順遂，使他充滿對前途茫茫萬感的迷惑，不禁和屈原一樣以〈天問〉發出對自身命運的悲呼。屈原有感「舉世皆濁我獨清，眾人皆醉我獨醒」，此處作者以狂客自稱，正透露他對於自身與一般世人相異的自覺，自識「孤」蹤代表他感到在人生路上的孤獨，心中深重的悲情也沒有可訴說的對象，題壁詞的書寫在抒情外更有確定自己生命存在的意味。

　　採取不具名的方式書寫，有時對於作者而言反而是提供一個安心且能盡情暢言的抒情環境，如陳廷焯《白與齋詞話‧雙卿詞十二闋》中所記載的苦命女子雙卿，其「生平所爲詩詞，不願留墨迹，每以粉筆書蘆葉上，以粉易脫，葉易敗也。」〔註94〕雙卿在婆婆與丈夫的虐待下，過著悲慘的生活，她的生命也因此承受巨大的痛苦。身體與精神上所遭遇的壓力，使她必須找到抒解情緒的方式，生命才能獲得抒解。Pennebaker, J. W. 與 Harber, K.認爲：「雖然個人常常想要和別人討論壓力事件，卻有種種原因限制了這樣的討論，例如社會限制、缺乏適當管道，或是個人抑制等。」〔註95〕簡怡人等對此說明：「在表達是這麼困難的環境下，書寫可以提供一種實際的、具體的和特定的情緒表達機制，來滿足人們渴望討論創傷的需要。」〔註96〕於是她以粉筆作詞於蘆葉上，敘說自身艱苦辛勞的坎坷日子，即使作品容易消散也無所謂，這樣也可避免被婆婆與丈夫發現的危機，重要的是情緒在書寫的過程中得到

〔註93〕謝章鋌：《賭棋山莊詞話》卷二，見於唐圭璋編：《詞話叢編》第四冊，頁3336。

〔註94〕陳廷焯：《白雨齋詞話》卷五，見於唐圭璋編：《詞話叢編》第四冊，頁3895。

〔註95〕Pennebaker, J. W., & Harber, K.（1993）. A social stage model of collective coping: The Loma Prieta earthquake and the Persian Gulf War. Journal of Social Issues, 49, 125～146 轉引自簡怡人、詹美涓、呂旭亞：〈書寫治療的應用及其療效〉，《諮商與輔導》第239期，頁22。

〔註96〕簡怡人、詹美涓、呂旭亞：〈書寫治療的應用及其療效〉，《諮商與輔導》第239期，頁24。

抒解。又如馮金伯《詞苑萃編·無名子譏范覺民詞》記載：

> 紹興初，范覺民為相。以自崇寧以來，創立法度，例有汎賞，建議討
> 論，又行下吏部參酌追奪，有至奪十五官者。雖公論當然，而失職者
> 胥造謗，浮議蜂起。無名子因改坡語云：「清要無因。舉選艱辛。繫
> 書錢、須要十分。浮名浮利，虛苦勞神。歎旅中愁，心中悶，部中身。
> 　雖抱文章，苦苦推尋。更休說、誰假誰真。不如歸去，作個齊民。
> 免一回來，一回討，一回論。」大字書寫貼於牆上，邏者得之以聞。
> 朝論慮或搖人心，罷討論之舉。范公用是為臺諫所攻。〔註97〕

無名子以詞譏刺時政，並大方地公開在牆上，正如 Pennebaker, J. W. 與 Harber,
K.所言：「書寫提供了一種可以隨時隨地克服諸多障礙的方法，並且讓個人在
沒有社會約束的情形下表達和壓力有關的想法和感覺。」〔註98〕因此，無名
子才能在確保自身安全的前提下，表達心中對時政的不滿，並能大膽公開其
想法讓大眾注意到此一問題，最後也確實發揮了社會輿論的力量，使朝廷政
策有所改變。雖然一般百姓對於政府的政策只能接受並遵守，在此卻看到以
詞作道出百姓心中不滿與無奈心聲，成功發揮影響力的實例。

　　對於這些作者選擇隱姓埋名，卻又能代代流傳的作品，沈雄說：「昔人詞
多散逸，而又委巷沿習，宮禁流傳者，細心微詣，其精彩有不可磨滅故也。
或有暗用刺譏，及太近穢褻者，統曰無名氏。餘亦聽其託乩仙，冒鬼吟，題
壁上，記夢中而已。」〔註99〕諷刺政治時事，擔心受到統治者禁止而遭罪；
穢褻低俗，與社會規範的風氣相違。這些作品都帶有叛逆性，挑戰社會既定
標準，是一種冒險性的創作活動。就作者而言，心中的情感無法壓抑，但創
作後又將帶來一定風險，因此在情志抒發與生命安全缺一不可的情況下，選
擇隱姓埋名或託諸神鬼以達到既能盡情言論又能自我保護的目的。同時也表
現出人抒發心中情感的必要性，即使處在言論不自由的時代，情感依舊會找
到宣洩出口。這些對作者而言不得不寫的作品，具有時代意義與獨特個性，

〔註97〕 此語記載於馮金伯：《詞苑萃編》卷二十二，見於唐圭璋編：《詞話叢編》第
　　　　三冊，頁 2219。
〔註98〕 Pennebaker, J. W., & Harber, K.（1993）. A social stage model of collective coping:
　　　　The Loma Prieta earthquake and the Persian Gulf War. Journal of Social Issues, 49,
　　　　125～146.轉引自簡怡人、詹美涓、呂旭亞：〈書寫治療的應用及其療效〉，《諮
　　　　商與輔導》第 239 期，頁 22。
〔註99〕 沈雄：《古今詞話·詞品》下卷，見於唐圭璋編：《詞話叢編》第一冊，頁 879。

幫助作品流傳的人們，一方面是讀者，一方面和作者一樣是勇於與大環境對抗的冒險者，從創作到作品的完成，以至流傳到後人知曉的整個過程，確實是不可磨滅的精采。

　　無論是對自身生不逢時的感嘆，或對外在因素的指陳評判等等，這些情緒會像吹氣球般的漲大，也不會隨著壓抑就消失，Breuer, J. 與 Freud, S.說：「回顧歷史和近代，研究者和醫生皆舉出負面情緒的表達對於良好的心理和生理健康是相當重要的，至於這些情緒的壓抑常常被視爲是有害的」〔註100〕，縱使壓抑，也只是把情緒堆入潛意識的黑暗中，在夜長夢多之外，尚會面臨因情緒崩潰而來的疾病。因此，尋求管道抒發心中的不滿是極其必要的。是故，小酌獲得放鬆，放歌獲得發洩，書寫獲得釋放。書寫看似靜態，其實書寫的同時即在進行自我對話。簡怡人等說明：「書寫給予個案一種高度的自由去定義自己的經驗，去探索出其最適切的感覺，並且以他們覺得最舒服的速度繼續進行，也讓個案能夠積極地參與他自己的治療工作。」〔註101〕詞供人大聲歌之、誦之，在創作過程中更能審視挫折過程，學習面對與接受。情緒獲得抒發，即能降低被情緒控制的危機，提高理智思考力之後，才能尋求問題的解決方針。

第三節　推己及人的生命美學

　　本節由「超越痛苦、對抗衝突的堅韌美」、「關懷萬物、同情他人的人情美」兩層次，探究詞人「以悲爲美」的創作意義。

一、超越痛苦、對抗衝突的堅韌美

　　詞人最常遭遇的情況即是別離的頻繁。赴考科舉必須與父母、妻子或情人，以及好友分離；任職仕途則會面臨調職或貶職，而與志同道合的好友分離；渴望愛情卻因父母之命或政治命令，與情人被迫分離；走入家庭後又在婆媳與妻妾問題中爲難，嚴重者遭受切斷婚姻關係，與另一半分離；生老病

〔註100〕Breuer, J., & Freud, S.（1966）. Studies on hysteria. NewYork: Avon Book. Soper, B, & Von Bergen, C. W.（2001）. Journal ofEmployment Counseling, 38（3）, 150～160.轉引自簡怡人、詹美涓、呂旭亞：〈書寫治療的應用及其療效〉，《諮商與輔導》第239期，頁24。
〔註101〕簡怡人、詹美涓、呂旭亞：〈書寫治療的應用及其療效〉，《諮商與輔導》第239期，頁23。

死是身體所會經歷的痛苦，同時也帶來與人的離別。人之所以為離別悲傷，乃是由於人生無常所造成對離別後相會之期的不確定，如《有正味齋集》所記吳穀人與友的分離：

> 春暮，同舒古廉、黃相圃、姚春游汎舟湖上，時飛絮掠波，散漫如雪。因憶壬辰三月，與黃玉階坐跨虹橋上，東風甚緊，柳色渡湖而來。玉階得句云：「一年春事又楊花。」余味其意，似甚有悽惋者。明年玉階竟以病死，殆詩讖歟。此游今昔雖異，風景宛然，舊感新情，悲吟成調。〔註102〕

吳穀人在春天與好友們同賞春光湖色的美景時，回想起昔年也曾與好友在橋上欣賞春光湖色，沒想到這次的相聚卻是二人最後一次見面，好友竟在隔年病死，詞人便與好友永別了。有相聚必然有分離，誰也不會料到人生的無常使分離之後再不能相聚。詞人因景物依舊，人事已非而湧起悲傷的情緒，隨之作詞抒發慨嘆。

吳曾《能改齋詞話‧別易會難》即引用《顏氏家訓》對人生必遭遇之離別的說明：

> 《顏氏家訓》曰：「別易會難，古人所重。江南餞送，下泣言離。北間風俗不屑此。岐路言離，歡笑分首。」李後主長短句蓋用此耳。故云：「別時容易見時難。」又云：「別易會難無可奈。」然顏說又本《文選》陸士衡答賈謐詩云：「分索則易，攜手實難。」〔註103〕

離別若是短暫且規律，如同每天求學與家人離別、放學與師友離別，則因分離時間短暫使人較能接受離別，且因規律化形成對離別的習慣，離別所帶來的愁緒便較穩定。高張的離愁以至悲傷，一方面來自離別時間之久，產生聚少離多的情形，使得因離別所產生之思念無法由同等之相聚獲得彌補以達滿足，在心理上便處於匱乏的狀態。另一方面由於離別突如其來的不規律，在尚未作好心理準備的情況下，離別所帶給人們的衝擊遂讓人難以面對與接受。之所以感到「別易會難」，乃是對於明日有太多的不確定，誰也不敢保證今日相聚後的某日一定能再相聚，甚至是否還能有下一次的相聚都不一定。

〔註102〕此語記載於馮金伯：《詞苑萃編》卷十八，見於唐圭璋編：《詞話叢編》第三冊，頁2149。

〔註103〕吳曾：《能改齋詞話》卷一，見於唐圭璋編：《詞話叢編》第一冊，頁130。

於是，無論分離時間長短，或頻率規律與否，對人生無常的恐懼往往是帶來悲感的主因。

　　每個人在社會中皆扮演各種不同角色，詞人所具有的角色在仕途中爲官員，一方面聽令於朝廷，一方面又號令下屬；在家中是父母的子女，又是子女的父母，是弟妹的兄姊，又是兄姊的弟妹；在婚姻中是妻子或丈夫，又是媳婦或女婿；在人際中尚有同事、朋友、老師、學生等種種角色。這一連串的角色必須有所整合，才能適應社會，表現出正確的社會行爲。個人對自身在社會中所擔任的角色有所認定與期待，當這些社會角色遭受衝突，個人對社會的適應便會面臨挑戰。社會學家帕生思（Talcott Parsons, 1902～1979）解釋角色衝突爲：「角色行使者面對兩組彼此衝突的合理角色期待，而欲兩者皆完全實現成爲實際上的不可能。」〔註104〕如《堯山堂外紀》所記載：

> 趙孟頫，字子昂，宋宗室秦王德芳之後。以程鉅夫薦，仕元爲翰林承旨。元主以其儀觀非常，恐爲眾望所歸，至館閣，相其背曰，秀才官耳。後有虞堪題其所畫苕溪圖曰：「吳興公子玉堂仙。寫出苕溪似輞川。回首青山紅樹下，那無十畝種瓜田。」邵復齋曰：「公以承平王孫，而遭世變，黍離之悲，有不能忘情者，故長短句得騷人之遺。」〔註105〕

趙孟頫「承平王孫」的身分，經過改朝換代變成了遺民，程鉅夫的推薦使他得到元世祖的賞識，然而，在「忠臣不事二主」的社會道德的標準下，他宋室之後的身分理應拒爲元人之臣，卻可能因違背上意招致殺身之禍，在生存需要的考量影響下，最後選擇出仕元朝。趙孟頫選擇出仕之後，舊室與新臣這兩組在社會期待上相互衝突又不可能並行的角色，雖然由新臣角色處於主要地位，但是其舊室的角色依然存在，衝突也因此繼續出現在其生命中。趙孟頫在宋朝滅亡之後閒居於故鄉，他畫的苕溪圖正代表對舊室角色的懷念，現實中又必須行使新臣的角色，在兩組角色衝突下只好將舊室角色寄託在畫中以得到心靈慰藉，獲得在非現實中行使另一個角色的滿足。

　　爲了生存，必須工作謀生，職場生活遂在每個人的生命中佔有極大比例，

〔註104〕轉引自郭爲藩：《自我心理學》（臺北：師大書苑出版社，1996年），頁44。
Bruce J. Biddle and Erwin J. Thomas（eds.）Role Theory: concepts and research, N. Y., John Wiley, 1966, p.275.

〔註105〕此語記載於沈雄：《古今詞話·詞話》下卷，見於唐圭璋編：《詞話叢編》第一冊，頁794。

在職場中面對各式各樣的人，建立各種不同的社會關係。以文人為例，在經由習聖賢之道的教育，通過科舉考試進入政治仕途後，面臨其中利益鬥爭、動輒得咎的現實與清高廉明、擇善固執的理想拉鋸。「理想讀書人」的社會角色是窮則獨善其身，達則兼善天下，然此理想角色的堅持，或成眼中釘受陷害，或因忠言逆耳遭貶謫；「現實官場人」的社會角色是窮則交際合群，達則升官為己，而此現實角色的趨向，或受社會輿論譴責，或因事蹟敗露遭定罪。伴隨理想與現實衝突而來的角色衝突，便帶給走入政治之人無窮無盡的煩惱。角色行使是個人肯定其自我價值的重要途徑，只有在自我與角色調和的情況下，個人才會有自我實現的感受〔註106〕。因此，所選擇的角色若是由被迫無奈、非出於自願而來，則無法與自我調和，導致無法獲得自我實現感受，便使人沮喪痛苦。

人格，是個人由對某些信念、理想與價值體系的認定所形成〔註107〕，是個人自有意識以後，透過對外界之評斷與對自我之反省，進而逐漸內化成不同於他人的獨特人格，成為個人的行動與想法依據。若是人格我受衝突影響產生矛盾，將會造成個人精神上的痛苦，如蔣敦復的慷慨悲歌：

> 青翁語人曰：「老劍用世材，惜世無能用之者。」柘薌亦奇士，以兄禮事余。粵匪陷金陵，柘薌手殺數賊，力盡死，闔門殉難。青翁年八十六，杜門餓死。志節卓卓俱如是，為吾黨光。余羈愁抱病，感憤填膺，作一詞告諸君地下云：「公等今安在。想當年、酒酣起舞，舉頭天外。……各有心肝須報國，況瘡痍滿眼蒼生待。歌未闋，唾壺碎。 無端撒手成千載。忽中宵、裸身大叫，慷當以慨。與賊俱生真可恥，對此茫茫四海。……言不盡，復再拜。」〔註108〕

以兄禮事蔣的柘薌奮勇殺敵，卻因力窮身亡；年邁老大的青翁空懷用世熱忱，而以餓死告終，蔣敦復視他們為奇人、志士，對青翁與柘薌的評價為「志節卓卓」、「為吾黨光」，表現出他對二人的認同與敬佩，也顯現其人格中具有這

〔註106〕郭為藩：《自我心理學》，頁51。

〔註107〕據郭為藩：《自我心理學》，「人格我代表個人對某些信念、理想、行為規準、價值體系的認同，這些皆涉及評價的問題。這使人成為一個人，變得有人性而且有個性的個別特質，若為個體所意識，便是他在茫茫人海中覓得自己的記號。一個成熟的人格總是忠實於其人生的信念，在應對進退、待人接物的行動中遵循著他的道德規準，塑造別人對他的人格形象。」頁10～13。

〔註108〕蔣敦復：《芬陀利室詞話》卷二，見於唐圭璋編：《詞話叢編》第四冊，頁3653～3654。

類特質方能產生認同。然而青翁與柘簖之犠牲，爲他內心的人格我帶來強烈衝突，導致他「羈愁抱病，感憤填膺」。詞中提到他們共有的報國之心，與爲蒼生奮鬥之意，青翁與柘簖以行動實踐自身信念，用生命作爲對現實的抗議，自己卻與持續爲亂的匪賊「俱生」活命了下來。在行動實踐上無法達到自己心中的道德規準，卻與不認同、排斥、鄙夷之對象匪賊因存活在同一個世界而有了關連，破壞其人格我的理想與對自我的認同，使蔣敦復感到獨活是違背當初彼此共有的志願，彷彿成爲不同於他們志士人格之人，故對自己感到「眞可恥」。由夜晚失眠，情緒激昂以至「裸身大叫」的舉止，顯示此事帶給他的痛苦已累積到一定程度，故藉由大叫及透過作詞與故友對話，達到情緒壓力的宣洩。

　　人無法抗拒身體生老病死的過程，難以與外界斷絕關係而離群索居，更不能避免對自我人格的檢視評判。詞人內心豐沛的情感，加上與外在社會環境的頻繁互動，使自我各部份面臨衝突，雖希望凡事能盡如人意，種種因素卻總讓希望破滅。悲劇之產生主要正在於個人與社會力量抗爭中的無能爲力〔註109〕，即使生命因此有了悲苦，藉著詞作便能重新抬起腳步前進，越悲痛苦悶則越需要書寫。馬斯洛說明人有自我實現的需要，「自我的實現即個體的成長，而成長的過程往往是一種進或退的衝突與選擇歷程。……甚至還要忍受分離、孤獨、恐懼的痛苦。」〔註110〕自我實現是生命最高的目標，爲此，人生所必然遭遇的苦難，皆成爲成長的墊腳石。詞人以詞作與外在社會環境對抗、與內在衝突共存，使生命得以前進，這些痛苦化爲生命的滋養，其堅韌之美也由此煥發。

二、關懷萬物、同情他人的人情美

　　中國詩人、詞人的唱和之作頗多，唱和在文人生活中扮演重要角色，象徵一條溝通與情感交流的重要道路。和韻之作到宋代最爲興盛〔註111〕，劉華

〔註109〕朱光潛：《悲劇心理學——各種悲劇快感理論的批評研究》，頁110。
〔註110〕莊耀嘉編譯：《馬斯洛》，頁50。
〔註111〕古代詩詞唱和，由來已久，于宋爲盛。中唐以前，和詩以和意爲主，中唐其後，則以和韻爲主。和韻又有用韻、依韻、次韻之別，而次韻最難。兩宋詞壇，文人唱酬應和蔚然成風，作者又偏愛因難見巧，次韻之詞獨占鰲頭。而宋詞和作，多爲次韻。題序所謂「和韻」、「用韻」、「借韻」、「疊韻」、「繼韻」者，其實多指次韻。劉華民：〈宋詞次韻現象探討〉，《常熟理工學院學報》20

民分析宋詞次韻之作，得出四種類型：對歌型是典型的一唱一酬；合唱型是一人唱多人和；自和型是詞人自唱自和；模仿型是和者對唱者從內容到形式的模擬學習〔註112〕。詞人不因悲詞感到增加心理負擔，反而給予更多同理與關懷，試看蔣敦復《芬陀利室詞話‧姚梅伯詞》之記載：

> 又有玉魷樓，尤所深眷，寫玉魷樓話雨圖，自題〈高陽臺〉云：「兵後江山，劫餘身世，敢期香夢重圓。……傷心別後漂零況，到紅銷腕玉，翠退眉鈿。不語沉沉，移時低首凭肩。只看半炷山鑪麝，裊晶鉤、都是愁煙。……」蓋是時上海遭粵匪之亂，名花星散，姬亦流寓蘇郡，適遇梅伯，情益淒然，贈以是詞，邀余同作。余和其韻云：「護作花鈴，修成月斧，人間好夢長圓。不奈淒清，魂銷斷羽零蟬。天涯縱有相逢分，惹離悰、風散萍緣。枉從前。細訂香盟，細訴華年。　江湖後約知何處，又疏簾翠桁，瘦篋紅鈿。恨鎖眉峯，那堪悄倚山肩。茫茫萬感真無補，老情牽、媧石飛煙。把愁煎。一寸星河，一剎人天。」〔註113〕

粵匪之亂，即為洪秀全主導之太平天國之亂（1851～1864）。在世亂造成人們流離四散的恐慌中，遇到舊時相識，一方面為彼此健在而感到欣慰，一方面因動亂帶來生活的不安定而心懷傷感。姚梅伯於詞中抒發遭亂後的身世之感，當流寓他鄉中與在玉魷樓所心儀之女子偶遇時，即以詞贈之，並邀蔣敦復同作，蔣敦復遂和其韻作一詞。詞中回應好友的傷心別情，寫下對緣分易散，約定難期的萬感愁情。

　　詞人融入情感，書寫生命於詞，文友或後人得詞有感而和之，無論是蔣敦復受邀和韻，還是見詞興感與以詞代書等自發性的寫作，都是人與人之間情感交流的表現。以謝章鋌《賭棋山莊詞話‧龔自珍詞》記載之龔自珍〈減蘭〉自序為例：

> 偶檢叢紙中，得花瓣一包，紙背細書辛幼安「更能消幾番風雨」一闋，乃是京師憫忠寺海棠花也，泫然得句。云：「人天無據。被儂留得香魂住。如夢如烟。枝上花開又十年。　十年千里。風痕雨點斕斑裏。莫

卷第1期，（2006年1月），頁53。

〔註112〕劉華民：〈宋詞次韻現象探討〉，《常熟理工學院學報》20卷第1期，頁53～54。

〔註113〕蔣敦復：《芬陀利室詞話》卷二，見於唐圭璋編：《詞話叢編》第四冊，頁3647～3648。

怪憐他。身世依然是落花。」〔註114〕

憐花人將花瓣拾起後以紙包覆，並於紙背寫下辛棄疾詞句，藉此如輓歌般地惜花悼花，詞與花透過人情相互連繫，呼喚了龔自珍心中的感慨。花在晴光風雨中開放，凋謝後在晴光風雨中飄落，年復一年，人生的漂泊起伏，也如花朵開落的循環一般。謝章鋌稱此詞：「牢落百感，其不自得可嘅矣」〔註115〕，龔自珍身世遭遇多所波折，他透過創作回應與呼應憐花人與〈摸魚兒〉中的生命之感，以關懷與共鳴展現人心的互感互動，洋溢超越時空阻隔的人情之美。

再如馮金伯《詞苑萃編・顧貞觀以詞代書》收錄之顧貞觀寄予吳漢槎的詞信：

> 余寄吳漢槎寧古塔以詞代書云：「季子平安否。便歸來、生平萬事，那堪回首。行路悠悠誰慰藉，母老家貧子幼。記不起、從前杯酒。魑魅搏人應見慣，總輸他、覆雨翻雲手。冰與雪，周旋久。　淚痕莫滴牛衣透。數天涯、依然骨肉，幾家能彀。比似紅顏多命薄，更不如今還有。只絕塞、苦寒難受。廿載包胥承一諾，盼烏頭馬角終相救。置此札，兄懷袖。」〔註116〕

吳漢槎被誣陷而遭罪流放寧古塔，顧貞觀在詞中道出對友人無端受害的痛心，更了解邊地生活所須面臨的艱苦與寒冷，以及心情的悲痛難受。因此除了表達關心，讓吳漢槎知道自身之苦有人能懂，也承諾他會盡力想辦法助其歸返。顧貞觀在另一封詞信中提到「我亦飄零久。十年來、深恩負盡，死生師友。……薄命長辭知己別，問人生、到此淒涼否。」〔註117〕可見他自身雖然長期處在飄零流落的境況，生命時感悲慨悽涼，卻依然對朋友付出溫暖的關懷，在生活不如意的情況下仍努力奔走尋求協助。寄出這闋詞不僅僅是一個問候關心，更是捎去了一個活下去的希望，於是說「置此札，兄懷袖」，期望吳漢槎能由此感受到溫暖與獲得堅持下去的力量，等待「終相救」的相逢

〔註114〕謝章鋌：《賭棋山莊詞話》續編五，見於唐圭璋編：《詞話叢編》第四冊，頁3564。

〔註115〕謝章鋌：《賭棋山莊詞話》續編五，見於唐圭璋編：《詞話叢編》第四冊，頁3564。

〔註116〕馮金伯：《詞苑萃編・紀事》卷十八，見於唐圭璋編：《詞話叢編》第三冊，頁2131～2132。

〔註117〕馮金伯：《詞苑萃編・紀事》卷十八，見於唐圭璋編：《詞話叢編》第三冊，頁2132。

日子。之後，顧貞觀的確獲得納蘭容若的幫忙，實現對吳漢槎的承諾。

　　一般人通常爲忠孝節義之事情感澎湃，因其中主人翁在與大環境或惡勢力對抗的過程中，具有一般人不容易展現的勇氣與決心，其崇高的道德使人佩服尊重，成就令人動容、流傳千古的事蹟。而詞人在膾炙人口的歷史事蹟之外所關注的，更包含一般小人物的有情生命，如毛大瀛《戲鷗居詞話・許寶善自怡軒詞》記載的吳松崖〈摸魚兒〉：

> 許寶善穆堂自怡軒詞云：憶數年前，有洞庭女子改丈夫裝，尋其所歡。泊迹茸城，爲邏者所偵，送至邑庭。邑宰試以庭前古柏詩，居然名作，因令老嫗護之歸里。辛丑歲，在歸德府署，偶爲吳松崖述之。松崖感慨欷歔，請紀其事，爲填〈摸魚兒〉一闋云：「黯西風、問天何事，把人淪落如許。惜春常願花前笑，忍覩斷紅零絮。秋欲暮。似雁影霜寒，嘹唳尋孤侶。……繡帷尚怯風吹去，泣向琴堂低訴。吟好句。看血染冰綃，字字皆酸楚。飄流最苦。待留與多情，深憐痛惜，憑弔淚如雨。」
> 〔註118〕

這位洞庭女子雖不知名，卻是爲愛勇往直前又兼具才氣的女子。雖非驚天動地，爲國家人民、爲禮教理想犧牲的大事，女子的經歷仍使得知此事後的吳松崖感慨欷歔，並爲之填詞記事。吳松崖感嘆的是應如春花般美麗的女子，卻爲情淪落漂流，如遭西風飄零的紅絮，如找不到伴侶的秋雁，因此興起不忍之情。女子所吟之詩，寄託找尋情人的一路艱辛，字字辛酸苦楚。失去愛情的悲傷，傳達到詞人心中使之「深憐痛惜」，爲女子悲傷的心情遂成爲創作〈摸魚兒〉一詞的主要情懷，詞中也充滿如泣如訴的悲傷情調。

　　無論是戰爭的破壞，或是自然氣候影響所帶來的災害，皆對人民產生莫大的生命威脅，尤其是雨季後的河水暴漲，對整個流域地區居民的危害更是廣大又立即。如康熙年間多次面臨黃河決堤之險，清代孫朝慶在渡黃河時便寫下：「手挽狂瀾原不易，石填大海終何補。最堪憐、斷岸泣遺黎，悲難訴。」〔註119〕水災除了帶來傷亡，尚使農作物欠收而形成飢荒，飢荒引起人們的搶奪，造成社會動亂事件，以至削減國力，可說是影響甚鉅。雖然朝廷撥款施

〔註118〕毛大瀛：《戲鷗居詞話》，見於唐圭璋編：《詞話叢編》第二冊，頁1585～1586。
〔註119〕此語記載於丁紹儀：《聽秋聲館詞話》卷四，見於唐圭璋編：《詞話叢編》第三冊，頁2619。

作治水工程，貪官污吏卻又從中獲利使建設成效有限，最終的受害者還是投訴無門的無辜百姓。

詞人藉詞爲他人萬物代言發聲，往往流露出心痛不捨的同情關懷，對其悲慘處境的心痛不捨也就是對現實環境的痛心批判，展現了與之對抗的精神。朱光潛認爲悲劇即在呈現此種精神：

> 如果苦難落在一個生性懦弱的人頭上，他逆來順受地接受了苦難，那就不是眞正的悲劇。只有當他表現出堅毅和鬥爭的時候，才有眞正的悲劇，那怕表現出的僅僅是片刻的活力、激情和靈感，使他能超越平時的自己。悲劇全在於對災難的反抗。〔註120〕

命運帶給人太多的無奈、太多的無從選擇，於是，無論外在環境怎麼壓迫、如何黑暗，至少內在精神的高度是自己可以決定與選擇的。詞人面對自身的苦難，以書寫達到精神的提升，也由於正視了自身的苦難，對於他人萬物的苦難更能感同身受。在看見他人萬物的苦難後，即使心痛悲傷也不裝作視而不見，詞人選擇不沉溺在自身命運的悲苦中，反而奮力從中掙脫，大方地給予同情關懷，藉由作詞書寫反映出他人萬物的心聲，與被關懷、理解的需要，將自怨自哀的情緒昇華爲超越的精神，生命的光亮因此照耀在他人萬物身上。乍看之下，此種對災難反抗的堅毅和鬥爭的精神似乎讓人感到悲傷無奈，實際上其底層卻蘊藏有源源不絕的力量，使得活力、激情和靈感由此展現，更帶領人獲得超越自我的成就感。若說陰影的背後即是光亮，那麼，悲劇的背後就是生命之美。因此，人生的悲痛有多少，精神上的超越就必然要再高一層，如此才能不被命運的洪流吞噬，而能凌駕在浪濤前端，看見最美麗、最遼闊的風景。

本章小結

詞人一生的悲感來源，可以下面的人生歷程圖簡示之：

〔註120〕斯馬特：《悲劇》，見《英國學術文集》，第八卷。轉引自朱光潛：《悲劇心理學──各種悲劇快感理論的批評研究》，頁208。

圖 2-4-1　詞人人生歷程圖

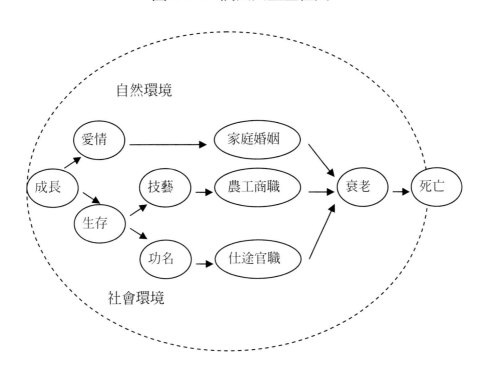

讀者閱讀詞人所創作的詞作，而詞人閱讀的是他所身處的世界。「詞」，為何多是對悲傷之情的描寫？正是因為詞人擁有多情易感的心靈，投入科舉、政治、愛情、家庭等身為文人幾乎必然經歷的過程，所經驗的越多，可能產生衝突與挫折的機會也越高，再加上偶然受外在人、事、物所引起的情緒，詞人心中悲感可謂多矣。而詞宜於抒情的特性，同時又為藝術的創造，正適合提供詞人抒發心中悲情所用，不僅由書寫中獲得治療，也可感受美的愉悅。經由詞人創作的悲詞雖多，卻也顯示詞人心靈的柔軟，他們以有情眼光看待世間萬物，不輕易為人世悲苦擊敗，透過書寫治療生命的傷口後，再繼續行走於人生的道路上。從感受以至創作的動人過程，打動了聽者、讀者，於是記錄下詞人與自身、與所處世界互動的美好以傳後人，此即為「以悲為美」在「作者」此一面向上的可貴意義。

第三章　作品呈現：悲情詞之內容底蘊與藝術美感

　　透過上一章的研究，瞭解了詞何以多描寫悲傷之情的原因，那麼不禁要問：「詞」，如何能夠傳達出詞人的悲傷之情？要解答這個問題，必須以展現出悲情的「作品」本身為研究方向，了解詞人是怎麼安排內容，使作品能確實呈現心中抽象的悲情。本章根據詞學中讀者對詞作的讀後感受，分從三個部份進行：首先分析作者的人生悲感在作品中主要化為哪些主題，此為第一節「人生悲感的主題內容」部分。接著討論詞人心中的抽象悲情如何具體化為文字，即使用何種藝術技巧與表現方式來創作，此為第二節「化抽象悲情為具體化的藝術美」的部份。最後探究這些化悲傷之情為藝術美文學的作品，其深層的精神意蘊為何，此為第三節「沉溺與超拔的生命美學」部分。

第一節　人生悲感的主題內容

　　本節自「興衰與往復的自然規律」、「聚散與分合的社會關係」、「追求與幻滅的自我調節」三部份，分析悲情詞的主題內容。

一、興衰與往復的自然規律

（一）傷　春

　　李煜〈烏夜啼〉：「林花謝了春紅，太匆匆。無奈朝來寒雨，晚來風。」〔註1〕怨嘆朝風晚雨造成美好春光的稍縱即逝。萬物在春天裡展現欣欣向榮

〔註1〕　〈烏夜啼〉一名〈相見歡〉。張璋、黃畬編：《全唐五代詞・五代詞》（臺北：

的新氣象，本應美好而有朝氣的春天，在詞作中卻表現出愁苦、傷感的情調，如佟世思〈眼兒媚〉：「柳絲撩亂舞風柔。幽怨在高樓。最難忘是，燈前俏影，簾下歌喉。　春來底事懨懨病，長夜冷如秋。一腔心事，未拋舊恨，又惹新愁。」丁紹儀稱其：「含悽欲絕，頗不類貴公子口吻。」〔註2〕連溫柔的拂人春風，也成了作品怨嘆的對象，如璞函〈送春詞〉的「青子綠陰空自好，年年總被東風誤。」〔註3〕以及楊度汪〈巫山一段雲〉的「東風吹老眼前春。腸斷倚樓人。」〔註4〕斜陽、飛花、流水也成爲傷感來源了，如鄭掄元〈高陽臺〉的「平蕪一片斜陽影，問韶光何處勾留。」〔註5〕秦恩復〈安公子〉的「已是花飛片。那堪杜宇聲聲勸。……奈好天良景，怎忍流光如箭。」〔註6〕以及周青〈鵲橋仙〉的「惜春何事最關情，只水影蒼茫東去。」〔註7〕韶光不會勾留、流光依然如箭、水影不止東去，傷春與悲秋遂訴說著詞人們對時光一去不返的感嘆，成爲詞作中最普遍、最易爲人所感知的悲。漢舒〈虞美人〉：「雨停得意鵁鳩聲。只恐殘陽，難作幾時明。」〈芭蕉雨〉：「煙柳萬絲愁織。膩得一帶紗窗，欲明無力。」謝章鋌以「筆響秋聲，紙鋪怨氣，想其倒繃嬰兒，蓋不勝美人遲暮之悲」〔註8〕，說明了青春逝去所帶來的悲怨之情。於是，春天的美好又化爲人們傷之怨之的情緒。

　　春天裡的鳥語花香、風和日麗，正是人們在沉寂寒冷的冬天之後，重新展開戶外踏青、旅遊聚會等娛樂活動的好時機。與自然、人群的互動親近，帶來許多美好感受，獲得快樂，成爲腦海中鮮明的記憶。等到來春，看見又開放的繁花盛葉，生氣盎然的大地景象，自然聯想起春天曾有的美好時光。然而，當春樹枝上綠葉成片飛落，綻放的春花逐漸凋謝，活躍在春天的杜鵑鳥和鶯鳥的啼聲也趨於停歇時，即是預告著春日將盡。楊眉庵〈落花詞〉中寫道：「當時開拆賴東風，飄零還是東風妒。」而陳霆稱其：「意甚悽婉」。〔註9〕可見人們雖

　　　　文史哲出版社，1986年10月），卷4，頁449。
〔註2〕丁紹儀：《聽秋聲館詞話》卷一，見於唐圭璋編：《詞話叢編》第三冊，頁2578～2579。
〔註3〕陳廷焯：《白雨齋詞話》卷六，見於唐圭璋編：《詞話叢編》第四冊，頁3930。
〔註4〕丁紹儀：《聽秋聲館詞話》卷二，見於唐圭璋編：《詞話叢編》第三冊，頁2600。
〔註5〕陳廷焯：《白雨齋詞話》卷四，見於唐圭璋編：《詞話叢編》第四冊，頁3867。
〔註6〕謝章鋌：《賭棋山莊詞話》續編三，見於唐圭璋編：《詞話叢編》第四冊，頁3516。
〔註7〕蔣敦復：《芬陀利室詞話》卷一，見於唐圭璋編：《詞話叢編》第四冊，頁3634。
〔註8〕謝章鋌：《賭棋山莊詞話》卷十一，見於唐圭璋編：《詞話叢編》第四冊，頁3460。
〔註9〕陳霆：《渚山堂詞話》卷一，見於唐圭璋編：《詞話叢編》第一冊，頁357。

然希望春日美好能夠恆常不變，以保有快樂心情，卻也明白春天總會過去，這是人在成長過程中所認知到的，因此陳霆理解楊眉庵詞中傷春惜春之意，得到了「悽婉」的感受。

（二）悲　秋

李清照〈憶秦娥〉：「西風催襯梧桐落。梧桐落。又還秋色，又還寂寞。」〔註10〕徒留空枝的淒清氣氛，雖是秋色之常態，卻引起人內心的寂寞愁緒。秋天沒有夏日的炎熱，在作品中卻少見「秋高氣爽」的舒暢，反而充滿許多淒涼悲情。如湯雨生〈長亭怨慢・哀草〉便道：「怎料取、客館秋清，恁消受怨蛩涼夕。便扇底螢光，都被西風吹息。」〔註11〕蔣敦復稱此：「感物比興，淒婉欲絕。」〔註12〕而秋景不但引人心愁，還使詞人感傷到落淚，董潮〈踏莎行〉云：「西風又共舊時愁，重來同赴清秋約。……晚來登眺獨潸然，棲鴉歸盡寒烟薄。」丁紹儀稱道：「淒清遒逸，迴殊凡響。」〔註13〕秋天在鄭掄元〈甘州〉中，更是帶來悲傷與考驗：「悵夫容已老，西風不管，獨自沉吟。可惜斷紅雙臉，只是淚痕深。」下云：「看亭皋落葉，片片是秋心。怕天涯幾經搖落，向雪關風渡更難禁。」陳廷焯稱此詞：「哀怨纏綿，碧山之深厚，玉田之清雅，兩得之矣。」〔註14〕在李紉蘭〈露華〉中的「忽逗惺忪，依舊一痕秋淺。……爭奈一回凝竚，一回長嘆。臕得前度閒愁，挂在寶簾銀蒜。」〔註15〕與周青〈一落索〉的「井梧不許聽吟秋，又淅瀝、階前雨。」〔註16〕此中的秋月、梧桐也都成爲與詞人一同憂愁的對象。

氣候明顯的變化，使秋天不同於春夏的蓬勃熱鬧，而是呈現清冷蕭瑟的面貌。春天所帶來的綠意，到了秋天經由轉黃、成枯，以至凋落；動物與人們在春天忙碌的活動，也隨著入秋而減緩。目之所見是落葉凋花的殘敗景象，身之所觸是吹落黃花、帶來涼意的西風，詞人面對外在景物的轉變，確切地感受到美好已逝的現實。明季中翰如沈聞華〈玉樓春〉：「盼盡玉郎離別處。

〔註10〕王學初校注：《李清照集校註》，頁49。
〔註11〕蔣敦復：《芬陀利室詞話》卷二，見於唐圭璋編：《詞話叢編》第四冊，頁3650。
〔註12〕蔣敦復：《芬陀利室詞話》卷二，見於唐圭璋編：《詞話叢編》第四冊，頁3650。
〔註13〕丁紹儀：《聽秋聲館詞話》卷四，見於唐圭璋編：《詞話叢編》第三冊，頁2622。
〔註14〕陳廷焯：《白雨齋詞話》卷四，見於唐圭璋編：《詞話叢編》第四冊，頁3867。
〔註15〕吳衡照：《蓮子居詞話》卷四，見於唐圭璋編：《詞話叢編》第三冊，頁2483～2484。
〔註16〕蔣敦復：《芬陀利室詞話》卷一，見於唐圭璋編：《詞話叢編》第四冊，頁3634。

空剩紫騮芳草路。年年同嫁與東風，只有小樓紅杏樹。　愁病懨懨魂欲去。一霎芭蕉寒響聚。空嗟薄命玉容人，值得數聲秋夜雨。」〔註17〕秋雨打在芭蕉上的嘈雜聲響，讓心情憂愁煩悶的詞人自嘆只值得這些，而要得到玉郎歸返的身影，卻是年復一年的等待。沈雄說明此詞：「情詞悽感更爲勝之。自聽秋雨後，不敢種芭蕉。信然。」〔註18〕詞人秋愁哀怨之情感染了沈雄，使「秋雨」透過芭蕉帶給他一種更爲具體的、淒涼的感受。

二、聚散與分合的社會關係

（一）送　別

柳永〈雨霖鈴〉：「多情自古傷離別。更那堪、冷落清秋節。今宵酒醒何處，楊柳岸、曉風殘月。此去經年，應是良辰好景虛設。便縱有、千種風流，待與何人說。」〔註19〕離別帶給人的悲傷，來自分離時的傷懷，與別後無人分享生活的孤寂感。天下無不散的筵席，人與人交際往來有聚有散，或送人離去、或別人前行，總是往人生的新目標、新階段發展，雖是生活中常見的體驗，卻終究帶來滿滿的離情愁緒。葛長庚〈水調歌頭〉對於送別好友，感傷地寫道：「相留相送，時見雙燕語風檣。滿目飛花萬點，回首故人千里，把酒沃愁腸。……魂夢亦淒涼。又是春將暮，無語對斜陽。」〔註20〕謝蘭生〈送祝子偉司馬入都金縷曲〉充滿了與知己好友分別的無奈：「靾掌風塵吾輩分，欲留君、少住渾無計。重握手，短亭際。　年來乞盡桃花米。問天涯、悲歌擊筑，更誰知己。司馬青衫容易溼，莫向戍樓頻倚。念此去、二千餘里。舊日金臺應好在，恐高陽、酒侶今無幾。言不盡，黯然意。」〔註21〕送別後的回首只見友人離去的遙遠身影，欲留無計、知己難尋，令人感到孤獨而又寂寞。

人群交際既爲往來，便有送別與迎接。除非人一生離群索居，並且不與外界互動，否則必然經歷送別。送別包括了送行之人與離去之人，有時自身是送他人離去之留者，有時則是離他人而去之行者，詞人在作品中往往記錄

〔註17〕沈雄：《古今詞話‧詞辨》上卷，見於唐圭璋編：《詞話叢編》第一冊，頁920。
〔註18〕沈雄：《古今詞話‧詞辨》上卷，見於唐圭璋編：《詞話叢編》第一冊，頁920。
〔註19〕馮金伯：《詞苑萃編‧辨證二》卷二十一，見於唐圭璋編：《詞話叢編》第三冊，頁2190。
〔註20〕陳廷焯：《白雨齋詞話》卷六，見於唐圭璋編：《詞話叢編》第四冊，頁3910。
〔註21〕丁紹儀：《聽秋聲館詞話》卷十五，見於唐圭璋編：《詞話叢編》第三冊，頁2767。

了留者與行者臨別時的場景與心情。宋無名氏〈鷓鴣天〉云：「鎮日無心掃黛眉。臨行愁見理征衣。樽前祇恐傷郎意，閣淚汪汪不敢垂。　停寶馬，捧瑤卮。相斟相勸忍分離。不如飲待奴先醉，圖得不知郎去時。」〔註22〕離別在即，女子不僅無心打扮，見到征衣更是憂愁，相聚飲酒時也避免因落淚增添彼此傷感，臨行道別之際，外表雖然強忍傷悲，內心卻依然悲痛，因而產生不如喝醉以避免分離時痛苦的念頭。此詞展現了一般人送別之時的心理狀態：因失落而「無心」他事，因排斥分離而「愁見」相關事物，爲表祝福而「樽前」相聚，爲免掛心而「忍」淚，因別情太傷人而欲「先醉」、圖「不知」。陳廷焯稱此詞「語不必深，而情到至處，亦絕調也。」〔註23〕正因「情到至處」，其心理狀態顯得更加生動細膩，能爲人所了解並深受打動。送行之人尚可借酒澆愁，圖得不知，或者藉由其他活動降低傷悲，隻身離去之人大多必須在旅途中保持清醒，其傷悲之情不在送者之下。於是，無論是送行之人或離去之人，心中都充滿了難捨的依依離情。

（二）相　思

李之儀〈卜算子〉：「我住長江頭，君住長江尾。日日思君不見君，共飲長江水。　此水幾時休，此恨何時已。只願君心似我心，定不負、相思意。」〔註24〕描述相思之情如江水滔滔不止，並期望對方也是一片眞情。離別帶來相思，使人連見到窗外的春光都感到傷心，無心欣賞美景，如李紉蘭〈金縷曲〉：「背立東風空徙倚，奈離愁、曲曲都縈遍。……剩依然、杏梁雙燕，惜春微嘆。寂寞海棠紅暈近，只是看花人遠。」〔註25〕又如吳元潤〈祝英臺近〉：「手拓西窗，誰與共琴酌。喚愁葉底鵑聲，暗催春去，渾不管、倦懷寥落。　歎離索。幾回夢繞池塘，相思渺難託。夜雨聯牀，空憶舊時約。」〔註26〕春去秋來，與好友約定計畫的事仍未實現，縱使相思也無可奈何。欲寄書信聯繫消息，也在相思之外更添擔憂，李紉蘭〈金縷曲〉即說：「兩地相思終不見，何似翻然輕別。怕此後、更無消息。一點墨痕千點淚，看蠻牋、都漬殷紅色。」〔註27〕分離之人儘管朝思暮想也不會因此早日相見，卻依然想念

〔註22〕陳廷焯：《白雨齋詞話》卷六，見於唐圭璋編：《詞話叢編》第四冊，頁3920。
〔註23〕陳廷焯：《白雨齋詞話》卷六，見於唐圭璋編：《詞話叢編》第四冊，頁3920。
〔註24〕李調元：《雨村詞話》卷二，見於唐圭璋編：《詞話叢編》第二冊，頁1404。
〔註25〕吳衡照：《蓮子居詞話》卷四，見於唐圭璋編：《詞話叢編》第三冊，頁2484。
〔註26〕丁紹儀：《聽秋聲館詞話》卷十八，見於唐圭璋編：《詞話叢編》第三冊，頁2805。
〔註27〕吳衡照：《蓮子居詞話》卷四，見於唐圭璋編：《詞話叢編》第三冊，頁2484。

著對方，故充滿著無奈愁苦之情。

送別記錄的是離別時的心情，離別對象爲情人或配偶者，對長相廝守的渴望企盼下，分離中的心理時間更是一日不見如隔三秋，相思之情深且長。愛情之外，人們還有親愛的家人與誠摯的朋友，生命才得以豐富寬廣，因此，與親友的分離也使人時常回憶起共同經歷的難忘事物，與共度的美好時光。美的事物透過分享不僅可獲得心靈的滿足，更使這份美擴大了，如同與知交親友共享餐點，食物顯得更加美味；共賞風光，景色顯得更加美麗。縱使面對的是艱辛的景況，也因有人陪伴使在精神上獲得支持力量，得以減弱心中的不安感。然而，離別帶來分享與分擔上的困難，「便縱有千種風情，更與何人說」、「沒個人堪寄」的情形造成等待者心中孤立無依的寂寞傷感。而相思往往陳述經歷送別之後，伴隨長久分別不見所引起的想念。王漁洋〈鳳凰臺上憶吹簫〉寫著「夢裏事、尋憶難休。人不見，便須含淚，強對殘秋。」陳廷焯稱此詞「思深意苦，幾欲駕易安上之。」〔註28〕「日有所思，夜有所夢」，即使在夢中與相思之人相見，得到心理補償使相思之苦暫時緩解，但夢境終究是虛幻的，醒後依然要面對孤單的相思離愁。人之所以相思，是來自對分離彼方的喜愛親近之情，這份情感因爲離別而受到阻礙，遂藉著想念以達到情感上的滿足。

（三）悼　亡

蘇軾〈江神子·乙卯正月二十日夜記夢〉：「十年生死兩茫茫。……夜來幽夢忽還鄉。小軒窗。正梳妝。相顧無言，惟有淚千行。料得年年斷腸處，明月夜，短松岡。」〔註29〕抒發與亡妻天人永隔，只能在夢裡相見的沉痛哀傷。死亡是生命的結束，也是與所在世界關係的終止，只留下生前事蹟供生者追思懷想，悼亡詞作即敘寫對逝者的悼念。如張炎〈瑣窗寒〉中對王沂孫的哀悼：「斷碧分山，空簾剩月，故人天外。……自中仙去後，詞箋賦筆，便無清致。　都是淒涼意。……料應也孤吟山鬼。那知人彈折素絃，黃金鑄出相思淚。但柳枝，門掩枯陰，候蟲愁暗葦。」〔註30〕張炎悲嘆王沂孫的逝去無疑是詞壇的損失，連候蟲都因此哀愁。又或是懷想起逝者的身世與作品流露出的情意，內心充滿感慨，而以創作達到致敬與哀悼之意。如李紉蘭〈金

〔註28〕陳廷焯：《白雨齋詞話》卷三，見於唐圭璋編：《詞話叢編》第四冊，頁3828。
〔註29〕〈江神子〉一名〈江城子〉。唐圭璋編：《全宋詞》，頁300。
〔註30〕陸輔之：《詞旨》卷上，見於唐圭璋編：《詞話叢編》第一冊，頁311～312。

縷曲〉：「讀到夜窗虛似水，百斛淚珠難量。可只爲、落梅淒悵。眞向百花頭上死，倩二分、明月和愁葬。疎彭澤，暗香蕩。……嘆息詞人零落盡，祇有青山無恙。」〔註31〕詞人在月夜想到古來愛梅之才士談論風雅的盛況，想到他們一個個凋零殆盡的身世，而青山依舊在，因此悲感萬千。可見縱使關心親愛之人已逝，存者的懷念從不止息。

年壽有限，人無論是富貴貧賤、男女老幼、功過善惡，都必然有遭遇死亡的一天，成爲人與人之間的死別。生離者尚有通訊聯絡的可能，以及他日相見的機會，而死別卻是天人永隔，相見唯盼夢中的缺憾。因此，表達對逝者的懷想的悼亡詞，流露的情感往往悲痛至極。蔣遜如〈哭弟百字令〉〔註32〕悲嘆上天不仁，讓正值大有作爲之時的弟弟離開人世，「雁行中斷，不堪翹首雲際。　思子況見雙親，憑棺絮語，互灑風前涕。」寫出弟弟早逝使兄長「不堪」望向天際，就怕看到齊飛的雁群而引起傷心；使白髮人送黑髮人的雙親承受喪子之痛，淚流不止。「爲勸節哀佯作達，難掩神傷心悸。……泉臺思慰，忍教孤寡無倚。」傳達了因遭遇死別而來的心酸與無奈，詞人強忍悲痛安慰雙親，看見在世之人如此痛苦，想到九泉之下的弟弟，怎忍心獨自離去，讓親人陷入孤單無助的處境。人的一生幾乎都會面臨親友的死亡，丁紹儀對此詞即表達「沉痛語不堪卒讀」〔註33〕的心情，顯示人經歷過死別那痛徹心扉的悲哀情境後留下深刻印象，因此對於他人遭遇的不幸，能感染悲情而動容傷心。

（四）思　鄉

岳飛〈小重山〉：「昨夜寒蛩不住鳴。驚回千里夢，已三更。起來獨自遶階行。人悄悄，簾外月朧明。　白首爲功名，故山松菊老，阻歸程。欲將心事付瑤箏。知音少，絃斷有誰聽。」〔註34〕爲理想奮鬥之路漫長而艱辛，從青春到白頭，面對不被了解的痛苦，欲返家而不得，最後還是只能繼續孤獨地走下去。思鄉來自於離鄉，離鄉是爲了追求目標，因此選擇前往自身認爲能發揮長才，實現理想之地。懷抱理想理應充滿熱情，然而離鄉時日一久又不免陷入孤獨寂寞中，如袁積懋〈一叢花〉：「秋聲萬里度長空。落葉捲西風。

〔註31〕吳衡照：《蓮子居詞話》卷四，見於唐圭璋編：《詞話叢編》第三冊，頁2484。
〔註32〕丁紹儀：《聽秋聲館詞話》卷十八，見於唐圭璋編：《詞話叢編》第三冊，頁2805～2806。
〔註33〕丁紹儀：《聽秋聲館詞話》卷十八，見於唐圭璋編：《詞話叢編》第三冊，頁2805～2806。
〔註34〕王弈清：《歷代詞話》卷七，見於唐圭璋編：《詞話叢編》第二冊，頁1221。

愁心重疊渾無際，都付與、天末征鴻。菊老楓丹，故園何處，搔首月明中。　重幃迢遞隔遼東。雙鯉信難通。一枝修竹頻番倚，早不道、染袂霜濃。拔劍歌哀，檢書燭短，無語聽疏鐘。」〔註 35〕歲月在忙碌中過去，路途遙遠，回鄉不易便只能不斷累積對故鄉的思念。

　　鄉土是一個人回憶的發源地，是家庭與親屬關係的象徵，更是「我」之所以爲我的重要依據。每個地區在食、衣、住、行、育、樂等各方面都具備特色，到了另一個地區，就又呈現另一種風貌了。鄉土有成長的回憶、熟悉的環境，有參與這些曾經的人們。一旦離鄉，離開了早已習慣的生活，就得重新學習並適應新環境、新人群。然而，體內終究流著故鄉的血液，不只言談中表現出特有的語言特色，朝思暮想的還是鄉土的熟悉與親切感。《詞統》即說陸游〈鵲橋仙·夜聞杜鵑〉末句：「『故山猶自不堪聽，況半世、飄然羈旅。』去國懷鄉之感，觸緒紛來，讀之令人於邑。」〔註 36〕陸游在夜裡聽聞杜鵑鳥「不如歸去」的啼聲，回憶起了故鄉，爲了抱負與理想在外漂泊羈旅，過了大半輩子還無法回到家鄉。時局處順，建功立業者或求更上一層樓，或欲衣錦還鄉，榮歸故里；壯志未酬者或繼續等待機會，或返鄉另尋出路。政治動盪，建功立業者繼續保家衛國，勞心勞力；壯志未酬者期待獲得機會，一展抱負。於是當仁人志士越是需要鄉土的安定力量之際，越是無法重回其懷抱以獲得精神壓力的紓解，造成強烈的思鄉之情，增加其心靈痛苦。

（五）黍　離

　　姜夔〈揚州慢〉：「自胡馬窺江去後，廢池喬木，猶厭言兵。漸黃昏、清角吹寒，都在空城。……二十四橋仍在，波心蕩，冷月無聲。念橋邊紅藥，年年知爲誰生。」〔註 37〕感懷家國昔日的繁盛在戰亂過後皆成一片蕭條荒涼，而昔時好景如今只是徒增淒涼。《毛詩序》對《詩經》中〈黍離〉的解釋爲：「〈黍離〉，閔宗周也。周大夫行役至于宗周，過故宗廟宮室，盡爲禾黍。閔周室之顛覆，彷徨不忍去，而作是詩也。」〔註 38〕後世多採用此說法，以「黍離」代稱亡國

〔註 35〕丁紹儀：《聽秋聲館詞話》卷三，見於唐圭璋編：《詞話叢編》第三冊，頁2602。

〔註 36〕此語記載於王奕清：《歷代詞話》卷七，見於唐圭璋編：《詞話叢編》第二冊，頁 1235。

〔註 37〕陸輔之：《詞旨》卷下，見於唐圭璋編：《詞話叢編》第一冊，頁 321。

〔註 38〕阮元校勘：《十三經注疏·毛詩正義附校勘記》（臺北：新文豐出版，1988 年，阮元用文選樓藏本校勘，嘉慶二十年重刊宋本），頁 147。

哀音。亡國之後，代表國家的都城也轉換了，使人有物換星移之感，如曾海野〈金人捧露盤〉：「記神京，繁華地，舊遊踪。……到如今，餘霜鬢，嗟前事，夢魂中。但寒烟、滿目飛蓬。雕闌玉砌，空餘三十六離宮。塞笳驚起，暮天雁、寂寞東風。」〔註39〕丁紹儀說明：「汴都鐘鼎胥移，故曾詞後闋，尤覺悲涼。」〔註40〕曾海野見過北宋時都城汴京的繁華熱鬧，南渡後奉命出使經過舊都城，見其蕭條冷清而感慨萬千。不只都城、宮殿引起人黍離之悲情，換了統治者的整個國土範圍，都足以使人落淚傷感，陳廷焯便說王碧山〈齊天樂・贈秋崖道人西歸〉：「『短褐臨流，幽懷倚石，山色重逢都別。』黍離麥秀之悲，山色六字，淒絕警絕。覺國破山河在，猶淺語也。」〔註41〕

　　國家包含有人民、土地、主權，歷史上改朝換代之際，無不是透過政變征戰達到主權的獲得，在戰爭的過程中，必有人民的傷亡與流離，土地的佔領與毀壞，亡國所亡失的不僅僅是主權與土地，還有國家對人民所能提供的保障與依賴。不同的國家之間，其血統種族、生活習性、文化思維也各不相同，改朝換代並不只是換一個異族統治者，而是一種將過去連根拔起，重新驅使自身去適應新生活的強烈衝擊。有詞以來，政權變動於唐末五代與宋初之交、北宋末年與南渡之交、南宋末年與元初之交、元末明初之交、明末清初之交，以及清末民初之交等。在特殊的歷史背景之下，產生了只屬於這個時代的黍離之音。周密〈一萼紅・登蓬萊閣有感〉云：「回首天涯歸夢，幾魂飛西浦，淚灑東州。故國山川，故園心眼，還似王粲登樓。最負他，秦鬟妝鏡，好江山、何事此時游。」〔註42〕周密出身望族而無意於元朝仕進，於登山東黃海與渤海分界處之蓬萊閣時，看見眼前曾經是自己國土與家園的山川風物，卻已因改朝換代而無法再回到從前，不禁悲從中來，淚灑蓬萊閣，其心中感懷同於王粲「雖信美而非吾土」的悲淒慨歎。陳廷焯稱此詞：「蒼茫感慨，情見乎詞，當爲草窗集中壓卷。」〔註43〕國家敗亡，百姓的身分從人民成爲遺民，失根之際也同時失去了歸屬感，加上流離失所的磨難痛苦，使人面對土地上曾經熟悉的一切，都彷彿變得遙遠陌生。透過作品傳遞出蒼茫天地間無一安身立命之處的感慨與悲情，使人與之同悲同感。

〔註39〕丁紹儀：《聽秋聲館詞話》卷五，見於唐圭璋編：《詞話叢編》第三冊，頁2628。
〔註40〕丁紹儀：《聽秋聲館詞話》卷五，見於唐圭璋編：《詞話叢編》第三冊，頁2628。
〔註41〕陳廷焯：《白雨齋詞話》卷二，見於唐圭璋編：《詞話叢編》第四冊，頁3812。
〔註42〕陳廷焯：《白雨齋詞話》卷二，見於唐圭璋編：《詞話叢編》第四冊，頁3807。
〔註43〕陳廷焯：《白雨齋詞話》卷二，見於唐圭璋編：《詞話叢編》第四冊，頁3807。

三、追求與幻滅的自我調節

（一）懷　古

　　蘇軾〈念奴嬌・赤壁懷古〉：「大江東去，浪淘盡、千古風流人物。故壘西邊。人道是，三國周郎赤壁。……遙想公瑾當年，小喬初嫁了，雄姿英發。羽扇綸巾。談笑間，檣櫓灰飛煙滅。故國神遊，多情應笑我，早生華髮。」〔註44〕於赤壁舊地懷想三國英雄人物事蹟，有感自身無法如周瑜成就一番英雄事業。人在空間裡活動形成事件，隨著時間不停發生的事件構成歷史。懷古是以今之人、事、地看古之人、事、地而來的感懷。如薩都刺經過淮陰，有感韓信其人其事而寫下的〈酹江月〉：「古木鴉啼，紙灰風起，飛入淮陰廟。椎牛釃酒，英雄千古誰弔。……鳥盡弓藏成底事，百事不如歸好。」李佳稱此詞：「雁門諸作，多感慨蒼莽之音，是咏古正格。」〔註45〕韓信一生曲折，於亂世輔佐主公劉邦取得天下，卻遭受現實的無情待遇，使人不勝唏噓。而湯雨生〈南鄉子〉：「十二紅樓戀畫橈。……獨自憑闌空弔古，笙簫。斷送南朝六七朝。」〔註46〕以及吳清如〈高陽臺〉的「秦淮本是傷心地，問南朝、幾閱春秋。況而今、燕子歸來，不見紅樓。」〔註47〕述說縱使古人古事已不見，但古地古蹟仍在，引人憑弔懷想朝代興替的歷史。

　　歷史人物雖然歸於塵土，但歷史的生命力仍然透過遺址、古蹟傳遞後世，發人思古之幽情。金陵作爲六朝古都，揚州爲鄰近都城、聞名天下的風光勝地，見證歷史興亡的兩地，每每引人憑弔懷想，宋玉叔〈蘇幕遮〉即道出對揚州的今昔感慨：「竹西亭，歌吹地。廿四橋頭，曾絡青絲騎。坐上秋娘兼季次。俠客名姝，夜夜春風醉。　孝廉船，丞相第。絃管淒涼，苦老朱門閉。燕子近從王謝例。太息回車，多少羊曇淚。」〔註48〕金陵作爲行政中心自然進步繁榮，帶動了揚州的熱鬧盛況，人多之處便會發展各種娛樂以吸引更多觀光人潮，才子佳人、俠士名妓之爲人津津樂道的事蹟也就多了起來。曾經，舉孝廉的張憑因受劉惔賞識推薦，成爲太常博士；羊曇受丞相謝安重用，終生感念，皆使揚州在美景之外更添佳話。如今，這些識才愛才之人所在處卻

〔註44〕馮金伯：《詞苑萃編・辨證二》卷二十一，見於唐圭璋編：《詞話叢編》第三冊，頁2190。
〔註45〕李佳：《左庵詞話》卷上，見於唐圭璋編：《詞話叢編》第四冊，頁3132。
〔註46〕蔣敦復：《芬陀利室詞話》卷二，見於唐圭璋編：《詞話叢編》第四冊，頁3650。
〔註47〕蔣敦復：《芬陀利室詞話》卷二，見於唐圭璋編：《詞話叢編》第四冊，頁3651。
〔註48〕郭麐：《靈芬館詞話》卷二，見於唐圭璋編：《詞話叢編》第二冊，頁1535。

是蕭索悽涼，積了青苔且門戶緊閉，王謝的門庭也成為一般百姓人家，這不僅令人嘆息，還使人流下羊曇當年感慨的眼淚。郭麐稱此詞：「語意惻愴。」〔註49〕揚州的沒落，不只是都市發展變遷的緣故，更與政治國勢、社會經濟、人民生活息息相關。積極作為、提升國勢，將士們自然注意人才的選用，維持國家的安定；國泰民安、社會富足之際，人們才能以愉悅輕鬆的心情享受美好風光。因此，宋玉叔懷想的不僅是繁榮歡樂的揚州，更是勵精圖治的時代。令人悲傷的是，這些都只能在遙想之中追憶，成為一個理想，如今的現實是揚州不僅蕭條冷清，連有心於賢才網羅的人都沒有，國勢無法興盛強大之下，人民生活自然苦不堪言。

（二）仕　隱

辛棄疾〈鷓鴣天〉提到：「却將萬字平戎策，換得東家種樹書。」〔註50〕光復國土的策略陳書若不受接納以付諸實踐，也只是一疊無用廢紙，不如換取研究植栽的書籍，隱退後過著能製造經濟效益的田園種植生活，透顯詞人哀莫大於心死的悲傷。陳廷焯稱此詞：「哀而壯，得毋有烈士暮年之慨耶。」〔註51〕所哀者為辛棄疾年屆暮年仍存有壯志卻無處施展，令人感到遺憾與不平。仕進與隱退是人生中互通的兩條道路，皆以達到自我實現為理想目標，漢舒應試金陵時，填〈金縷曲〉傾訴其一番長才等待知遇的心情：「身在泥塗渾不覺，尚掀眉、自許騷壇霸。誰信是，非狂者。　漫言婢價輸奴價。怕而今、蛾眉燕頷，總沉茅舍。我有廣寒修月斧，構盡淩雲臺榭。只依樣、葫蘆難畫。今夜孤村荒店裏，囑哀蛩、莫絮傷心話。青衫淚，正盈把。」〔註52〕心態、時勢的不同，影響人從仕進到隱退或由隱退到仕進的選擇，葉與端〈滿江紅〉道出對現實的失望促使他選擇歸隱：「人醉我醒，又何怪、甘心寂寞。……祇不堪、屈指舊交遊，都零落。　長沙傳，難終讀。柴桑酒，纔非濁。眞不如歸去，人間奚樂。論世誰憐胸有血，問時早歎天無目。願生生、莫再作多情，吾知錯。」〔註53〕賈誼、陶淵明皆為現實所苦，詞人感嘆世局紛亂中的獨醒之人，往往是最痛苦也最寂寞的，表現了哀莫大於心死的悲哀與對世事嚴厲的批判。

〔註49〕郭麐：《靈芬館詞話》卷二，見於唐圭璋編：《詞話叢編》第二冊，頁1535。
〔註50〕陳廷焯：《白雨齋詞話》卷一，見於唐圭璋編：《詞話叢編》第四冊，頁3792。
〔註51〕陳廷焯：《白雨齋詞話》卷一，見於唐圭璋編：《詞話叢編》第四冊，頁3792。
〔註52〕謝章鋌：《賭棋山莊詞話》卷十一，見於唐圭璋編：《詞話叢編》第四冊，頁3460。
〔註53〕謝章鋌：《賭棋山莊詞話》卷十，見於唐圭璋編：《詞話叢編》第四冊，頁3448。

　　仕進與隱退時常成爲有志者生命中矛盾的兩難習題。起初滿懷信心與熱情，積極求用，欲展現己身長才於世，即使因現實環境不如人意，也依然能帶著鬥志堅持著。相信不如意只是暫時，才能必可獲得賞識，於是藉由創作發抒心聲，達到自我鼓勵的效果。仕進之後，隨即發現到理想與現實間的差距。政局越是黑暗混亂，國勢越是委靡不振，代表賢才忠良越不受重用，立志經濟者所體會到之二者的衝突就越激烈。漢舒〈滿江紅〉道出其沉痛心情：「不是所情，忍埋沒、文章光價。算海內，斯人一去，知音者寡。費我十年鸚鵡賦，誤他半世鴛鴦社。問這般，相累是誰歟，微名也。」〔註54〕謝章鋌感嘆著：「嗟乎，我未成名卿未嫁，可知同是不才人。紅粉多情，青衫有淚，宜乎漢舒難以遣此。」〔註55〕縱使文人的文章再好，若是失去知音賞識，無法獲得了解與重用，就如同擁有美麗容貌卻落入青樓，只能眼看時光消逝，在等待中青春老去的女子。佳人不得其所的身世之悲，便如才士不得其用的不遇之悲，都是引人唷嘆惋惜的無奈。

（三）遊　仙

　　遊歷仙境所見的神仙、神獸、神殿、神光皆充滿瑰麗奇幻的色彩，如李調元稱柳永〈巫山一段雲〉：「工于遊仙，又飄飄有凌雲之意，人所未知。詞云：『清旦朝金母，斜陽醉玉龜。天風搖曳六銖衣。鶴背覺孤危。　貪看海蟾狂戲。不道九關齊閉。相將何處寄良宵。還去訪三茅。』」〔註56〕〈巫山一段雲〉爲柳永及第之前〔註57〕的作品，即使遊仙時能登天宮而快意遊歷，現實中卻因無法登上仕途而失意，遊仙時不知「何處」寄良宵，在人間也不知「何處」寄此身。另外鄭仲濂給好友謝章鋌之詞〈沁園春〉：「我問枚如，有家不歸，鶴怨猿驚。……夢君昨上青旻。更手挾君詩敏玉晨。看天才何媿，鞭笞鸞鳳，古賢合讓，蹴踏麒麟。……蓬然覺，剩空牀長簟，磊落吟身。」〔註58〕在仙境跟隨友人所過的快意生活爲幻夢一場，清醒後依然一無所有，人間終究與仙境大不相同。

〔註54〕謝章鋌：《賭棋山莊詞話》卷十一，見於唐圭璋編：《詞話叢編》第四冊，頁3459。

〔註55〕謝章鋌：《賭棋山莊詞話》卷十一，見於唐圭璋編：《詞話叢編》第四冊，頁3459。

〔註56〕李調元：《雨村詞話》卷一，見於唐圭璋編：《詞話叢編》第二冊，頁1391。

〔註57〕根據薛瑞生之考據，柳永〈巫山一段雲〉大約寫於大中祥符間（1008左右），而及第約在景祐元年（1034）。薛瑞生：《樂章集校註・前言》（北京市：中華書局，2002年10月），頁2～5。以及薛瑞生：《樂章集校註》，頁75～82。

〔註58〕謝章鋌：《賭棋山莊詞話》續編二，見於唐圭璋編：《詞話叢編》第四冊，頁3505。

文人筆下遺世獨立的桃源仙境來自其理想的構築，仙境景觀瑰麗，仙人自在悠然，充滿祥和之氣，不同於汲汲營營、爭奪虞詐的世俗。遊仙使人暫時忘記凡俗的憂慮愁苦，盡情享受仙境的美景與快樂。牛希濟〈臨江仙〉：「峭碧參差十二峯。冷煙寒樹重重。瑤姬宮殿是仙蹤。金鑪珠帳，香靄晝偏濃。　一自楚王驚夢斷，人間無路相逢。至今雲雨帶愁容。月斜江上，征棹動晨鍾。」〔註59〕神女所居仙境幽奇富麗，然而自從楚王與神女的夢境被驚斷之後，神女再也沒見過世人，相對地，世人也沒有辦法到達仙境。此詞表達了詞人對仙境的嚮往，但是仙凡終究難以相通，就連楚王也難再重回仙境，何況是一般世人。楚王之夢斷象徵凡間與仙境的斷裂，代表現實環境終究不會成為理想仙境。仇山村於是認為：「牛公〈臨江仙〉，芊綿溫麗極矣，自有憑弔淒愴之意，得咏史體裁。」〔註60〕憑弔的是仙境美好之不可再得，淒愴的是人仍必須揮別仙境，活在不美好的現實塵世裡。關於桃源仙境的遊歷書寫，主人公幾乎皆以偶然、夢境、想像等方式進入，最後也幾乎都重返塵世。正因回到現實、世間，才能留下遊仙的作品，作品中更說明重返仙境的尋路不可、不復得，顯示雖偶然獲得一探仙境美好的經驗，卻是人所無法掌握，且終歸失去的無奈。

第二節　化抽象悲情為具體化的藝術美

本節從「突出悲情的謀篇技巧」、「多元豐富的風格品類」兩方面，討論悲情的表現藝術。

一、突出悲情的謀篇技巧

劉勰《文心雕龍・神思》中提到意象與聲律為：「馭文之首術，謀篇之大端」；陳植鍔也於《詩歌意象論》首章說：「所謂意象，是詩歌藝術最重要的組成部分之一（另一個是聲律），或者說在一首詩歌中起組織作用的主要因素有兩個：聲律和意象。」〔註61〕詞是一種詩歌體裁，在字數、句數的語詞部分，以及平仄、

〔註59〕趙崇祚：《花間集》（中華書局，1966年三月臺一版，《四部備要・集部》影印臨桂王氏影宋本），卷五，頁10a～10b。

〔註60〕此語記載於沈雄：《古今詞話・詞評》詞評上卷，見於唐圭璋編：《詞話叢編》第一冊，頁973。

〔註61〕陳植鍔：《詩歌意象論──微觀詩史初探》（北京：中國社會科學出版，1990年，第一版），頁13。

用韻的格律部分都有所規範。語詞和格律屬於體制上對形式的規定，透過詞人的天才創作，為詞帶來了意象美與聲律美，在固定的形式下擁有豐富多變的面貌。詞人心中原本既抽象模糊又難以言喻的悲情，要能成為可書寫表達而具體可感的悲詞，除了藉由意象的組合與烘托，更可藉由「對比」的過程彰顯心中旨意，以及「層次」的佈置營造達到深化。如此一來，「悲」不僅可書可感，文辭內容表現出的對比美、層次美更有助於悲感的提升與動人。

（一）在意象的傳情中展現深情

「象」是外在客觀物象，「意」為作者主觀思維，外物皆有其特性與特徵，當作者將各類外在形象經心中內化之後，便形成帶有其主觀情感，甚至具有特殊意義的象徵。楊慎《詞品‧柳詞為東坡所賞》中記載蘇東坡曾說：「人皆言柳耆卿詞俗，如『霜風凄緊，關河冷落，殘照當樓』，唐人佳處不過如此。」〔註62〕其中的「凄」、「冷」、「殘」是風、河、照所無，而人所會有的感受。又王弈清引《詞筌》所言：「凡寫迷離之況者，止須述景。如『小窗斜日到芭蕉』，『半牀斜月疏鐘後』，不言愁而愁自見。因思韓致光『空樓雁一聲，遠屏燈半滅』，已足色悲涼，何必又贅『眉山正愁絕』耶。覺首篇『時復見殘燈，和煙墜金穗』，如此結句，更自含情無限。」〔註63〕之所以能「不言愁而愁自見」、「足色悲涼」、「含情無限」，皆因為詞人心中的愁情藉由蘊藏己身情感的意象來傳達，由意象組合而成的情境使悲愁發見，故不須言悲言愁也能顯悲顯愁。

意象替人發言，不著「悲」、「愁」字而能傾訴心中之情，王世貞於《藝苑卮言‧淡語恆語淺語》就說：

> 「平蕪盡處是青山，行人更在青山外」，又「郴江幸自遶郴山，為誰流下瀟湘去」，此淡語之有情者也。……詠雨「點點不離楊柳外，聲聲只在芭蕉裏」，此淺語之有情者也。〔註64〕

平蕪、青山、行人、郴江、郴山、楊柳、芭蕉原本只是客觀存在的外象，卻因觀看者的不同，使這些形象成為能反映觀看者主觀情志的意象。以「平蕪」句來看，自身為視線出發點，「盡處」道出平蕪的遼闊與目光所及的範圍，之

〔註62〕楊慎：《詞品》卷三，見於唐圭璋編：《詞話叢編》第一冊，頁474。
〔註63〕此語記載於王弈清：《歷代詞話》卷二，見於唐圭璋編：《詞話叢編》第二冊，頁1110。
〔註64〕王世貞：《藝苑卮言》，見於唐圭璋編：《詞話叢編》第一冊，頁388～389。

所以「盡」乃是由於青山遮擋了視線，「更在」表現了行人蹤跡與二人相距的遙遠。然而，縱使青山成為一種阻礙的存在，送者心中的想望之情卻是能穿透青山到達欲追隨的「行人」身上，詞人便由他所關注的意象中展現了送者對行者的深情。在「郴江」一句中，「郴江」為江流名稱，因地勢高低落差形成其流動，本是一種自然現象，卻在「郴江」句中彷彿有了感「幸」、「為誰」而流的意識，實際上是詞人自身意識的展現，使郴江成為有情的意象。另如「詠雨」句中，「點點」形容雨的樣態，「不離」為詞人所見的雨景範圍，「楊柳」是雨中引起詞人關注的對象，一般而言「點點」也用以形容人之淚滴，「楊柳」又多象徵春季與離別。於是，「點點不離楊柳外」即通過雨勢「點點」與「楊柳」的「不離」關係，呈現這陣雨似乎是為了楊柳而來，有如離人之淚水是為了離別而落下。同樣地，「聲聲只在芭蕉裡」便由雨響「聲聲」與「芭蕉」的「只在」關係，形成雨聲只讓窗外有芭蕉之人聽聞，有如人之嘆息聲是由寂寞的愁苦所發出。此三句中皆不見詞人身影，卻是句句都由意象作為詞人情感的化身，展現詞人的視線、想法與情態。

（二）在音律的特色中表達情緒

詞的曲調由宮調、旋律、節奏等具有固定格式的規範組合而成，人們以「詞牌名」稱呼作為曲子歌譜的詞調。詞調的來源雖多〔註 65〕，卻都是因應生活情感之抒發而來，於是在不同的場合、目的與心情下，所發展出的詞調也不同。如常用作軍樂的〈六州歌頭〉，楊慎《詞品・六州歌頭》中記載：

> 〈六州歌頭〉，本鼓吹曲也，音調悲壯。又以古興亡事實之，聞之使人慷慨，良不與豔詞同科，誠可喜也。六州得名，蓋唐人西邊之州，伊州、梁州、甘州、石州、渭州、氐州也。此詞宋人大祀大卹，皆用此調。〔註 66〕

鼓吹樂的主要樂器為鼓、鉦、簫、笳，合奏出的樂曲即為鼓吹曲，其樂音雄壯激越而作為征戍邊地常用的軍樂，也因演奏時能營造莊嚴肅穆的氣氛而使用於盛大的祭祀與追思儀式中。倚聲填詞者多以此調書寫歷史興亡之事，利

〔註65〕陳振寰歸納詞調樂曲的來源有四：內地民歌的加工和民間歌手的創製、根據大型歌舞曲或其他樂曲改製、邊疆少數民族地區和域外樂曲的襲用或改製、文人創製的樂曲。陳振寰：《讀詞常識》（臺北：萬卷樓，1993 年 7 月初版），頁 17～22。

〔註66〕楊慎：《詞品》卷一，見於唐圭璋編：《詞話叢編》第一冊，頁 430。

用文字的聲韻特性營造出樂曲所具有的激越情感，在樂器與旋律的襯托下，傳達出悲壯的整體感受，使人聞之慷慨激昂。

可見，曲之音調與人之情緒有一定程度的相關，謝章鋌對曲之音、情、理的關係曾引萬紅友所言：「曲者有音有情有理，不通乎音弗能歌，不通乎情弗能作，理則貫乎音與情之間，可以意領不可以言宣，悟此則如破竹建瓴，否則終隔一膜也。」〔註67〕並加以指出：

> 予謂詞亦如是，高下疾徐，抗墜抑揚，音之理也。景地物事，悲歡去就，情之理也。按之譜而無礙，音理得矣。揆之心而大順，情理得矣。理何由見，於音之離合、情之是非見之，理具，而後文成也。〔註68〕

萬紅友以爲能歌曲者先要領會音律，而作曲者還要能領會人情，至於音律與人情的配合，便藉由二者之間的理則將其聯繫起來。謝章鋌認爲詞也是如此，音律理則體現在有高就有低、有快就有慢、有起就有伏；人情理則體現在有己就有他、有悲就有歡、有去就有來。若能依據詞譜不感凝滯，審度內心大感舒暢，即是對音之理與情之理的獲得，之後才能進一步塡入文辭。謝章鋌所言說明了擇調對作詞的重要性，不同詞調的音樂內容、情緒表現也不同，選擇與欲抒發之情相應的詞調，有助於心中情感更確切地表達。

曲譜尚在的時候，詞人還能按譜塡詞，以詞就曲，到了曲譜逐漸散失之後，便發展爲詞人照前人累積下來的詞調格式塡詞。詞人雖只依固定詞調塡詞，然而在長短錯落的句式中，仍可藉由中國文字單音特性使詞情與聲韻獲得融合，董蒼水曾說：「玉叔慢詞多商羽之音，如秋颸拂林，哀泉動壑。」〔註69〕王國維《人間詞話·雙聲疊韻》也闡明：「余謂苟於詞之蕩漾處多用疊韻，促節處用雙聲，則其鏗鏘可誦，必有過於前人者。」〔註70〕如一般多使用平聲韻腳的〈聲聲慢〉，李清照改以少見的入聲韻腳〔註71〕寫作，張端義認爲：「『守著窗兒，獨自怎生得黑。』此黑字不許第二人押。」〔註72〕每個句子因入聲韻腳而結束在

〔註67〕謝章鋌：《賭棋山莊詞話》卷八，見於唐圭璋編：《詞話叢編》第四冊，頁3425。

〔註68〕謝章鋌：《賭棋山莊詞話》卷八，見於唐圭璋編：《詞話叢編》第四冊，頁3425。

〔註69〕此語記載於江順詒：《詞學集成》卷七，見於唐圭璋編：《詞話叢編》第四冊，頁3287。

〔註70〕王國維：《人間詞話·刪稿》，見於唐圭璋編：《詞話叢編》第五冊，頁4255。

〔註71〕李清照〈聲聲慢〉的韻腳「覓」、「戚」、「摘」、「滴」是十二錫韻，「息」「識」「黑」「得」是十三職韻，「積」是十一陌韻，「急」是十四緝韻，皆入聲韻腳。

〔註72〕此語記載於楊愼：《詞品》卷二，見於唐圭璋編：《詞話叢編》第一冊，頁451。

短促急切的語氣中，更大量地運用齒音字〔註73〕，佐以喉〔註74〕、牙〔註75〕音字，使詞文有如隨著詞人啜泣哽咽的節奏進行著，沉重淒楚的情調得以表露無遺，營造出室外秋風落葉蕭瑟，室內愁人啜泣嗚咽之聲、情、景融合一體的詞境。梁啓超即稱李清照〈聲聲慢〉一詞：「最得咽字訣，清眞不及也。」〔註76〕由此可知，通過聲韻與情緒的融合，有助於心中悲情的呈現與突顯。

（三）在對比的反差中突顯悲涼

劉熙載於《詞概‧詞之妙全在襯跌》曾揭示：「詞之妙，全在襯跌，如文文山〈滿江紅‧和王夫人〉云：『世態便如翻覆雨，妾身元是分明月。』〈酹江月‧和友人驛中言別〉云：『鏡裏朱顏都變盡，只有丹心難滅。』每二句若非上句，則下句之聲情不出矣。」〔註77〕「分明月」只見於晴朗無雲的天候，對比「翻覆雨」的陰暗多雲，又以月之皎潔比喻妾身，對比如雨之傾盆的世態。顯現世態越黑暗多變，越能襯托出妾身之光潔堅定。另外，會隨著歲月改變的外在「朱顏」，對比能不受歲月影響的內在「丹心」，道出歲月越是老盡容顏，越能顯示一片眞心經得起考驗。此處的「襯跌」即爲映襯，黃慶萱於《修辭學》說明映襯爲「在語文中，把兩種不同的，特別是相反的觀念或事實，對列起來，兩相比較，從而使語氣增強，使意義明顯的修辭方法。」〔註78〕抽象模糊的悲情，透過詞人一點一點的交織成面、構成立體，而能夠明確清晰地傳達出來，相互對比的內容描寫也由此映襯過程得到強化，使文辭更美而焦點更鮮明。

熱鬧與冷清相反，歡樂與悲哀相反，比較之二者間的分別越大，越能使人清楚感受到其差距。陳廷焯便曾說：「白石〈齊天樂〉一闋，全篇皆寫怨情。獨後半云：『笑籬落呼燈，世間兒女。』以無知兒女之樂，反襯出有心人之苦，

〔註73〕全詞九十七字中，聲母爲齒音字者有四十一，佔了全詞 42%。分別爲正齒音十三字：正（照母）、傷、識、守（以上審母）、時、是、時、誰（以上禪母）、盞（莊母）、窗（初母）、乍、愁（以上牀母）、生（疏母）。齒頭音二十八字：最、將、酒、怎、積、怎、怎（以上精母）、清清、悽悽、慘慘、戚戚、次（以上清母）、憔、悴、自、字（以上從母）、息、三、心、相、損、細（以上心母）、尋尋（邪母）。

〔註74〕全詞九十七字中，聲母爲喉音字者有十三。分別爲一（影母）、花、忱、黑、昏（以上曉母）、還、寒、候、黃、黃（以上匣母）、也（喻母）、有、雨（爲母）。

〔註75〕全詞九十七字中，聲母爲牙音字者有十一。分別爲急、過、今、個、更、兼（以上見母）、卻（溪母）、舊（群母）、雁、這、梧（以上疑母）。

〔註76〕梁啓超：《飲冰室評詞》乙卷，見於唐圭璋編：《詞話叢編》第五冊，頁 4308。

〔註77〕劉熙載：《詞概》，見於唐圭璋編：《詞話叢編》第四冊，頁 3701。

〔註78〕黃慶萱：《修辭學》（臺北：三民書局，2000 年 10 月二版），頁 287。

最爲入妙。用筆亦別有神味，難以言傳。」〔註 79〕入妙與神味是從二者反襯
而來，不言內心悲感強烈的程度，卻以「笑」世間兒女因無知而能獲得快樂，
襯托出有心人對有知所以悲苦的「感嘆」。再如劉辰翁〈寶鼎現・丁酉元夕〉
一詞，楊愼評：「詞意淒婉，與麥秀歌何殊」〔註 80〕，張孟浩有感：「反反覆
覆，字字悲咽，孤竹彭澤之流」〔註 81〕，即由映襯使昔是今非的感慨更加立
體明確，全詞如下：

> 紅粧春騎，踏月花影，牙旗穿市。望不盡、歌樓舞榭，習習香塵蓮步
> 底。簫聲斷，約彩鸞歸去，未怕金吾呵醉。甚輦路、喧闐且止。聽得
> 念奴歌起。　父老猶記宣和事，抱銅仙，清淚如水。還轉盼，沙河多
> 麗。滉漾明光連邸第。簾影動，散紅光成綺。月浸蒲桃十里。看往來
> 神仙才子。肯把菱花撲碎。　腸斷竹馬兒童，空見說，三千樂指。等
> 多時、春不歸來，到春時欲睡。又說向、燈前擁髻。暗滴鮫珠墜。便
> 當日、親見霓裳，天上人間夢裏。〔註82〕

動感十足、聲色俱全的元夜活動就這樣開展在汴京城的夜裡。正當沉醉在北
宋元夜美好的回憶時，詞人以父老們回到現實的亡國之痛作爲過片，無情地
打斷了歡欣之情。以「金銅仙人辭漢」典故說明北宋最後走向挽不回的敗亡，
與前片的盛景相映襯。語鋒一轉，北宋雖然衰亡了，但是偏安後的南宋臨安
城也有一段讓人「還轉盼」的歲月。詞人以「破鏡重圓」的典故，感嘆在這
樣的元夜裡，又有誰會預先打破菱花鏡以爲日後的亂離作準備。此舉代表的
居安思危映襯了臨安元夜的閒適享受，更顯出隱藏在承平表面下的危險不
安。對南宋元夜光影流瀉的描寫偏向「靜謐之美」，對比第一片北宋元夜人聲
鼎沸的「歡動之美」，二者的元夜之樂更反襯了共同遭遇的黍離之悲。然而，
無論是北宋或南宋的元夜，都只存在耆老與詞人的回憶裡。南宋滅亡後，元
人對元夜實行宵禁，元夜之樂對生活在元朝的兒童而言，都只是遙不可及、
無從體會的「空談」故事，此處映襯前二片回憶存在過的「眞實」，更顯示出
美好逝去的淒涼。全詞由昔時北宋汴京之地的元夜至昔時南宋臨安之地的元

〔註79〕陳廷焯：《白雨齋詞話》卷二，見於唐圭璋編：《詞話叢編》第四冊，頁 3799。
〔註80〕楊愼：《詞品・補》，見於唐圭璋編：《詞話叢編》第一冊，頁 543。
〔註81〕此語記載於王弈清：《歷代詞話》卷八，見於唐圭璋編：《詞話叢編》第二冊，
　　　　頁 1259。
〔註82〕楊愼：《詞品・補》，見於唐圭璋編：《詞話叢編》第一冊，頁 542。

夜，再回到今時元朝之地的元夜，透過時間、空間、時節的轉換，由樂與悲、盛與衰的對比映襯，立體地傳達出詞人內心強烈的悲痛。

（四）在層深的挖掘中強化失落

悲感的產生有其事由與過程，是人、事、時、地、物彼此交互影響而來，因此悲感具有的成因與內容是錯縱複雜的。如何將這樣的悲感化為文字，使之由千頭萬緒組成能充分表達情意的「一闋詞」，便有賴詞人對於內容的安排。對此，毛稚黃指出一要點：

> 詞家意欲層深，語欲渾成。作詞者大抵意層深者，語便刻畫，語渾成者，意便膚淺，兩難兼也。或欲舉其似，偶拈永叔詞云：「淚眼問花花不語。亂紅飛過鞦韆去。」此可謂層深而渾成，何也，因花而有淚，此一層意也。因淚而問花，此一層意也。花竟不語，此一層意也。不但不語，且又亂落，飛過鞦韆，此一層意也。人愈傷心，花愈惱人，語愈淺，而意愈入，又絕無刻畫費力之迹，謂非層深而渾成耶。然作者初非措意，直如化工生物，筍未出而苞節已具，非寸寸為之也。〔註83〕

使用天然渾成的語言，書寫出意蘊層層深入的作品，不只讀來通暢自然，更有豐富深刻的內涵，使詞文與詞情達到融合為一的境界，這雖然是詞人創作時的理想，卻有實踐上的困難度。歐陽修〈蝶戀花〉以深院女子的口吻，訴說對遊樂繁華地之人的思念所帶來的傷春情懷。毛稚黃以末兩句為達到「意層深，語渾成」之例，說明此自然淺白的十四字中，蘊含層層深入人之傷心的四層意義：第一層是見花之美好而引起傷春之情，第二層是視花為訴說對象因此產生問花的行為，第三層是花對其疑問無任何回答，第四層是花被雨打落後吹過空蕩無人的鞦韆。女子因相思而傷心，春光越美好就越增添無心春情之人的煩惱，當看見花受風雨打落吹離，便引起對美好難長久的惋惜，使人之傷心在相思、煩惱外，又更進一層。其難能可貴之妙處在於句子的完成並非苦心求索得來，而是在詞人豐實的情意與才學之中，如萬物自然生長般地產生。

歐陽修以「淚眼問花花不語，亂紅飛過鞦韆去」作為〈蝶戀花〉的結束，詞中的離別相思之情與傷春之情在此融合一體，更因其豐富的四層意蘊，使詞情與詞意皆獲得深化。關於結語層次的重要，陳廷焯曾道：「賀老小詞，工於結句。往往有通首煊染，至結處一筆叫醒，遂使全篇實處皆虛，最屬勝

〔註83〕毛稚黃：《古今詞論》，見於唐圭璋編：《詞話叢編》第一冊，頁608。

境。……妙處全在結句，開後人無數章法。」〔註 84〕又說蒿庵〈醜奴兒慢〉
爲：「感士不遇也，結更深一層說。骨高味古，幾欲突過中仙。」〔註 85〕再如
賀鑄於〈青玉案〉中抒發與一位神仙般的女子難以相見的感慨，女子不只身
分、居所皆隱密不爲人知，足跡也到不了詞人所在的地方。他因而自問這樣
的愁苦到底有多少呢？接著進一步以結尾三句對愁苦之情的形象化表達出內
心的無邊愁悶。此詞歷來最受人愛賞的也是其結尾數句，沈謙稱：「不特善于
喻愁，正以瑣碎爲妙。」〔註 86〕劉熙載則言：

> 賀方回〈青玉案〉詞，收四句云：「試問閒愁都幾許，一川煙草，滿城
> 風絮，梅子黃時雨。」其末句好處，全在試問句呼起，及與上一川二
> 句并用耳。或以方回有賀梅子之稱，專賞此句誤矣。且此句原本寇萊
> 公「梅子黃時雨如霧」詩句，然則何不目萊公爲寇梅子耶。〔註 87〕

閒愁到底都幾許？首先，彷彿隨著河流綿延不絕，一直無止盡延伸下去的「一
川煙草」，是愁情之久長；其次，如被風吹散到城中，不停地飄散到各處各角
落的「滿城風絮」，是愁情之廣大；最後，是陰晴不定的黃梅天裡，時而傾盆、
時而紛細、時而短暫一陣、時而連續多日的「梅子黃時雨」，是愁情之濃密。
然而，直到不見河流盡頭，草仍舊生長著；即使滿城皆是風絮蹤跡，也依然
在飄動；就算大雨過後短暫放晴，雨又隨即下起。下下停停的梅雨，除了帶
來灰濛濛的雨天讓人不便出門、衣物容易發霉之外，還造成人在潮濕氣候中
的煩悶之情，比起一川煙草、滿城風絮，「梅子黃時雨」似乎對生活與情緒的
影響更大。於是，詞中的愁苦不隨語句結束而停止，卻以一種持續的動態進
行著。如此久長、廣大、濃密的愁苦，確實深到足以令人斷腸，詞人對女子
的一片深情，與不得相見的痛苦之情，都在這裡深一層地表達了出來。「梅子
黃時雨」一句雖出於「梅子黃時雨如霧」，卻由賀鑄將其作爲愁緒的形象化，
增添了意涵的豐富性，在詞中發揮畫龍點睛之效，因此聞名天下而有賀梅子
之稱。黃山谷贈以詩曰：「解道江南腸斷句，只今惟有賀方回。」〔註 88〕說明
賀鑄描寫斷腸之愁苦的貼切動人，正是沈謙所言的「善于喻愁」。可見在眞情

〔註 84〕陳廷焯：《白雨齋詞話》卷八，見於唐圭璋編：《詞話叢編》第四冊，頁 3971。
〔註 85〕陳廷焯：《白雨齋詞話》卷五，見於唐圭璋編：《詞話叢編》第四冊，頁 3882。
〔註 86〕沈謙：《塡詞雜說》，見於唐圭璋編：《詞話叢編》第一冊，頁 632。
〔註 87〕劉熙載：《詞概》，見於唐圭璋編：《詞話叢編》第四冊，頁 3700～3701。
〔註 88〕王奕清：《歷代詞話》卷六，見於唐圭璋編：《詞話叢編》第二冊，頁 1193。

自然的語言中，意旨的層層深入使詞作具有層次感，透過結句綰合全詞，不只有點醒全篇的作用，更能因結束在情感「深一層」之處而有助於詞境的營造與情意的傳達，產生餘韻不絕的效果。

二、多元豐富的風格品類

悲詞的內容雖由詞人抒發人生之悲感而來，卻因表現方式與內心情緒的不同，形成豐富多樣的作品風貌。在詞話出現以前，關於詩歌風格品類的討論主要記載於詩話，一方面作為人們鑑賞詩歌的途徑，一方面也成為日後創作詞話以評詞的學習目標。

（一）主要風格品類的分類

在郭紹虞《滄浪詩話校釋・詩辨》中引陶明濬《詩說雜記》卷七云：「何謂悲壯？笛拍鐃歌，酣暢猛起者是也。」〔註89〕悲壯可說是藉由呈現雄闊的壯景、不屈的壯志來表現悲情，使作品讀來使人感到慷慨激昂。凄豔則是藉由呈現鮮麗的豔景、深濃的情意來表現悲情，使作品讀來使人感到悲深情重。陳廷焯提出沉鬱說，指出：「所謂沉鬱者，意在筆先，神餘言外。……而發之又必若隱若見，欲露不露，反復纏綿，終不許一語道破。」〔註90〕對吳文英〈金縷曲・陪履齋先生滄浪看梅〉除了以「悲鬱」評之，又說此詞：「感慨身世，激烈語偏說得溫婉，境地最高。」〔註91〕於是，悲鬱是由不直說的溫婉方式收束心中悲情，寄寓悲傷感慨於言詞底下，使其發之幽微卻密度極高。關於凄婉，郭紹虞引陶明濬《詩說雜記》卷七云：「何謂凄婉？絲哀竹濫，如怨如慕者是也。」〔註92〕凄婉是以委婉曲折的方式，如絲竹幽幽不絕之聲道出內心悲傷之情，予人情意綿邈，細緻而楚楚動人的感受。悲涼與凄涼表現外在景象空茫冷清的涼意，呼應內心孤寂無助的感受，使悲涼傳達出期待落空的失望，而凄涼則是無力期待的絕望。下圖將本節所要論述之「悲之風格品類」依其氣之剛、柔與情之收、放的程度表示為下列象限圖：

〔註89〕嚴羽著，郭紹虞校釋：《滄浪詩話校釋・詩辨》（北京：人民文學出版社，1983年8月第2版），頁8。
〔註90〕陳廷焯：《白雨齋詞話》卷一，見於唐圭璋編：《詞話叢編》第四冊，頁3777。
〔註91〕陳廷焯：《白雨齋詞話》卷二，見於唐圭璋編：《詞話叢編》第四冊，頁3804。
〔註92〕嚴羽著，郭紹虞校釋：《滄浪詩話校釋・詩辨》，頁8。

圖 3-2-1　悲之風格品類象限圖

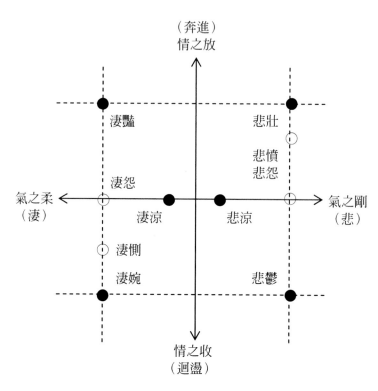

當作者欲以書寫來抒發心中悲的情緒時，便依其人之個性特質，融合當下所在環境之情調，而使氣產生偏剛或偏柔的情形，氣偏剛則形成風格品為「悲」，氣偏柔則形成風格品為「淒」。情感之表現有收放之間的差異，若以梁啟超對情感表現有「奔進」、「迴盪」方式的劃分，則以奔進方式表現悲情的即為「壯」與「豔」，是為情之放；以迴盪方式表現悲情的即為「鬱」與「婉」，是為情之收。然而，尚有不那麼奔進，也不那麼迴盪，屬於「折衷」在奔進與迴盪之間的表情方式，如「涼」即是。

（二）表現為「壯、鬱、豔、婉、涼」的風格品類

形容悲詞風格的用語中，著重在表現方式的常見品類，於「悲」有悲壯、悲涼、悲鬱；於「淒」有淒豔、淒涼、淒婉。

1. 悲壯、悲涼、悲鬱

辛棄疾於〈永遇樂・京口北固亭懷古〉感慨千古英雄早已不知去向，並懷想歷史上「金戈鐵馬，氣吞萬里如虎」的豪壯，面對如在風雨中飄搖的危

急國勢，雖然內心悲傷，卻仍發出「憑誰問、廉頗老矣，尚能飯否」的壯語，
表示自己不受年歲影響，依然保有爲國效力的雄心壯志。李佳於是說：「此闋
悲壯蒼涼，極咏古能事。」〔註93〕又如陳廷焯《白雨齋詞話·倪元鎮人月圓》：

> 「傷心莫問前朝事，重上越王臺。鷓鴣啼處，東風草綠，殘照花開。
> 悵然孤嘯，青山故國，喬木蒼苔。當時明月，依依素影，何處飛來。」
> 風流悲壯，南宋諸鉅手爲之亦無以過。詞豈以時代限耶。〔註94〕

雖然改朝換代令人「傷心莫問」，依然登台遠眺。因爲傷心，故登台後所感受
到的大地也都染上了悲意，包括聽到的鷓鴣聲、受東風吹拂卻依然青綠的草、
在夕陽殘照下依然開放的花。花草不受東風、殘照，甚至改朝換代的影響，
依舊生長著，而人呢？因悲傷而悵然，更在所見的遼闊天地間發出「孤嘯」。
登台所見呈現了壯闊，在壯闊中發出激昂的呼號之音，更是壯，然而在天地
遼闊間卻只見一人呼號的「孤」影，便顯得悲了。由於專注在悲傷中，才會
有「突然發現」月亮已升起的情形，因此問月「何處」來。此月正是照耀過
前朝的舊時明月，月依舊而世事全非，所跨越的時間感是一種壯，對比人從
殘照佇立到月昇感嘆時代之變，便又流露出悲感。

　　歷史的分合帶來政權轉移、國土失去，縱使土地上的山水風光依舊，景
觀可經由建設恢復，人民也可能回到故里重新生活，然而宮殿的主人卻如同
亡失的主權再也回不來，形成詞人心底最難抹平的傷痛。《鼠璞》引謝克家〈憶
君王〉云：「『依依宮柳拂宮牆。樓殿無人春晝長。燕子歸來依舊忙。憶君王。
月照黃昏人斷腸。』語意悲涼，讀之使人墮淚，眞憂君憂國之語。」〔註95〕
人去樓空、獨自佇立的宮殿，以及失去君國的悲痛之人，對比著拂動的宮柳、
長晝的春日、忙碌的歸燕，與月升日落等運作規律的自然景象，顯得格外空
虛寂寞，故說此詞語意悲涼。另如倪稻孫至長江中游以南，今湖南、湖北一
帶的古楚地旅遊，歸返時經過琵琶亭有感而寫下〈長亭怨慢〉。丁紹儀《聽秋
聲館詞話·倪稻孫夢隱詞》錄其詞云：

> 「又行盡、淒淒三楚。倦客單衣，薄游情緒。縱有琵琶，半生淪落向

〔註93〕李佳：《左庵詞話》卷上，見於唐圭璋編：《詞話叢編》第四冊，頁3108。
〔註94〕陳廷焯：《白雨齋詞話》卷三，見於唐圭璋編：《詞話叢編》第四冊，頁3823。
〔註95〕此語記載於王弈清：《歷代詞話》卷六，見於唐圭璋編：《詞話叢編》第二冊，
　　　　頁1207～1208。

誰語。別離如此，盼不到、江南樹。江上已秋風，卻送我、揚舲歸去。

重住。看扁舟來往，孃孃豔歌無數。青衫淚點，早吹作、驛亭殘雨。算那日、一醉成吟，便贏得、風流千古。認幾疊遙山，還似秋娘眉嫵。」

悲涼蒼秀，直合石帚、玉田二家爲一。〔註96〕

首句的「盡」、「淒淒」使人感到這是一趟充滿苦寒的路途，此由詞人心境而出。因爲他不僅「倦」、身分爲「客」、衣著「單」少，加上根本提不起遊興的意「薄」，自然不會是一趟歡喜的出遊。到了取自白居易〈琵琶行〉之意命名的琵琶亭，思及琵琶女尚能對人傾訴內心悲苦，自己卻是「縱有」琵琶也不知「向誰語」的落寞。更傷心的是別離之後不僅「盼不到」相聚，又隨即地「已」被秋風「送歸去」。字裡行間流露出無助、無奈的悲嘆。與無數艷歌相對的是落在離別驛亭的紛紛淚雨，一樂一悲的對比突出了心中的悲傷，因而想著有天能一醉成吟而風流千古，改變半生淪落的際遇。詞人抒發自身際遇不順的悲傷，詞中充滿清冷、寂寞的感受，丁紹儀遂稱此詞悲涼蒼秀。

蘇軾遊蘄水清泉寺時，見寺前之水西流而作〈浣溪紗〉，陳廷焯對此說：「『誰道人生難再少，君看流水尚能西。休將白髮唱黃雞。』愈悲鬱，愈豪放，愈忠厚。令我神往。」〔註97〕中國地勢西高東低，流水最終東流入海，然而地勢變化使流水也有呈現西繞而流的時候。蘇東坡於是認爲人不應因年老而消極，爲了每日的雞啼感傷，倘若心境能改變，又何嘗不是人生的轉變。人生無法倒轉，年老與死亡成爲生命底層的悲傷，然而蘇東坡以改變心態的方式去面對年歲流逝之悲苦，此種心境令陳廷焯神往。再如吳文英看待今昔遞嬗的心態，陳廷焯的感受是：

稼軒詞云：「而今已不如昔，後定不如今。」即其年〈水調歌頭〉之意，而意境卻別。然讀夢窗之「後不如今今非昔，兩無言、相對滄浪水。」悲鬱而和厚，又不必爲稼軒矣。〔註98〕

人總感嘆今不如昔，以昔是今非的思維評論歲月更替，若未來成爲今時，今時相對未來而言就是昔時了，辛稼軒故以此推論「後定不如今」，顯示珍惜今時、把握當下的重要。吳夢窗認爲往後雖然不一定比今時好，然而能肯定的

〔註96〕丁紹儀：《聽秋聲館詞話》卷十七，見於唐圭璋編：《詞話叢編》第三冊，頁2789。
〔註97〕陳廷焯：《白雨齋詞話》卷六，見於唐圭璋編：《詞話叢編》第四冊，頁3912。
〔註98〕陳廷焯：《白雨齋詞話》卷六，見於唐圭璋編：《詞話叢編》第四冊，頁3920。

是今非昔比的現狀，不直言對今時的悲傷與不滿，卻以盡在不言中的無言，相對著象徵時間流逝的滄浪流水，表達了心中無奈的傷悲。

2. 淒豔、淒涼、淒婉

寇萊公〈點絳脣〉云：「象尺薰爐，拂曉停鍼線。愁蛾淺。飛紅零亂。側臥珠簾捲。」陳廷焯稱其：「遣詞淒豔，姿態甚饒，自是北宋人手筆。」〔註99〕裁縫之人至天亮才「停」下針線，室內設薰爐、珠簾，室外正飛紅、曉光，在光豔美麗情境中的卻是「愁」著蛾眉、「側臥」簾下迎光的女子，突出了愁思與倦意。再如陳廷焯引孔尚任〈鷓鴣天〉云：

> 「院靜厨寒睡起遲。秣陵人老看花時。城連曉雨枯陵樹，江帶春潮壞殿基。　傷往事，寫新詞，客愁鄉夢亂如絲。不知煙水西村舍，燕子今年宿傍誰。」勝國之感，情文淒豔。〔註100〕

此詞爲孔尚任《桃花扇》筆下主角侯方域所吟，時代背景爲南明覆亡之際，詞中的靜院、睡遲、賞花、曉雨、春潮、煙水、燕子，營造了一個看似充滿閒情逸致的春天，然而美好之下隱含著對於家國興亡的哀傷。在閒靜的生活中賞花時，所感受到的是自身經歷國家變亂而來的疲老。望見既可滋潤大地，又足供欣賞的曉雨與春潮，卻想到雨水救不了先皇陵墓旁的樹，而殿基徒受潮水毀壞，暗喻明朝舊日的興盛已一去不返，現今只存枯萎與傾頹的情勢。「往」、「新」、「客」、「鄉」道出爲了避亂而從秣陵（南京）到異地生活，對於從前只能感傷憑弔、寄託夢中，帶著如絲般龐雜紛亂的愁緒度日。最後以燕子不知今年能築巢誰家作結，實際上憂心的是在國破家亡的殘敗下，大批的遺民們也如同燕子面臨無家可歸、無處安居的處境。詞文雖披以春豔之景，然而底層所要傾訴的是人生被動地受時代環境安排左右的無奈，由此彰顯所欲傳達的淒情。

陳廷焯自言獨愛鄭板橋〈滿江紅〉中的「碧葉傷心亡國柳，紅牆墮淚南朝廟」二句，稱其：「淒涼哀怨，爲金陵懷古佳句。」〔註101〕柳樹見證的是一國之興盛與衰亡，廟宇供奉的是人們尊崇卻逃不開死亡的人物，對於朝代興替與年壽生死，人就如同碧葉、紅牆一樣，身處縱使傷心墮淚也無法改變現

〔註99〕陳廷焯：《白雨齋詞話》卷七，見於唐圭璋編：《詞話叢編》第四冊，頁3954。
〔註100〕陳廷焯：《白雨齋詞話》卷六，見於唐圭璋編：《詞話叢編》第四冊，頁3928。
〔註101〕陳廷焯：《白雨齋詞話》卷四，見於唐圭璋編：《詞話叢編》第四冊，頁3852。

實的蒼涼中。陳廷焯又引仲修〈賀新郎〉云：

> 「春衫裁翦渾拋了。盼長亭、行人不見，飛雲縹緲。一紙音書和淚
> 讀，卻恨眼昏字小。見說是、天涯春到。夢倚房櫳通一顧，奈醒來、
> 各自閒煩惱。知兩地，怨啼鳥。」淒涼怨慕，深於周、秦，不同貌
> 似者。〔註102〕

春天將去，還不見等待之人歸來，如飛雲般捉摸不定的相聚，使詞人心生淒
感。傳遞訊息的書信引人感慨益深，惆悵著「眼昏字小」的情形提醒人已年
歲漸長，表現了對歲月流逝的無奈。與離去之人在現實中無法相聚，夢醒後
又必須各自帶著煩惱生活二地，即使鳥啼聲令人心煩，除了埋怨其啼叫之外
也別無他法。詞中所呈現的涼意來自詞人期待落空的心寒，透過「渾拋了」、
「不見」、「縹緲」、「一紙」、「通一顧」、「奈」、「各自」、「兩地」、「怨」營造
出孤寂之情境，彷彿離別使人一無所有，有的只是茫然度日的無奈。

王沂孫看見南宋都城臨安聚景園裡的梅花，寫下〈法曲獻仙音‧聚景亭
梅次草窗韻〉，陳廷焯言此：「『層綠峨峨，纖瓊皎皎，倒壓波痕清淺。過眼年
華，動人幽意，相逢幾番春換。記喚酒尋芳處，盈盈褪妝晚。　已銷黯，況
淒涼近來離思，應忘卻、明月夜深歸輦。荏苒一枝春，恨東風人似天遠。縱
有殘花酒，灑征衣鉛淚都滿。但殷勤折取，自遣一襟幽怨。』較高詩更覺淒
婉。」〔註103〕位於都城臨安的梅花盛景何以衰敗不再？正是因南宋滅亡導致
的政權轉移才使一切美好成爲過眼年華。他「記」起從前的快樂，又想到實
「已」銷黯不復得，更進一層言近來「況」淒涼。雖轉而自我叮嚀「應」忘
卻往昔之樂，避免傷心，卻又不免在春來春去時「恨」起美好人事的遠離。
使得「縱有」殘花酒，也止不住黍離之情的悲淚。此時情緒又一轉，想到尚
可「但」憑折取梅花以「自」遣心中懷念故國的幽怨。面對故國興亡，詞人
的心情是激動悲痛的，卻以卑亢交錯的表現方式，將心中情感曲折地傳達出
來。而《詞苑》以爲李後主〈烏夜啼〉一詞「最爲悽惋」：

> 李後主重光作〈烏夜啼〉一詞，最爲悽惋。其詞曰：「無言獨上西樓。
> 月如鈎。寂寞梧桐深院鎖清秋。　翦不斷，理還亂，是離愁。別是一

〔註102〕陳廷焯：《白雨齋詞話》卷五，見於唐圭璋編：《詞話叢編》第四冊，頁3875
　　　　～3876。

〔註103〕陳廷焯：《白雨齋詞話》卷二，見於唐圭璋編：《詞話叢編》第四冊，頁3813。

般滋味在心頭。」所謂其音哀以思也。〔註104〕

上樓時「無言」與「獨」的感受，顯示出詞人的心事重重。他所看到的梧桐、院子，所感覺到的秋天，皆反映出其心中感到的「寂寞」與「深鎖」的壓力，有如整個秋天的愁都聚集在他所處的院落。這份愁，只輕描淡寫是無法剪、無從理的離愁，實際上是離開故土、宮殿，與君王身分，而成為俘虜的悲傷。這份離愁不是一般人的離愁，這種遭遇與心情也非一般人所能體會，朝不保夕的處境使他對一切只能說出「別是一般滋味」。越是委婉曲折，越顯出其心情的複雜煎熬，由此呈現出詞人內心難言的悲傷與精神上的痛苦。

（三）情緒帶「憤、怨、惻」的風格品類

除了著重在表現方式的品類外，尚有伴隨悲情出現之情緒的品類，於「悲」有悲憤、悲怨；於「淒」有淒惻、淒怨。

1. 悲憤、悲怨

毛奇齡《西河詞話・吳博士念奴嬌》中記載吳博士與他離別時曾寫詞一闋，其詞曰：「……驅車行矣，可憐獨步歸舍。　試看遍地荊榛，君今卜何處，能超罣攬。元節望門去路遠，天下朱家皆假。田舍粗安，壺漿堪掩，意氣長相藉。天涯何限，一時去此秋夜。」毛奇齡稱此詞：「甚悲愴有梗概。博士真愛我。」〔註105〕世人所追求的功成名就、富貴名利，在詞人眼中都是遙遠、虛假的，強調平淡中保有意氣的重要，在離情的悲傷中帶著對社會現狀的憤慨。又如陳廷焯引陳其年〈水調歌頭〉云：

> 「縱不神仙將相，但遇江山風月，流落亦為佳。豈意有今日，側帽數
> 哀笳。」流落亦為佳，已是難堪。今則並此不能矣。豈意五字，悲極
> 憤極，如聞熊啼兕吼。〔註106〕

一般人多以流落為苦、為勞，正因如此，詞人藉由江山風月的外在環境之美，轉換了流落挫折的內在心境之悲，以「流落亦為佳」來達到自我安慰的效果，這份自我解嘲的心理在陳廷焯看來是充滿難堪之情的。在生活的不安定與缺乏安全感中，好不容易轉換心情面對，卻在大風中聽到引人悲傷的胡笳聲。「豈

〔註104〕此語記載於王弈清：《歷代詞話》卷三，見於唐圭璋編：《詞話叢編》第二冊，頁1127。
〔註105〕毛奇齡：《西河詞話》卷一，見於唐圭璋編：《詞話叢編》第一冊，頁566。
〔註106〕陳廷焯：《白雨齋詞話》卷六，見於唐圭璋編：《詞話叢編》第四冊，頁3920。

意」表示詞人從「流落亦佳」的自我安慰中回到了現實，感受到現實確實是這麼苦、這麼難堪，誰能想到會有這種日子？再三遭遇挫折後，當試圖以自嘲轉換心情卻發現必須面對更艱難的處境時，對現實極度不滿的憤怒之情遂因此產生。全詞由神仙將相到江山風月，以至流落亦佳，更到今日側帽哀筇，層層引出悲傷，終而至憤。

　　張蒿庵透過〈蝶戀花〉對殘春花鳥的描寫以抒發情志，陳廷焯認爲：「蒿庵蝶戀花四章，所謂託志帷房，睠懷身世者。……三章云：『綠樹陰陰晴畫午。過了殘春，紅萼誰爲主。宛轉花旛勤擁護。簾前錯喚金鸚鵡。』詞殊怨慕。次章蓋言所謀有可成之機，此則傷所遇之卒不合也。故下云：『回首行雲迷洞戶。不道今朝，還比前朝苦。』悲怨已極。」〔註107〕詞人因殘春之後紅萼將爲誰開，以及宛轉護花之鳥卻遭錯認的情形感傷。紅萼之美與鳥之苦心都因受忽視而白費，彷彿賢才之士不得時勢所用，空費才華與用心，於是陳廷焯以此爲詞人感嘆所遇不合。接著，回首向來之路，卻見行雲將可容身之處都遮掩起來，無論前方是否有風雨也只能往前，不得所用又無棲身之所，遂興起「今朝還比前朝苦」的怨嘆。又陳廷焯引雙卿詞〈惜黃花慢〉云：

> 「……孤鴻一箇，去向誰邊。素霜已冷蘆花渚，更休倩、鷗鷺相憐。暗自眠。……」讀此覺雖速我訟，亦不汝從。尚嫌過激，不及此和平中正也。下云：「淒涼勸你無言。趁一沙半水，且度流年。稻梁初盡，網羅正苦，夢魂易警，幾處寒烟。斷腸可似嬋娟意，寸心裏、多少纏綿。夜半聞。倦飛誤宿平田。」此詞悲怨而忠厚，讀竟令人泣數行下。〔註108〕

此詞題爲孤雁，詞人所悲者不僅是爲了孤雁離群無依的境況，還由於自身處境也如同孤雁一樣孤苦無依，自己尚無法從中解脫，又如何勸得了孤雁，因此欲相勸也不知從何說起，最終是淒涼無言。雙卿不直言自身苦痛的悲傷，透過對孤雁的哀憐表現了對自己遭遇的哀怨。她憐孤雁「無邊可去」得「暗自眠」，要孤雁「趁」此處尙可棲身「且」度流年，流露了極爲委屈的無奈；而生活情形卻又是稻梁「盡」、網羅「苦」、夢魂「警」的度日艱難，最後終因「倦」飛「誤」宿平田，落入無食無掩護的悲慘。孤雁生活的難處其實也是她生活的難處，一

〔註107〕陳廷焯：《白雨齋詞話》卷五，見於唐圭璋編：《詞話叢編》第四冊，頁3878。
〔註108〕陳廷焯：《白雨齋詞話》卷五，見於唐圭璋編：《詞話叢編》第四冊，頁3896。

切都如斷腸纏綿糾結般痛苦，藉由心中之怨意以表達其悲傷所由。

2. 淒惻、淒怨

〈憶王孫・春詞〉曰：「萋萋芳草憶王孫。柳外樓高空斷魂。杜宇聲聲不忍聞。欲黃昏。雨打梨花深閉門。」〔註109〕黃氏記載沈際飛之言：「一句一思。因『樓高』曰『空』，因『閉門』曰『深』，俱可味。按高樓望遠，『空』字已悽惻，況聞杜宇乎。末句尤比興深遠，言有盡而意無窮。」〔註110〕傷心之人感到「萋萋芳草」、「柳外樓高」、「杜宇聲聲」、「黃昏」、「雨打梨花」的淒涼後，又因「憶」、「空」、「不忍」、「深」使情緒益加悲傷，顯現詞人心靈上的孤寂深鎖。另外，宋代南渡後，有無名氏聽聞笛聲後作〈玉樓春・聞笛〉於杭京，楊慎錄其詞云：

> 「玉樓十二春寒側。樓角暮寒吹玉笛。天津橋上舊曾聽，三十六宮秋草
> 碧。 昭華人去無消息。江上青山空晚色。一聲落盡短亭花，無數行人
> 歸未得。」其詞悲感悽惻，在陳去非憶昔午橋之上，而不知名。〔註111〕

玉樓十二相傳為西王母所居宮闕，用以形容建築之光采奪目，然而詞人卻對杭京所見的玉樓感到一陣寒意；三十六宮代表了王朝離宮別館的廣闊，本應在人員管理下呈現整潔面貌，如今卻是長滿秋草。兩地的美麗景觀現在是「無」人、「空」寂的荒涼狀態，人去後只剩孤獨矗立的宮殿與青山，加上幽幽傳來，曾在故國聽過的暮寒笛聲，便烘托出帶有淒感的情境。人的離去是由動亂造成，在短亭送別的無數行人從此一去不返，亭花負載了太多的別情，如今在衰敗的景況中聽到故國熟悉的笛聲，又怎能不悲痛到凋謝殆盡。國破家亡，一切安定美好都成為蕭條傷感，這是詞人隨著笛聲所道出的內心悲痛。

陳廷焯稱張先詞：「最見古致。如云：『江水東流郎在西，問尺素何由到。』情詞淒怨，猶存古詩遺意。後之為詞者，更不究心於此。」〔註112〕心中所淒是與情人分別的悲傷，所怨的是命運不但分離彼此，還使彼此的聯繫有如欲由東方逆流而上傳達書信至西方那樣困難，因此發出「何由到」的怨嘆。再如楊湜引韋莊〈空相憶〉云：

〔註109〕唐圭璋編：《全宋詞》，頁1039。

〔註110〕黃氏：《蓼園詞評》，見於唐圭璋編：《詞話叢編》第四冊，頁3023。

〔註111〕楊慎：《詞品》卷一，見於唐圭璋編：《詞話叢編》第一冊，頁441。

〔註112〕陳廷焯：《白雨齋詞話》卷六，見於唐圭璋編：《詞話叢編》第四冊，頁3921。

「空相憶。無計得傳消息。天上嫦娥人不識。寄書何處覓。　新睡覺
來無力。不忍把伊書跡。滿院落花春寂寂。斷腸芳草碧。」情意悽怨，
人相傳播，盛行於時。〔註113〕

淒情是由「相憶」而來，加上所面臨的是消息「無計」傳遞、音書「無覓」的
情形，便在相思之苦外更添焦急埋怨的心情。以人不識嫦娥，強調二人相隔的
距離有如天人之間的遙遠，顯示其獲得溝通的不可能。在心有餘而力不足的無
奈中，詞人才會感嘆連相憶都只是徒然、無濟於事的「空」，心中怨情便由此生
發。詞人因失去希望導致對生活的「無力」感，禁不起睹物思人的悲傷，卻又
見到落花紛紛，心情便充滿了怨分離與怨春將逝的寂寥與悲傷之情。

（四）悲之風格品類的意蘊內涵

1. 從詩話至詞話的悲之風格品類

根據林淑貞先生《詩話論風格・品類論》之研究資料〔註114〕顯示，詩話
中較早將「悲」立出風格品類者爲中唐皎然《詩式》之「辨體十九字」〔註115〕，
說明「悲，傷甚。」「傷甚」解釋「悲」是情緒上非常傷心的狀態。其後的晚
唐司空圖《二十四詩品》〔註116〕中，說明：「悲慨，大風卷水，林木爲摧。意
苦若死，招憩不來。百歲如流，富貴冷灰。大道日喪，若爲雄才。壯士拂劍，
浩然彌哀。蕭蕭落葉，漏雨蒼苔。」司空圖透過對許多形象的描繪來爲「悲
慨」下註解，所描繪的形象是被破壞的、無法挽救的、人力難挽回的，由此
可知「慨」是悲傷基調之外，一種「壯士拂劍」所表現出的慷慨之情。「悲慨」
便是在悲情之中蘊含有一股慷慨之情，透過書寫抒情而表現在文辭中。到了
南宋，嚴羽《滄浪詩話》分詩九品〔註117〕，其中列有「悲壯」與「淒婉」二
品，然而未加以說明。

詞話出現之後，即有學習《二十四詩品》以爲詞分品類的詞品，謝章鋌

〔註113〕楊湜：《古今詞話》，見於唐圭璋編：《詞話叢編》第一冊，頁20。
〔註114〕林淑貞：《詩話論風格》（臺北：文津，1999年7月），頁375～390
〔註115〕辨體十九字爲：高、逸、貞、忠、節、志、氣、情、思、德、誡、閒、達、
　　　　悲、怨、意、力、靜、遠。
〔註116〕此「二十四詩品」包括：雄渾、沖淡、纖穠、沉著、高古、典雅、洗煉、勁
　　　　健、綺麗、自然、含蓄、豪放、精神、縝密、疏野、清奇、委曲、實境、悲
　　　　慨、形容、超詣、飄逸、曠達、流動。
〔註117〕《滄浪詩話》將風格分爲九品：高、古、深、遠、長、雄渾、飄逸、悲壯、
　　　　淒婉。

《賭棋山莊詞話・詞不必唱》指出：「司空表聖《詩品》，騷壇久奉爲金科玉律。……近日吳江郭祥伯、金匱楊伯夔又仿之，合撰爲《詞品》。」〔註 118〕然而清代郭麐〈詞品十二則〉〔註 119〕、清代楊伯夔〈續詞品十二則〉〔註 120〕，以及晚清江順詒〈續詞品十九則〉〔註 121〕中，未見將「悲」立出風格品類。其中，郭麐與楊伯夔的詞品品類偏重在詞作意境的整體呈現，而江順詒的詞品品類則偏重在寫作技巧的安排經營。比較起來，郭麐與楊伯夔的詞品品類較江順詒合乎風格品類的表現方式。

及至楊成鑒，以統合詩詞風格的方式，在《中國詩詞風格研究》中指出較側重於氣勢特色的，是豪婉類風格；較側重於感情節奏的，是壯鬱類風格。〔註 122〕認爲壯類風格就是梁啓超所謂「奔進的表情法」，可分爲壯麗品、悲壯品、憤慨品等藝術風格；而鬱類風格即是所謂「迴盪的表情法」，可分爲沉鬱品、悲涼品和悽婉（附悽厲）品等藝術風格。〔註 123〕與人之悲情較直接相關者爲悲壯、悲涼、悽婉三品。

2. 依其意蘊內涵不同之劃分

經由對作品的分析，得知前人以表現方式與複合情緒爲判定悲詞之風格品類的依據，試將悲詞之風格品類圖示如下：

〔註 118〕謝章鋌：《賭棋山莊詞話》卷十二，見於唐圭璋編：《詞話叢編》第四冊，頁 3476。

〔註 119〕郭麐（郭頻伽）〈詞品十二則〉爲：幽秀、高超、雄放、委曲、清脆、神韻、感慨、奇麗、含蓄、逋峭、穠豔、名雋。江順詒：《詞學集成》卷八，見於唐圭璋編：《詞話叢編》第四冊，頁 3295～3297。

〔註 120〕楊伯夔〈續詞品十二則〉爲：輕逸、綿邈、獨造、淒緊、微婉、閒雅、高寒、澄淡、疎俊、孤瘦、精鍊、靈活。郭麐：《靈芬館詞話》卷二，見於唐圭璋編：《詞話叢編》第二冊，頁 1524～1525。江順詒於《詞學集成・卷八》，以及劉慶雲編著之《詞話十論・風格論》所列楊伯夔續詞品十二則，實爲十一則，皆闕漏了「綿邈」。朱崇才《詞話學・品格──境界篇》所列之楊伯夔十二品，實爲十品，闕漏了「綿邈」與「獨造」。

〔註 121〕江順詒雖自言仿袁子才《隨園補詩品》之意作〈續詞品二十則〉，然目前所見記載僅爲十九則：崇意、用筆、布局、斂氣、考譜、尚識、押韻、言情、戒褻、辨微、取徑、振采、結響、善改、著我、聚材、去瑕、行空、妙悟。江順詒：《詞學集成》卷八，見於唐圭璋編：《詞話叢編》第四冊，頁 3299～3303。

〔註 122〕楊成鑒：《中國詩詞風格研究》（臺北：洪葉，1995 年 12 月初版），頁 65。

〔註 123〕楊成鑒：《中國詩詞風格研究》，頁 93～94。

圖 3-2-2　悲詞之風格品類圖

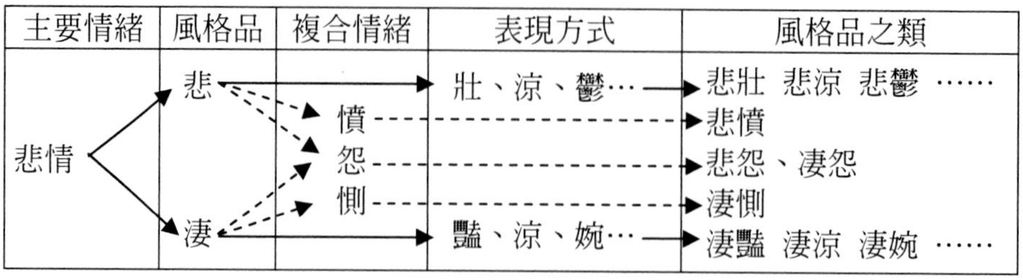

主要情緒	風格品	複合情緒	表現方式	風格品之類
悲情	悲	憤 怨 惻	壯、涼、鬱…	悲壯　悲涼　悲鬱　……
				悲憤
				悲怨、悽怨
				悽惻
	悽		豔、涼、婉…	悽豔　悽涼　悽婉　……

氣之傾向形成悲或悽的風格品後，便再依情感表現方式的不同，呈現出各種類別的豐富面貌。情緒複雜多樣，悲往往與其他情緒並存，如憤怒、哀怨、憂傷等，就這三者在情感上的顯露程度而言，憤怒最易感知，其次是哀怨，最後是憂傷。抒發悲情時依所伴隨情緒的不同，而使悲之風格品有「悲憤」、「悲怨」等類別，使悽之風格品有「悽怨」、「悽惻」等類別。而依表情方式的不同，使悲之風格品有「悲壯」、「悲涼」、「悲鬱」等類別，使悽之風格品有「悽豔」、「悽涼」、「悽婉」等類別。

第三節　沉溺與超拔的生命美學

　　本節由「因憂患意識的感知而沉溺」、「借物我同一的移情以超拔」兩層次，探究悲情詞「以悲為美」的精神內涵。

一、因憂患意識的感知而沉溺

（一）歲月難再：青春消逝的不安

　　「一年之計在於春」，人們在春天立志、許願，豐富繽紛的氣象使一切彷彿充滿了機會、希望。然而秋天迎來的是靜謐幽索，以及沉默無息的冬天，容易令人意興闌珊，面對尚未完成的企盼，或灰心失意，或寄望明年來春，因而產生虛度光陰的遺憾。人由對自然四時變遷的感知，意識到青春消逝，進而產生不安感，以宋玉〈九辯〉中的秋日悲涼心境為代表：

> 皇天平分四時兮，竊獨悲此廩秋。……去白日之昭昭兮，襲長夜之悠
> 悠。離芳藹之方壯兮，余萎約而悲愁。秋既先戒以白露兮，冬又申之
> 以嚴霜。……歲忽忽而遒盡兮，恐余壽之弗將。……春秋逴逴而日高

兮，然惆悵而自悲。……歲忽忽而遒盡兮，老冉冉而愈弛。心搖悅而日幸兮，然怊悵而無冀。……年洋洋以日往兮，老嵺廓而無處。〔註124〕

悲秋的情懷首先來自晝短夜長的型態，帶來長夜漫漫的感受。而大自然也因草木的逐漸枯萎凋零，顯露出萬物生命力減弱的蕭條景象。加上秋天白露之後便接著冬天嚴霜的來臨，萬物歸於沉寂，預告著一年即將結束，引發對生命消逝不止且盡頭將至的悲感。洪興祖對「無處」的解釋爲「亡官失祿，去家室也」〔註125〕，說明了年歲漸增將面臨到之成就感、歸屬感與愛的失去，心中所擁有的理想與期待，受到現實的限制而無法實現，使人心生惆悵，空嘆年老。

　　在自然四時的變遷中，人們因春、秋時序變化所引發之悲感，實蘊含著矛盾與弔詭的心理。矛盾的是，因春天美好而喜愛之，但是當這份美好不爲傷心人收斂其爛漫春光，也不爲任何人停駐，便使傷心人更傷心，惜春人更無奈，埋怨起白日漫長卻無人共賞。正是知道春光美好，才能體會秋天的寂寥，因而懂得春天的可貴。秋天之後，又嘆息起長夜漫漫無人共度。只要能度過寒冬便又是春天，在期待春天的心理下，卻同時遭遇青春不再的情況，彷彿春天是以「生命歲月」爲代價等待而來的。弔詭的是，人的生命並非因有春、夏、秋、冬的變化才有成長與老去，縱使不存在明顯的季節，時間也不會停止，四季、日夜只是讓人們更明確地感受到時間的存在與生命的流逝。於是，在大氣規律作用下產生的季節，因自然理律而能循環往復，今春過了還有來春，人卻不是如此。孩童期盼長大，青少年希望更有能力實現夢想，已經長大成人的中壯年人開始想著生命能否放慢前進的速度，好讓滿懷抱負有實現的機會，老年人則是懷念青春、感嘆理想未竟，以及走向生命的盡頭。陳廷焯說明周美成〈齊天樂・秋思〉：「『綠蕪彫盡臺城路，殊鄉又逢秋晚。』傷歲暮也。結云：『醉倒山翁，但愁斜照斂。』幾於愛惜寸陰，日暮之悲，更覺餘於言外。」〔註126〕人的一生，在日升日落的過程與四時一同前進，從不知生命終有盡頭，到有朝一日終於明白生命不同於自然，不但無法往復，比起所感知的天地更是極其有限。越是期盼美好的留存，便越是感到其消逝的無情。

〔註124〕〔宋〕洪興祖補註：《楚辭補註》，卷8，頁304～317。
〔註125〕〔宋〕洪興祖補註：《楚辭補註》，卷8，頁317。
〔註126〕陳廷焯：《白雨齋詞話》卷一，見於唐圭璋編：《詞話叢編》第四冊，頁3788。

（二）離情難捨：人事無常的不安

　　離別，容易且頻繁地發生；相見，卻困難又易錯過。經由對別易會難的感知，意識到人事無常，進而產生不安感，江淹〈別賦〉對此有言：

> 黯然銷魂者，唯別而已矣！……或春苔兮始生，乍秋風兮暫起。……知離夢之躑躅，意別魂之飛揚。故別雖一緒，事乃萬族。……是以別方不定，別理千名。有別必怨，有怨必盈。使人意奪神駭，心折骨驚。雖淵、雲之墨妙，嚴、樂之筆精。金閨之諸彥，蘭臺之羣英。賦有凌雲之稱，辯有雕龍之聲。誰能摹暫離之狀，寫永訣之情者乎。〔註127〕

黯然銷魂，是心理與精神上的失落所造成，江淹指出唯有離別使人失魂落魄。離別不受時序影響，在任何對象、事件、時間、地點中都可能遭遇與親友、事物、歲月、土地的分離。與人離別的影響是雙方面的，不僅行者愁腸欲斷，留者同樣傷感難禁。事由雖有萬千，人的身分也各不相同，卻同樣爲離別而傷心傷神，滿懷哀怨之情。江淹認爲描述離別的瞬間與永訣的悲慟是極爲困難的，這是由於離別撕裂了需要歸屬感的靈魂，予人身心上的強烈痛苦，難以在「黯然銷魂」、「神駭心折」的精神狀態中創作出情文俱佳的作品。

　　再就人生所必經的生離、死別，與不一定經驗的離鄉、亡國而言，呈現有事先得知與突如其來兩種情形。「事先得知」讓留者與行者有一段可供心理準備的時間，離情之悲傷雖在期間內醞釀增長，卻也能透過相聚與祝福獲得情感上的逐步抒發；相反地，「突如其來」爲一種難以預料、顛覆生活常規的變化，使人的情感在驚詫之後迸發，逐興起人事無常的強烈感受。未曾擁有，就不會失去。正因擁有過與親友的歡樂時光，擁有過留下美好回憶的家園景象、山光水色，於是面對親友的失去、鄉土的失去，人所擁有過的美好彷彿也跟著失去，於是心中頓起失落感與空虛感。熟悉的事物因改變而多了份陌生，使人在重新適應中感到不安。這份不安表現在對人的相思、哀悼，與對鄉土的懷想、黍離之悲感中。憂慮與相思之人失去聯繫，情感生變，恐懼人事難料須面對親愛之人的亡故，擔心家鄉的親友是否安好，何時能重歸故里，感慨亡失的主權與生命的保障何時能收復。人總是偶爾與某些人相聚，又與另一些人分離，人事無常的不安感也時常縈繞於心，是古今皆然、人生難免的悲傷。

〔註127〕〔梁〕蕭統撰，〔唐〕李善注，〔清〕胡克家撰攷異：《昭明文選》，卷16，頁221～223。

（三）有志難伸：信念受挫的不安

現實情況總是不隨著心中所預想的狀態進行，時常受到干擾與阻礙，即使能對理想充滿堅定與熱情，不受現實影響隨波逐流，也必須對抗現實的艱難。人由對現實形勢的感知，意識到信念實現的困難，進而產生不安感，江淹〈恨賦〉提到古來之憾恨：

> 於是僕本恨人，心驚不已。直念古者，伏恨而死。至如秦帝按劍，……一旦魂斷，宮車晚出。若乃趙王既虜，……千秋萬歲，為怨難勝。至如李君降北，……朝露溘至，握手何言。若夫明妃去時，……望君王兮何期。終蕪絕兮異域。至乃敬通見抵，……齎志沒地，長懷無已。及夫中散下獄，……鬱青霞之奇意，入脩夜之不暘。或有孤臣危涕，……血下霑衿。亦復含酸茹歎，銷落湮沈。……自古皆有死，莫不飲恨而吞聲。〔註128〕

由於古來之人都帶著遺憾的怨恨而死，因此他害怕心有遺憾的自己也會這般死去。並舉出秦始皇、趙王遷、李陵、王昭君、馮衍、嵇康、忠臣的終生憾恨，說明遺憾之事雖不同，卻是人人懷恨的情況。遺憾來自心所想望無法實現，在不輕易與現實妥協的情況下，內心理想與外在現實分處天秤兩端，以相互抗衡的姿態存在。當現實壓迫理想時，內在自我於是興起一股反作用力抵抗之，造成心理上的掙扎與痛苦。遺憾的苦楚無法消除，往往是口不能言的抑鬱，只好感嘆、流淚，當生命盡頭將至，也只能無奈地帶著這無解的巨大遺憾死去。

當現世的賢才能士不遇伯樂，朝政動盪不安，理想治世的信念面臨失去之時，不免讓人懷想起歷史上英雄豪傑的忠義、慧眼識英雄的事蹟，與長治久安的盛世，在失意中藉此獲得期待與希望。歷史上英雄豪傑的處境也並非皆與其功績相襯，或燦爛一時而後沉寂，或功高震主而後遇難，除了令人惋惜慨歎，也化為同樣遭遇挫折、灰心喪志之人的傾訴對象。因此，懷古除了可當借鏡以收警惕之效外，尚能在人們對現世失意不滿時，提供一個希望與安慰的管道。仕進是理想施於社會的途徑，一時的挫折尚能理解成時機未到，當長年的期待與希望最後都淪為失望，仕進一途已然無法實現心中熱

〔註128〕〔梁〕蕭統撰，〔唐〕李善注，〔清〕胡克家撰攷異：《昭明文選》，卷16，頁219～221。

切的抱負時，便使人懷疑等待是否有其必要、實踐理想是否有其可能。當仕進實踐理想的信念失去後，生命便尋找另一個出口，以隱退爲生命歸於自然的道路，進而興起兼善天下不可得，獨善其身也無妨的歸隱想法，轉而從生命回歸自然中尋求對自我的肯定。要作出仕進或隱退的抉擇並不容易，也常伴隨著焦慮痛苦，遊仙卻能在此間提供生命一個轉化的通道，使面臨自我理想與外在現實衝突的人們，能夠藉此方式稍加喘息思考，調和整理思緒以面對生命中的不順遂。然而，人最終必須脫離仙境回到現實，遊仙只是精神暫時的避風港，現實中的挫折並不因此解決，理想與現實的衝突仍在，若無法適應現實只停留在虛幻追想中，人便不能前進。信念是一個人自我的價值所在，懷古、隱退、遊仙並非逃避現實的消極作法，相反地，是在現實限制下保有信念，增加心靈力量以求面對、接受現實不完滿的方式。放棄信念，屈服於現實而改變自我，忽視良心而隨波逐流，才是真正的逃避消極。雖然現世、仕進、凡俗可能爲人帶來信念失去的痛苦，卻同時可由懷古、隱退、遊仙進行對現實不完滿的補償作用，以獲得心理的緩和。

二、借物我同一的移情以超拔

（一）感物之理的模仿生情

詞作中常見詞人融情於景，借景抒情，然而情是主觀的內在感受，景是客觀的外在景物，此二者如何能夠相互作用，產生融合呢？試看楊芸士〈洺州倡和序〉所指出之「體物」與「賦景」二點：

> 體物則課虛叩寂，畫冰鏤塵，幽思宜搜，微旨獨引。紅情綠意，蓮波寫愁。疏影暗香，梅格入畫。麗不染俗，巧不近纖。離貌追神，工如之何矣。賦景則銜彼山川，命茲毫素。荒原弔古，躑躅斜陽。野渡尋秋，蒼茫遠水。曉風殘月，霽色冷光。雅擅白描，能傳清景。妍心妙手，雋如之何矣。〔註129〕

體物，是人對外物的感受，必須觀察出此物的特點，專注發現其他易被忽略的細微之處。以詠蓮與詠梅爲例，詠蓮則突出蓮花與蓮葉的紅綠相襯，以及蓮池因風起波所引起的愁緒，展現蓮不染俗氣的麗質；詠梅則著重梅花疏落

〔註129〕此序記載於江順詒：《詞學集成》卷七，見於唐圭璋編：《詞話叢編》第四冊，頁3289。

的神態與特有的幽香，以及在寒冬裡帶來春之消息的無畏品格，展現梅不近纖弱的巧勁。因此，要能體物之精巧，重點在於突破物外在形體之限制，進而追求物內在精神的意涵。賦景，是人將所見的彼方山川風物，在眼前的紙上描敘出其景象。例如見夕陽在人徘徊不前的停留中依舊西沉，則寫出荒原弔古的內容；見流水在大地蒼茫中遠去不止，則寫出野渡尋秋的內容；見月亮在藍天中呈現的清冷，則寫出曉風殘月的內容。縱使只是看似平淡的白描，也能顯現出令人心曠神怡的景象。因此，要能賦景之深味，重點在於擁有善感的心，與能化所見躍然於紙上的高超技藝。

江順詒即言楊芸士「體物賦景」的言論正有助於詞人創作，他表示：「詞之言情，乃詩之賦體也。詞一作賦體，則直陳其事，有是詞乎。比興二體，不外體物賦景二事。是序論二事，亦可謂無妙不臻，極詞人之能事矣。」〔註130〕詞用以抒發人之情感，並不適合以直陳其事的方式呈現，而多透過體物的「比」之作法，以及賦景的「興」之作法來傳達情意。體物須匯入專注的精神去感受物的神理，要能「微旨獨引」，則須以各種具體事物譬喻其形貌或事理，以達到物之抽象神理的彰顯。這即是「比」之作法。賦景所藉由描摹的技巧筆法展現於紙上的，是透過眼中之景引發的心中之意，這即是「興」的作法。

體物、賦景的發端，是人去感受與接收外在景物的形象與其內在理則，才能對其展開描寫。里蒲士（Theoder Lipps, 1881～1941）曾提「內模仿說」，指出「當主體面對客體的時候，人的知覺會接照客體的性質進行模仿活動」〔註131〕，透過模仿，人對景物的性質便能有所掌握，成為敘寫的基礎材料。模仿需要實際感受，感受則產生情感，「內模仿的身體運動必然產生相應的心理情感，但這種情感產生之後，並不是停留在主體之中，而是把它投射到客體上面，使客體具有了主體內心感覺到的情感。」〔註132〕此在體物是得物之神理後，經由內化再對此物融入情意與評價；在賦景則是景象觸動心中情意，遂將情感與欲表達的意涵融入景象，而後於作品中再現，即由感物之理的模仿進入融情入景的移情階段。因此，體物、賦景，或說比、興，可謂情景互通交融的起點。

（二）融情入景的移情作用

「人類自我空間擴充的意識，使我們通過了模仿途徑而將自身移入他物

〔註130〕江順詒：《詞學集成》卷七，見於唐圭璋編：《詞話叢編》第四冊，頁3289。
〔註131〕張法：《美學導論》（臺北：五南，2004年7月），頁86。
〔註132〕張法：《美學導論》，頁88。

之中，此即情移之原因。」〔註133〕透過由模仿而移情，原本客觀的外在景物遂染上了主觀的色彩，與審美主體之間產生情感的連通。書寫之後，此景物也就與外在其它景物有了差別，即成爲專屬於此一作品中帶有獨特個性的景物。因此，王國維表示：「昔人論詩詞，有景語、情語之別。不知一切景語皆情語也。」〔註134〕詩詞中的景語皆出於作者內心，是作者情感的反映。

　　詞人心中的情感隨著書寫的進行而澎湃起伏，到了詞末該如何保留住這份情思，結句便成爲不可輕忽的重要部分。由於景語帶有情感，因此可作爲情語的替代，增加含蓄的美感。李漁對此提出「以淡語收濃詞」一法：

> 有以淡語收濃詞者，別是一法。內有一片深心，若草草看過，必視爲強弩之末。……大約此種結法，用之憂怨處居多，如懷人、送客、寫憂、寄慨之詞，自首至終，皆訴淒怨。其結句獨不言情，而反述眼前所見者，皆自狀無可奈何之情，謂思之無益，留之不得，不若且顧目前。而目前無人，止有此物，如「心事竟誰知，月明花滿枝」、「曲中人不見，江上數峯青」之類是也。〔註135〕

結語雖是淡語，卻蘊含一片深心，將心中深切的情意全化爲看似輕描淡寫的景語，這景卻是由詞人全心全意而來。自始至終皆訴淒怨的憂怨之詞多用此法，原因在於結句之前已多情語，如能以眼前所見的景語收束，反而更添一份「思之無益，留之不得」的無奈之情，以及衷情無人可訴，只好訴與眼前景物的孤寂之感。淡語收濃詞的方式在抒情意旨不變的前提下，提供了詞句與詞情的轉化，詞句在情語中因以景作結產生變化，詞情在憂怨中也因淡語得以延伸。詞中多憂怨語的現象皆由此種轉化得到平衡，展現詞之美且動人的一面，又達到一氣呵成的效用。

　　「有了主體的向外移情，主體就感受到了美感；有了情感的移入客體，客體就成了美的客體。」〔註136〕移情使客體成爲審美客體，由詞人與論者對詞之藝術手法的討論，可以了解美的感受與美的呈現，對作爲美文學的詞是非常重要的。然而，要能巧妙地融情入景，孫月坡認爲並不容易：

〔註133〕田曼詩：《美學》，頁17。
〔註134〕王國維：《人間詞話》，見於唐圭璋編：《詞話叢編》第五冊，頁4257。
〔註135〕李漁：《窺詞管見》，見於唐圭璋編：《詞話叢編》第一冊，頁556。
〔註136〕張法：《美學導論》，頁90。

> 高澹婉約，豔麗蒼莽，各分門戶。欲高澹學太白、白石。欲婉約學清眞、
> 玉田。欲豔麗學飛卿、夢窗。欲蒼莽學蘋洲、花外。至于融情入景，因
> 此起興，千變萬化，則由于神悟，非言語所能傳也。〔註137〕

之所以不容易，乃是因融情入景根據個人當下之情意與所處環境之差異，而
有「千變萬化」的情形產生，對其抽象不僅令人無從入手，更有體會與領悟
上的困難，不如風格有明確對象作爲學習依據，因此說要能呈現融情入景的
起興筆法於詞作中須由「神悟」。

（三）情景相融的物我同一

　　作品中要能達到情景恰到好處的相融，並非易事，特別是以抒情爲主的
詞。宋徵璧對詞中情與景的配合便說：

> 情景者，文章之輔車也。故情以景幽，單情則露。景以情妍，獨景則
> 滯。今人景少情多，當是寫及月露，慮鮮眞意。然善述情者，多寓諸
> 景，梨花榆火，金井玉鉤，一經染翰，使人百思。哀樂移神，不在歌
> 慟也。〔註138〕

情、景是文章中不可或缺的重要部分。借景抒情能減少情意的淺露，使之深化
後更具內涵；融情入景能避免全篇皆景的板滯，使之豐富後更加動人。若只著
重在情感的揭露宣洩，便缺乏意味而流於表面。眞正善於表現情感的人，反而
往往將心中的深意寄託在所見景象之中，透過文筆的描繪就能引發人們心底的
幽思深情，文章也在情、景合宜的配合之下，更加耐人尋味、引人入勝了。宋
徵璧因此認爲，文章的悲哀或快樂之所以感動人，不在於展現出多麼激動的樣
子，而是關乎情與景的相輔相成，使文章增加深廣後才得以引發人的各種情思。

　　正因外在景物對人而言是客觀的存在，才能包容接納各個詞人的種種思
想情感，並透過書寫予以反映出來，「這正是審美之境裡主客體相互作用走向
合一的基礎。」〔註139〕在此基礎上，詞人以其心靈創作了許多詠物詞，沈祥
龍指出：

〔註137〕孫月坡：《詞逕》，見於唐圭璋編：《詞話叢編》第三冊，頁2557。
〔註138〕沈雄：《古今詞話·詞品》下卷，見於唐圭璋編：《詞話叢編》第一冊，頁849。
〔註139〕「審美之境中的主體與客體關係具有特殊的方式。客體形象在知覺中會按知
　　　　覺的方式『變化』，這種『變化』對客觀形象的『不客觀』，正是知覺活動的
　　　　『客觀性』，這正是審美之境裡主客體相互作用走向合一的基礎。」張法：《美
　　　　學導論》，頁86。

> 詠物之作,在借物以寓性情。凡身世之感,君國之憂,隱然蘊於其內,斯寄託遙深,非沾沾焉詠一物矣。如王碧山詠新月之眉嫵,詠梅之高陽臺,詠榴之慶清朝,皆別有所指,故其詞鬱伊善感。」〔註140〕

雖然要達到情景交融以臻妙境的地步並不容易,然而詞作為詞人生命體驗與生活感受的紀錄,藉由融情入景的過程,使生命與所處環境獲得交流。透過詠物,觀察物之形神,借其特性寄寓身世感懷與君國憂思,使物有詞人之性情,有詞人之悲愁,有詞人之思想。於是,外在的景物不再只是客觀且彷彿與人不相關的存在,而是能感知且能反映詞人情感的角色,儼然是鏡中反射的另一個自己,具有同感同悲的生命體驗。通過融情入景以至情景交融渾然一體,溝通了人與物的精神,「其結果是,彷彿我就成了客體,客體就是我,這就是中國古人講的『不知何者為我,何者為物』,『物我兩忘』、『物我同一』的境界。正是在移情現象的『物我同一』中,美即美感才得到了真正的實現。」〔註141〕

本章小結

讀者欣賞美妙的悲情詞,而詞人所美化的是他生命中的悲傷。「詞」,如何能夠傳達出詞人的悲傷之情?詞作內容的主題,呈現了自然時序、社會人群,與自我理想對於詞人生命的限制,這種種的限制又隱含著未知,使人彷彿身處黑暗之中,一切無法掌握、無法控制、無法改變。每個人走在自己命運的軌道上,時而與他人的命運軌道交會又時而分開,人對未來的無知從恐懼發展為不得不接受的無奈,最後形成總是感到身不由己的悲傷。詞人藉由意象、聲律、對比、層次的運用,使詞作中的景物、聲音無一不是詞人悲傷的象徵,並且因立體與深化的用心,使悲傷之情更加突出、強化。如此一來,即使是平面的文字,也能展演出躍然於紙上的畫面。作者獨特的個性反映於風格品類上,使作品間縱然有著相同的主題,也能呈現以多元豐富的面貌。作品因為獨具個性,而彷彿有了生命與思想,每一闋詞,都是一則堅持以美的面貌與未知、與限制奮鬥的過程,就算無奈、恐懼,也要帶著美的眼光去面對、去轉化,如此才能不陷溺於無底的悲傷深淵,而有機會攀爬著美的翅

〔註140〕沈祥龍:《論詞隨筆》,見於唐圭璋編:《詞話叢編》第五冊,頁4058。
〔註141〕張法:《美學導論》,頁90。

膀超拔出來。詞人的生命有此般際遇，讀者的生命又何嘗沒有此種遭遇，詞人透過詞的藝術消解憂患的不安，達到與所處世界的和諧共存，讀者則是透過詞作感受心靈的力量，獲得美的淨化，由美化悲傷以至超拔生命的作品呈現，即爲「以悲爲美」在「作品」此一面向上的動人意義。

第四章　讀者回饋：與悲情詞的作者、作品三維並生

　　經由上一章的研究，探討了詞何以能展現悲傷之情的原因，接下來則是要探討：「詞」，為何能夠使讀者感動？要解答這個問題，必須以體會詞中悲情的「讀者」主體為研究方向，了解讀者為什麼能夠感受詞人的心意，並從靜態的文字作品獲得心靈的觸動。本章根據詞學中讀者對作者、作品的反應，分從三個部份進行：首先分析讀者與作品間的互動關係，即讀者能夠感動的關鍵條件為何，此為第一節「讀者與作品的關係交流」部分。接著討論讀者閱讀作品後的反應，其融入對「悲詞」帶來了什麼樣的影響，此為第二節「讀者創造的審美影響」部分。最後探究讀者「以悲為美」的審美內容中，呈現出對悲詞的理想要求為何，此為第三節「以悲為美的理想建構」部分。

第一節　讀者與作品的關係交流

　　本節自「多樣化的讀者身分」、「讀者的融入過程」兩部份，分析讀者與悲情詞間的互動關係。

一、多樣化的讀者身分

（一）作者即第一讀者

　　所有作品至少擁有一位讀者，那就是作者本身。作者在創造作品的過程中同時閱讀，也成為作品的第一位讀者。詞為作者抒情而作，是對詞境體會

感受最深之人，如俞樾在第二闋〈薄媚摘遍〉詞序寫道：「前詞甫脫稿，聞竹樵方伯行至安肅，笙鶴來迎，爲之投筆淚下。因又成此一首，嗣後詞興闌珊矣。」〔註1〕「前詞」所寫的是與好友竹樵方伯塡詞唱和、交遊往來的生活，未料詞成之後竟聞噩耗，讀起「前詞」便引發深濃哀感。詞人爲了抒悲，遂再作〈薄媚摘遍〉一闋，詞云：「怪無端風雪裏，傳來消息悲哽。……朝竹屋，暮梅谿，憑君助我清興。棕櫚仙館，花犯新詞，此後有誰賡。擲筆淒然，空齋暮色暝。」〔註2〕詞成之後作者即成爲讀者，每當讀詞懷友之際，必同時喚起失去興趣相投之友的悲傷。蔣敦復也曾敘述閱讀己作的反應：「余又有〈高陽臺〉一首，寄題紅蘅碧杜之居，所謂短簿祠邊載酒者是也。……此余于歡場散後，口語重遭，憂患頻仍，而玉人猶寄聲責諾，心呼負負，乃塡此詞。客夜挑燈，自讀一過，覺嗚咽不成聲也。」〔註3〕這是詞人抒發身陷憂患中的情緒所寫，夜晚讀來，想起過去的遭遇與心中的委曲，引發了心中的悲傷之情，詞人本身成爲最貼近作品的讀者，達到情境的再現與情感的投入，以至於出現「嗚咽不成聲」的反應。

（二）有感而發為作者

除了作者同時爲讀者，讀者也可成爲作者。讀者或由閱讀中受感動與啓發，引發心中情意而成爲詞之作者。如：「遂安毛際可鶴舫浣雪詞云：丙辰夏，余以北上過泗水，見壁間才女詩序，淒惋可誦。末句『敢寄恨于白頭，豈借詞于紅葉』，發情止義，……小詞非以效顰，聊與司馬青衫同濕也。調寄〈少年游〉詞云……。」〔註4〕即是由詩序讀者身分，動於「淒惋」之情與有感其「發情止義」而轉爲〈少年游〉一詞的作者。

從讀者讀詞的偏好與表現，也可觀察其性格特點，這將影響其審美偏好與創作風格。如納蘭容若曾評詞：「花間之詞如古玉器，貴重而不適用。宋詞適用而少貴重。李後主兼有其美，更饒煙水迷離之致。」〔註5〕顯示對李煜詞的喜愛，不僅成爲他在創作上的學習對象，也反映他個性上具有與李煜詞相合之處。戚士元自述刊稿《雨華盦詞話》有感：「孱人素性澹泊，不習紛華，

〔註1〕 杜文瀾：《憩園詞話》卷二，見於唐圭璋編：《詞話叢編》第三冊，頁2877。

〔註2〕 杜文瀾：《憩園詞話》卷二，見於唐圭璋編：《詞話叢編》第三冊，頁2877。

〔註3〕 蔣敦復：《芬陀利室詞話》卷一，見於唐圭璋編：《詞話叢編》第四冊，頁3642。

〔註4〕 毛大瀛：《戲鷗居詞話》，見於唐圭璋編：《詞話叢編》第二冊，頁1601。

〔註5〕 謝章鋌：《賭棋山莊詞話》卷七，見於唐圭璋編：《詞話叢編》第四冊，頁3416。

歷數十年如一日。生平躭吟詠，每誦古人言情之什，輒歌哭以當之。故所作詩類多商音，其於詞也亦然。」〔註6〕「素性澹泊，不習紛華」代表其人個性具有純任自然之眞，因此吟詠到古人抒情之作，便容易受詞中展現的眞情眞意感動，引發自身情緒的起伏以至於對詞流淚。同樣的作品，不同讀者所關注的部份往往不盡相同。有人獲取了作者生命力的躍動而爲之振奮，有人接收了人生坎坷不平的悲苦而情緒低落，孺人的反應正顯示他多愁善感的一面。因此，其創作也多爲抒發心中感觸到的悲情，呈現悽楚哀愁的情調。

（三）理性批評的論者

除了由讀詞獲得情感的紓解及交流的一般讀者外，尚有身負批評責任的論者。詞話，即是身爲論者的讀者闡述對詞研究心得的紀錄。關於論者論詞的宗旨所在，李調元於其〈雨村詞話序〉中提到：

> 然則余又何詞之可話也。大凡表人之妍而不使美惡交混曰話，摘人之媸而使之瑕瑜不掩亦曰話。余之爲詞話也，表妍者少，而摘媸者多，如推秦七，抑黄九之類，其彰彰也。蓋妍不表則無以著其長，媸不摘則適以形其短，非敢以非前人也，正所以是前人。存前人之是，正所以正今人之非也。非特以正今人之非，實以證己之非也。〔註7〕

他認爲詞話內容應爲表現他人美好之處，以避免美惡混淆不清；指出他人醜誤之失，使優點不受到忽略。李調元自述在他所著的《雨村詞話》中，以指出他人錯誤的論點爲主。這是由於不表現美好則無法顯出優點，不指出錯誤則會顯露缺點，並不是特意要以前人爲非。反而是要透過保存前人論詞的精要之處，來糾正今人的錯誤，更確切地說，是要發現自己的錯誤。由此可知，李調元強調詞話的作用在於去蕪存菁，幫助論者見賢思齊，見不賢而內自省。一方面論者通過詞話發現缺失以改進，一方面讀者也可更了解作品的美妙價值所在。

江順詒也曾說明自己輯錄宋詞評論之目的在於：「非欲較其短長也，持是以讀諸家之詞，可以知所去取矣。以所得證古人之是非，而己之是非亦見，勿泛作詞評看。」〔註8〕自言批評前人之詞並不是爲了與前人一較長短，而是

〔註6〕　戚士元此言書於《雨華盦詞話》文末。錢裴仲：《雨華盦詞話》，見於唐圭璋編：《詞話叢編》第四冊，頁3014。
〔註7〕　李調元：〈雨村詞話序〉，見於唐圭璋編：《詞話叢編》第二冊，頁1377。
〔註8〕　江順詒，《詞學集成》卷五，見於唐圭璋編：《詞話叢編》第四冊，頁3268。

將批評作爲閱讀上的衡量標準，有助於閱讀材料的選擇。透過評論所得到的準則，可作爲對前人的驗證，同時自己的對錯也將顯現。因此，要人勿將詞評單純視爲評論前人而與自己無關的話語，詞評其實正是可使自身創作獲得進步的指導者。確實，論詞是理論的提出，若能將理論付諸實踐，以創作獲得驗證，便能使評論者的觀點更具說服力。對於論詞與作詞之間的相互關係，陳廷焯指出：「有長於論詞，而不必工於作詞者。未有工於作詞，而不長於論詞者。古人論詞之善，無過玉田。若公謹之《浩然齋雅談》、《絕妙好詞》等編。所論與所選，均多未洽，其所自作可知矣。吾於南宋諸名家，不得不外草窗。」〔註9〕此論以圖表示即爲：

圖 4-1-1　論詞與作詞關係圖

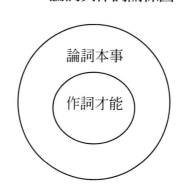

他認爲論詞眼光精闢而說理透澈之詞論家，不一定需要具備作好詞的能力；然而，沒有擁有作詞才華的詞人不具備評論詞作眼光的。也就是說，好的論詞者，不一定是好的詞人；好的詞人，幾乎能是好的論詞者。詞人之所以能是好的詞論家，正來自於透過寫作經驗的長期累積以學習與修正，建立自己的一套論詞審美要點，藉此創作出擁有個人特色的詞。至於連論詞都乏善可陳的人，離好的作詞家就更遠了。可見，對陳廷焯而言，最高者是才華高超的詞人，因其多兼有論詞本事；次者是具備論詞本事的評論者；最末則爲論詞本事平庸甚至不具備論詞本事之人。由於張炎正兼備二者之才，因此他主張張炎詞是勝過周密詞的。陳廷焯此論雖是強調作詞才能之可貴與重要，然而不失爲指引評論人一條經由創作的練習、實踐，達到論詞本事更進一步的方法。

〔註9〕陳廷焯：《白雨齋詞話》卷八，見於唐圭璋編：《詞話叢編》第四冊，頁3969。

二、讀者的融入過程

（一）「情緒認知，經驗建立」之根據

在讀者「以悲為美」的審美活動中，首先便是必須能夠認知「悲」的情緒，之後才能在適當的心理距離中，以美感經驗對「悲」進行審美。而情緒屬於知覺，雖與感覺屬於不同層面，卻由感覺轉換而來。〔註10〕也就是說，在認知到情緒之前，必先達到感覺的有感，產生反應之後才能轉換成知覺，也才能進行情緒認知的判斷。正由於感覺是認知的第一個層次，是知覺之基礎。〔註11〕因此，若在刺激階段不足以引發感覺，或是對於「悲」無法進行認知，那麼人就無法正確辨識出自己情緒中的悲。

那麼，人的美感經驗從何而來？姚一葦在《審美三論》中即開宗明義指出：「美感經驗的產生，須經由人的感覺器官，或者說感覺通路，是以吾人的感覺能力係審美的一個不可或缺的因素。……是故我將感覺的性質與能力作為美感經驗發生的最初的層面。」〔註12〕可見感覺對於美感經驗獲得的重要性。然而，感覺並非隨時隨地能夠產生，這是由於感覺存在著界閾。實驗心理學家 Abraham Moles 說明感覺之最低極限，稱之為感覺界閾（sensitivity threshold）；感覺之飽和極限，稱之為飽和界閾（saturation threshold）；界於感覺界閾與飽和界閾之間，感覺系統或接受機關會隨著刺激量或強度的改變而變化，此一界閾稱之為差別界閾（difference threshold or limen）。〔註13〕姚一葦強調：「差別界閾與審美的關係最為密切，蓋欣賞藝術品時，吾人感覺系統總是希望隨著刺激量或強度的改變而變化，而避免達到『飽和界閾』。」〔註14〕自審美的觀點言，刺激量所產生的快感有一定的限度；未達此一限度時，所產生的反應為冷漠，超出此一限

〔註10〕姚一葦：《審美三論》，頁 33。情緒屬於知覺，是根據休謨（David Hume）將人類心靈的一切知覺分為顯著不同的印象（impressions）與觀念（ideas）兩類，其中的印象係指進入心靈中之最強勢、最猛烈之知覺，包含所有第一次出現於靈魂時之感覺、情感（passions）與情緒。David Hume,（1978）. "A Treatise of Human Nature", Book I, Part I, Section I, Clarendon Press, London. 轉引自姚一葦：《審美三論》（臺北：開明書局，1993 年 1 月初版），頁 23～24。

〔註11〕姚一葦：《審美三論》，頁 16。

〔註12〕姚一葦：《審美三論》，頁 1。

〔註13〕Abraham Moles,（1968）. "Information Theory and Eathetic Perception"（英譯者 Joel E.Cohen）, University of Illinois Press, 頁 9. 轉引自姚一葦：《審美三論》，頁 27。

〔註14〕姚一葦：《審美三論》，頁 27。

度時，爲痛感，其關係如下圖所示〔註15〕：

圖 4-1-2　冷漠、快感、痛感之界閾關係圖

未達到感覺界閾，則表示外界刺激過弱，不足以引起感覺器官的反應；反之，超過飽和界閾，則代表外界刺激過強，將使感覺器官無法承受。人們幾乎無時無刻都在接收著外界形形色色的刺激，倘若不存在著界閾，那麼人的感官必然終日疲累，影響身心健康。因此，界閾的存在實是對身心的一種保護機制，差別界閾更是讓人可以在忽略過多不必要的刺激外，尚保存了對必要刺激的感覺。

（二）「反覆吟詠，細心體會」之要法

　　倘若作者所表達的內容和欲傳達的心情，是讀者未曾經驗過的，或者其作品所提供的刺激量對於閱讀中的讀者並非恰好在適當範圍內，讀者將只能作爲旁觀的角色，被阻隔在所期望了解的情境外，體會不出作者的情意與作品的內涵。此種限制的存在，自然對審美的層面產生影響，使審美活動停留在感官階段的文字內容，難以進一步獲得心理層面的融入。如陳銳於《襃碧齋詞話・小令是天籟》評納蘭詞：「詞有天籟，小令是已。本朝詞人，盛稱納蘭成德，余讀之，但覺千篇一律，無所取裁。」〔註16〕顯見納蘭詞無法引起陳銳心中的情感，對此讀者而言，作品提供的刺激量不足以進入其差別界閾，即未達到一適切範圍，因此無法融入作品而感到乏味。蔡嵩雲對讀者的讀詞活動指出：「看人詞極難，看作家之詞尤難。非有眞賞之眼光，不易發見其眞意。有原意本淺，而視之過深者。……有原意本深，而視之過淺者。」〔註17〕詞可傳情達意的技巧多樣且貴言盡意不盡，越是詞中作手，其作品情景交融

〔註15〕姚一葦：《審美三論》，頁 39。
〔註16〕陳銳：《襃碧齋詞話》，見於唐圭璋編：《詞話叢編》第五冊，頁 4201。
〔註17〕蔡嵩雲：《柯亭詞論》，見於唐圭璋編：《詞話叢編》第五冊，頁 4909。

的程度越高渾，讀者便越難辨虛實。讀者無法解讀之「視之過淺」或過度解讀之「視之過深」的結果，來自讀者閱讀時的心理活動轉化了「原意」，造成對「原意」有所隔閡，遂無法獲得最佳的融入。

人生體驗有限的讀者，更容易因此造成閱讀作品上的隔閡，卻可以透過細心體會來拉近與作者、作品的距離。陳廷焯曾說明自己以「反覆吟咏數十過」的方式融入王沂孫詞，在一遍遍的專心吟詠中，也一步步地走進詞人的生命裡，於是獲得滿心感動而「不知涕之何從者」，指出「粗心人讀之，戛釜撞甕，何由識其眞哉」。〔註 18〕以刮鍋子、撞陶器的方式發出聲音，還以爲這就是音樂，詞的閱讀也是如此，漫不經意的粗心讀者是無法獲得眞意的。強調讀詞者除了反覆吟詠之外，更須細心品味，才能漸漸清楚詞的內涵。錢裴仲並於《雨華盦詞話・讀詞須細心體會》中指導了讀詞之法：

> 讀詞之法，心細如髮。先屏去一切閒思雜慮，然後心向之，目注之，諦審而咀味之，方見古人用心處。若全不體會，隨口唱去，何異老僧誦經，乞兒丐食。丐食亦須叫號哀苦，人或與之，否則亦不可得。〔註 19〕

讀詞必須細心，除去雜慮，而後專心一致地品味這闋詞。能如此，方可看出詞人在用字遣詞、謀篇設境上的用意。若不用心深入體驗與感受，只是隨口誦讀一番，將如長年誦經的老僧及吆喝乞食的乞兒，因爲無心其中使得語言文字剩下本能反射的形式。即便行乞也須表現哀苦之情，才能受人同情得到食物。錢裴仲藉此強調「投入」的重要，讀者若不能用心投入作品中，詞不過是幾個字詞的排列組合而已，意義也只停留在表層文字的運用書寫，無法體現出詞的深刻內涵。

（三）「設身處地，感同身受」之共鳴

當詞作的刺激啓動了讀者對情緒的知覺，統合了過去以來的經驗，進到融入作品的階段，讀者便不再只是旁觀地看著詞作的文字情景，而是讓自己主觀地融入。面對作品，讀者可透過生活體驗作爲投入作品的通道，主觀地進行情感投入與詮釋，其經驗若與作品的思想內容契合，便能在心理上產生對作者的同情以及對作品的共鳴。如樊志厚在〈人間詞序〉中指出：「至於國朝，而納蘭侍衛以天賦之才，崛起於方興之族。其所爲詞，悲凉頑艷，獨有

〔註 18〕陳廷焯：《白雨齋詞話》卷六，見於唐圭璋編：《詞話叢編》第四冊，頁 3932。
〔註 19〕錢裴仲：《雨華盦詞話》，見於唐圭璋編：《詞話叢編》第四冊，頁 3012。

得於意境之深，可謂豪杰之士，奮乎百世之下者矣。」〔註 20〕與前面所舉之
陳銳讀納蘭詞的反應不同，納蘭詞的刺激量對樊志厚而言是足夠的，使他得
以融入作品，透過閱讀獲得感動，體會到納蘭詞「悲涼頑艷」的特色，遂建
立起納蘭容若在其心中的地位與價值。王國維曾闡明：

> 夫境界之呈於吾心而見於外物者，皆須臾之物。惟詩人能以此須臾之
> 物，鐫諸不朽之文字，使讀者自得之。遂覺詩人之言，字字爲我心中
> 所欲言，而又非我之所能自言，此大詩人之祕妙也。〔註21〕

讀者經由吟詠、體會的過程，對作品內涵有所感發與獲得，便是達到作品的
融入階段。能覺「字字爲我心中所欲言」，即是在心理上產生與作者、作品的
共鳴；能知「又非我之所能自言」，遂引起對作者的認同、肯定。

　　張孝祥在帥幕預宴中賦〈六州歌頭〉：「『……追想當年事，殆天數，非人
力，洙泗上，絃歌地，亦羶腥。……時易失，心徒壯，歲將零。渺神京。……
氣塡膺。有淚如傾。』歌罷，魏公流涕而起，掩袂而入。」〔註22〕張孝祥〈六
州歌頭〉一詞描述了宋人失去國土的悲憤，更流露出一股「力不從心」的無
奈感傷，越是氣憤，心中的悲哀就越發強烈以至於「有淚如傾」。魏公同遭此
難的記憶與感受藉由聽聞詞的刺激而引發，於是產生「流涕而起，掩袂而入」
的反應。又，《西湖志餘》稱瞿宗吉詞：「及謫戍保安，當興安失守，邊境蕭
條。永樂己亥，降佛曲於塞下，選子弟唱之。時值元宵，作〈望江南〉五首，
詞旨淒絶，聞者皆爲泣下。」〔註23〕元宵佳節之歡欣對比興安失守的蕭條，
使同樣面臨國土失守的人們，在聽聞詞旨淒絶的〈望江南〉時，產生對好景
不常的焦慮與不安之情。這類讀者與作品處在同一時空之下，作品反映的當
代現象與讀者息息相關，故較能有良好的融入。

　　再如謝章鋌曾描述自己：「年來南北數萬里，車脣馬足，每誦其『白雲
紅樹，迢迢孤影』之句，爲之淒然。又誦其『故鄉已是隔關河，旅次途中都
一樣，不算蹉跎』之句，又復爽然若失。」〔註 24〕顯示誦讀劉家謀的詞句

〔註20〕樊志厚：〈人間詞序〉，見於唐圭璋編：《詞話叢編》第五冊，頁4276。
〔註21〕王國維：《人間詞話》，見於唐圭璋編：《詞話叢編》第五冊，頁4271。
〔註22〕陳霆：《渚山堂詞話》卷一，見於唐圭璋編：《詞話叢編》第一冊，頁354。
〔註23〕此語記載於王弈清：《歷代詞話》卷十，見於唐圭璋編：《詞話叢編》第二冊，
　　　　頁1303。
〔註24〕謝章鋌：《賭棋山莊詞話》續編五，見於唐圭璋編：《詞話叢編》第四冊，頁3572。

時，便令他想到自身一年到頭奔波南北的變動情形有如詞句所寫，那是在天地間沒有一個安身立命之處的無盡孤單。而董琴虞（平章）大令，曾於舟中誦翁宗琳詞：「……前歡笑，羅裙污。後冷落，容顏故。抱琵琶遮面，感君相顧。今欲招邀彈一曲，不妨心事絃中訴。奈空船、月白與江寒，難虛度」，一旁的校書聽聞大令的誦詞與解詞，即淚流不只，論者並對此感嘆：「嗟呼，溼盡青衫，何怪當年司馬哉。」〔註25〕校書的悲傷來自詞文所訴之人生際遇的無奈，引發了他心中的感懷。紅粉飄零、才人老大，乃是凡人不分男女皆難以避免的無奈，因此不但令校書淚流，論者也發出了悲嘆。顯示即使讀者與作者所處時空不同，也能藉由相仿的人生際遇來投入情感、產生共鳴。

　　讀者的融入也來自於對作者其人遭遇的同情，如宋徽宗北狩夜宿時聽見胡人笛聲，有感而作〈眼兒媚〉：「……花城人去今蕭索，春夢繞龍沙。家山何處，忍聽羌笛，吹徹梅花」，少帝並有和作。陳霆對此認為：「吾謂其父子至此，雖噬臍無及矣。每一披閱，為酸鼻焉。」〔註26〕徽、欽二帝是北宋的亡國之君，亡國的部分原因正是上位者沉迷享樂，朝政腐敗所致。縱使亡國之後悲傷著花城蕭索、家山何處，也無法恢復失土，重回政權。陳霆認為徽、欽二帝落得這般處境的悲哀，實在是連後悔莫及的噬臍之悲也無法與之相比。這份對於亡國的悔恨之情，讓人感到可悲又可憐，其強烈程度感染了陳霆，使他總為此鼻酸。雖然他對作者其人不一定認同，卻藉由詞作產生對其遭遇與處境的同情。假如讀者對事的因應態度或處世想法與作者有所差異，將促使讀者發出省思或批判，提供其他讀者更多不同的觀察角度。

　　對於能夠融入作品的讀者，接著便是要求增加對作品體會與詮釋的廣度，陳廷焯對此以碧山詞為例闡釋：

> 詞選云：「碧山詠物諸篇，並有君國之憂。」自是確論。讀碧山詞者，不得不兼時勢言之，亦是定理。或謂不宜附會穿鑿，此特老生常談，知其一不知其二。古人詩詞有不容鑿者，有必須攷鏡者，明眼人自能辨之。〔註27〕

陳廷焯論詞講究探求詞人的言外之意，於是他認為讀詞應多方面觀察。如讀

〔註25〕謝章鋌：《賭棋山莊詞話》卷一，見於唐圭璋編：《詞話叢編》第四冊，頁3329。
〔註26〕陳霆：《渚山堂詞話》卷三，見於唐圭璋編：《詞話叢編》第一冊，頁375。
〔註27〕陳廷焯：《白雨齋詞話》卷二，見於唐圭璋編：《詞話叢編》第四冊，頁3809。

王沂孫的詠物詞應同時關注詞人所處的時代環境，即能獲得詞人寄託在詠物之外的君國之憂。或有人不贊成對作品的附會穿鑿之舉，然而陳廷焯以爲古人詩詞是否有所寄託，對詩詞確實明白了解的人自然能夠辨別。陳廷焯此論提供讀者兩個要點，第一是多方面觀察以擴大視野，增加對詞的背景了解，能獲得更多判讀的資訊；第二是多閱讀詩詞以增加經驗，有助於判斷作品內涵的解讀層次。

（四）「理性分析，客觀評價」之超越

譚獻在其〈復堂日記壬午〉中自述：「校絕妙好詞，往時評泊，與近日所見，義微不同，蓋庚午至今十三年矣。」〔註28〕一位讀者對同一件作品的解讀之所以會產生相異的結果，乃是由於詮釋與審美標準構築在心理狀態的基礎之上，人的心理與精神活動並非一成不變，而是隨著讀者的生命歷程與時推移，評論層因此具備了超越的根據。

當讀者堅持著既定的看法閱讀詞作，一味嚴格批評與己之審美標準相異的作品，無法理性分析作品內涵，其審美便受心中成見主導而不客觀，造成視野停留在以管窺天的偏頗狹隘。若能經由對作品、作者的融入，理解了創作內涵與精神，「超越」也就不再遙不可及。如沈祥龍於《論詞隨筆·詞有婉約有豪放》說明：「詞有婉約，有豪放，二者不可偏廢，在施之各當耳。房中之奏，出以豪放，則情致絕少纏綿。塞下之曲，行以婉約，則氣象何能恢拓。蘇、辛與秦、柳，貴集其長也。」〔註29〕由於任一風格都具有其特質，能適合不同場合與相異情感的抒發，從這意義上來說，婉約與豪放是獨立且互補的重要存在，故言「二者不可偏廢」。沈祥龍給予詞之婉約與豪放兩大風格客觀的評價，超越了風格的框架，而以「施之各當」的角度審視，肯定不同風格的存在價值。如此一來，無論是閱讀婉約或豪放風格的詞作，皆因他超越的審美態度，而能從中獲得該風格特有的美感，體會眾多詞人的生命美學，讀者自身的生命也由此多方面的接納、思考、吸收中，更加寬廣豐富。

蘇軾〈定風波〉：「回首向來瀟灑處。歸去。也無風雨也無晴。」〔註30〕即顯現了一種超越的心理狀態。當人稍微停留駐足，回想過去發生的一切，有些

〔註28〕譚獻：《復堂詞話》，見於唐圭璋編：《詞話叢編》第四冊，頁4002。
〔註29〕沈祥龍：《論詞隨筆》，見於唐圭璋編：《詞話叢編》第五冊，頁4049。
〔註30〕「回首向來瀟灑處」一句，又作「回首向來蕭瑟處」。唐圭璋編：《全宋詞》，頁288。

人腦海中浮現的多是險惡與悲苦交織成的蕭瑟風雨；有些人回憶的多是輝煌與歡欣揮灑出的明亮豔陽。回首過後，若依然沉浸其中，豈不等於又活回了過去，然而，過去終究是過去了，失意與得意都只是曾經，執著曾經不如把握當下、放眼未來。「歸去」，展現的是以果敢堅決拋開過去束縛的態度，體驗過了各種悲歡榮辱，已沒有什麼再能夠影響自己的步伐，歸去之後的路程自然是充滿「也無風雨也無晴」的灑脫自在。正因詞人曾經主觀地投身風雨與豔陽之中，才能擁有客觀的眼光超拔悲歡之上。而讀者面對詞作中接踵而至的困境刺激，將會產生不解、焦慮、無奈、悲愁，以至憤怒等反應，往後或持續以與詞人相同的反應作為對人生中之不順遂的處理態度，主觀地投入世事洪流中，又或者由感受這些磨難鍛鍊出一顆堅毅但能同情、同理的心靈，以不同的眼光接應人生百態。王國維《人間詞話‧李後主性情真》指出：「客觀之詩人，不可不多閱世。閱世愈深，則材料愈豐富，愈變化，《水滸傳》、《紅樓夢》之作者是也。主觀之詩人不必多閱世。閱世愈淺，則性情愈真，李後主是也。」〔註31〕詩人的生命特質在於其敏銳易感的心靈，對於世界保有浪漫真切的期待，這份執著雖然時常引起他們內心的悲苦，卻也最能使讀者感受到其文字表達出來的情意。因此，王國維不從作者身分的角度進行對作品的審美，而是將高度提升至作者生命與文學生命之關係的意義來論。客觀詩人的閱世深，必然觀看到人生許多的不堪與無奈，主觀詩人的閱世淺，無法逃脫出內在與外在衝突的悲傷與淒苦。讀者閱讀這些作品，融入之際也將會感受到作者內心的悲愁，然而不應過度陷溺於作品所呈現出的世事無奈，導致憤世嫉俗而無法自拔。相反地，應該追求融入作品本身後再超越的境界，即如王國維此言，對於客觀詩人的作品提供給讀者閱讀上的豐富度，以及主觀詩人的天真所帶給讀者的真情實感，皆予以正面的肯定。那麼，作者筆下的世間悲苦，經由讀者的理性超越後，便昇華為文學歷程與生命經驗中的美了。

超越，帶給人全新的視野，讀者要能以超越的客觀態度審視作品，便必須先透過自身體驗達到融入，並且不受作品既有的框架現制，才能以更寬闊的視野在盡可能正確詮釋的基礎上，發現他人甚至是作者本身都未曾發覺的意義。甚至達到在自我實現中由超越而來的高峰經驗〔註32〕，況周頤曾經自

〔註31〕王國維：《人間詞話》，見於唐圭璋編：《詞話叢編》第五冊，頁4243。
〔註32〕「高峰經驗可使個體達到渾然忘我的境界，或是超越自我。」莊耀嘉編譯：《馬斯洛》，頁122。

述閱讀後所經歷的詞境：

> 人靜簾垂。燈昏香直。窗外芙蓉殘葉，颯颯作秋聲，與砌蛩相和答。據梧瞑坐，湛懷息機。每一念起，輒設理想排遣之。乃至萬緣俱寂，吾心忽瑩然開朗如滿月，肌骨清涼，不知斯世何世也。斯時若有無端哀怨，根觸於萬不得已，即而察之，一切境象全失，唯有小窗虛幌、筆牀硯匣，一一在吾目前。此詞境也。〔註33〕

此種渾然忘我，與天地萬物融合爲一的境界，或可謂人生的「高峰經驗」。處於高峰經驗之人，可「知覺到世界之整體，或將世界之一部分視爲宛若整個世界時，更能洞察事實之眞相，或存在之本質，也才能知覺到其眞正的價值，而非我們自身的。」〔註34〕此種境界，不受貧富窮達所影響，超越一切榮辱得失之外，於當下體認並肯定萬事萬物的眞實價值，生命因而達到豁然開朗的清明狀態，獲得自我實現的喜悅。

心靈的超越所獲得的遠比感官要多，讀者只有歷經旁觀至主觀的階段，才有機會不受影響而擁有客觀的態度以見事物本然面貌，達到所謂「能入亦能出」、「見山還是山」的理想境界。

第二節　讀者創造的審美影響

本節從「拓展審美面向」、「確立風格典範」、「影響詞的流傳」三方面，討論讀者的閱讀反應對悲情詞的影響。

一、拓展審美面向

（一）對作者之身分言行的評論

讀者除了爲作者創作出的悲詞所動，更對具備才情之作者投以關注。如陳廷焯對元人彭元遜〈解佩環・尋梅不見〉一詞表示：「憂深思遠，於兩宋外，又闢一境。而本原正見相合。出自元人手筆，尤爲難得。」〔註35〕此詞所獲得的讚賞，出自作品表情的眞切，更出自作者的身分。以作者雖身爲元人，

〔註33〕況周頤：《蕙風詞話》，見於唐圭璋編：《詞話叢編》第五冊，頁4411。
〔註34〕莊耀嘉編譯：《馬斯洛》，頁152。
〔註35〕陳廷焯：《白雨齋詞話》卷七，見於唐圭璋編：《詞話叢編》第四冊，頁3950。

卻能藉詞傳達出內心的深遠憂思，並具有不同於兩宋的詞風特色，故給予「難得」之肯定。可說是由作者的特殊性，提升了論者對其作品的審美評價。

　　雖然作者具備的特殊性有助其創作出不同流俗的動人作品，獲得讀者所給予的高度評價，然而當審美對象由作品過渡到作者之際，其作品也將同時成爲讀者評論其人的根據。如《詞苑》記載了蘇軾對李煜〈破陣子〉一詞表示：「後主既爲樊若水所賣，舉國與人，故當痛哭於九廟之前，謝其民而後行。顧乃揮淚對宮娥聽教坊離曲哉。」〔註36〕蘇軾身爲人臣，對君王、政治自有一份期待與理想，由於作者「亡國之君」的身分，使蘇軾對李煜歸國臨行所作〈破陣子〉的審美，融入了現實的考量。他認爲君王辭宮廟之際理應「痛哭於九廟之前，謝其民而後行」，展現對先人、百姓的不捨與愧疚，而非依舊留戀於教坊歌舞、宮娥伶人，可見蘇軾對於李煜身爲君王的表現，是不能贊同的。端木埰則認爲李煜〈浪淘沙〉正可成爲國君的借鏡，他說：

> 前章「不知身是客，一晌貪歡」，正陳叔寶之全無心肝，亡國之君千古一轍也。次章又有「往事堪哀」，「終日誰來」，「想得玉樓」等句。明明觖望不甘，被禍之由，機牽藥所由來也。前已荒昏失國，此又妄露圭角，可爲千古龜鑑。〔註37〕

陳叔寶爲陳朝末代皇帝，好飲酒作詩，荒廢朝政，終滅於隋朝。然而，陳叔寶卻少顯露亡國之痛，對於隋文帝允許他以官員身分上朝的通融，更表示須有官號才便於入朝，意思是要隋文帝給予他一個正式的官職。亡國之君願做他朝之臣，隋文帝因此說出「陳叔寶全無心肝」一語。讀者將李煜「不知身是客，一晌貪歡」的心態比爲陳叔寶，認爲徒好享樂，不肯正視現實，是亡國之君的共通點，也是致使國家滅亡的原因。次章文句，流露出對從前的留戀與現今的不甘，成爲招禍之端。這闋詞的藝術美與情意悲雖受許多讀者愛賞，此處卻是由另外一種現實的政治角度觀察，認爲李煜的悲遇是自己所造成，昏庸亡國後又不懂收斂鋒芒，與其悲其遇，不如以其爲警惕，因此說這闋詞可作爲國君的「千古龜鑑」。

　　一般而言，「文如其人」是讀者對作品與作者間關係的認知，或由作品表

〔註36〕此語記載於王奕清：《歷代詞話》卷三，見於唐圭璋編：《詞話叢編》第二冊，頁1126。

〔註37〕端木埰：《張惠言論詞・詞選批注》，見於唐圭璋編：《詞話叢編》第二冊，頁1619～1620。

現形成對人格內涵的期待，或由人格表現形成對作品內涵的期待。當二者間出現了落差，如范仲淹與司馬光擁有婉麗詞筆的現象，讀者便因作品與作者間的落差產生理解上的阻礙，較難以順利地聯繫起二者。端木埰對此說明：「希文、君實兩文正，尤宋名臣中極純正者。而詞筆婉麗如此。論者但以本意求之，性情深至者，文辭自悱惻，亦不必別生枝節，強立議論，謂其寓言某事也。」〔註 38〕多數讀者面對此種落差，傾向試圖找尋各種可能的解釋，或謂作者另有他人，或謂作品另有它意等，以此作爲衝突與空白的填補，使作品與作者間的關係能順暢地建立起來。端木埰則認爲性格純正之人具備深至的情意，表現出的文辭自然悱惻動人，其二者本身並無衝突，故理解詞之本意即可，不一定要強加附會符合作者地位與個性的端正之意於詞中，屬於保持詞作之本然面貌的方式。

（二）對家國之時事人物的關聯

讀者除了透過作品審視創作主體的作者，也聯繫起與作者相關的人物和時事，提供讀者更多的審美依據與方向。好比香奩詞、閨怨詞在經由讀者的開發後，所能帶給讀者的感受已產生轉變，不再停留於情調婉媚的「兒女之情」了。陳廷焯即說：「吳梅村詩名蓋代，詞亦工絕。以易代之時，欲言難言，發爲詩詞，秋月春花，滿眼皆淚。若作香奩詞讀，失其旨矣。」〔註 39〕梅村爲吳偉業之號，爲明末清初文人，不只任官於明，也曾出仕於清，並以仕清爲畢生憾事。〔註 40〕可見，國破家亡與士人道德兩方面必然成爲他內心悲苦

〔註38〕 端木埰：《張惠言論詞‧續詞選批注》，見於唐圭璋編：《詞話叢編》第二冊，頁 1622。

〔註39〕 陳廷焯：《詞壇叢話》，見於唐圭璋編：《詞話叢編》第四冊，頁 3729。

〔註40〕 感謝口試委員王建生老師提供相關資料並給予寶貴意見。謝章鋌《賭棋山莊詞話‧吳梅村詞》云：「至梅村淮南雞犬，眷戀故君，其〈賀新涼‧病中有感〉云：『萬事催華髮。論龔生、天年竟夭，高名難沒。吾病難將醫藥治，耿耿胸中熱血。待灑向西風殘月。剖卻心肝今置地，問華陀、解我腸千結。追往事，倍淒咽。　故人慷慨多奇節。爲當年、沈吟不斷，草間偷活。艾灸眉頭瓜歕鼻，今日須難訣絕。早患苦、重來千疊。脫屣妻孥非易事，竟一錢、不值何須說。人世事，幾圓缺。』不作一毫矯飾，足見此老良心。遭逢不幸，讀之鼻涕下一尺。」謝章鋌：《賭棋山莊詞話》，見於唐圭璋編：《詞話叢編》第四冊，頁 3428。《詞壇叢話》也提到：「梅村出山，侯朝宗遺書力阻。後有懷古兼弔朝宗詩云：『死生總負侯嬴諾，欲滴椒漿淚滿襟。』其臨歿詞云：『故人慷慨多奇節，爲當年沉吟不斷，草間偷活。』悔恨之意深矣。」陳廷焯：《詞壇叢話》，見於唐圭璋編：《詞話叢編》第四冊，頁 3729。

的重要來源。然而，遺臣的身分與朝廷對人民言論的約束，使其無法隨心所欲的抒發己思己見，陳廷焯於是認爲吳偉業將心中難言的悲苦，訴諸詩詞中的秋月春花，讀來字字是作者眼淚化成，故提醒讀者若單純以香奩詞視之，將無法了解詞人所欲傳達的眞正意旨。此即提供了讀者在「作香奩詞讀」之外的另一個審美面向。黃氏也說明：「士不得志而悲憫之懷，難以顯言，託於閨怨，往往如是」〔註41〕，以辛棄疾〈祝英臺近・晚春〉爲：「此閨怨詞也。史稱稼軒人材，大類溫嶠、陶侃。周益公等抑之，爲之惜，此必有所託而借閨怨以抒其志乎。……意致悽惋，其志可憫。」〔註42〕認爲男性詞人將心中悲苦託於女子閨怨之淒婉中，有其不得已之處，顯露其處境的無奈與心境的酸楚，這份用心反而更能打動讀者。閨怨詞大多敘說女子由外在環境改變所引起的愁思悲感，愁的是因良人歸期不定而產生形單影隻的孤寂，悲的是因歲月流轉導致對年華老去的無可奈何。此種詞文表面意義的解讀與審美，無法滿足歷代千萬讀者對詞意之眞與詞藝之美的追求需要，對於男性詞人何以選擇女子傷春身影爲描繪對象，又如何能夠敘述出女子閨怨的心理狀態，必然成爲讀者好奇與疑惑之處，討論與闡釋遂由此開展。在「香草美人」的審美傳統基礎上，讀者把握其所獲得的線索，包括作者生平際遇與作品意象特性等資訊，將女子閨怨與感士不遇相互關聯，可謂擴大了審美範圍。

張惠言顯然受到「香草美人」的審美傳統影響，他提倡的寄託說，無疑爲讀者在詞意的闡釋與詞旨的探求中，點了一盞燈。譚獻於《復堂詞話・評馮延巳詞》中曾評馮延巳〈蝶戀花〉四闋〔註43〕：「金碧山水，一片空濛，此

〔註41〕黃氏：《蓼園詞評》，見於唐圭璋編：《詞話叢編》第四冊，頁3025～3026。
〔註42〕黃氏：《蓼園詞評》，見於唐圭璋編：《詞話叢編》第四冊，頁3060。
〔註43〕譚獻雖只提及：「評馮延巳蝶戀花四闋。首闋起句『六曲闌干偎碧樹』」，然而由其評論與陳廷焯《白雨齋詞話・正中蝶戀花四章解》的內容，可推測譚獻所指〈蝶戀花〉四闋應分別爲：首章，「六曲闌干偎碧樹。楊柳風輕，展盡黃金縷。誰把鈿箏移玉柱。穿簾海燕雙飛去。　滿眼游絲兼落絮，紅杏開時，一霎清明雨。濃睡覺來鶯亂語。驚殘好夢無尋處。」次章，「誰道閒情拋棄久。每到春來，惆悵還依舊。日日花前常病酒。不辭鏡裏朱顏瘦。　河畔青蕪堤上柳。爲問新愁，何事年年有。獨立小橋風滿袖。平林新月人歸後。」三章，「幾日行雲何處去。忘了歸來，不道春將暮。百草千花寒食路。香車繫在誰家樹。　淚眼倚樓頻獨語。雙燕來時，陌上相逢否。撩亂春愁如柳絮。依依夢裏無尋處。」四章，「庭院深深深幾許。楊柳堆煙，簾幕無重數。玉勒雕鞍遊冶處。樓高不見章臺路。　雨橫風狂三月暮。門掩黃昏，無計留春住。淚眼問花花不語。亂紅飛過鞦韆去。」以上四章依次分別見於唐圭璋編：《全宋

正周氏所謂有寄託入、無寄託出也。此闋敘事。行雲、百草、千花、香車、雙燕，必有所託。」〔註44〕以爲詞中意象並非單純眼中所見之客觀景象，而是由詞人心中深意轉化而來。此處不論此四闋〈蝶戀花〉的作者問題〔註45〕，單從內容上看，皆以柳拂動於風雨中增添了春光的迷離，如「楊柳風輕……滿眼遊絲兼落絮……一霎清明雨」、「河畔青蕪堤上柳……獨立小橋風滿袖」、「撩亂春愁如柳絮」、「楊柳堆煙……雨橫風狂三月暮」等，確實帶來「金碧山水，一片空濛」的感受。春光雖好，卻也使人產生「濃睡覺來鶯亂語。驚殘好夢無尋處」、「每到春來，惆悵還依舊」、「忘卻歸來，不道春將暮。……悠悠夢裏無尋處」、「門掩黃昏，無計留春住。……亂紅飛過秋千去」等對美好無計留、無處尋的愁苦。而陳廷焯以「必有所託」爲觀察角度，賦予此四闋〈蝶戀花〉不同於一般的解讀：

> 正中蝶戀花首章……憂讒畏譏，思深意苦。次章……始終不渝其志，亦可謂自信而不疑，果毅而有守矣。三章……忠厚惻怛，藹然動人。四章……詞意殊怨，然怨之深，亦厚之至。蓋三章猶望其離而復合，四章則絕望矣。〔註46〕

他以此四闋詞爲詞人忠君愛國之苦心的寄託，且在情感上具有由忠諫到表明堅定、忠誠之心，以至於絕望悲怨的層次順序性。如此一來，此四闋詞的作者是否爲同一人，便成爲值得探究的問題，因爲唯有四闋詞皆出自同一作者之手，其內涵的層次順序性才得以成立。陳廷焯的看法除了可引發其他讀者對「作者」的考證之外，在「詞旨」方面也提供了讀者探討詞人是否隱藏寄託於詞中，寄託內容又是什麼，以及使用何種藝術手法表現等等。若僅從詞面來理解，其所表達的是對春日美好難以久長的感慨，不過爲「傷春」主題諸多作品中的四闋，主人公或爲等待歸人未果而感嘆青春易逝的女子。而當讀者以表層詞面爲基礎，開始將審美觸角探向表層義之外的領域，即促使更多讀者投入作品的審美中，意味著對審美面向的開發與創造。

詞》，頁110、162、162～163。

〔註44〕譚獻：《復堂詞話》，見於唐圭璋編：《詞話叢編》第四冊，頁3990。

〔註45〕首章「六曲闌干偎碧樹」一詞或以爲晏殊所作；次章「誰道閒情拋棄久」、三章「幾日行雲何處去」、四章「庭院深深深幾許」等或以爲歐陽修所作。此處著眼於讀者對內容之審美讀解，不論證作者究竟爲何人之問題。

〔註46〕陳廷焯：《白雨齋詞話》卷一，見於唐圭璋編：《詞話叢編》第四冊，頁3780～3781。

（三）確立創作與解讀的合理範圍

　　姜夔在冬雪之際拜訪范成大，自度〈暗香〉、〈疏影〉二闋新聲，主要描寫對象為「梅」，屬於詠物詞。張炎於《詞源・雜論》中提到：「詞之賦梅，惟姜白石〈暗香〉〈疏影〉二曲，前無古人，後無來者，自立新意，真為絕唱。」〔註47〕視二詞為具備新穎與開創性的詠梅詞作，著重藝術方面的審美，並無對時事人物的比附。若單單著眼於詞人本身與作品呈現的關聯性，那麼，梅花在詞中象徵著昔日美好的回憶，以及在寂寥冷清、客居他鄉的處境裡，唯一能與詞人相伴相憶的外物，是一種精神上的支持與寄託。可是，縱使人能化為梅花，也必然面臨幽獨、飄墜、與哀曲相隨的過程，何況入畫之後，能喚起美好回憶的冷香也不復存在了。從姜夔一生寄人籬下且懷才不遇的際遇看來〔註48〕，詞中所流露之對梅花曾經燦爛飄香卻終至凋零消逝的同情與惋惜，也正是詞人對自身流徙不定的感懷寫照，因此二詞情調的清冷孤寂、悲涼哀怨，實為姜夔心境的反映。由於詞人未曾明言這份傷懷所為而來，使後代讀者雖可感知其中一片哀愁之意，卻不知除了身世之感以外，其悲傷是否也融合了對生活或史事的感慨。詞所具有之不明確的空白，是對讀者的召喚，正好提供讀者發揮的空間〔註49〕，彷彿化身作者的代言人，在既有的根據與

〔註47〕　張炎：《詞源》卷下，見於唐圭璋編：《詞話叢編》第一冊，頁266。

〔註48〕　姜夔數次科舉失利，未求得功名，直到四十三歲時，終於向朝廷進《大樂議》和《琴瑟考古圖》各一卷，卻未被採納；四十五歲時，又進獻《聖宋鐃歌鼓吹曲》十二章，雖受詔免解與試禮部，竟因才華過人遭嫉落榜。夏承燾：《姜白石詞編年箋校・繫年》（上海：上海古籍，1998年），頁312～313。

〔註49〕　如張惠言認為「時石湖蓋有隱遯之志，故作此二詞以沮之。……首章言己嘗有用世之志，今老無能，但望之石湖也」，以姜夔創作〈暗香〉的意旨在於勸阻范成大隱遯；〈疏影〉的意旨為「更以二帝之憤發之，故有昭君之句」，表達對靖康之恥的憤慨。張惠言：《張惠言論詞》，見於唐圭璋編：《詞話叢編》第二冊，頁1615。而汪瑔稱這二闋詞所描述的是柔福公主適永州防禦使高世榮的世俗傳聞，他指出：「白石〈疏影〉詞所云：『昭君不慣胡沙遠，但暗憶江南江北。想佩環月下歸來，化作此花幽獨。』言其自金逃歸也。又云：『猶記深宮舊事，那人正睡裏，飛近蛾綠。莫似春風，不管盈盈，早與安排金屋。』則言其封福國長公主，適高世榮也。又云：『還教一片隨波去，又卻怨玉龍哀曲。』則言其為韋后所惡，下獄誅死也。至〈暗香〉一闋，所云：『翠尊易泣，紅萼無言耿相憶。長記曾攜手處，千樹壓西湖寒碧。』則就高世榮言之，於事敗之後，追憶曩歡，故有『易泣』、『無言』之語也。」汪瑔：《張惠言論詞・附錄：旅譚》，見於唐圭璋編：《詞話叢編》第二冊，頁1623～1624。鄧廷楨則說明姜夔詞「蓋緣識趣既高，興象自別。其時臨安半壁，相率恬熙。白石來往江淮，緣情觸緒，百端交集，託意哀絲。故舞席歌場，時有擊碎唾壺之

基礎上，作出各種可能的解讀，爲後人提供更廣大的討論空間。

對於詞人意旨的隱晦幽微，陳廷焯曾說：「蒿庵詞有不知其用意所在，而不得謂之無因者。……不知其何所指，正令人尋味不盡。」〔註 50〕情的感發必有動因存在，讀者不知詞人悲愁之感何來是可以的，若無法探求原因而稱之沒來由便不恰當了，他並認爲不瞭解作品眞正所指並不妨害讀者對作品的體會與審美。其實，能夠「令人尋味不盡」是由於作品適度的空白空間有助讀者在閱讀過程中引發各種聯想，填補不知「用意何在」、「何所指」的空白。當一件作品的能指超越其所指，便能符合更多讀者的需要，也能產生言有盡而意無窮之耐於咀嚼、韻致豐富的感受。

然而，詞人創作的眞正意旨，並不一定皆能透過讀者而「越解越明」。陳廷焯指出《詩經》內涵與讀者解讀的關係：「風詩三百，用意各有所在。仁者見之謂之仁，智者見之謂之智，故能感發人之性情。後人強事臆測，繫以比、興、賦之名，而詩義轉晦。」〔註 51〕這說明了文字的意義是流動的，隨讀者其人特性不同以致領會各各相異，作品的意義與價值也在「能感發人之性情」，使多數讀者皆能獲得心靈上的安頓，而不限於能眞正解讀出作者用意之人。讀者與詞的關係也是如此，倘若讀者「強事臆測」，言某語必指某事，給予字句既定的正確答案，不僅語意流動的空間因此受到限制，更造成對多數讀者審美距離過大的情形，能從作品中見仁見智以感發性情的讀者便減少，導致詞義轉爲令多數人不解之隱晦幽微的現象產生。

爲避免「越解越疑」之過度詮釋的情形，丁紹儀針對作者提出「余謂詩意必如此詮釋方顯，亦太隱矣。然作者不宜如此，讀者不可不如此體會」〔註 52〕的看法，此來自一讀者對張自明〈觀邸報詩〉之解讀的感發。由於詩題明顯與朝廷之政治消息相關，詩作內容卻描寫著鄉村景象，自然引起讀者解讀的疑惑。

意」，指出其創作多蘊藏對家國興亡之感的寄託。鄧廷楨：《雙硯齋詞話》，見於唐圭璋編：《詞話叢編》第三冊，頁 2530。
〔註 50〕陳廷焯：《白雨齋詞話》卷五，見於唐圭璋編：《詞話叢編》第四冊，頁 3881。
〔註 51〕陳廷焯：《白雨齋詞話》卷六，見於唐圭璋編：《詞話叢編》第四冊，頁 3918。
〔註 52〕張自明〈觀邸報詩〉云：「西風颯颯雨蕭蕭。小小人家短短橋。獨倚闌干數鵝匹，一聲孤雁在雲霄。」讀者多不明白詩的意旨爲何，有一士人便解道：「此詩興致高遠，其旨不難見也。蓋風雨蕭颯，言國事日非。小小人家，言建都一隅。短短橋，言乏濟時長策。數鵝匹，言所用皆卑污之徒。雁在雲霄，言賢者遠舉，當時必有君子去國，故爲是語耳。」丁紹儀：《聽秋聲館詞話》，見於唐圭璋編：《詞話叢編》第三冊，頁 2837。

因此，讀者以詩題爲主要線索探求內容與政治的關係，也是在所難免。丁紹儀遂認爲此讀者的解讀方式，是可被接受的，從作者創作角度看，是有意的隱藏詩意，卻因太隱使多數讀者不明白，產生接受與理解上的困難，便不適宜了。同樣地，詞人作詞、讀者解詞也是一樣的情形，作者不宜使詞意太隱，否則讀者只能依據相關線索作出各種可能的解讀，或無人可解、或形成各說各話的混亂，如此詞人與詞作的眞正意旨將越不可得了。謝章鋌則在讀者解讀方面揭示：

> 究之尊前花外，豈無即境之篇，必欲深求，殆將穿鑿。夫杜少陵非不忠愛，今抱其全詩，無字不附會以時事，將漫興遺興諸作，而皆謂其有深文，……即如東坡之〈乳燕飛〉，稼軒之〈祝英臺近〉，皆有本事，……而謂我能以意逆志，是爲刺時，是爲欺世，是何異讀《詩》者盡去小序，獨創新說，而自謂能得古人之心，……前人之紀載不可信，而我之懸揣，遂足信乎。故皋文之說不可棄，亦不可泥也。……今一遇稍有感慨之詞，便以爲指斥時事，愁禽怨柳，塞滿乾坤，是直以長短句爲謗書矣。夫豈其然。〔註53〕

謝章鋌肯定張惠言提倡寄託蘊藉有益於詞作水準的提升，卻憂心讀者一味以寄託解詞，將形成穿鑿附會的風氣。他認爲即使是《尊前集》中唐五代文人詞作，與王沂孫《花外集》的作品，也有單純描摹觀景心境的內容，並非一事一象皆是由對國家社會的感慨轉化而來。因此，若非得賦予作品中的花、月、雲、鳥等高深的意涵，也就必然出現穿鑿的流弊。他並說明杜甫詩中有隨性抒情的，蘇辛詞中有被記載著創作緣由的，後人卻以忽略的態度視之，而紛紛將其與刺時、欺世畫上等號，有如不先讀詩序以獲得理解基礎，便憑藉個人發想作爲古人的用意。謝章鋌批評此種毫無根據的揣測是不可信的，張惠言的寄託說有其貢獻與價值，卻也不可拘泥其中，作爲唯一的解讀方向。否則，面對流露悲傷感懷的詞作，一概歸類於針砭時事的政治主題，探討此象所指何事、此物代表何人，詞豈不變成隱含攻擊與揭秘的文書，此即失去了「詞」的意義。確實，以寄託解詞雖然是讀者可獲得新視野的方法，然而過度拘泥其中便會不免落入機械式的判讀，反而縮減了人人皆能心領神會的審美空間，失去詞應有之「仁者見仁，智者見智」的彈性。因此，作者不應

〔註53〕謝章鋌：《賭棋山莊詞話》續編一，見於唐圭璋編：《詞話叢編》第四冊，頁3486。

刻意使詞意太隱，讀者也不可穿鑿附會，以避免對作品的害意。

二、確立風格典範

（一）直陳方式

透過直接陳述的文辭表達心中悲情，讀者對於作者沉重心情的接收也較直接。北宋徽宗時興建園林「艮嶽」〔註54〕，勞民傷財導致國勢中衰遭金滅亡，姚雲文艮嶽詞即在藉著描述此園的瑰麗奇幻，表達「便乞與媧皇，化成精衛，填不盡遺憾」〔註55〕的悲嘆之情。陳廷焯讀後稱其：「慨當以慷，亦陳經國之亞匹也」〔註56〕，顯示他接收了作者懷念故國與痛失家國的慷慨激昂之情，因此將姚雲文與南宋辛派詞人陳經國並列。

此種表現方式提供了足夠的刺激量，使讀者了解作者所要傳達的內涵，而能較迅速地激起讀者與作者同悲同感的心理。如《柳塘詞話》評論夏存古《玉樊堂詞》：「慷慨淋漓，不須易水悲歌，一時悽感，聞者不能爲懷」〔註57〕；而辛棄疾〈永遇樂·千古江山〉：「發端便欲涕落，後段一氣奔注，筆不得遏。廉頗自擬，慷慨壯懷，如聞其聲」，楊愼稱爲稼軒詞中第一〔註58〕；以及陳廷焯稱陳其年〈水調歌頭·雪夜再贈季希韓〉：「流落亦爲佳，已是難堪。今則並此不能矣。豈意五字，悲極憤極，如聞熊啼兕吼」〔註59〕等，皆透過直抒其懷的方式呈現，使讀者被包圍在作者慷慨悲憤不可遏止的情感中，體驗了作者書寫時的激動，於是得到「不能爲懷」、「如聞其聲」、「如聞熊啼兕吼」的震撼感受。

以雅正爲作詞準則的姜夔，其〈長亭怨慢〉一作中的「閱人多矣，誰得似長亭樹。樹若有情時，不會得青青如此」數語，也因以明快用語抒發激動之情，而使陳廷焯產生「白石諸詞，惟此數語最沉痛迫烈」〔註60〕的感受。可見，此種表達方式由於提供較大的刺激量，有時幾乎要超過讀者所能承受的範圍。陳

〔註54〕 耿劉同：《中國古代園林》（北京：商務印書館，1998年11月第一版），頁18。
〔註55〕 此詞爲宋末元初姚雲文之〈摸魚兒〉。陳廷焯：《白雨齋詞話》卷七，見於唐圭璋編：《詞話叢編》第四冊，頁3950。
〔註56〕 陳廷焯：《白雨齋詞話》卷七，見於唐圭璋編：《詞話叢編》第四冊，頁3950。
〔註57〕 此語記載於沈雄：《古今詞話·詞評》下卷，見於唐圭璋編：《詞話叢編》第一冊，頁1035。
〔註58〕 此語記載於程洪：《詞潔輯評》卷五，見於唐圭璋編：《詞話叢編》第二冊，頁1370。
〔註59〕 陳廷焯：《白雨齋詞話》卷六，見於唐圭璋編：《詞話叢編》第四冊，頁3920。
〔註60〕 陳廷焯：《白雨齋詞話》卷八，見於唐圭璋編：《詞話叢編》第四冊，頁3966。

廷焯讀劉克莊〈滿江紅〉、〈沁園春‧夢方孚若〉、〈沁園春‧贈孫季蕃〉有感：「沉痛激烈，幾欲敲碎唾壺。」〔註61〕劉克莊以豪壯筆法，表現對政治腐敗、家國興亡、壯志難酬的激烈情緒，這股直出之氣除了使讀者感到沉重、悲痛，也造成情緒上的激動。另如陳廷焯評蔣士銓《銅絃詞》中兩章作品：

> 雖不免於叫囂，精神卻團聚，意境又極沉痛，可以步武板橋。如云：「越霞吳霜篷背飽，奈年來、王事都靡鹽。藉竿木，尚能舞。」又，「十載中鉤吞不下，趁波濤、忍住喉間鯁。嘔不出、漸成癭。」激昂鳴咽，天地為之變色。〔註62〕

作者傾洩心中激動高昂的情志，發出無力扭轉現實的悲鳴之聲，作品之現實意義雖然大於其藝術價值，卻以這份沉痛但真切的情意打動了讀者，因此陳廷焯稱其精神團聚，足讓天地變色。由此，也點出了以「直陳」方式抒情所容易產生的問題，即在於可能帶給讀者「叫囂」，甚至流於謾罵之感受。如此一來，詞雖然成就了情緒的抒發，卻因表現出過大的反應而成為發洩，使讀者從中得到悲的痛感，減弱了詞在藝術上所應有的美感。

　　論者之所以批評模仿蘇詞中豪放作品或是辛派末流詞人之作品過於「粗豪」，即是由於其心中憤慨激烈之情往往能「放」而不能「收」，雖能引起相同遭遇之人的共鳴，卻對其他讀者造成過大的刺激。這些詞雖在反映現實的悲苦上取得較大成就，卻在耐於咀嚼的美感上稍顯不足，造成文學性較無法完滿展現。因此，對於具有抒發強烈悲憤情緒之需要的詞，便可以「鬱」的方式表現，如陳廷焯稱辛棄疾〈水調歌頭〉數闋：「直是飛行絕迹。一種悲憤慷慨鬱結於中，雖未能痕迹消融，却無害其為渾雅。後人未易摹倣。」〔註63〕書寫同時要能達到激動情緒之收束雖然困難，但對於自我情緒的意識與克制有助於提升讀者閱讀時的舒適，「渾雅」即是閱讀上之一種舒適快感，所抒發的雖是「悲憤慷慨」之情，卻透過「鬱」使真情流露又不傷其整體美感。而他讚賞的梅溪詞獨絕處也在於「鬱」：

> 梅溪詞，如：「碧袖一聲歌，石城怨、西風隨去。滄波蕩晚，菰蒲弄秋，

〔註61〕陳廷焯：《白雨齋詞話》卷六，見於唐圭璋編：《詞話叢編》第四冊，頁3913。
〔註62〕陳廷焯：《白雨齋詞話》卷四，見於唐圭璋編：《詞話叢編》第四冊，頁3860。
〔註63〕陳廷焯：《白雨齋詞話》卷一，見於唐圭璋編：《詞話叢編》第四冊，頁3791～3792。

還重到斷魂處。」沉鬱之至。……又〈臨江仙〉結句云:「枉教裝得舊時多。向來簫鼓地,曾見柳婆娑。」慷慨生哀,極悲極鬱。……此種境界,卻是梅溪獨絕處。〔註64〕

慷慨、悲憤是情的澎湃程度,縱使心中滿載哀情、悲情,卻不以怨忿的方式發洩,而透過外在景物的安排,寄情於景,以「鬱」作爲處理此股激昂之情的方式。一方面顯示作者創作之際對自我情緒的意識與收束,兼顧了詞體的文學性,一方面也避免讀者在情緒上的不堪承受。作者透過情感之收與放展現其用心,以藝術技巧輔助動人真情的傳遞,讀者從中不僅感受到詞人心中的悲,也同時體驗了美。

(二) 婉曲方式

對於人們多以詞抒悲的情形,正如陳廷焯所言:「詩以窮而後工,倚聲亦然,故仙詞不如鬼詞。哀則幽鬱,樂則淺顯也。」〔註65〕詞亦窮而後工,也因此能動人心弦,形成憂思難忘、縈繞於心的持續感動。詞是宜於抒情的體裁,一方面適合抒情,一方面也容易引發讀者心中情懷以感受詞情。然而,悲是人情中激動奔放的情緒,透過詞抒發心中悲情,可謂加乘了悲情的刺激量與感染力。詞體不僅使哀情越悲,同樣地也讓樂情越歡,這都是由於詞體爲情帶來發揮、擴張的效果所致。

婉曲是直陳之外的另一種表情方式,雖然運用較爲溫和雅淡的語言書寫,卻不影響讀者對悲的感懷。如許昂霄稱:「〈荷葉杯〉二闋語淡而悲,不堪多讀。」〔註66〕說明淡語也足令讀者悲傷難抑。而周濟曾指出:「竹山有俗骨,然思力沈透處,可以起懦。碧山胸次恬淡,故黍離、麥秀之感,只以唱歎出之,無劍拔弩張習氣。」〔註67〕蔣捷語意較明白,能起振奮人心之效;王沂孫則藉詠物寄託自身情懷,透過婉轉曲折的方式表達黍離、麥秀之悲情,而非以「劍拔弩張」之勢迸出,因此讀者所感受到的是一股隱約幽然的悲懷。二人雖皆以折衷於豪、婉的「雅」爲作詞準則,卻因婉曲程度的不同而帶給讀者不同的感受。再如周輝有感蘇軾詞:「豈無去國懷鄉之感,殊覺哀而不傷。」

〔註64〕陳廷焯:《白雨齋詞話》卷二,見於唐圭璋編:《詞話叢編》第四冊,頁3800～3801。
〔註65〕陳廷焯:《白雨齋詞話》卷七,見於唐圭璋編:《詞話叢編》第四冊,頁3955。
〔註66〕許昂霄:《詞綜偶評》,見於唐圭璋編:《詞話叢編》第二冊,頁1549。
〔註67〕周濟:〈宋四家詞選目錄序論〉,見於唐圭璋編:《詞話叢編》第二冊,頁1644。

〔註 68〕正是由於蘇軾以發自其曠遠精神的語詞書寫，平和了去國懷鄉的傷痛，當讀者接收這份維持在適切距離的情感時，便能動心而不傷心，獲得閱讀上的愉悅享受。

不同於直接表情所帶給讀者的痛快淋漓之感，婉曲方式雖顯得隱微，其妙處卻也在此。黃氏讚賞歐陽修〈浣溪紗〉：「末句寫得無限悽愴沉郁，妙在含蓄不盡」〔註69〕，以及李清照〈如夢令〉：「而『綠肥紅瘦』，無限悽婉，却又妙在含蓄。短幅中藏無數曲折，自是聖於詞者。」〔註70〕以沉鬱表悽愴之情，或以曲折表凄涼之情，皆因婉轉而使讀者感到情之含蓄，又因含蓄帶來綿延不盡的韻致，產生美妙的閱讀感受。關於含蓄的美感，陳廷焯對周邦彥〈蘭陵王·柳〉的評析中有所闡述：

> 美成詞極其感慨，而無處不鬱，令人不能遽窺其旨。如〈蘭陵王·柳〉……暗伏倦客之根，是其法密處。……他手至此，以下便直抒憤懣矣，美成則不然。「閒尋舊蹤迹」二疊，無一語不吞吐。只就眼前景物，約略點綴，更不寫淹留之故，卻無處非淹留之苦。直至收筆……遙遙挽合，妙在纔欲說破，便自咽住，其味正自無窮。〔註71〕

他認為周邦彥寓滿心感慨於詞中，而以「鬱」層層包裹這份情感，因此讀者無法即刻「遽」探其旨意。在〈蘭陵王·柳〉中，「鬱」的表現一來在於暗伏倦客之根的宗旨於柳色的描寫中，二來在憤懣情緒難抑之際，周邦彥一反他人直抒方式，而以「吞吐」的婉曲筆法暗示了自身淹留的苦悶，直到收筆才道出對身世際遇的心酸，與伏筆相呼應。讀者通過作者一波三折的文辭安排，恰能感受其心情的抑鬱之苦，正是「才欲說破，便自咽住」的含蓄之妙所在。周邦彥對自身悲苦之情的約束與欲語還休的含蓄筆法，使讀者獲得深長的情味，故說「無窮」。

江順詒指出：「詞深於興，則覺事異而情同，事淺而情深。故沒要緊語，正是極要緊語，亂道語正是極不亂道語。」〔註72〕眞正「沒要緊」的無意義

〔註68〕此語記載於王弈清：《歷代詞話》卷五，見於唐圭璋編：《詞話叢編》第二冊，頁 1175。
〔註69〕黃氏：《蓼園詞評》，見於唐圭璋編：《詞話叢編》第四冊，頁 3028。
〔註70〕黃氏：《蓼園詞評》，見於唐圭璋編：《詞話叢編》第四冊，頁 3024。
〔註71〕陳廷焯：《白雨齋詞話》卷一，見於唐圭璋編：《詞話叢編》第四冊，頁 3787。
〔註72〕江順詒：《詞學集成》卷六，見於唐圭璋編：《詞話叢編》第四冊，頁 3278。

訊息，在人們的訊息存取過程即會遭到捨棄，只有具備某種程度的意義，才會促使人們提取，成爲作者寫入詞中的語言。譚獻評韋莊〈菩薩蠻〉：「塡詞中古詩十九首，即以讀十九首心眼讀之。強顏作愉快語，怕斷腸，腸亦斷矣。項莊舞劍，怨而不怒之義。」〔註73〕心中的哀怨之情不形於色，是表情的約束；以愉快語取代悲傷語，是故作堅強的壓抑，才能「強顏」歡笑。陳廷焯也曾表示：「悲憤之詞，偏出以熱鬧之筆，反言以譏之也」〔註74〕、「感慨身世，激烈語偏說得溫婉，境地最高」〔註75〕、「悲感語說得和緩，便覺意味深長。」〔註76〕作者須具備高度自覺與自我約束力，說明了此種「反言」作法自是不易。作者雖因壓抑情意帶來痛苦，卻使讀者在熱鬧、溫婉、和緩的轉折中，形成與悲憤、激烈之情的一段距離，而透過對比烘托詞情，使讀者一掬心酸同情之淚以外，尚體驗意味深長的美，產生「境地高」的感受。讀者之所以能感受到餘韻縣長，關鍵即在於婉曲含蓄的方式不將情意說盡說透，如陳廷焯認爲辛棄疾〈蝶戀花·元日立春〉：「蓋言榮辱不定，遷謫無常。言外有多少哀怨，多少疑懼。」〔註77〕敘述人生際遇的情形，而不明言遭遇帶來哀怨疑懼之情。及周邦彥〈齊天樂〉：「幾於愛惜寸陰，日暮之悲，更覺餘於言外。此種結構，不必多費筆墨，固已意無不達。」〔註78〕以描寫對光陰的愛惜，隱含對美好時光所剩不多的慨嘆。「言外之意」、「意無不達」皆顯示了讀者可在詞面解讀外連結到遠比文字表現還多的詞作深意。詞之文字篇幅雖然有限，讀者卻能從中獲得寄託遙深，值得再三品味之感。

　　婉轉曲折可避免直接所帶給人的壓迫感，也可說是作者溫厚之意的表現，陳廷焯即稱蒿庵〈念奴嬌〉後半闋：「怨慕之詞，低回往復。結二句，從無可奈何中作此癡想，不作訣絕語，自是溫厚。」〔註79〕低回往復增加詞之

〔註73〕譚獻：《復堂詞話》，見於唐圭璋編：《詞話叢編》第四冊，頁3989。

〔註74〕陳廷焯：《白雨齋詞話》卷三，見於唐圭璋編：《詞話叢編》第四冊，頁3841。

〔註75〕陳廷焯評夢窗〈金縷曲·陪履齋先生滄浪看梅〉云：「華表月明歸夜鶴，問當時花竹今如此。枝上露，濺清淚。」後疊云：「此心與東君同意。後不如今今非昔。兩無言、相對滄浪水。懷此恨，寄殘醉。」感慨身世，激烈語偏說得溫婉，境地最高。若文及翁之「借問孤山林處士，但掉頭笑指梅花蕊。天下事，可知矣。」不免有張眉怒目之態。陳廷焯：《白雨齋詞話》卷二，見於唐圭璋編：《詞話叢編》第四冊，頁3804。

〔註76〕陳廷焯：《白雨齋詞話》卷四，見於唐圭璋編：《詞話叢編》第四冊，頁3856。

〔註77〕陳廷焯：《白雨齋詞話》卷一，見於唐圭璋編：《詞話叢編》第四冊，頁3793。

〔註78〕陳廷焯：《白雨齋詞話》卷一，見於唐圭璋編：《詞話叢編》第四冊，頁3788。

〔註79〕陳廷焯：《白雨齋詞話》卷五，見於唐圭璋編：《詞話叢編》第四冊，頁3881。

餘味與情之深度，不作訣絕語的溫厚來自詞人不忍訣絕的有情，使讀者融入作品悲傷之際尚感受到溫情之美。於是，歷來對詞之審美多傾向於「婉曲含蓄」的表現方式，藉以使作者心中難抑之情能流動在最多數讀者所能接受的範圍內，並在此範圍中達到意義與情感上的滿足。

三、影響詞的流傳

（一）讀者閱讀心得的交流

讀者閱讀心得的交流內容大致有三類方向：第一，是讀者對於詞的點評，有指明詞情、詞旨以助往後讀者體會、融入的效用。如楊慎對宋徽宗〈燕山亭〉一詞發出「詞極淒惋，亦可憐矣」〔註80〕之感，淒惋是言詞的整體，可憐是嘆人的際遇，從作品與作者兩個方向引導了之後的讀者。《古今詞話·徽宗燕山亭》稱此詞：「哀情哽咽。髣髴南唐李後主，令人不忍多聽」〔註81〕，對詞的表情、語調有進一步的體會，並從詞人處境聯想經歷相似的李後主，李後主詞中的亡國之痛也隨之浮現，加強讀者對〈燕山亭〉一詞的感受，故有「不忍多聽」之感。

第二，是因詞作的動人，促使讀者想進一步了解創作背景，因而閱讀相關紀錄或營造相關情境，詞話於錄詞之外也兼敘本事即是。本事的記載雖不一定真實，卻能滿足讀者內心的需要。如流傳至今的「天涯何處無芳草」句，源於蘇軾〈蝶戀花·春景〉。宋代楊湜在《古今詞話·蘇軾》轉引了較早的宋人詞話對此詞的記載：「予得此詞真本於友人處，極有理趣。綠水人家遶非遶字，乃曰人家曉，曉字與遶字，蓋霄壤也。」〔註82〕稱此詞富有耐於品味的理趣，並稍加考察了用字的問題。之後魏慶之同樣轉引早期《詞話》的敘述，然內容卻有不同：「予得真本於友人處，綠水人家遶作綠水人家曉。多情卻被無情惱，蓋行人多情，佳人無情耳。此二字極有理趣，而遶與曉自霄壤也。」〔註83〕明顯增

〔註80〕楊慎：《詞品》卷五，見於唐圭璋編：《詞話叢編》第一冊，頁505。

〔註81〕此語記載於馮金伯：《詞苑萃編》卷四，見於唐圭璋編：《詞話叢編》第二冊，頁1828。

〔註82〕蘇軾〈蝶戀花〉：「花褪殘紅青杏小。燕子來時，綠水人家遶。枝上柳綿吹又少。天涯何處無芳草。　牆裏秋千牆外道。牆外行人，牆裏佳人笑。笑漸不聞聲漸悄。多情却被無情惱。」楊湜轉引《草堂詩餘》前集上對《古今詞話》的引錄。楊湜：《古今詞話》，見於唐圭璋編：《詞話叢編》第一冊，頁31。

〔註83〕此語記載於魏慶之：《魏慶之詞話》，見於唐圭璋編：《詞話叢編》第一冊，頁204。

加了以詞中「牆外行人，牆裏佳人笑」對末句「多情卻被無情惱」的解讀。之後清代的王士禎則說：「枝上柳絲，恐屯田緣情綺靡，未必能過。孰謂坡但解作大江東去耶，髯直是軼倫絕羣。」〔註84〕認爲此詞情致較柳永詞有過之而無不及，讚揚蘇軾詞藝絕倫。直到沈雄在《古今詞話·句法》中提到：「蘇東坡〈蝶戀花〉句。在可解不可解之間，姬人朝雲日夕歌之，竟以病終。」〔註85〕並引宋代惠洪《冷齋夜話》所云：「東坡過海南，諸姬惟朝雲隨行，日詠枝上柳綿二句，每到流淚。及病亟，猶不釋口也，東坡爲作〈西江月〉悼之。」〔註86〕這闋原本富「理趣」，微著愁思的詞，遂多添了美人善愁以致香消玉殞的「悲」在其中，更以此爲蘇軾〈西江月·梅花〉的創作由來，這種改變也吸引了其他讀者的關注。王奕清在《歷代詞話·蘇軾蝶戀花》對此詞的記載同樣選擇引錄《冷齋夜話》的內容〔註87〕，而葉申薌《本事詞·蘇軾蝶戀花》則擴充得更多，試見：

> 子瞻在惠州，朝雲侍坐。維時青女初降，落木蕭蕭，悽然有宋玉之悲。因命朝雲捧觴，唱花褪殘紅詞以遣愁。朝雲珠喉將轉，粉淚滿襟。子瞻詰其故，答曰：「奴所不能歌，是枝上柳棉吹又少，天涯何處無芳草也。」子瞻大笑曰：「我正悲秋，汝又傷春矣。」遂罷。未幾，朝雲歿，子瞻爲之終身不復聞此詞。〔註88〕

這則關於蘇軾〈蝶戀花〉的本事，具備了形象、動作、情節、對話等，比起之前的種種記載衍伸了許多內容，更在最末加上「子瞻爲之終身不復聞此詞」，強調了詞人的情深意重。鄧廷楨於《雙硯齋詞話·東坡詞高華》中以「坡命朝雲歌之，輒泫然流涕，不能成聲」〔註89〕記之；黃氏《蓼園詞評·蝶戀花》引沈際飛之語道：「『枝上』一句，斷送朝云」，對於詞作本身，黃氏則稱：「次闋尤爲奇情四溢也」。〔註90〕可見自從「枝上柳棉吹又少，天涯何處無芳

〔註84〕王士禎：《花草蒙拾》，見於唐圭璋編：《詞話叢編》第一冊，頁680。
〔註85〕沈雄：《古今詞話·詞品》下卷，見於唐圭璋編：《詞話叢編》第一冊，頁872。
〔註86〕此語記載於沈雄：《古今詞話·詞辨》下卷，見於唐圭璋編：《詞話叢編》第一冊，頁926。
〔註87〕此語記載於王奕清：《歷代詞話》卷五，見於唐圭璋編：《詞話叢編》第二冊，頁1178。
〔註88〕葉申薌：《本事詞》卷上，見於唐圭璋編：《詞話叢編》第三冊，頁2313。
〔註89〕鄧廷楨：《雙硯齋詞話》，見於唐圭璋編：《詞話叢編》第三冊，頁2529。
〔註90〕此語記載於黃氏：《蓼園詞評》，見於唐圭璋編：《詞話叢編》第四冊，頁3051。

草」引出了朝雲之「情」後，二者幾乎化作密不可分的一體，增加了讀者對
這闋詞的注意力，更透過美好終不久長的「悲」獲得強化，成為讀者焦點所
在，是故「枝上柳棉吹又少，天涯何處無芳草」得以傳誦後世。

　　第三，是提供不同視角以成為讀者發抒己見而產生討論、辯駁，提高讀
者對詞的注意。賀裳在《皺水軒詞筌‧歐詞不如范詞》中提到：「廬陵譏范希
文〈漁家傲〉為窮塞主詞，……令『綠樹碧簾相掩映，無人知道外邊寒』者
聽之，知邊庭之苦如是，庶有所警觸。此深得〈采薇〉〈出車〉、楊柳雨雪之
意。」〔註91〕歐陽修曾以范仲淹〈漁家傲〉的情調過於蕭瑟悲苦，稱其似「窮
塞主」，缺乏大國真元帥的氣度。二人處境的大不同，造成歐陽修對范仲淹詞
融入與感受的距離阻礙，邊塞環境的淒寒艱苦，以及戍關守邊的緊張勞苦，
是任官都城的歐陽修無法體會的。後世讀者了解宋朝滅亡於國勢積弱、邊族
環伺的內憂外患中，此時范仲淹詞的時代意義與憂患之思便突顯了出來，引
起讀者的同情與肯定。彭孫遹對此詞深感：「蒼涼悲壯，慷慨生哀」〔註92〕，
馮金伯所引錄的《古今詞話‧范仲淹漁家傲》則指出：「詞旨蒼涼，多道邊鎮
之苦。歐陽永叔每呼為窮塞主，詩非窮不工，乃於詞亦云。」〔註93〕是以歐
陽修「窮而後工」的詩學觀為詞確立價值，透顯窮塞主之「窮」即為范仲淹
〈漁家傲〉的真切情意所在。起初，「窮塞主」是讀者對作品一種貶多於褒的
觀點，然而經過時代環境的變遷，往後的讀者紛紛賦予不同的解讀，使這闋
原本不太被重視的詞，能夠傳頌至今。

　　文字能夠超越時空限制而獲得保存，讀者閱讀詞作的心得書寫，便以此
種形式彼此交流。透過讀者群在平面且靜態的文字上，發展出許多立體想像
與動態交流，為這些倍受關注的詞作增添了不同於其他疏於討論之作品的「特
殊性」，加深讀者的印象而有助於流傳。

（二）詞選集與詞話的刊行

　　最直接影響詞之流傳的，是詞的選集與詞話，包括收錄各家詞人代表作
品、各類主題代表作品，與讀者的閱讀心得等。雖然詞人有其專集，然而選
集博采各家精華，成為廣大一般讀者讀詞、學詞的入門書；而詞話一方面是

〔註91〕　賀裳：《皺水軒詞筌》，見於唐圭璋編：《詞話叢編》第一冊，頁707。
〔註92〕　彭孫遹：《金粟詞話》，見於唐圭璋編：《詞話叢編》第一冊，頁723。
〔註93〕　此語記載於馮金伯：《詞苑萃編》卷四，見於唐圭璋編：《詞話叢編》第二冊，
　　　　　頁1831。

對文獻的保存與紀錄，另一方面透過發表評論表達對詞的審美觀點。因此，膾炙人口的詞與廣爲人知的作者，往往見於諸多選集與詞話中。詞作的選裁，同樣依據選詞者其對詞的審美標準而來，爲對詞之理想的反映，如金應珪於〈詞選後序〉說明了張惠言的選詞立場：

> 詞選二卷，吾師張皋文、翰風兩先生之所錄也。……童蒙擷其粗而失其精，達士小其文而忽其義。故論詩則古近有祖禰，談詞則《風》《騷》若河漢，非其惑歟。昔之選詞者，蜀則花間，宋有草堂，下降元明，種別十數。推其好尚，亦有優劣。然皆雅鄭無別，朱紫同貫，是以乖方之士，罔識別裁。蓋〈折楊〉〈皇荂〉，嫛而同悦，申椒蕭艾，雜而不芳。今欲塞其歧途，必且嚴其科律。此詞選之所以止于一百十六首也。〔註94〕

他陳述張惠言的選詞宗旨有二：一是避免「童蒙擷其粗而失其精」的情形，使初習者能有優良的範本；二是扭轉「達士小其文而忽其義」的想法，令文人重視詞的地位與價值，而此二者又與當時可見之詞的選集有關。認爲往昔如《花間集》、《草堂詩餘》等多數詞的選集，選作雅俗混同、雜亂無章，致使人們只能領會通俗歌曲而有笑意，對於高雅詞調卻是毫無反應。爲了改變此種近俗去雅的「歧途」現象，故主張對詞作「嚴」加過濾，達到選詞宗旨的實現。由張惠言選詞的數量，可見他對詞之審美理想的堅持。

然而，論詞或選詞必先面對作品的解讀，陳廷焯提到：「古人一詞之妙，必有本旨，驟觀或者茫然。余不揣固陋，妄加眉批。亦間有批於詞後者，其有合與否，未敢自信。」〔註95〕自言對於詞之本旨爲何，起初往往有不知從何解起的茫然，之後對詞的解讀是否確實合乎詞人之意，也不敢有十成的把握。這是因爲詞旨可能單純爲詞面敘述的內容，抑或隱藏在詞面之下，甚至是須由言外之意尋求，顯示出對本旨的尋求存在著難度。陳廷焯並認爲：「然白雪陽春，知音必少。有志之士，自宜取法乎上，歷久愈新。……嗚呼，誠屬高超深厚之作，庸夫俗子，何足以知其佳。庸夫俗子皆言其佳，其不佳也可知矣。」〔註96〕此論不免過於偏激，卻也指出解讀作品的另一個問題，即

〔註94〕金應珪：《張惠言論詞・詞選後序》，見於唐圭璋編：《詞話叢編》第二冊，頁1618～1619。

〔註95〕陳廷焯：《詞壇叢話》，見於唐圭璋編：《詞話叢編》第四冊，頁3743。

〔註96〕陳廷焯：《白雨齋詞話》卷五，見於唐圭璋編：《詞話叢編》第四冊，頁3900。

是審美偏好與眼光並非人人相同的現象。以陽春白雪的高雅之音為創作的學習典範，確實有益於提升創作能力與作品層次。然而，並非所有讀者皆能領受雅音的內涵。對於讀者而言，距離過於遙遠的作品，無法完全融入其中獲得審美經驗，若能通過較通俗的作品領略美的感受，逐漸學習以增加審美能力，終有一日能成為陽春白雪的知音。因此，高雅與通俗之詞，皆為了不同讀者的需要存在，「庸夫俗子」言其佳的詞作也自有其價值，更何況「庸夫俗子皆言其佳」的作品，只要出於真情真意，縱使不如意蘊深遠之作的高妙，也未必可斷言其不佳。批評家、詞論家必須以其學養與經驗，為詞作提供多種可能，不僅增加一般讀者的鑑賞能力，也在意見交流中延續了詞的流傳。

　　經過詞的解讀之後，便依據對詞的理念以選裁作品，陳廷焯認為：

> 作詞難，選詞尤難。以我之才思，發我之性情，猶易也。以我之性情，通古人之性情，則非易矣。竹垞詞綜，備而不精。皋文詞選，精而未備。然與其不精也，寧失不備。古今善本，仍推張氏詞選。若選本之盡美盡善者，吾未之見也。〔註97〕

作詞是「以我之才思，發我之性情」，透過語言文字書寫自我性情。在選詞之前，必須先讀詞、解詞，是透過語言文字體會他人性情；選詞的內容依據選者之審美標準，為「以我之性情，通古人之性情」，必須跨越時間空間、經歷際遇、思想背景等種種差異的影響，故謂選詞難於作詞。尤其選詞若求齊備，則往往難以精要；反之，若求精要，則往往難以齊備。因此選者致力使所選之詞儘量「備」且「精」的理想，可說是比作詞又難了。在不可兼得的情況下，則抱持寧缺勿濫的原則，故以「精」為主要考量，他對張惠言的推崇即建立在此標準之上。

　　詞的選集能盡善盡美實為困難，而詞話作為詞之理論的選集，也同樣難以完善。無論是精而未備，或是備而不精，皆會有所遺漏，也無法滿足所有人的審美需要。黃梨莊曾感嘆：

> 夏桂洲喜為長短句，詩餘小令，草稿未削，已傳播都下，互相傳唱。沒未百年，花間、草堂之集，無有及公謹名氏者。求如前代所謂曲子相公，亦不可得。大約花間、草堂，亦宋人選集之偶傳者耳。此外不傳者何限，況并不入選中，則佳詞滅沒，又不知其幾矣。黃俞邰所藏

〔註97〕陳廷焯：《白雨齋詞話》卷八，見於唐圭璋編：《詞話叢編》第四冊，頁3970。

> 桂洲詞本，甚有可觀，但不傳于世，故人無知者。予欲專梓之，以公
> 同人。〔註98〕

此則記載由馮金伯引述黃梨莊所言，然而黃梨莊之言或有所誤，原因在於夏桂洲〔註99〕爲明朝人，以西蜀南唐詞人詞作爲主的《花間集》，與以宋代詞人詞作爲主的《草堂詩餘》，自然不會錄至明人作品。然而，此處也呈現出詞的選集對於詞人與詞作之流傳的影響。首先，是「不傳者何限，況并不入選中」，顯示詞的選集所選入的詞量遠少於不被選入的詞量，那麼，這許多未經選取的詞就少了一條流傳的管道。再者，是「選集之偶傳者」的情況，透露出即使詞能透過選詞者載入詞的選集中，若是此選集在時代變遷中的種種因素下亡佚不傳了，那麼，這些已被選取的詞一樣無法藉由此選集獲得流傳。綜合以上，便有了使人感嘆之「佳詞滅沒，又不知其幾矣」的現象。

第三節　以悲爲美的理想建構

本節由「寄情求眞的滿足」、「詩騷精神的展現」、「情性道德的光輝」三層次，探究讀者「以悲爲美」的審美理想。

一、寄情求眞的滿足

詞人經由創作的過程寄託情感與思想，使心中情緒獲得抒發，象徵了作者其人；讀者則透過作品的閱讀，找尋情感寄託的一個方向，也與作者產生聯繫。謝章鋌寫道：「年來西北旱饑，大疫流行，文字舊交，一時俱逝。……袁、謝、吳皆不聞有詞，張則有〈滿江紅〉一闋。……詞不足以盡君，念君待我厚，重省此詞，愈增腹痛耳。」〔註100〕對於友人的離去，深感：「欲面無從，言之腹痛。而芑川尤生平知己之最，重錄遺編，互曠之思，其何日已乎。」〔註101〕詞之作

〔註98〕此語記載於馮金伯：《詞苑萃編》卷三，見於唐圭璋編：《詞話叢編》第二冊，頁1921。
〔註99〕夏言（1482年～1548年），字公謹，號桂洲，諡文敏，江西貴溪人。曾任官吏部、兵部、禮部尚書、翰林學士與少傅等，後遭嚴嵩陷害而死。
〔註100〕謝章鋌：《睹棋山莊詞話》續編二，見於唐圭璋編：《詞話叢編》第四冊，頁3500～3501。
〔註101〕謝章鋌：《睹棋山莊詞話》續編五，見於唐圭璋編：《詞話叢編》第四冊，頁3573。

者為謝章鋌友人，帶給他見詞如見友的感受，回憶起與文友們相交之情，然而詞在人去的情形使他只能睹詞思友，卻無法將心情傳遞給逝去的友人，因此感到悲痛。詞具有社會交際、傳情寫意的作用，是人與人之間情意交流的橋樑，讀者可藉由閱讀與編錄遺作表達心中的懷想之情，達到思念的排解。

　　蔣敦復則注意到詞具有的特性，他說：「嘗謂詞之感人甚于詩，王夢樓太守序《穆堂詞》云：訪余于京口快雨堂，錄所作詞數首見示，余適有所感，讀之忽至泣下。余皈空門十餘年，神情寂寞，而穆堂之詞，能動余若此，其所詣可知已。」〔註102〕王夢樓自言修行後，精神與性情保持著穩定狀態，卻大受穆堂詞所感動至「忽」泣下的境地。蔣敦復由穆堂詞能引起王夢樓無法自己的情緒，說明詞容易感動人心，能發動人內心深藏的情緒。這承載了詞人與所處環境互動之情感的詞，是作者人生智慧的凝鍊，以其「動人性情」有助讀者閱讀詞作時的融入，而有獲得借鏡、學習、對話之對象的感受。如陳廷焯指出：「讀板橋詞，使人齷齪消盡。讀心餘詞，使人氣骨頓高。皆能動人之性情者。」〔註103〕詞作反映詞人的性情特質，讀者由閱讀與作者相遇，一旦作品能「動人性情」，讀者對作者的思想與精神產生認同，作品即成為作者對讀者的指導。於是，當讀者閱讀了氣節高尚之人所寫的真情之作，性情便受到陶冶，使自身氣節也獲得提升。

　　同時，人有被了解的需要，分享即是陳述自我，表達對被了解與被接納的需要。沈謙曾提到：「草堂靜坐，林月漸高，忽憶伯可〈女冠子〉詞云：『去年今夜，扇兒扇我，情人何處。』心不能堪，但覺竹聲螢焰，俱助淒涼也。」

〔註102〕蔣敦復：《芬陀利室詞話》卷二，見於唐圭璋編：《詞話叢編》第四冊，頁3643。
〔註103〕感謝口試委員王建生老師提供相關資料並給予寶貴意見。板橋〈賀新郎‧徐青藤草書〉云：「半生未掛朝衫領。恨秋風，青衿剝去，禿頭光頸。只有文章書畫筆，無古無今獨逞。並無復、自家門徑。拔取金刀眉目割，破頭顱、血迸苔花冷。亦不是，人間病。」陳廷焯稱其「痛快之極，不免張眉努目。」陳廷焯：《白雨齋詞話》卷四，見於唐圭璋編：《詞話叢編》第四冊，頁3852。心餘為蔣士銓字，詞集名為《銅絃詞》，又有《忠雅堂集》，可見其忠烈之心與崇雅之旨。其詞如云：「越霰吳霜蓬背飽，奈年來、王事都靡鹽。藉竿木，尚能舞。」又，「十載中鉤吞不下，趁波濤、忍住喉間鯁。嘔不出，漸成癭。」陳廷焯有感「激昂鳴咽，天地為之變色。」陳廷焯：《白雨齋詞話》卷四，見於唐圭璋編：《詞話叢編》第四冊，頁3860。是故，板橋詞能使人齷齪消盡，在於其作品「淋漓酣暢，色舞眉飛」、「無一字不直截痛快」；而心餘詞能使人氣骨頓高，則來自「桀傲不馴，然其氣自不可掩。」陳廷焯：《詞壇叢話》，見於唐圭璋編：《詞話叢編》第四冊，頁3734、3736。

〔註104〕沈謙所處的情境，使他想起康伯可〈女冠子〉詞，心情與詞境有所相合，產生「心不能堪」的哀怨。加上靜中的竹聲、夜裡的的螢焰，突出了靜夜的寂與暗，令沈謙感覺更添淒涼。而譚獻在其日記中也述及相似經驗：「春光漸老，誦黃仲則詞『日日登樓，一換一番春色，者似卷如流春日，誰道遲遲。』不禁黯然。」〔註105〕黃仲則詞抒發對春色日異，歲月逝去如流水的感慨，而譚獻在春天將要過去之時誦讀此詞，也心有戚戚焉，引發黯然的低落情緒。謝章鋌則由讀納蘭詞，獲得「人間識我」之感：

> 納蘭容若（成德）深於情者也。固不必刻劃花間，俎豆蘭畹，而一聲河滿，輒令人悵惘欲涕。……其中贈寄梁汾〈賀新涼〉〈大酺〉諸闋，念念以來生相訂交，情至此，非金石所能比堅。僕亡友侯官張任如（仁恬），才高命薄，死之日，僕輓之云：「本是肺腑交，已矣，似此人間誰識我。可憐肝腸斷，嗟乎，從今地下始逢君。」戊中，僕寓居宥德，寒食懷人，悽愴欲絕，填〈百字令〉……今讀容若「後生緣恐結他生裏」句，山陽聞笛，愈增腹痛矣。〔註106〕

納蘭容若本身便是情感豐富之人，其詞可動人感人至使讀者惆悵流淚，並非刻意的安排，而是他以有情之心處世接物的緣故。寫給顧貞觀〈賀新涼〉、〈大酺〉諸詞所流露之對待朋友生死相交的深厚情誼，更是無比動人。其二人的友誼使謝章鋌回想起自己與好友張任如的相交，以及對好友亡故的傷痛之情。謝章鋌有「似此人間誰識我」、「從今地下始逢君」之句，而納蘭容若有「後生緣恐結他生裏」之言，都是對朋友懷抱無比深情的表現。閱讀是讀者通往作者的橋樑，當謝章鋌讀到納蘭容若的詞句時，爲其對好友的眞心動容，彷彿看到了「人間識我」之人，二人在情感上獲得相通。二人都是深情之人，也都經歷失去好友的悲痛，因此，納蘭容若的詞句使謝章鋌產生高度共鳴，「後生緣恐結他生裏」不只是作者的感慨，更是讀者的心聲，作者遂成爲代讀者發聲之人。

　　讀者或於生活有感而回想起詞作，或經閱讀詞作而加深生活之感，凡此皆爲作者生命的分享，透過作品以超越的方式，落實到讀者的生活體驗中。面對詞人分享的內心世界，讀者接受與否都將與內心的自我聯繫，可說是由

〔註104〕沈謙：《填詞雜說》，見於唐圭璋編：《詞話叢編》第一冊，頁632。
〔註105〕譚獻：《復堂詞話》，見於唐圭璋編：《詞話叢編》第四冊，頁4001。
〔註106〕謝章鋌：《睹棋山莊詞話》卷七，見於唐圭璋編：《詞話叢編》第四冊，頁3415～3416。

閱讀展開探究自我的開始。由此顯示，讀者透過閱讀，一方面藉由作者的生命歷練增加對生活的體驗與感受；另一方面讀者所閱讀到的內容，若與自身感受不謀而合，作者便成爲讀者生命當下的知己。讀者獲得分享生活與心情的對象，情感有了寄託，眼界有了開展，這遠不同於物質上的享受，而是在精神上獲得安頓與滿足。

二、詩騷精神的展現

　　《詩經・國風》反映平民百姓的生活情形，包括追求愛情的心情、對生活艱苦的無奈，以及受上位者欺壓的悲慨等，皆透過自然質樸的語言，以賦比興的手法描繪出來。《楚辭》以屈原〈離騷〉爲代表，故又稱「騷」，可見屈原對楚國的一片赤忱忠心是讀者所關注的主要部份。屈原多以瑰麗的象徵手法，表達身爲士大夫對政治懷抱的理想，以及抒發理想無法實現時的悲愁等。《詩經》與《楚辭》雖存有民間百姓與士大夫之作者身分的差別，使用的語言與展現的風格也有所不同，然而，抒發熱切激動的心情，與反映生命遭遇的精神卻是相通的。譚獻稱鄧嶰筠《雙硯齋詞》：「忠誠悱惻，咄嗟乎騷人，徘徊乎變雅。將軍白髮之章，門掩黃昏之句，後有論世知人者，當以爲歐范之亞也。」〔註107〕譚獻讚賞作者「忠誠悱惻」的眞情流露，是騷、雅的表現，其章句中的感慨，是發自作者對人生的眞切感受，足以與歐范詞相提並論，顯示詩騷精神的符合與展現成爲讀者審美作品的關注點。如陳廷焯評蒿庵〈買陂塘〉：「騷情雅意，詞品超絕」〔註108〕，與〈相見歡〉：「用意用筆，超越古今，能將騷雅眞消息，吸入筆端，更不可以時代限也」〔註109〕，論者所讚賞的是作者對詩騷精神的繼承，並能將其表現在作品的情意與筆法中，使讀者從閱讀中獲得「騷情雅意」的眞情之美。

　　陳廷焯稱張惠言〈水調歌頭〉五章：「熱腸鬱思，若斷仍連，全自《風》《騷》變出」〔註110〕，說明詞中緜長熱切的情感，是詞人心情的呈現，如同《風》、《騷》中最眞實動人的心聲一般。百姓生活的痛苦與詩人心靈的煎熬，都使他們感到極大的悲傷，所呈現出的作品卻是出之以哀怨，而非歇斯底里

〔註107〕譚獻：《復堂詞話》，見於唐圭璋編：《詞話叢編》第四冊，頁4005。
〔註108〕陳廷焯：《白雨齋詞話》卷五，見於唐圭璋編：《詞話叢編》第四冊，頁3879。
〔註109〕陳廷焯：《白雨齋詞話》卷五，見於唐圭璋編：《詞話叢編》第四冊，頁3880。
〔註110〕陳廷焯：《白雨齋詞話》卷四，見於唐圭璋編：《詞話叢編》第四冊，頁3864～3865。

的怒罵，將痛苦悲情細密地隱藏在字裡行間，是情緒受到理性控制的結果，顯現出人心堅韌的一面，這便是出自熱切眞情的詩騷精神。陳廷焯稱碧山詞：「〈齊天樂〉諸闋，哀怨無窮，都歸忠厚，是詞中最上乘」〔註111〕，其中詠蟬後疊：「字字淒斷，卻渾雅不激烈。」〔註112〕由於情意之深重使人不忍持續憤恨，只好轉化悲傷的情緒爲深沉的哀怨。又說〈水龍吟〉：「感寓中出以騷雅之筆，入人自深。」〔註113〕對讀者而言，過度的情緒表現會帶來壓力與恐懼，不只影響對悲的感受過程，更容易超出美的範圍，人雖然會產生悲傷情緒，若能避免情緒高張至於凌駕理智的地步，則悲傷較能爲人所接受，並爲其有情卻又改變不了現狀的無奈感嘆心酸而與之同悲。

　　詩騷精神中的熱切眞情，必須透過騷雅之筆來展現，成爲具備美感的「騷情雅意」。而騷雅之筆所代表的意義，即在於以多比喻象徵的筆法，傳遞眞摯深切的思想內容。通過語言的巧妙運用，可避免字句與內容所傳達的情緒強度過大，造成讀者於感官、知覺與感受上的過重負荷，方能藉由均衡美感的獲得，達到閱讀中的快感。如李元膺見窗外細雨起興抒悲，在〈洞仙歌〉一詞中將雨和淚相互比擬，使雨有淚之情懷，淚有雨之狀態。黃氏在《蓼園詞評・洞仙歌》對此說：「是雨是淚，寫得婉轉流動，比興深切。筆筆飛舞，自是超詣也。」〔註114〕藉由「興」，情感自然生發；透過「比」，情感在雨和淚的意象中「婉轉流動」，在此過程融攝二者以建構出讀者所能感受的具象化。陳廷焯於〈仲修蝶戀花六章〉評譚獻詞：

> 仲修〈蝶戀花〉六章，美人香草，寓意甚遠。首章……下云：「慘綠衣裳年幾許。爭禁風日爭禁雨。」幽愁憂思，極哀怨之致。次章……結云：「語在修眉成在目。無端紅淚雙雙落。」眞有無可奈何之處。眉語目成四字，不免熟俗。此偏運用淒警，抒寫憂思，自不同泛常豔語。……六章云：「……獨掩疏櫳如病酒。捲簾又是黃昏後。」沉至語，殊覺哀

〔註111〕陳廷焯：《白雨齋詞話》卷二，見於唐圭璋編：《詞話叢編》第四冊，頁 3811。
〔註112〕陳廷焯：《白雨齋詞話》卷二，見於唐圭璋編：《詞話叢編》第四冊，頁 3811。
〔註113〕陳廷焯：《白雨齋詞話》卷二，見於唐圭璋編：《詞話叢編》第四冊，頁 3811。
〔註114〕黃氏：《蓼園詞評》，見於唐圭璋編：《詞話叢編》第四冊，頁 3064。李元膺〈洞仙歌〉詞云：「廉纖細雨，將東風如困。縈斷千絲爲誰恨。向楚宮一夢，千古悲涼，無處問。愁到而今未盡。　分明都是淚，泣柳沾花，常與騷人伴孤悶。記當年、得意處，酒力方融，怯輕寒、玉爐香潤。又豈識、情懷苦難禁，對點滴簷聲，夜寒燈暈。」唐圭璋編：《全宋詞》，頁 447。

　　而不傷，怨而不怒。……仲修〈青門引〉云：「……芳春此後莫重來，
　　一分春少，減卻一分病。」透過一層說，更深，即相見爭如不見意。
　　下云：「……繞樓幾曲流水，不曾留得桃花影。」此詞淒婉而深厚，純
　　乎騷雅。〔註115〕

《詩》《騷》中常出現的美人與香草，成爲後代用來寄寓內心眞意的一個傳統。
以美人象徵懷抱理想的才德之人，以香草象徵光亮高潔的道德情操，將內心
深層的意志與感慨寄託在表層文字的美人與香草上。這份轉折柔化了情感，
使讀者感到「眞有無可奈何之處」與「哀而不傷，怨而不怒」，詞意於是不單
停留在表層意，而由比喻與象徵豐富了意義的指涉內容，故具備「自不同泛
常豔語」的「沉至」內涵。正如〈青門引〉以轉了一層的曲折筆法抒發悲情，
使悲情淒婉而悲意深厚，陳廷焯認爲此即騷雅的表現。

　　這些由思慕、諷刺、失望等種種人生悲苦而來的悲傷情緒，皆藉由藝術
手法使情緒透過美的轉化，而能進入適切的審美範圍。如此讀者在感受作者
眞情的同時，也體驗了美，更進一步獲得美之永恆。卓人月評劉辰翁〈蘭陵
王〉：「其詞悠揚悱惻，即以爲《小雅》《楚騷》可也」〔註116〕，讀者由作品中
獲得「悠揚悱惻」之感，如同數千年來《小雅》《楚騷》依舊動人無數；李佳
認爲韓愈所言「歡愉之詞難工，艱苦之言易好」的情形同樣體現於詞，他說：
「統觀諸作，凡泛泛應酬，空空寫景，半屬平平。若騷客勞人，俯仰古今，
溯洄身世，自罔不情味雋永，令讀者百回不厭」〔註117〕，由騷客勞人發自悲
苦身世的眞情之音，獲得讀者的融入、同感，產生百回不厭的感動。《詩》《騷》
之眞情雋永，歷久不衰，讀者對於詞繼承詩騷精神的理想也正在此，眞情之
美的投入、展現與延續，使讀者能超越時空限制以感受詞之悠揚與情之悱惻，
成爲讀者審美悲詞的理想。

三、情性道德的光輝

　　讀者閱讀作品之時，作者彷彿即在作品背後，使得作者也不免成爲讀者
評價作品的依據之一。對於作者，讀者所表現出的是對其品德的重視，從而

〔註115〕陳廷焯：《白雨齋詞話》卷五，見於唐圭璋編：《詞話叢編》第四冊，頁3873
　　　　～3874。
〔註116〕王弈清：《歷代詞話》，見於唐圭璋編：《詞話叢編》第二冊，頁1260。
〔註117〕李佳：《左庵詞話》卷下，見於唐圭璋編：《詞話叢編》第四冊，頁3166。

多少影響了作品的評價。如陳霆《渚山堂詞話‧司馬溫公錦堂春》中提到:「〈錦堂春〉長闋,乃司馬溫公感舊之作。……公端勁有守,所賦嫵媚悽惋,殆不能忘情,豈其少年所作耶。古賢者未能免俗,正謂比耳。」〔註118〕司馬溫公「嫵媚悽惋」的感舊之作,之所以能得到陳霆的接受,給予「賢者未能免俗」、「少年所作」的評斷,實來自作者本身「端勁有守」的高尚品德影響。此外,蔣敦復《芬陀利室詞話‧瘦鸞詞》舉出柳東在舊書中見一詞箋:「題爲歲儉偶感,末署款瘦鸞,書極娟媚,詞有擁髻淒然之意,蓋貧婦有才者。……味其詞意,愁苦中却溫厚不迫,是女子中才而賢者。」〔註119〕讀者不知作者爲何人,而藉由感受詞作內容的「擁髻淒然」,並以署名、娟媚字體與詞中用語判斷作者爲一「貧婦」,以其能作詞爲有「才」。詞爲女子所作,內容流露愁苦之味,用語却「溫厚不迫」,因此稱作者是「女子中才而賢者」。作者身爲女子,在具備詞才之外,更富溫厚性格之賢德,因而受到讀者肯定。

作者的行爲、事蹟,或成爲讀者用以解讀作品的依據,如丁紹儀認爲韓偓:「遭唐末造,力不能揮戈挽日,一腔忠憤,無所於洩,不得已託之閨房兒女。世徒以香奩目之,蓋未深究厥旨耳。……其蒿目時艱,自甘貶死,深鄙楊涉輩之意,更昭然若揭矣。」〔註120〕他表示世人並未探究作品眞正旨意,才會視其詩爲「香奩詩」,以其詞爲婉媚閨詞。其判斷所憑藉的是唐末韓偓「一腔忠憤」之心,認爲韓偓所具備的忠憤道德,使他寄託針砭時勢的用心於作品中。

此外,讀者或以作品所顯露出的道德情意爲替作者設想的依據。如黃氏評韋莊:「按端己以才名入蜀,後王建割據,遂被羈留爲蜀散騎常侍,判中書門下事。曰『弄晴對浴』,其自喻仕蜀乎。曰『寸心千里』,又可以悲其志矣。」〔註121〕韋莊被羈留爲官,雖然有違士人不事二君的氣節原則,然而詞中表現出對故土的思慕,使讀者爲其不忘故土的深情所動,因此對他的遭遇表示同情與悲傷。又,關於趙雍父子之任官:「趙雍字仲穆,子昂之子。……許初曰:所書凡三十五首,而豔詞特多。〈憑闌干〉、〈水調歌頭〉二闋,頗以孤忠自許,紛華是薄,而興亡骨肉之感,默寓其中。意其父子之仕,當時亦實有所不得

〔註118〕陳霆:《渚山堂詞話》卷三,見於唐圭璋編:《詞話叢編》第一冊,頁 375~376。

〔註119〕蔣敦復:《芬陀利室詞話》卷一,見於唐圭璋編:《詞話叢編》第四冊,頁 3636~3637。

〔註120〕丁紹儀:《聽秋聲館詞話》卷一,見於唐圭璋編:《詞話叢編》第三冊,頁 2576。

〔註121〕黃氏:《蓼園詞評》,見於唐圭璋編:《詞話叢編》第四冊,頁 3034。

已者，良可悲也。」〔註122〕趙雍作品雖以豔詞爲多，然而讀者依據〈凭闌干〉、〈水調歌頭〉二詞中所透露的興亡骨肉之感，而認爲作者仍是具有「孤忠」道德之人，因此解讀其出仕的行爲是不得已使然。有「忠」德卻又出仕，詞中的感慨顯示作者內心與外在衝突後之「不得已」的無奈，使讀者爲其遭遇感到悲傷。可見，情性道德在讀者心中具有相當的重要性，因此能影響其對作者或作品的觀感與評價。《宣和遺事》中即因蔡京〈西江月〉之動人而對他表示了同情之意：「蔡京既南遷，……行至潭州，賦〈西江月〉……遂窮餓以死。門人醵錢葬之。老奸到頭，狼狽至此，可快亦可憐。」〔註123〕北宋權相蔡京爲官貪奸，低下的品行道德受人唾棄，靖康之難發生時連夜南下避難，所賦的〈西江月〉道出昔日光采皆化爲夢，而今日遭受年老流離之苦，感嘆這一切都因自身貪戀榮華所致。其死於窮餓，靠門人籌錢才得以安葬的下場，使讀者發出「老奸到頭，狼狽至此，可快亦可憐」的感嘆。可快的是，此人缺乏應有的爲官操守，操政弄權的行徑，令人爲之氣結，最終下場狼狽悽慘，是惡人自嚐惡果的報應，使讀者在心理上獲得由補償與安慰而來的快感。可憐的是，所賦〈西江月〉道出對過往行事的後悔莫及，這份反省顯露他尙存的良心，因此引起讀者對其遭遇戰亂處境的同情。

　　然而或有讀者認爲詩詞與人品的關係不一定成正比，如陳廷焯舉出：「詩詞原可觀人品，而亦不盡然。……獨怪史梅溪之沉鬱頓挫，溫厚纏綿，似其人氣節文章，可以並傳不朽。而乃甘作權相堂吏，致與耿櫨、董如璧輩並送大理，身敗名裂。其才雖佳，其人無足稱矣。」〔註124〕以爲史達祖之詞所呈現出的氣象風格皆爲動人可傳，人品若如其詞，必可不朽。然而，事實上卻與權貴狼狽爲奸，落得身敗名裂的地步，其人品道德與詞才正好相反，因此他說這樣的現象「怪」哉。既然爲怪，表示讀者認爲這是特例，也就是說大多數的作品與人品還是能夠相互呼應，透過作品對作者人品的判斷仍有一定的可信度。

　　由此說明讀者對於作者品格道德的重視，作品即使流露動人情致，仍需要同等的道德作爲支持，以加強讀者對作品的感受與接受。作者的道德情操，能使讀者對其產生崇高感，若其遭遇坎坷不幸，便更強化了好人不一定好命的無

〔註122〕此語記載於沈雄：《古今詞話・詞評》下卷，見於唐圭璋編：《詞話叢編》第一冊，頁 1019～1020。

〔註123〕此語記載於馮金伯：《詞苑萃編》卷十二，見於唐圭璋編：《詞話叢編》第三冊，頁 2032～2033。

〔註124〕陳廷焯：《白雨齋詞話》卷五，見於唐圭璋編：《詞話叢編》第四冊，頁 3894。

奈，其出自道德情操的行爲，顯現出與命運奮鬥不懈的光熱，成就一股強烈的動人之悲感。若能文如其人，詞德兼善，自然是兩全其美的至善之境；若文稍遜於人德之表現，也能因作者所具有的道德情性，一方面使讀者對作者產生崇敬之意，一方面增強作者所欲傳達的悲感，使作品感動讀者。可見，作者本身所散發之道德情性的光輝，實爲讀者對悲詞之審美理想中重要的一環。

本章小結

　　「詞」能使讀者感動，在於詞人化其生命感動爲作品全部，讀者納作品爲其生命世界的一部份，縱使物換星移，時代變遷，讀者所處的世界仍與詞人同一，讀者生命歷程所遭遇的悲傷之情，則與詞人的生命在有所相應中又有其相異。相應有助於讀者融入詞人及其詞作，產生共鳴的悸動；相異形成了合乎審美的距離，提供爲美而感動的可能。而讀者對悲詞的喜愛，又來自作者寄情於詞，以難抑的悲傷爲主要內容，透過藝術技巧表現悲傷，使悲詞在具備美的形式中進入人能接受的範圍。當讀者閱讀悲詞，除了接受作爲美文學之詞所呈現的藝術美，更對詞作擁有期待與理想，達到滿足即能獲得精神上的美感愉悅，遂產生對悲詞的喜好。詞作中的空白等待所有讀者發揮想像力，一般讀者豐富詞的故事性，批評讀者擴充詞的學術性；一般讀者向批評讀者學習，寬廣了審美的面向，批評讀者考察一般讀者的想像，深化了審美的內容。詞人與詞作便在想像與眞實的距離之中，超越時間與空間的限制，世代流傳，塑造了審美風格的典範，更成爲後世創作的養分。悲，是負面的情緒，往往帶來痛苦的感受；美，是正面的感受，總是產生愉悅的情緒。無論是悲或美，都存在著一段足以讓人感受並接受的差別界閾，其在作者、作品與讀者之間的交互作用，展現爲作品表現風格的相異，促進論者審美標準的遞嬗，使人們在時代環境的變動下得以持續獲得快感，達到美的愉悅。由讀者的融入，以至審美產生的影響，是對作品生命的再創造、再延續。並透過源遠流長的審美接力中，建構出對悲詞的審美理想，代表讀者對作者道德、作品精神，以及生命感通的肯定，此即爲「以悲爲美」在「讀者」此一面向上的超越意義。

第五章　以悲爲美的審美意識遞嬗

　　藉由上述研究可以得知,「以悲爲美」確實是作者、作品或讀者所共有的審美意識,並將其落實到創作與審美上,展現了特有內容與精神。那麼,「以悲爲美」之審美意識的發展情形又是如何?要解答這個問題,必須由作爲讀者的「審美主體」出發,因爲審美內容與審美客體的內涵皆來自審美主體的審美活動。本章即藉此研究「以悲爲美」之審美意識在主體意識、客體內容、客體本身所形成的發展內涵。本章由「審美主體」的意識爲起點,根據詞學中之審美主體的立論主張,分從審美活動在三個方面所展現的意識內容進行,依序是:「『以悲爲美』的審美主體自覺」、「『以悲爲美』的審美內容重點」、「『以悲爲美』的審美客體價值」。討論來自讀者對「悲」之審美偏好的內涵,所形成之「以悲爲美」的審美意識發展,建構出「詞學」的審美價值。

第一節　「以悲爲美」的審美主體自覺

　　本節自「娛樂與抒情由分立到互涉」、「讀者的感受爲價值的來源」、「作品須合多數讀者的需要」三部份,分析讀者「以悲爲美」之審美意識的自覺內涵。

一、娛樂與抒情由分立到互涉

　　詞來自民間,受到白居易、劉禹錫等中唐文人的注意,所作的詞帶有民間詞清新自然的特色。塡詞風氣到了晚唐更加普遍,加上隋唐新興的燕樂 〔註 1〕

〔註 1〕 方智範等人指出「花間詞所配合之樂曲,大都屬隋唐新興的燕樂。與雅樂相
　　　　比,燕樂的一個顯著特點是它的世俗性。它的樂曲內容,一反雅樂刻意歌頌

　　從宮廷樂舞流行至歡宴場合，詞從與詩界線不明的新體裁，逐漸顯露其合樂歌唱的特色，以至五代十國皆有文人將詞應用於增加樂舞歌曲的聲色享受中，以此滿足聽者、觀眾的期待，使其內心寂寞獲得排解。於是，為搭配歡樂場合的需要，展現伶人表演時的曼妙身段與婉轉歌喉，詞文必須能與燕樂曲調相襯，以婉約柔媚的綺思戀情為主要內容。後蜀趙崇祚為此編了《花間集》，除了韋莊以外，其餘西蜀詞人作品多呈現浮豔風格。南唐詞則與此不同，雖出自君臣之手，卻能一掃華豔，以輕快、秀美，或蒼涼的筆調，抒發生命感懷，尤其李煜後期的作品，更充滿由撫今追昔而來之哀怨淒涼的悲感。〔註2〕王國維因此指出：「詞至李後主而眼界始大，感慨遂深，遂變伶工之詞而為士大夫之詞。」〔註3〕他肯定李煜在詞史上的重要地位，主要來自李煜亡國後的詞作拓展了當時詞的內容，充滿了個人深沉的感懷與慨嘆，作為詞由伶工之詞走向士大夫之詞的轉折點。伶工，表現他人內心的情感，其作用在於為宴飲環境提供點綴與娛樂。士大夫，書寫個人內心的情感，其作用在於為生命感懷找尋抒解與寄託，融入個人所感知的一切於詞作，詞作即等於詞人自身，為其性情與生命的忠實反映。詞至此起了轉變，在情愛歡樂的旋律中開出生命悲苦的新道路。

　　北宋結束五代十國的分裂，統一後的休養生息帶來了相對平穩安定的局勢，促成經濟的繁榮與社會的發展。詞，透過娛樂刺激創作，並由創作影響娛樂，娛樂與抒情兩方面互有融涉，促進了詞的興盛。在娛樂上，延續了晚唐五代以來，藉詞輔助宴飲享樂的風氣；在文藝上，則吸收南唐詞人以詞抒情的方式，成為一種新的書寫選擇。由於詞可同時滿足人們對娛樂與抒情的需要，於是詞受到大眾喜愛而普遍流行於宋代各階層。文人投入創作後，感受到詞宜於抒情的特性，可書寫不便表現於詩文的情感，如晏幾道〈小山詞

祖宗功德的舊習而著力表現芸芸眾生的現實生活和思想情感，燕樂曲調中，有相當一部分表現綺思戀情的豔曲。」方智範、鄧喬彬、周聖傳、高建中等著，施蟄存參訂，徐中玉主編：《中國古典詞學理論史》（上海市：華東師範大學出版社，2005年12月），頁23。

〔註2〕　感謝黃雅莉老師給予的寶貴意見：「中唐文人詞受民間影響較深，多展現江南風光的清新之美，晚唐花間西蜀詞家，表現男女豔情和離愁別恨的刻畫，風格的確較浮豔。然而五代十國中的南唐君臣，卻形成了深厚的文藝基礎和文化氛圍，憂生念亂，富生命意識。如果說西蜀的宮廷詞人帶有暴發戶的色彩，代表享樂的文化，偏向於男歡女愛享樂的俗情，而南唐有深厚的文化底蘊，更近於文人化文化，富憂患意識。」對觀念的釐清與啟發極有助益。

〔註3〕　王國維：《人間詞話》，見於唐圭璋編：《詞話叢編》第五冊，頁4242。

自序〕〔註4〕即道出自身作詞重點在感物記事、傳情寫意,而黃庭堅在〈小山詞序〉中稱其詞:「清壯頓挫,能動搖人心」〔註5〕,則是有感於詞可動人的力量。北宋中期以後,因政治黨爭加劇,文人們對抒發生活種種喜樂悲苦之情的需要增加〔註6〕,加上蘇軾開拓了詞的題材及作法,示範了詞情的表現在約定俗成的嬌媚婉轉之外,也可有豪壯威武的新風貌,其不同於時下流行的審美觀點,突破多數人呈現詞的方式,為本有的審美傾向帶來衝擊。其嘗試雖一時不為接受,卻是提供了詞人作詞與讀者審美的新視野。如此一來,不僅詞與真實生活的聯繫更緊密,詞的主題與表現也多了變化。由於抒情作為詞的主軸,詞抒發的「情意」遂成為對詞審美的重要依據,是連結作品與作者間關係的線索,成為讀者「知人論世」的出發點,有助於對作品的感受與理解。如張耒稱賀鑄詞:「滿心而發,肆口而成,雖欲已焉而不得者」〔註7〕,強調所抒之「情」的自然流露,並以此作為對其詞的理解基礎。

二、讀者的感受為價值的來源

當樂譜逐漸亡佚後,人們藉由詞獲得娛樂的期待減弱,轉為增加由詞獲得動情的期待。到了北宋末年,宋室歷經靖康之亂而南渡,人們因國難而產生的高度痛苦需要抒發的管道,詞宜於抒情的特質成為書寫的首要選擇。由於人們擁有共同的精神痛苦,詞作內容引起廣大讀者共鳴,震撼人心,詞的動人力量因此受到重視。於是,詞宜於抒情的特質,以及讀者對受詞感動的期待,在此產生了結合。

南宋中期北伐戰敗,宋與金訂立乾道和議,面對國家尊嚴的喪失,張孝祥、陳亮、辛棄疾、陸游等詞人紛紛藉詞抒發心中的悲憤不甘。他們的詞激

〔註4〕 王灼:《碧雞漫志》卷二,見於唐圭璋編:《詞話叢編》第一冊,頁85。

〔註5〕 黃庭堅:〈小山詞序〉,見於金啟華等編:《唐宋詞集序跋匯編》(臺北:臺灣商務印書館,1993年2月),頁25。

〔註6〕 關於政治因素對北宋中後期詞之繁盛影響,朱崇才提到「政事之餘,公家事了,有朝野之應酬交往、有官私之娛賓遣興,有政治性的言志抒懷、有個人情感的宣泄昇華,傳統的詩文駢賦不敷使用,於是小詞盛行,留下許許多多韻事、樂事、苦事、恨事、滑稽事、令人悲憤事,傳播人口,載於書冊。紹聖之後的元祐黨爭,徽宗之後的靖康之難,是這一時期兩件最大的事件,是理解這一時期詞作及其時其後的詞話的一個關鍵。」朱崇才:《詞話學》(臺北:文津出版社,1994年),頁80。

〔註7〕 張耒:〈東山詞序〉,見於金啟華等編:《唐宋詞集序跋匯編》,頁59。

勵了人心，道出許多人的痛苦與盼望，詞之現實性的需要更加提高。如對張孝祥詞，湯衡〈張紫微雅詞序〉稱與蘇軾詞同樣「無一毫浮靡之氣」〔註8〕；陳應行〈于湖先生雅詞序〉稱有「瀟散出塵之姿，自在如神之筆，邁往凌雲之氣」〔註9〕；朱熹〈書張伯和詩詞後〉稱其父子詩詞「讀之使人奮然有禽滅讎虜、掃清中原之意」。〔註10〕由此可知，原本在承平之世接受度不高的豪詞，爲南宋讀者帶來了一股振奮人心的力量，「氣」的表現成爲論者審美的新標準。詞對「讀者」所能帶來的力量與影響，提供論詞的新方向。

南宋朝廷透過和議〔註11〕換取一段段和平，在經濟與文化上得以持續進步，形成南渡之後社會繁榮的程度有增無減。然而來自龐大歲貢下的潛藏危機，卻是在表面的美好假象中難被感受與發覺的，加上自秦檜、韓侂冑、史彌遠等主導和議之權臣的把持朝政，繼以賈似道的專政，南宋國勢已積弱不振。金代與宋朝雖然在政治上對立，然而金代詞學在發展中受宋朝影響，對「讀者」閱讀的反應也表現了重視。金人劉祁於《歸潛志》中即提出看法：

> 夫詩者，本發其喜怒哀樂之情，如使人讀之無所感動，非詩也。予觀後世詩人之詩皆窮極辭藻，牽引學問，誠美矣，然讀之不能動人，則亦何貴哉？……唐以前詩在詩，至宋則多在長短句，今之詩在俗間俚曲也。……今人之詩，惟泥題目、事實、句法，將以新巧取聲名，雖得人口稱，而動人心者絕少，不若俗謠俚曲之見其眞情而反能蕩人血氣也。〔註12〕

他清楚表示對「使人讀之感動」的高度重視，並以此作爲對詩的審美標準。認爲詩若只追求辭藻與學問，雖美但無法動人，也就失去詩之爲詩的價值。從文體而言，劉祁賦予宋詞、元曲以同等於輝煌唐詩的獨立地位，由能見眞情、動人心肯定其可貴；從審美而言，強調讀者感受對作品價值建立的重要性，標舉「眞情動人心者」遠比「新巧得人口稱」之作來得重要。

明代周遜於〈刻詞品序〉說明：「詩之有風，猶今之有詞也。語曰，動物謂

〔註8〕 湯衡：〈張紫微雅詞序〉，見於金啓華等編：《唐宋詞集序跋匯編》，頁164。
〔註9〕 陳應行：〈于湖先生雅詞序〉，見於金啓華等編：《唐宋詞集序跋匯編》，頁165。
〔註10〕 朱熹：〈書張伯和詩詞後〉，見於金啓華等編：《唐宋詞集序跋匯編》，頁165。
〔註11〕 南宋經歷前期的紹興和議、中期的乾道和議，後期又遭金兵南侵訂立嘉定和議。
〔註12〕 劉祁：《歸潛志》（臺北：藝文印書館，1966年），卷13，頁4～5。

之風。由是以知不動物非風也，不感人非詞也。」〔註13〕自然界的「風」，具備動移萬物的力量，故以《詩經》六義中的「風」爲感動人心的力量。若是物不動，則無風，因此人心若不被打動，則是未受到詩的教化。以詞與《詩經》相比，顯示他認爲詞也具備感動人心的力量，因此，不能感人的詞，便不能稱作詞，也就不是詞了。可見，「感動人心」對於「詞」能夠成立的重要性與必要性。

　　明末清初之際，「讀者」成爲論者判斷詞之良莠的審美重要依據。如李漁提醒作者創作時須考量讀者觀感，他說：「詩詞未論美惡，先要使人可解」〔註14〕，說明了審美的基礎建立在讀者的理解之上。「然又須琢得句成，鍊得字就。雖然極新極奇，却似詞中原有之句，讀來不覺生澀，有如數十年後，重遇古人，此詞中化境，即詩賦古文之化境也。」〔註15〕表示必須通過人爲的用心來達成語言的自然，如此能增加讀者對作者新奇之意的接受度。又言：「作詞之料，不過情景二字，非對眼前寫景，即據心上說情，說得情出，寫得景明，即是好詞。」〔註16〕李漁以「抒情」爲詞的重心，透過寫景輔助心情的表現，是從作者角度說明作詞之法要做到情景交融，同時關係到讀者對作品的理解與感受。作者在書寫的過程中即獲得「情出」的抒情作用，「景明」則由視覺直接體驗，然而難處正在於如何使讀者也能體會到作者心中之「情出」、所見之「景明」，因此以能夠生動重現情景的詞作爲好詞。沈謙並提到：「詞不在大小淺深，貴于移情。『曉風殘月』、『大江東去』，體製雖殊，讀之皆若身歷其境，惝恍迷離，不能自主，文之至也。」〔註17〕以強調讀者感受的重要性突破作品風格的界限，說明只要能打動讀者，帶給讀者生動忘我的體驗，便是文學高度的表現。而劉體仁指出詞之妙境在使人「陡然一驚」〔註18〕，賀裳「詞家須使讀者如身履其地，親見其人，方爲蓬山頂上」〔註19〕之說，皆提高了讀者地位，顯示人們對詩詞動移讀者之情的力量投入了相當的關注，因此力求詞境的眞實生動。此外，陳子龍指出：「蓋以沉摯之思而出之必淺近，使讀之者驟遇之，如在耳目之表，久誦之，而得雋永之趣，則用意難也。」〔註20〕認爲詞人在「用意」上應以明白

〔註13〕　周遜：〈刻詞品序〉，見於唐圭璋：《詞話叢編》，第一冊，頁407。
〔註14〕　李漁：《窺詞管見》，見於唐圭璋：《詞話叢編》，第一冊，頁554。
〔註15〕　李漁：《窺詞管見》，見於唐圭璋：《詞話叢編》，第一冊，頁552～553。
〔註16〕　李漁：《窺詞管見》，見於唐圭璋：《詞話叢編》，第一冊，頁554。
〔註17〕　沈謙：《塡詞雜說》，見於唐圭璋：《詞話叢編》，第一冊，頁629。
〔註18〕　劉體仁：《七頌堂詞繹》，見於唐圭璋：《詞話叢編》，第一冊，頁623。
〔註19〕　賀裳：《皺水軒詞筌》，見於唐圭璋：《詞話叢編》，第一冊，頁700。
〔註20〕　沈雄：《古今詞話・詞品》上卷，見於唐圭璋編：《詞話叢編》第一冊，頁826。

貼切的方式敘述心中眞切深重的情思，使讀者閱讀時能感同身受，且閱讀後還能獲得歷久不衰的旨趣，關注了讀者的感受，以及作品帶給讀者的意義。

三、作品須合多數讀者的需要

到了清代中晚期，張惠言提出「寄託說」，周濟對此加以闡揚以指導學詞者，他說：「初學詞求有寄託，有寄託則表裏相宜，斐然成章。」〔註21〕情意依託事物入詞，以寄託作爲連結抽象情意與具象事物的一種藝術技巧，詞具備表面文辭與裡層情意呼應相合的和諧之後，便能呈現文章的彬彬文質。這只是學詞的初步目標，他指出：「既習已，意感偶生，假類畢達，閱載千百，譬欬弗違，斯入矣。」〔註22〕學會寄託的方式，還要不斷練習至熟能生巧的地步，各種情感皆可有憑藉依託的對象，各事各物也都能如實地反映出詞人的心意，這是所謂的「入」。他又說：「夫詞非寄託不入，專寄託不出。一物一事，引而伸之，觸類多通。」〔註23〕心中先有了欲言之意，而後透過對事、物引申與類比的學習，有助於心意的陳述與表達，然而能入之後的重點便在於「能出」。周濟對此融入「讀者」之反應於其中，進一步指示：「賦情獨深，逐境必窅，醞釀日久，冥發妄中。……讀其篇者，臨淵窺魚，意爲魴鯉，中宵驚電，罔識東西。赤子隨母笑啼，鄉人緣劇喜怒，抑可謂能出矣。」〔註24〕可見，他的理想是使外在的事、物在練習過程中逐漸內化爲生命的一部份，達到寄託內容的豐富與深刻。如此一來，「專」寄託的侷限消失，隨著能入亦能出而發揮寄託的含蓄本質，讀者所見所感皆爲與內心相應的反映，詞的內涵也就隨之擴大了。經此過程，期望學詞者最終能達到「無寄託」的境界，他說明：「既成格調，求無寄託，無寄託，則指事類情，仁者見仁，知者見知。」〔註25〕經由學習、練習、熟習至於似「反射作用」的自然而然，便去除了「求」寄託的人爲痕跡，臻於「無」寄託的自然境界。這顯示周濟有意將詞動人的力量發揮到最大值，使多數讀者皆能從詞的閱讀中有所獲得，且依據讀者特性的差異，產生不同的感受，如此一來，一篇作品的價值與意義將遠遠超過於一。

對詞作意義的可能性，周濟指點：「仁者見仁，知者見知」，王國維則有

〔註21〕周濟：《介存齋論詞雜著》，見於唐圭璋編：《詞話叢編》第二冊，頁1630。
〔註22〕周濟：〈宋四家詞選目錄序論〉，見於唐圭璋編：《詞話叢編》第二冊，頁1643。
〔註23〕周濟：〈宋四家詞選目錄序論〉，見於唐圭璋編：《詞話叢編》第二冊，頁1643。
〔註24〕周濟：〈宋四家詞選目錄序論〉，見於唐圭璋編：《詞話叢編》第二冊，頁1643。
〔註25〕周濟：《介存齋論詞雜著》，見於唐圭璋編：《詞話叢編》第二冊，頁1630。

更清楚的闡釋：

> 「君王枉把平陳業，換得雷塘數畝田。」政治家之言也。「長陵亦是閒
> 邱隴，異日誰知與仲多」，詩人之言也。政治家之眼，域於一人一事。
> 詩人之眼，則通古今而觀之。詞人觀物，須用詩人之眼，不可用政治家
> 之眼。故感事、懷古等作，當與壽詞同爲詞家所禁也。〔註26〕

王國維認爲書寫角度不同，將反映在其文辭呈現的內涵上。如政治家之言即在
功利的立場上考量，此種陳述實用目的的作品，內容多侷限於一人一事，能打
動的讀者也有限。而詩人之眼即在精神的層次中體會，此種抒發生命感懷的作
品，內容則來自心靈與古往今來之感通所成，故能令眾多讀者產生共鳴。詞，
宜於抒情與興發人情，因此王國維主張詞人須以詩人之眼處事觀物，才能將詞
的感染力與影響力發揮到極致，並且反對詞書寫與實用目的相關之感事、懷古、
壽詞等題材。詞人觀物的眼光，代表其對外在事物的審美觀，這也指示讀者對
詞之審美應採用「詩人之眼」觀詞的方向，屏除了世俗功利的影響，投注純粹
的生命熱情於詞的感受中，如此方能與古人相契合、相感通。

　　詞動人之力量在於「情」，論者身爲讀者，對於審美距離也有所體會。除了
明末沈謙「讀之皆若身歷其境，怡悅迷離」一言以外，清末錢裴仲也說：「迷離
怡悅，若近若遠，若隱若見，此善言情者也。」〔註27〕對於情的表現，他以能
「迷離怡悅，若近若遠，若隱若見」爲「善言情者」。此是在迷離中雖若遠若隱，
但實爲可見，而在若近若現的可見中，又保有想像的美感，即是一種適切距離
的表現。對於悲愁之情的抒發，況周頤則認爲：「寒酸語不可作，即愁苦之音，
亦以華貴書之。飲水詞人所以爲重光後身也。」〔註28〕寒酸語容易流於嗟嘆碎
語，使詞失去神采，因此，他主張即便是悲愁之情，也應出以華貴，保有詞的
風華氣象。他並以李煜詞與納蘭詞爲例，認爲其情雖然愁苦，但因前者爲帝王、
後者爲相子的身世背景，促使其詞流露自然華貴的風貌，遂視納蘭容若爲李煜
的再現。此種方式正好形成一種對比，使詞人內心的愁苦在華貴文辭中更加突
顯，也同時由文辭之美感中和了悲愁之痛感，較易爲讀者所接受。這些皆是從
讀者融入的角度提出的作詞要點，以獲得一合宜的審美距離爲理想。

〔註26〕王國維：《人間詞話》，見於唐圭璋編：《詞話叢編》第五冊，頁 4264。
〔註27〕錢裴仲：《雨華盫詞話》，見於唐圭璋編：《詞話叢編》第四冊，頁 3012。
〔註28〕況周頤：《蕙風詞話》卷一，見於唐圭璋編：《詞話叢編》第五冊，頁 4410。

第二節　「以悲爲美」的審美內容重點

　　本節依序從「早期對詞作的審美偏重形式」、「宋代由隨順自然至期待教化」、「宋末元初論詞強調性情自然」、「明代爲近情主張的極度發揚」、「清代因模仿風氣再提倡性情」、「清末後以性情之眞超越正變」六方面，討論讀者「以悲爲美」之審美內容的發展情形。

一、早期對詞作的審美偏重形式

　　《花間集》因宴飲享樂而流行，後蜀歐陽炯爲《花間集》所寫的〈花間集序〉，透露了當時文人對詞的要求與審美風尚：

> 鏤玉雕瓊，擬化工而迴巧；裁花剪葉，奪春豔以爭鮮。……名高白雪，聲聲而自合鸞歌；響遏行雲，字字而偏諧鳳律。……則有綺筵公子，繡幌佳人，遞葉葉之花牋，文抽麗錦；舉纖纖之玉指，拍按香檀。不無清絕之辭，用助嬌嬈之態。自南朝之宮體，扇北里之倡風。何止言之不文，所謂秀而不實。……庶使西園英哲，用資羽蓋之歡；南國嬋娟，休唱蓮舟之引。〔註29〕

其對詞的認知，於詞采講究工巧纖豔，於詞聲要求合歌諧律。由於詞在內容上適合傳情，並以合樂歌唱增加宴會之娛興享樂，因此廣受喜愛，可見這些傳唱或自製的作品在當時的流行盛況。然而對「宮體」、「倡風」的批評，顯示歐陽炯對歌詞的審美要求在於豔而不俗，也就是說除了詞采之外，還須於秀麗中具備充實內在，不能浮誇俗豔、空洞無物。歐陽炯並未要人克制享樂，而是肯定《花間集》所選錄的作品品質，期許《花間集》能一方面增加英哲文士遊園聚會時的生活樂趣，一方面取代南國嬋娟所歌詠的淺俗唱曲。可見其重點在詞作本身是否具備詞聲合律且文辭「豔而不俗」的特色，偏重於形式的審美。

二、宋代由隨順自然至期待教化

　　進入北宋之後，隨著詞的大量創作，文人對詞的集結與交流逐漸頻繁，加上朝廷文化政策的相對寬鬆、科學技術的繁榮、書籍市場的發達等條件的逐步

〔註29〕歐陽炯：《花間集‧花間集序》（中華書局，《四部備要‧集部》影印臨桂王氏影宋本），頁1。

具備，使話詞之作與詞話專著陸續出現。〔註30〕北宋初期，詞的創作與審美基本上延續花間婉媚之風，內容與目的主要仍在「書他事、娛他情」。直到蘇軾有意突破詞之現況，以「詩」的精神擴大了詞境，胡寅即指出：「及眉山蘇氏，一洗綺羅香澤之態，擺脫綢繆宛轉之度，使人登高望遠，舉首高歌，而逸懷豪氣，超然乎塵垢之外。于是《花間》爲皁隸而柳氏爲輿臺矣。」〔註31〕蘇軾以實際的創作行動進行詞的革新，可入詞的題材遂大爲增加，詞人之生命萬感透過詞而能啓人深思，開拓出詞「言己遇、抒己情」的言志道路。承蘇軾言志精神，北宋初期對詞之審美有了轉變，由序跋題記的記載，可知詞人「性情」已受到注意，如黃庭堅在〈小山詞序〉〔註32〕中，以小山詞所充滿執著於情的「癡」，是源自小山本身純眞多情的個性，此爲對作品風格與作者性情之相互關係的注意。到了張耒爲賀鑄詞集寫的〈東山詞序〉〔註33〕，即表達其審美重點在於情的表現，強調文章爲人心發聲，若能不刻意求之而能工麗者，也是「天理之自然」、「性情之至道」使然，爲作者眞情流露之個性自然的表現。連出自劉邦、項羽的言語，也因「直寄其意」的自然之情令「聞者動心」，這便是人所共有之性情的作用。張耒以此序回應時人對賀鑄詞的質疑，說明賀鑄詞所呈現的盛麗、妖冶、幽潔、悲壯等種種不同面貌，皆是順應天理性情而發，是「不自知」的自然，非刻意做作。由此可見，張耒強調性情之自然爲隨順心靈的自然噴發，其審美的評斷標準在於眞情流露的自然表現。

　　北宋中後期國勢逐漸衰敗，社會上卻呈現一番安樂假象，使多數人對此危機未有體認，王安石與蘇軾的懷古題材或豪放風格的作品，普遍不爲讀者

〔註30〕　朱崇才：《詞話學》，頁76～77。

〔註31〕　胡寅：〈酒邊集序〉，見於金啓華等編：《唐宋詞集序跋匯編》，頁117。

〔註32〕　「余嘗論叔原，固人英也，其癡亦自絕人。愛叔原者，皆慍而問其目，曰：仕宦連蹇，而不能一傍貴人之門，是一癡也；論文自有體，不肯一作新進士語，此又一癡也；費資千百萬，家人寒飢而面有孺子之色，此又一癡也；人百負之而不恨，己信人終不疑其欺己，此又一癡也。乃共以爲然。」黃庭堅：〈小山詞序〉，見於金啓華等編：《唐宋詞集序跋匯編》，頁25～26。

〔註33〕　「文章之於人，有滿心而發，肆口而成，不待思慮而工，不待雕琢而麗者，皆天理之自然，而性情之至道也。世之言雄暴虓武者，莫如劉季、項籍，此兩人者，豈有兒女之情哉？至其過故鄉而感慨，別美人而涕泣，情發於言，流爲歌詞，含思淒惋，聞者動心。爲此兩人者，豈其費心而得之哉？直寄其意耳！……夫其盛麗如游金張之堂，而妖冶如攬嬙施之袪，幽潔如屈宋，悲壯如蘇李，覽者自知之，蓋有不可勝言者矣。」張耒：〈東山詞序〉，見於金啓華等編：《唐宋詞集序跋匯編》，頁59。

接受，人們對詞之審美傾向仍以抒發閒情的婉約風格爲主。南渡前後是兩宋文化的一個繁榮時期，詞的創作、消費達到前所未有的繁榮，此時的詞話在數量、質量或重要性方面，都達到宋代詞話的一個高峰時期。〔註34〕受到時勢變動的影響，人們對文學的功能與價值有了不同的想法，詞人創作多流露南渡之悲痛，而讀者也不再排斥豪放之風。如王灼《碧雞漫志・歌曲拍節乃自然之度數》中提到：「古人豈無度數，今人豈無性情，用之各有輕重，但今不及古耳」〔註35〕，以歌曲節拍本之情性，須合自然度數，並稱蘇軾：「非心醉於音律者，偶爾作歌，指出向上一路，新天下耳目，弄筆者始知自振。」〔註36〕可知王灼通曉聲律且重視音樂與性情之相應，對蘇軾詞的接受也代表著審美傾向相較於北宋已有所轉變。

南宋初年文人對復雅的提倡，使花間詞的「豔」風多受批評，如晁謙之從「情」的角度給予評價，他表示：「右《花間集》十卷，皆唐末才士長短句，情眞而調逸，思深而言婉。嗟夫！雖文之靡無補於世，亦可謂工矣。」〔註37〕他以藝術美的審視角度看待花間詞，肯定其情深、調逸、思深、言婉之美。縱使花間詞在現實面無法滿足南宋人的需要，然而晁氏觀點的提出，標誌著讀者審詞之「美」的層面，已融入對文學價值的思考，由讀者對詞能扭轉人心的「補世」期待，顯示時人對教化意義的需要。「雅」在南宋形成一股審美風尚後，胡仔於《苕溪漁隱叢話》之論詞部份表示：「舊詞高雅，非近世所及，如〈撲蝴蝶〉一詞，不知誰作，非惟藻麗可喜，其腔調亦自婉美」〔註38〕；並讚揚蘇軾調寄〈賀新郎〉入古曲調及用古詩意寫情，「冠絕古今，托意高遠」〔註39〕；引《藝苑雌黃》稱柳永詞所以流傳知名，是由於「直以言多近俗，俗子易悅故也」〔註

〔註34〕「隨著詞別集的結集、刻印、銷售，詞選集的評選，詞作爲社會交往工具職能的進一步加強，使評詞、說詞之風日益興盛。」據朱崇才的初步統計，「如果以蘇軾逝世的次年即1102年至《苕谿漁隱叢話》後集成書的1167年作爲『南渡前後』的時限，在這六十餘年的時期裡，從已輯錄的部份來說，計有詞話600餘則，佔宋金元詞話總數的29%，而從時間比例上來說，這66年僅爲整個宋金元時期410年的16%。這從一個側面，說明了南渡前後詞話繁榮的概況。」朱崇才：《詞話學》，頁100～102。

〔註35〕王灼：《碧雞漫志》卷一，見於唐圭璋：《詞話叢編》，第一冊，頁81。

〔註36〕王灼：《碧雞漫志》卷二，見於唐圭璋：《詞話叢編》，第一冊，頁85。

〔註37〕晁謙之：〈花間集跋〉，見於金啓華等編：《唐宋詞集序跋匯編》，頁339。

〔註38〕胡仔：《苕溪漁隱詞話》卷二，見於唐圭璋：《詞話叢編》，第一冊，頁170。

〔註39〕胡仔：《苕溪漁隱詞話》卷二，見於唐圭璋：《詞話叢編》，第一冊，頁182。

〔註40〕胡仔：《苕溪漁隱詞話》卷二，見於唐圭璋：《詞話叢編》，第一冊，頁172。

40〕。透露喜愛「雅」詞，並以崇尙婉雅者爲文人，喜愛直俗者爲俗子。他所記錄的雖爲本事與前人評論，卻偏重文士對生命感懷的發抒，並討論文字的使用，少有豔情記載，爲有意避免豔與俗的詞作。至此，由於讀者對作品教化意義的期待，而形成另一種崇尙清空雅正的審美標準，是對婉與豪的折衷。

三、宋末元初論詞強調性情自然

在霜天闊土游牧求生的金人，雖然接收到宋代詞作的傳布，卻在審美傾向上反映其雄峭剛健的民族性〔註41〕，表現與宋人截然不同的個性。如王若虛以蘇軾詞：「爲古今第一。……蓋詩詞只是一理，不容異觀。自世之末作，習爲纖艷柔脆，以投流俗之好；高人勝士，亦或以是相勝，而日趨于委靡，遂謂其體當然，而不知流弊之至此也。……蓋其天資不凡，辭氣邁往，故落筆皆絕塵耳。」〔註42〕他所不滿的，是「迎合流俗」的「纖豔柔脆」之作，是將「其體當然」視爲「趨于委靡」的藉口，此論是爲矯正對婉約、風雅在藝術技巧上的過度追求，致使內在情意受忽略的流弊。因此，他推崇蘇軾，肯定蘇軾以不同流俗的方式抒發情性，見其眞情流露。對於詩詞之「理」，他說明：「哀樂之眞，發乎情性，此詩之正理也。」〔註43〕悲哀、喜樂的眞情流露，皆產生於自然情性，由自然而來的眞情即是詩詞的創作根據，正是詩詞同一之「理」。由此顯示王若虛以「自然情性」作爲審美標準，傾向詞氣豪健之作。此外，與王若虛互有往來的元好問在〈新軒樂府引〉提到對蘇軾詞的推崇來自：

> 自東坡一出，情性之外，不知有文字，眞有『一洗萬古凡馬空』氣象。……自今觀之，東坡聖處，非有意於文字之爲工，不得不然之爲工也。坡以來，山谷、晁無咎、陳去非、辛幼安諸公，俱以歌詞取稱，吟詠情性，留連光景，清壯頓挫，能起人妙思。〔註44〕

〔註41〕金人審美傾向雄健風格作品，當然也有一些人喜愛婉麗之風，如朱崇才即提到「慕蘭〈僕散汝弼溫泉風流子詞跋〉，評汝弼華清宮題壁詞『清新婉麗不減秦晏』，說明秦晏詞在北邊異族之中多少也有些知音。」朱崇才：《詞話學》，頁123。大體而言，金人詞話中以偏好雄健風格者爲多。

〔註42〕王若虛：《滹南遺老集‧詩話中》（上海：上海商務印書館，1965年，《四部叢刊初編‧集部》縮印舊鈔本），卷39，頁200。

〔註43〕王若虛：《滹南遺老集‧詩話上》，卷38，頁196。

〔註44〕元好問：《遺山先生文集》（上海：上海商務印書館，1965年，《四部叢刊初編‧集部》影印烏程蔣氏密韻樓藏明弘治刊本），卷36，頁379。

元好問所欣賞的，是蘇軾在詞中呈現的情性之眞，脫去以往詞的窠臼，不刻意追求文字工巧，卻能以自然工巧的語言道出心中之情，可見在詞的審美傾向上延續了王若虛的觀點。他推崇蘇軾，對黃庭堅、晁補之、陳師道等人的作品也不排斥，正因這些作品是爲「吟詠情性」而作，除去詞一貫的婉麗柔靡，展現「清壯頓挫」風格，更能引發人的「妙思」，帶來韻味深長的感受，是故獲得元好問的肯定。由此可知，元好問的審美重點在於「自然情性」，並以蘇軾詞中流露的情性爲典範。這份自然情性是由對所處環境與人事的眞心關懷而來，透過自然的語言呈現，更顯露出渾然一體、引人入勝的氣象。

　　而生於南宋末，由宋入元的陸輔之，接續張炎「雅正清空」的審美態度，其《詞旨》自敘：「夫詞亦難言矣，正取近雅，而又不遠俗。予從樂笑翁遊，深得奧旨製度之法，因從其言。」〔註45〕直言對詞之審美態度遵從與張炎相同的「雅正」、「清空」〔註46〕傾向。他將「雅正」的審美標準與「清空」的創作技巧相融合，作爲對詞法要訣之說明，並且強調：「詞不用雕刻，刻則傷氣，務在自然。」〔註47〕顯示詞人爲使作品趨雅，產生過分雕琢而影響詞氣的現象，於是陸輔之特意倡導「自然」。不過《詞旨》對佳句、擇字的著墨遠遠多於對「自然」的闡述，使提倡「務在自然」的成效有限，以對「雅正」、「清空」的審美傾向較爲突出。元代以「情性」作爲論詞主軸的，則首推同樣由宋入元的劉將孫，試見其〈胡以實詩詞序〉：

> 余謂詩入對偶，特近體不得不爾。發乎情性，淺深疏密，各自極其中之所欲言。……斤斤爲格律，此豈復有情性哉？至於詞，又特以塗歌俚下爲近情。不知詩詞與文同一機軸，……此論未洗，詩詞無本色。夫謂之文者，其非直致之謂也。天之文爲星斗，離離高下，未始縱橫如一；……聲成文謂之音，詩乃文之精者，詞又近。……對以意稱者重於字，字以精鍊者過於篇，篇以脈貫者嚴於法。脫落蹊徑，而折旋蟻封；狹袖屈伸，而舞有餘地。……凡天趣語難得，以實自證自悟，故一出而高。其遠者

〔註45〕陸輔之：《詞旨》卷上，見於唐圭璋編：《詞話叢編》第一冊，頁301。

〔註46〕《詞旨》並言「清空二字，亦一生受用不盡，指迷之妙，盡在是矣。」陸輔之：《詞旨》卷上，見於唐圭璋編：《詞話叢編》第一冊，頁303。

〔註47〕陸輔之說明「詞不用雕刻，刻則傷氣，務在自然。周清眞之典麗，姜白石之騷雅，史梅溪之句法，吳夢窗之字面，取四家之所長，去四家之所短，此翁之要訣。」陸輔之：《詞旨》卷上，見於唐圭璋編：《詞話叢編》第一冊，頁301～302。

矯首發於寥廓，近者悠然出於情愫。意空塵俗，逕解懸合。〔註48〕

他認爲詩詞書寫皆發自人內在的情性，雖然以淺、深、疏、密等各種不同的方式呈現，卻都是爲了表達心中想法而來。選擇的方式多樣，但書寫的目的同一，透過「情性」作爲書寫依據，說明詩詞與文章同樣爲「各自極其中之所欲言」而產生，藉「詩詞與文同一機軸」在本質上將詩詞提升至與文章平等地位。然而世人大多只注意到詩的格律與詞的豔情這些表現在外的形式內容，使詩詞的「情性」本色遭受誤解與忽略。劉將孫接著闡述「文」的表現在天爲星斗，其排列高下錯落，並非整齊劃一，顯示他所認爲的「文」是依循自然理則所產生的各種樣貌，絕不是刻板無變化的。「文」在聲爲音，詩詞則是「文」的高度表現。於是，意、字、篇、法必須在既有的規範中進行，又同時能自由自在地「脫落、折旋、屈伸、有餘」。他明言要能達到此種境地的「天趣語」極爲不易，因爲這來自人自身的經驗與體悟，也就是自然發之的情性與感受，故「一出而高」。天趣語不是刻意追求所能獲得的，而是在以眞情性面對天地環境或內在自我之際，自然地浮現。由劉將孫對「天趣語」的嚮往可知「情性」、「自然」是他用以審視文學作品的標尺，爲其審美標準所在。

四、明代爲近情主張的極度發揚

明代對詞的審美多以情爲出發點，討論表情態度與詞作風格的關係。明代陳霆於《渚山堂詞話·張靖之念奴嬌》云：「予嘗妄謂我朝文人才士，鮮工南詞。間有作者，病其賦情遣思、殊乏圓妙。甚則音律失諧，又甚則語句塵俗。求所謂清楚流麗，綺靡醞藉，不多見也。」〔註49〕他要求詞在賦情遣思中具有圓妙之致，並達到音律和諧、語句高雅，整體呈現清楚、流麗、綺靡、醞藉之風貌。其選朱淑眞詞：「形之篇章，往往多怨恨之句。……其詞曲頗多，予精選之，得四五首。……凡皆清楚流麗，有才士所不到。」〔註50〕稱辛稼軒〈賀新郎·聽琵琶〉：「此篇用事最多，然圓轉流麗，不爲事所使，稱是妙手。」〔註51〕比較李世英〈蝶戀花〉句與歐陽修〈蝶戀花〉句：「狀夜景則李爲高妙，道幽怨則歐

〔註48〕劉將孫：〈胡以實詩詞序〉，見於陶秋英編：《宋金元文論選》（北京：人民文學出版社，1984 年 11 月，第一版），頁 557。
〔註49〕陳霆：《渚山堂詞話》，見於唐圭璋：《詞話叢編》，第一冊，頁 378～379。
〔註50〕陳霆：《渚山堂詞話》，見於唐圭璋：《詞話叢編》，第一冊，頁 361。
〔註51〕陳霆：《渚山堂詞話》，見於唐圭璋：《詞話叢編》，第一冊，頁 363。

為醞藉。蓋各適其趣，各擅其極，殆未易優劣也。」〔註52〕皆合乎其對詞的審美要求。進一步來看，以清楚流麗表怨恨之情、用事圓轉不為事使、含蓄醞藉以道幽怨，也顯示陳霆喜好不拘於事、不溺於情的詞情態度。而在詞壇一片高舉婉豔的審美風氣之下，俞彥提出不同的審美觀：

> 子瞻詞無一語著人間烟火，此自大羅天上一種，不必與少游、易安輩較量體裁也。其豪放亦止「大江東去」一詞。……不知萬頃波濤，來自萬里，吞天浴日，古豪傑英爽都在，使屯田此際操觚，果可以「楊柳外曉風殘月」命句否。且柳詞亦只此佳句，餘皆未稱。〔註53〕

他以蘇軾詞不著人間煙火，似有天上仙人的清曠之風，因此不需要與凡詞相比，有意為蘇詞平反歷來論詞者對他的「豪放」評價。首先，認為蘇軾詞的豪放之作僅有一首，不應將批評焦點集中於此。再者，蘇軾是在面對充滿豪傑英爽之氣的情境下寫作此詞，將被引發的氣概抒發至詞中不過是順應人情之必然，因此認為縱使是柳永，處在這般情境中也未必能道出「楊柳外曉風殘月」這樣的婉轉之語。最後，藉稱柳永詞佳句少，以襯托出名作多的蘇軾應該受到重視。其實，婉約、豪放本不具優劣高低之分，由他為蘇詞發聲，試圖扭轉蘇詞被冠上的「豪放」評價看來，出發點正來自於對「豪放」的不完全肯定。倘若俞彥正視，且確實接受豪放風格的價值，又何來為蘇軾詞中的豪放之作辯駁。然而，這顯示出柳永詞在明代受人喜愛，讀者對詞的審美雖仍傾向婉約，卻由俞彥對蘇軾詞的推崇，呈現了審美觀的變化之勢。

孟稱舜除了認為作者之情為詩歌之本源，肯定情對詞之創作的重要性，更以讀者的反應為判斷作品價值的重要依據，他說：

> 樂府以嬈逕揚厲為工，詩餘以宛麗流暢為美。故作詞者率取柔音曼聲，如張三影、柳三變之屬。而蘇子瞻、辛稼軒之清俊雄放，皆以為豪而不入於格。……蓋詞與詩、曲，體格雖異，而詞本於作者之情。……作者極情盡態而聽者洞心聳耳，如是者皆為當行，皆為本色。……兩家各有其美，亦各有其病。然達其情而不以詞掩，則皆填詞者之所宗，不可以優劣言也。〔註54〕

〔註52〕陳霆：《渚山堂詞話》，見於唐圭璋：《詞話叢編》，第一冊，頁368。
〔註53〕俞彥：《爰園詞話》，見於唐圭璋：《詞話叢編》，第一冊，頁402。
〔註54〕孟稱舜：〈古今詞統序〉，見於金啟華等編：《唐宋詞集序跋匯編》，頁403。

他認為詞已被訂立了「宛麗流暢」的標準，作詞者遂以之為框架來審視詞作，故取合於「柔音曼聲」的張柳詞，而排「清俊雄放」的蘇辛詞。對此現象，孟稱舜以「作者之情」為詞所共有，縱使興寄內容、表現方式相異，然而皆同樣出於「情」。詞人們致力於情意的傳遞，讀者若能專注其中而獲得感動，詞的本質便由此彰顯。兩家詞風不同，各有其傑出與不足之處，卻都能使讀者可知可感作者的情意，由此便足以成為填詞者的學習對象。孟稱舜作為戲曲家，將對群眾反應的關注融入讀者對詞的審美中，以傳達情意感動讀者為優先考量，詞藻、風格的「極情盡態」，都是為了從各方面表現情意而存在，顯示出情為體、詞為用的觀念。

　　楊慎在《詞品・韓范二公詞》中則提出對禪家絕欲說與道家忘情說的反思，表現出對情的提倡態度：

> 大抵人自情中生，焉能無情，但不過甚而已。宋儒云：「禪家有為絕欲
> 之說者，欲之所以益熾也。道家有為忘情之說者，情之所以益蕩也。
> 聖賢但云寡欲養心，約情合中而已。」予友朱良矩嘗云：「天之風月，
> 地之花柳，與人之歌舞，無此不成三才。」雖戲語亦有理也。〔註55〕

他認為人生而有情，求絕欲、忘情是違背天然的，且可能招致反效果使得情、欲更加蓬發。因此，同意聖賢不求絕欲，而養寡欲；不致忘情，而合約情的工夫。絕欲、忘情對一般人而言實屬不易，於是聖賢指出簡易直截的道路供人修養性情，減低不必要的欲望、約束過度的情感，以回到符合適性自然的天理本初。情需要的並非壓抑其不能夠展現，所要的只是合理且適當的抒發，此即「不過甚」。風月、花柳、歌舞時常引發人之情感，根據楊慎對「情」之看法與「不過甚」的態度，可見他並不反對詞人以此為書寫內容，重點在「適中」原則的把握。

五、清代因模仿風氣再提倡性情

　　詞經過長時間的發展，無論是題材、風格或表現手法都趨於廣泛多樣，更能符合人們不同的審美需要，成為論者審美思考的養分。自南宋以後，讀者以「婉約」、「豪放」、「典雅」三種風格之詞為主要審美對象，表現出個人明顯的審美傾向，詞的創作也幾乎不出此三種風格。明清易代之際，論者分詞為晚唐、

〔註55〕楊慎：《詞品》卷三，見於唐圭璋：《詞話叢編》，第一冊，頁467。

北宋、南宋三派，清代主要詞派皆以其一爲宗法對象。如清初雲間詞派之西泠十子〔註56〕的毛稚黃說明其對北宋詞的喜愛在於「其妙處不在豪快，而在高健。不在豔藻，而在幽咽。豪快可以氣取，豔藻可以意工。高健幽咽。則關乎神理骨性，難可強也。」〔註57〕北宋詞表現天然的高健、幽咽，因其強求不得，故以此爲妙。浙西詞派汪森則於〈詞綜序〉提到：「短長互見，言情者或失之俚，使事者或失之伉。鄱陽姜夔出，句琢字煉，歸於醇雅。」〔註58〕其選錄作品的傾向，明顯反映浙西詞派宗南宋、崇姜夔、尚雅等種種審美標準。而常州詞派張惠言的審美傾向清楚地反映在《詞選》的編輯上。〈詞選序〉中提到：「自唐之詞人李白爲首，……而溫庭筠最高，其言深美閎約。五代之際，孟氏、李氏君臣爲謔，競作新調，詞之雜流，由此起矣。」〔註59〕他闡釋溫詞中的閨情爲「感士不遇」的寄託，達到意「深」「閎」、言「美」「約」的審美理想，故以溫庭筠爲唐五代詞人最高，選錄數量也是唐宋詞家中最多的。他視五代君臣敘寫宮廷奢靡生活的作品爲「謔」、爲「詞之雜流」，李煜作品也只選錄南唐亡國後的詞作。張惠言所喜愛的風格是傾向含蓄溫婉的，越含蓄、越溫婉則越使他感覺詞中有寄託、有深味。因此，宋代詞人們雖展現了清、麗、豪、雅等多種風格，在他以溫庭筠爲審美理想的標準中，便始終顯得不夠含蓄溫婉了，形成他對宋代個別詞人作品選錄之數量有限的情形。

詞派專尚某一時代的審美偏好，使後學者逐漸以模仿取代創造，所學習到的只停留於字句、筆法等藝術技巧的形似，引起「性情」的再次被重視。如焦循論詞，即由人此一本體的存在特徵出發，他說：「人稟陰陽之氣以生，性情中所寓之柔氣，有時感發，每不可遏。有詞曲一途分洩之，則使清純之氣，長流行於詩古文。」〔註60〕陰陽之氣依據理而運行，是爲先天地而存，其後有天地；而人之生正稟天地之理而來，自然也包含了陰陽之氣，因此說「人稟陰陽之氣以生」。人個性中有柔委的部份，也有清純的部份，這即是陰陽之氣於人的表現。當柔委之氣受感發以致不可遏止之際，便可選擇相應的

〔註56〕 毛先舒，字稚黃。清順治、康熙年間，陸圻、柴紹炳、張丹、孫治、陳廷會、毛先舒、丁澎、吳百朋、沈謙、虞黃昊等十人結社於西陵（即今杭州），以此地作爲詞學活動中心，遂稱「西泠十子」。嚴迪昌：《清詞史》（南京：江蘇古籍出版社，2001 年 7 月第 2 版），頁 22～23。
〔註57〕 此語記載於王又華：《古今詞論》，見於唐圭璋：《詞話叢編》，第一冊，頁 607。
〔註58〕 汪森：〈詞綜序〉，見於金啓華等編：《唐宋詞集序跋匯編》，頁 411。
〔註59〕 張惠言：〈詞選序〉，見於唐圭璋編：《詞話叢編》第二冊，頁 1617。
〔註60〕 焦循：《雕菰樓詞話》，見於唐圭璋編：《詞話叢編》第二冊，頁 1491。

體裁作爲抒發管道。就詞、曲、詩、古文而言，詞、曲適合抒發柔委之氣，詩、古文則適合修養清純之氣。然而，何以柔委之氣要選擇詞曲，清純之氣要選擇詩、古文？又爲何柔委之氣須「分洩」，清純之氣則要其「長流行」？此間似乎隱含了對柔委之氣的貶抑，那麼是否也有視詞曲終究不如詩、古文的意味？其實，對「清純之氣」的認同或許可視爲傳統對詩、古文的認知，以及經學家焦循本身的審美偏好；而從另一個角度思考，倘若要達成他偏好之「清純之氣」的長流行，勢必需要分洩柔委之氣的詞曲，那麼，「詞曲」的存在便相對顯得非常重要。可以確定的是，他對人之性情與抒情之必要性的肯定，是無庸置疑的。

　　除了提倡性情爲詩詞之根本，強調眞情流露，反對一味模仿所宗家數之外，尚出現以性情作爲對詞派本色之爭的調和論點。田同之認爲：「塡詞亦各見其性情。……故婉約自是本色，豪放亦未嘗非本色也」〔註61〕，以塡詞創作所展現的正是詞人性情所在，表示讀者應重視詞人性情於詞中的展現，而非計較婉約豪放孰爲本色，因爲只要是呈現眞我性情的作品，就是本色之作。查禮稱文天祥〈沁園春〉：「盥漱讀之，公之忠義剛正，凜凜之氣勢，流露於簡端者，可耿日月，薄雲霄。雖辭藻未免粗豪，然忠臣孝子之作，只可以氣概論，未可以字句求也。」〔註62〕文天祥忠義剛正的性情，在詞中展現了可比日月的凜然氣勢，縱使辭句的粗豪或許不合乎時下「重興寄」、「崇騷雅」的審美標準，查禮依然肯定足以表彰文天祥其人風範的詞。

　　此外，性情、境地，與感慨的內容相關；性情、學問，則影響風格的呈現。郭麐於是闡明：「然其寫心之所欲出，而取其性之所近，千曲萬折以赴聲律，則體雖異而其所以爲詞者，無不同也。」〔註63〕由於人之個性頂多相近卻難以相同，創作時自然選擇符合自己個性的方式表現，於是形成了各詞派之間風格的差異。其實，詞人一生的作品風格也未嘗能保持不變，大多會隨著年歲、際遇、心境的轉換產生變化。郭麐此論說明了詞作呈現出的風格多樣，代表的是作品對這些詞人個性的反映，並無所謂優劣的比較。因爲他們創作時的深層用心與用意是相同的，都是爲了心中壓抑不住的熱情與理想而

〔註61〕田同之：《西圃詞說》，見於唐圭璋編：《詞話叢編》第二冊，頁1455。
〔註62〕查禮：《銅鼓書堂詞話》，見於唐圭璋編：《詞話叢編》第二冊，頁1481。
〔註63〕郭麐：〈無聲詩館詞序〉，轉引自方智範等著，施蟄存參訂，徐中玉主編：：《中國古典詞學理論史》，頁227。

作，由其創作之眞心眞意看來，其實並無不同。因此，他不只喜愛：「綿邈飄忽之音，最爲感人深至，李後主之『夢裏不知身是客，一晌貪歡』，所以獨絕也」〔註64〕；也讚揚顧貞觀姊〈滿江紅〉一詞：「語帶風雲，氣含騷雅，殊不似巾幗中人作者，亦奇女子也。」〔註65〕對性情的重視，使他在詞的審美上突破了「派別」與「性別」的傳統窠臼，顯示詞無論是迷離婉約或是風雲豪氣，只要出自詞人眞心、眞性情而能感動讀者，便值得給予肯定與認同。周濟同樣注意到人之性情、學問、境地的相互關係，因此，情感內容與藝術表現能否巧妙融合即成爲他審美詞的標準。如他推崇稼軒詞：「稼軒不平之鳴，隨處輒發，有英雄語，無學問語，故往往鋒穎太露。然其才情富豔，思力果銳，南北兩朝，實無其匹，無怪流傳之廣且久也。……稼軒固是才大，然情至處，後人萬不能及。」〔註66〕雖然因情感強烈發爲英雄語的「不平之鳴」，給人「鋒穎太露」之感，然而稼軒更有許多作品是藉其才大，方能駕馭內心之「情至」以達到互爲表裡、相輔相成，創作出「流傳之廣」、「後人萬不能及」的動人佳作。

至清代後期，江順詒以梨莊之言，強調了「性情」對詩詞的重要性，他說：

> 又梨莊云：……是詞貴於情矣。余意所謂情者，人之性情也。上自三百篇，以及漢魏樂府詩歌，無非發自性情。……古無無性情之詩詞，亦無舍性情之外，別有可爲詩詞者。若舍己之性情，強而從人之性情，則今日餖飣之學，所謂優孟衣冠，何情之有。……余故謂凡詞無非言情，即輕豔悲壯，各成其是，總不離吾之性情所在耳。（詒）案：詩道性情，古人言之詳矣。今謂詞亦道性情，即上薄《風》《騷》之意，作者勿認爲閨幃兒女之情。〔註67〕

唐人小令具備〈子夜〉、〈懊儂〉眞摯情意的內涵，這是詞可貴之處。梨莊在此「情」意之外，更舉出了性情與詞的關係。他說明無論是詩三百、漢魏樂府，

〔註64〕郭麐：《靈芬館詞話》卷二，見於唐圭璋編：《詞話叢編》第二冊，頁1535。

〔註65〕詞爲：「僕本恨人，那禁得、悲哉秋氣。恰又是、將歸送別，登山臨水。一派角聲煙靄外，數行雁字波光裏。試憑高、覓取舊粧樓，誰同倚。　鄉夢遠，書迢遞。人半載，辭家矣。歎吳頭楚尾，倏然高寄。江上空憐商女曲，閨中漫灑神州淚。算編摹、何必讓男兒，天應忌。」郭麐：《靈芬館詞話》卷二，見於唐圭璋編：《詞話叢編》第二冊，頁1537。

〔註66〕周濟：《介存齋論詞雜著》，見於唐圭璋編：《詞話叢編》第二冊，頁1633～1634。

〔註67〕江順詒：《詞學集成》卷一，見於唐圭璋編：《詞話叢編》第四冊，頁3226。

或是之後的詩、詞，皆擁有發自性情的共同點，而其間所產生的差異，也正由性情而出。正因一人有一人之性情，才能創作出各式各樣的獨特作品，既然詩、詞發之性情，也應該依照己之性情的特質爲之，而非一味模仿他人性情之作，由此種假扮他人之舉所寫下的作品，不僅無性情可言，更缺乏了詩、詞中最可貴的眞情。他認爲詞言情是理所當然的，雖有輕、豔、悲、壯之不同，卻皆由作者的性情而來，肯定了詞之言情與各類風格的價值。江順詒案語則指出以性情論詞表現了承繼《風》《騷》的用意，並釐清此處之情並非專指兒女之情。

六、清末後以性情之眞超越正變

　　清末以至近代，論者審美由重視「性情」進入強調性情之「眞」的特質，更以性情、眞情爲超越詞派、風格的審美標準，影響了一般以婉麗詞爲正，以豪放詞爲變的認知。如清代後期的劉熙載從歷史進展的角度提出了與傳統正變觀相反的看法。他說：「太白〈憶秦娥〉聲情悲壯，晚唐、五代惟趨婉麗，至東坡始能復古。後世論詞者，或轉以東坡爲變調，不知晚唐、五代乃變調也。」〔註68〕揭示了李白〈憶秦娥〉體製成熟、詞意完整，不僅早於晚唐五代詞，更兼采聲情。因此若以詞的體製與時代先後作爲詞之「正」的判斷依據，李白〈憶秦娥〉一詞之「悲壯」應當被視爲詞風的正宗。那麼，與此風格迥異的唐末五代婉麗詞風，即屬於變；而宋代蘇軾詞中豪壯的作品，則代表了對〈憶秦娥〉之正宗詞風的接續與復古，自然爲正了。基於此，劉熙載以爲後世論詞者不明白詞之源流，才會以蘇軾詞之豪爲變，在其觀點中，唐末五代詞之婉麗方爲轉變之始。

　　沈祥龍也表示：「古詩云：『識曲聽其眞。』眞者，性情也，性情不可強。觀稼軒詞知爲豪傑，觀白石詞知爲才人，其眞處有自然流出者。詞品之高低，當於此辨之。」〔註69〕對詞的審美重視「眞」，是人之性情的自然流露，認爲能眞實反映作者性情的詞作，便能稱其爲詞品高。如閱讀稼軒詞可以感受其人氣概豪傑，閱讀白石詞可以感受其人才華洋溢。「眞」，呈現出詞作與詞人表裡如一的關係，帶給讀者眞切與眞誠的感受。

　　而王國維更是以性情之眞作爲其論詞主軸，審美詞人與作品的標準也在於「眞」，他說：「納蘭容若以自然之眼觀物，以自然之舌言情。此由初入中原，

〔註68〕劉熙載：〈詞概〉，見於唐圭璋編：《詞話叢編》第四冊，頁 3690。
〔註69〕沈祥龍：《論詞隨筆》，見於唐圭璋編：《詞話叢編》第五冊，頁 4052。

未染漢人風氣，故能眞切如此。北宋以來，一人而已。」〔註70〕納蘭容若透過
自然純眞的眼光面對所處環境，並道以自然眞切的語言，給人情眞意切之感。
王國維以其向未受漢人造情藻飾的詞風影響，而能保留性情之「眞」，給予了「北
宋以來，一人而已」的極高評價。又說：「善乎陳臥子之言曰：『宋人不知詩而
強作詩，故終宋之世無詩。然其歡愉愁怨之致，動于中而不能抑者，類發于詩
餘，故其所造獨工。』五代詞之所以獨勝，亦以此也。」〔註71〕贊同陳子龍以
宋詞之優秀在於眞情充沛的說法，並補充說明五代詞之傑出也正在於出自一片
眞情。他也以「眞」作爲指導創作與審美的重點：「大家之作，其言情也必沁人
心脾，其寫景也必豁人耳目。其辭脫口而出，無矯揉妝束之態。以其所見者眞，
所知者深也。詩詞皆然。持此以衡古今之作者，可無大誤矣。」〔註72〕王國維
由言情、寫景、用辭三方面指示詩詞創作的技巧所在，可見情、景、辭在詩詞
創作中缺一不可。首先，「言情」必須入人心坎，以眞情感動人心；「寫景」必
須給人耳目一新的感受，如在眼前耳邊般眞切；「用辭」必須流暢自然，表現出
無過多修飾的眞誠。此三者重點皆在於「眞」，「眞」即能帶來「深刻」的體驗。
作者以「眞」爲詩詞創作依據，作品內涵便可深刻生動，讀者即能從中體驗作
者之用心。故稱「其堪與北宋人頡頏者，唯一幼安耳。……幼安之佳處，在有
性情，有境界。」〔註73〕認爲稼軒詞之佳處具備了性情之眞與有境界，故是唯
一可與北宋詞人抗衡的南宋詞人。可見王國維對性情之眞與詞有境界的重視。
他更揭示「眞」是造成文學體裁興替的主要原因之一：

> 詩至唐中葉以後，殆爲羔雁之具矣。故五代北宋之詩，佳者絕少，而
> 詞則爲其極盛時代。即詩詞兼擅如永叔、少游者，詞勝於詩遠甚。以
> 其寫之於詩者，不若寫之於詞者之眞也。至南宋以後，詞亦爲羔雁之
> 具，而詞亦替矣。此亦文學升降之一關鍵也。〔註74〕

王國維認爲詩到了唐中葉以後，逐漸成爲奉承應酬的諛辭，使五代北宋之詩
少有佳作，而詞在五代北宋則處於蓬勃發展階段，擁有創作初始之「眞」。如
同詩到唐中葉以後的情形，詞至南宋以後也產生同樣的流弊，於是此時詞的

〔註70〕王國維：《人間詞話》，見於唐圭璋編：《詞話叢編》第五冊，頁4251。
〔註71〕王國維：《人間詞話》，見於唐圭璋編：《詞話叢編》第五冊，頁4251～4252。
〔註72〕王國維：《人間詞話》，見於唐圭璋編：《詞話叢編》第五冊，頁4252。
〔註73〕王國維：《人間詞話》，見於唐圭璋編：《詞話叢編》第五冊，頁4249。
〔註74〕王國維：《人間詞話》，見於唐圭璋編：《詞話叢編》第五冊，頁4256。

價值又不如新興的文體了。這即是文學之所以興衰的重要原因之一。王國維此論雖受其審美偏好影響，然而所根據的乃是對「眞」的重視，強調文學若非出於「眞」則流爲諛辭，使文學失去動人之本質，自然走向衰落。

況周頤論詞主張「重、拙、大」，「眞」即爲融合三者的表現，而詞之動人莫過於「哀感頑豔」，不只要「眞」，還必須執著，他說：「問哀感頑豔，『頑』字云何詮。釋曰：『拙不可及，融重與大於拙之中，鬱勃久之，有不得已者出乎其中，而不自知，乃至不可解，其殆庶幾乎。猶有一言蔽之，若赤子之笑啼然，看似至易，而實至難者也。』」〔註75〕對於「頑」字之解釋，況周頤指出除了「拙」，還須融合「重」、「大」於其中，之後經過長時間不斷地興發與積累，直到發自內心地表現出來卻不自知，由於不自知，因此也無法對其所由給予解釋，若能如此，便幾乎可說是「頑」了。他並舉「赤子笑啼」爲例，說明「頑」是極難達到的。可見，他所說的「頑」，重點在自然流露的眞情，如孩童笑啼般純眞且毫無虛假，也可說是對眞情的執著到達了「癡」的地步，故能全心全意的投入，以至不知不解。況周頤對性情之眞的重視，也使他肯定人之性情的差異，如評論閨秀詞：「長眞閣詩餘，雖僅十七闋，就其佳構言之，在閨秀詞中，卻近於上乘。評閨秀詞，固屬別用一種眼光。」〔註76〕況周頤《玉樓述雅》收錄女性詞人的作品，強調須「別用一種眼光」來評論閨秀詞，可見他體認到女性詞人與男性詞人之作品內涵的相異，也顯現對女性詞人作品的重視，即況周頤論詞重視「眞」的反映。由於男女有別，性情的差異自然顯現於作品，其給予閨秀詞的客觀評論，與對閨秀詞的價值建立，代表其對人之性情存有差異的認同與肯定，是故詞之良莠不在性別，而在於「眞」。

近代夏敬觀由語言的「天然」觀察詞作，他於《忍古樓詞話‧冒疚齋》提到：「宋詞少游、耆卿、清眞、白石，皆余所宗尙」〔註77〕，其所宗尙的詞人不以時代劃分，作品皆具有合音協律、語言自然的特色，確實符合他所言之「其嚴格守律，仍能出之天然，洵詞家之上乘也」〔註78〕的審美偏好。他又說：「予嘗謂元初詞得兩宋氣味，不似明清諸家，墮入纖巧。曲盛詞衰，實在明代。元曲高過後來，正由繼兩宋後，詞尙未衰也。」〔註79〕同樣反映了

〔註75〕況周頤：《蕙風詞話》卷五，見於唐圭璋編：《詞話叢編》第五冊，頁 4527。
〔註76〕況周頤：《玉樓述雅》，見於唐圭璋編：《詞話叢編》第五冊，頁 4613。
〔註77〕夏敬觀：《忍古樓詞話》，見於唐圭璋編：《詞話叢編》第五冊，頁 4768。
〔註78〕夏敬觀：《忍古樓詞話》，見於唐圭璋編：《詞話叢編》第五冊，頁 4769。
〔註79〕夏敬觀：《忍古樓詞話》，見於唐圭璋編：《詞話叢編》第五冊，頁 4811。

對詞之喜愛不以北宋或南宋爲限，重點在於詞能守律且自然，故不喜「不天然」的纖巧工筆之作。元初詞因受兩宋影響尚存「天然」遺風，較之明清詞符合夏敬觀的審美，也獲得其肯定，並認爲元曲之高實得力於繼承兩宋詞風特色所致。蔡嵩雲則以「自然之勢」的宏觀角度看詞的興替，給予自然與人工一歷史地位，且指示學詞者以「性情」爲重，他說：

> 詞尚自然固矣，但亦不可一概論。無論何種文藝，其在初期，莫不出乎自然，本無所謂法。漸進則法立，更進則法密。文學技術日進，人工遂多于自然矣。詞之進展，亦不外此軌轍。唐五代小令，爲詞之初期，故花間、後主、正中之詞，均自然多于人工。宋初小令，如歐秦二晏之流，所作以精到勝，與唐五代稍異，蓋人工甚于自然矣。宋初慢詞，猶接近自然時代，往往有佳句而乏佳章。自屯田出而詞法立，清眞出而詞法密，詞風爲之丕變。如東坡之純任自然者，殆不多見矣。南宋以降，慢詞作法，窮極工巧。稼軒雖接武東坡，而詞之組織結構，有極精者，則非純任自然矣。梅溪、夢窗，遠紹清眞，碧山、玉田，近宗白石，詞法之密，均臻絕頂。宋詞自此，殆純乎人工矣。總之尚自然，爲初期之詞。講人工，爲進步之詞。詞壇上各占地位，學者不妨各就性之所近而習之。〔註80〕

蔡嵩雲認爲，對詞之審美著重其風貌自然，固然是爲多數人接受的看法，但是卻不可以此去衡量所有詞的價值。他說明各種文學藝術起初都是形成於自然，此即人對美的需要、對抒情的需要、對創作的需要等，皆是來自自然的，因此只須依從自然的體會與感受，而非遵循某種規定或範式。等到作品累積的數量一多，出現共同或是相似的聯繫，便成爲可供學習的法則；當作品數量越多，法則也更繁多，不僅包含的面向廣，討論到的內容也就深入且細密。依據前人歸納的法則學習創作，遂使文藝產生人工的痕跡。詞的發展也是如此。就小令而言，唐五代早於宋初，因此前者多自然，後者多人工；就慢詞而言，宋初慢詞數量尚不多，直到後來的柳永、周邦彥多作慢詞，使詞法立、詞法密，遂使南宋以後的慢詞精於人工了。因此，初期的詞崇尚出於自然，進一步發展的詞則重視人工，在詞壇上各有其一席之地，後人應該選擇與自身性情相近者爲學習指南。蔡嵩雲以文學演化的角度觀察詞的發展與特色，

〔註80〕蔡嵩雲：《柯亭詞論》，見於唐圭璋編：《詞話叢編》第五冊，頁4902。

不以個人喜好偏廢任何一方，此論實爲客觀。文藝由自然轉入人工是無可避免的必經過程，後一階段的文藝現象皆與前一階段有所關聯，遂能在繼承中有新開展，文藝的歷史即經此一步步建構而成。學詞須先讀詞，必涉及對詞的體驗與審美，審美雖先由個人主觀入之，也須能出以客觀，擁有宏觀視野後，才能看見潛藏於自然與人工之內的性情與精神，「就性之所近而習之」便能兼得形貌與神理。

第三節　「以悲爲美」的審美客體價值

本節由「視詞爲小道至特質的重視」、「地位提升與價值建立方式」、「以寄託悲情達到詩詞合流的歸趨價值」、「悲、美、詞的融合爲一」四層次，探究讀者「以悲爲美」之審美意識對詞之價值的建構。

一、視詞爲小道至特質的重視

自五代十國入宋以來，一般人對詞的認知爲娛賓、遣興之用，未給予重視，故多以「小詞」稱呼詞，如楊繪在《時賢本事曲子集・歐陽修》有言：「歐陽文忠公，文章之宗師也。其於小詞，尤膾炙人口。」〔註81〕胡仔引《藝苑雌黃》說：「柳三變字景莊，一名永，字耆卿，喜作小詞。」〔註82〕周密《浩然齋詞話・周邦彥詞》則記：「宣和中，李師師以能歌舞稱。時周邦彥爲太學生，……既而賦小詞。」〔註83〕此外，李之儀〈跋吳思道小詞〉提到：「晏元獻、歐陽文忠、宋景文，則以其餘力游戲，而風流閒雅。」〔註84〕可見宋初文人作詞多抱持著嘗試的心態，其主要創作仍在於詩、文，詞不過偶爾藉以寄興遣懷，或以消遣的「遊戲」態度爲之。南宋王灼《碧雞漫志・各家詞短長》則說：「東坡先生以文章餘事作詩，溢而作詞曲，高處出神入天，平處尚臨鏡笑春，不顧儕輩。」〔註85〕餘事，即爲餘力、閒暇所爲之事。王灼認爲蘇軾是以餘力作詩，再以所餘之力作詞，意在推崇蘇軾才力之高，隨手寫來

〔註81〕楊繪：《時賢本事曲子集》，見於唐圭璋編：《詞話叢編》第一冊，頁6。

〔註82〕此語記載於胡仔：《苕溪漁隱詞話》卷二，見於唐圭璋編：《詞話叢編》第一冊，頁171。

〔註83〕周密：《浩然齋詞話》，見於唐圭璋編：《詞話叢編》第一冊，頁232。

〔註84〕李之儀：〈跋吳思道小詞〉，見於金啓華等編：《唐宋詞集序跋匯編》，頁36。

〔註85〕王灼：《碧雞漫志》卷二，見於唐圭璋編：《詞話叢編》第一冊，頁83。

便有傑出成就。這也顯示出詞在時人心中的地位實爲不高。

　　然而，在許多詞人投入創作之後，終於體會到詞不只能爲宴飲娛樂之用，無論是寄興遣懷，或是抒發對生活的種種無奈，沒有比「詞」更適合抒情的選擇了。詞能使「情」更加彰顯的特質，因此受到注意，文人也多有對詞情表現的討論。如李之儀〈跋吳思道小詞〉：

> 長短句於遣詞中最爲難工，自有一種風格，稍不如格，便覺齟齬。……大抵以《花間集》中所載爲宗，……諦味研究，字字皆有據，而其妙見於卒章，語盡而意不盡，意盡而情不盡。〔註86〕

他不以「餘力可爲」、「小詞」的態度視詞，反而指出詞的創作過程最爲困難，這是由於詞所具備的「自有一格」，揭示詞擁有之獨特、與其它文體不同的特質。若是無法遵循此特質的規範，便帶給人低俗不雅的感受。詞最突出的特質即在於可合樂歌唱的音樂性，爲了合韻諧律，故在創作上有諸多繁瑣的規定，俾使聲情透過相輔相成以興發人之情感。因此，編選目的在於提供南國嬋娟演唱的《花間集》，自然成爲既富音樂性，又能婉轉傳情之「自有一種風格」的代表。於是，詞情在音樂聲情的烘托中，產生了「語盡而意不盡，意盡而情不盡」的餘韻效果，是其妙處。可見李之儀對詞的審美，期待婉媚優美、情味深長的閱讀餘韻，並由詞的音樂本質出發，不僅提高《花間集》的價值，更是有意建立起詞的獨立地位。李之儀所論對時人在詞的理解上有所影響，如之後李清照即在〈詞論〉中進一步闡明詞的音樂性，以音律聲韻爲詞「別是一家」〔註87〕的重點所在，詞也逐漸擺脫「詩餘」的附庸地位了。

　　此時，詞對於「悲情」的抒發，也獲得了讀者注意，如張耒即稱賀鑄詞中有「悲壯」風格的作品。可見作者對詞之觀感與創作態度，在北宋已有了轉變。

二、地位提升與價值建立方式

（一）提倡復雅

　　進入南宋之後，詞壇開始興起一股「復雅」的審美風潮。如王炎在〈雙溪

〔註86〕 李之儀：〈跋吳思道小詞〉，見於金啓華等編：《唐宋詞集序跋匯編》，頁36。
〔註87〕 李清照撰，王學初校注：《李清照集校註》，頁195。

詩餘自序〉中指出：「今之爲長短句者，字字言閨閫事，故語儒而意卑。……長
短句命名曰曲，取其曲盡人情，惟婉轉嫵媚爲善，豪壯語何貴焉？不溺於情欲，
不蕩而無法，可以言曲矣。」〔註88〕他不滿於詞語低俗、格調不高的作品，也
不認同豪壯之作，認爲詞之所以有「曲」之名稱，是爲了突顯其「曲盡人情」
的特質，即是以婉轉的方式表達情意，避免過度陷溺於內心情緒，以致失去應
遵守的法度。王炎對於表情須合法度的強調，可說是張炎所倡「屏去浮豔，樂
而不淫」的先聲。到了鮦陽居士《復雅歌詞》，清楚指明對詞之審美重點在於回
「復」詩歌之「雅」，選詞以雅作爲考量，不尙豔情。如他解讀蘇軾〈卜算子・
黃州定惠院寓居作〉中的意象使用了象徵、比喻手法，認爲其中蘊藏愛君之心，
稱此詞與《詩經・衛風》中的「〈考槃〉詩極相似」。〔註89〕張炎於《詞源・雜
論》也提出：「詞欲雅而正，志之所之，一爲情所役，則失其雅正之音。……如
『許多煩惱，只爲當時，一晌留情』，所謂淳厚日變成澆風也。」〔註90〕認爲詞
之正在於雅，抒寫情志之時，不能爲情所役，受心中澎湃情意主導，一旦如此
詞便失去雅正。從張炎論詞與情的關係看來，「情」好比能載舟也能覆舟的水，
對情的控制主導了詞這艘船能否有美好的航行演出，可謂在感性之外，仍須時
時注意理性的存在。

　　時代變動所帶來的衝擊，形成「復雅」風氣，也因亂離之苦造成廣大群
眾深痛的悲哀，促使文人書寫了許多表現力圖振興之渴望，與反映現實人生
之痛苦的詞作，作品數量之多，使「悲壯」成爲能代表這一時期的風格。對
於詞之「悲」的重視，顯示讀者對詞的認知，脫離了只與宴飲歡樂、偶寄閒
情的連結，對詞的討論也就轉移到「如何抒悲」的層面。張炎對此表示：「矧
情至於離，則哀怨必至。苟能調感愴於融會中，斯爲得矣。白石〈琵琶仙〉
云……秦少遊〈八六子〉云……離情當如此作，全在情景交鍊，得言外意。
有如『勸君更盡一杯酒，西出陽關無故人』，乃爲絕唱。」〔註91〕離別引人哀
怨，面對心中悲情，要能「調感愴於融會」，這是他所指引之抒發悲情的重點。
感愴是情，是感性；融會是理，是理性，詞家必須調和二者，將感性之情寄
託於對所處環境的觀察與思考中，而不只是一味地表露情意。情景交融使感

〔註88〕王炎：〈雙溪詩餘自序〉，見於金啓華等編：《唐宋詞集序跋匯編》，頁170。
〔註89〕鮦陽居士：《復雅歌詞》，見於唐圭璋：《詞話叢編》，第一冊，頁60。
〔註90〕張炎：《詞源》卷下，見於唐圭璋編：《詞話叢編》第一冊，頁266。
〔註91〕張炎：《詞源》卷下，見於唐圭璋編：《詞話叢編》第一冊，頁264。

性中寓有理性思維，詞意因此更具內涵深度，耐人尋味，如此才能超越時間洪流而傳誦千古。可見，對於悲情的作法表現，不只爲了「抒發」，更有成爲動人千古之「經典」的預期心理。

（二）存經存史

清初陳維崧早年作詞雖多旖旎語，但中年生活顚沛漂泊，詞對他而言，具有記錄人生各種經歷、抒發內心各種情緒的重要意義，由此形成他對詞的審美要求：

> 溯夫皇始以來，代有不平之事。……事皆磊砢以魁奇，興自顚狂而感激。槌床絕叫，蛟螭天矯於腦中；踞案橫書，蝌蚪盤旋於腕下。誰能鬱鬱，長束縛於七言四韻之間？對此茫茫，姑放浪於減字偸聲之下。〔註92〕

> 飄零孰恤？自放于酒旗歌扇之間；惆悵疇依？相逢于僧寺倡樓之際。盤中燭炧，間有狂言；帳底香焦，時而讕語。援微詞而通志，倚小令以成聲。此即飛卿麗句，不過開元宮女之閒談；至于崇祚新編，大都才老夢華之軼事也。〔註93〕

人們目擊或聽聞世間眾多的不平之事後，藉著口述或書寫而流傳下來。這些事得以流傳即在於事件本身「磊砢以魁奇」，能引人「顚狂而感激」的心理反應。另一方面，人自身也多有「飄零」、「惆悵」的際遇，需要可「恤」、可「依」的傾訴對象，因此往往在酒旗歌扇與僧寺倡樓的環境裡，尋求悲苦情緒的出口。心理上無法止息的激動情緒，使人不得不透過「槌床絕叫」的吶喊與「踞案橫書」著「狂言」、「讕語」作爲抒發的方式。爲了能抒解心中澎湃之情志，避免鬱結之苦，選擇體裁便於抒情的詞以「通志成聲」，是最適合不過的了。在詞的抒情中寄託心志，即由詞達到抒情與言志的融合。他並認爲溫庭筠詞的內容來自前朝宮女閒談，而《花間詞》的內容多爲文士對往昔繁華的追憶。顯示「詞」具有事蹟流傳及抒情言志的價值。

陳維崧並以詞能記事，提出詞可出入經史，如：「東坡、稼軒諸長調又駸

〔註92〕陳維崧：〈曹實庵詠物詞序〉，轉引自方智範等著，施蟄存參訂，徐中玉主編：《中國古典詞學理論史》，頁188。

〔註93〕陳維崧：〈樂府補題序〉，見於陳恕可：《樂府補題》（臺北：藝文印書館，1966年，《百部叢書集成》影印《知不足齋叢書本》）。

駸乎如杜甫之歌行與西京之樂府也」〔註94〕，指出詞在存史方面與詩並無兩樣，不應該貶低詞的地位。更明言：「選詞所以存詞，其即所以存經存史也夫」，不喜「極意《花間》，學步《蘭畹》」〔註95〕的香弱之詞與鄭衛俚俗之音。他對詞記載歷史之功能的重視，賦予了詞因具備時代意義而有重要價值，藉此提高詞的地位。除了陳維崧，周濟也提出「詞史」之說：

> 感慨所寄，不過盛衰，或綢繆未雨，或太息厝薪，或己溺己飢，或獨清獨醒，隨其人之性情學問境地，莫不有由衷之言。見事多，識理透，可爲後人論世之資。詩有史，詞亦有史，庶乎自樹一幟矣。若乃離別懷思，感士不遇，陳陳相因，唾瀋互拾，便思高揖溫、韋，不亦恥乎。
> 〔註96〕

即使詞人性情、學問、際遇有所不同，但時事的盛衰興替皆能引發詞人心中的感慨，這些在盛世中先天下之憂而憂的懷抱，在亂世中苦民所苦、獨善其身的意志，便成爲詞作中的主要內容。他重視詞人的人生過程與個人特質，認爲閱歷豐富且明白事理的人，若能將其生命所感寄於詞中，即有助於後人對世事的瞭解。歷史由人所構築，如此一來，人的生命史便成就了詞的生命史；人的生命歷程不盡相同，詞的歷史也就在獨特的生命力中豐富飽滿起來，成爲歷史的一部份。周濟以人與時代環境的互動融入詞的內容，藉著生命的獨一無二寬廣了「離別懷思，感士不遇」此類賢人君子不能自言的幽約怨悱之情，並由「詞亦有史」的闡述突出詞本身不容小覷的文學本質，是對詞之地位的再度提高。

（三）溯源騷雅

　　到了清代中期，詞壇出現以朱彝尊爲首的浙西詞派。朱彝尊論詞提倡「淒然言外」之含蓄比興的方式，如南宋末年唐珏等詞人抒發身世之感於言外，他在〈樂府補題序〉中表示：「誦其詞可以觀志意所存，雖有山林友朋之娛，而身世之感，別有淒然言外者，其騷人〈橘頌〉之遺音乎？」〔註97〕在詠物

〔註94〕陳維崧：《湖海樓文集》卷三，轉引自方智範等著，施蟄存參訂，徐中玉主編：《中國古典詞學理論史》，頁185。

〔註95〕陳維崧：《湖海樓文集》卷三，轉引自方智範等著，施蟄存參訂，徐中玉主編：《中國古典詞學理論史》，頁185。

〔註96〕周濟：《介存齋論詞雜著》，見於唐圭璋編：《詞話叢編》第二冊，頁1630。

〔註97〕朱彝尊：《曝書亭集》（上海：上海商務印書館，1965年，《四部叢刊初編・集

詞表面的意義之外，別有作者志意的展現。此種言外之意的表現方式，避免
了情的過度展現，合乎其對詞「雅」的要求，故比之〈橘頌〉以稱道。他又
於〈陳緯雲「紅鹽詞」序〉中指出：「善言詞者假閨房兒女子之言，通之于〈離
騷〉、變《雅》之義，此尤不得志于時者所宜寄情焉耳。」〔註98〕不僅注意到
詞宜於抒情的特性，更表示詞尤其適合不得志者寄情。然而，應將心中不得
志的悲苦，透過如託於閨房兒女子之言的間接抒情方式以呈現，重點即在於
務使寄情合於騷雅。因此，《花庵詞選》與《草堂詩餘》的流行，令他頗不以
爲然，朱彝尊又於〈孟彥林詞序〉中說：「去《花庵》、《草堂》之陳言，不爲
所役，俾滓窳滌濯，以孤技自拔于流俗。綺靡矣，而不戾乎情；鏤琢矣，而
不傷夫氣，夫然後足與古人方駕焉。」〔註99〕以《花庵詞選》與《草堂詩餘》
的言情辭句淺白少寄託，過於鄙俗粗陋，必須「以孤技自拔於流俗」來改變
人們對此類詞作的喜愛與學習，他認爲詞的理想表現爲詩情雖綺靡但不激
動，文辭雖鏤琢卻不傷氣，即通過「騷雅」的提倡扭轉詞壇的俗風。而他在
與汪森等人合纂之《詞綜·發凡》中也提到：

> 言情之作，易流於穢，此宋人選詞多以雅爲目。法秀道人語涪翁曰：「作
> 艷詞當墮犁舌地獄。」正指涪翁一等體製而言耳。填詞最雅，無過石
> 帚，草堂詩餘不登其隻字，……可謂無目者也。〔註100〕

由於豔情詞「戾乎情」、「傷夫氣」，缺乏比興寄託，全然不符合他對詞的審美
觀，故言以情爲內容的作品容易抒情太過而成爲濫情，因此一方面反對作豔
詞，一方面強調詞之語言須「雅」，並推崇填詞最雅的姜夔，對《草堂詩餘》
未錄其詞表達了不滿之意。於是，《詞綜》對詞人作品的選錄比例以姜張詞最
高，蘇辛詞則偏低，尤其少見慷慨悲涼、憂國傷時的作品。〔註101〕

　　　　部》縮印原刊本），卷36，頁304。

〔註98〕朱彝尊：《曝書亭集》，卷40，頁332。

〔註99〕朱彝尊：《曝書亭集》，卷40，頁333。

〔註100〕朱彝尊、汪森等著，楊家駱主編：《詞綜·發凡》（臺北：世界書局，1966年
　　　　4月），頁8。

〔註101〕朱彝尊於《詞綜》中曾表明：「世人言詞，必稱北宋。然詞至南宋始極其工，
　　　　至宋季而始極其變，姜堯章氏最爲傑出。」朱彝尊、汪森等書，楊家駱主編：
　　　　《詞綜·發凡》，頁4。將當時《白石樂府》五卷中可見的二十餘闋姜夔詞，
　　　　全數悉錄，入選率可謂百分之百。而選錄數量最多的爲姜派詞人，如周密有
　　　　五十七首、吳文英有五十七首、張炎有四十八首，明顯對比於蘇軾的十五首。
　　　　此外，周邦彥、張先、晏幾道、賀鑄、柳永、歐陽修、秦觀、晁補之等詞人

　　王昶論詞藉著合樂的特點，視詞繼承自《詩經》〔註102〕，並由對姜夔、
張炎的推崇，達到擺脫詩餘附庸之名的目標，他在〈姚茝汀詞雅序〉中說明：

> 然風雅正變，王者之迹，作者多名卿大夫，莊人正士，而柳永、周邦
> 彥輩不免雜於俳優，後惟姜、張諸人以高賢志士放迹江湖，其旨遠，
> 其詞文，託物比興，因時傷事，即酒食游戲，無不有〈黍離〉周道之
> 感，與《詩》異曲而同其工，且清婉窈眇。〔註103〕

風多由百姓與士人所作，雅則多出自朝官公卿之手，雖然詞的作者主要也爲
「名卿大夫，莊人正士」，但王昶卻說柳永、周邦彥「雜於俳優」，而稱姜夔、
張炎「高賢志士」，顯然姜、張是他肯定的對象，所接受、認同的是以「託物
比興」的藝術手法使詞在典雅語句之外，尚富有深遠意旨。此種借物起興、
託情於物的方式，能夠使「酒食遊戲」之作也蘊含黍離之悲於其中。如此一
來，便沒有不起眼的作品，凡詞作皆具有深意，地位自然與詩相等。

　　許宗彥在〈蓮子居詞話序〉中指出詩歌意旨皆本於《詩》、《騷》：

> 然自周樂亡，一易而爲漢之樂章，再易而爲魏晉之歌行，三易而爲唐
> 之長短句。要皆隨音律遞變，而作者本旨，無不濫觴楚騷，導源風雅，
> 其趣一也。……命意幽遠，用情溫厚，上也。……王少寇述庵先生嘗
> 言：北宋多北風雨雪之感，南宋多黍離麥秀之悲，所以爲高。〔註104〕

由周樂、漢樂府、魏晉歌行，以至於詞，其音律雖因時代流轉而有所改變，然
而作者創作的旨意皆以《詩》、《騷》爲本，故具有共通且相承的內涵脈絡。因
此他以《詩》、《騷》「命意幽遠，用情溫厚」的特點作爲對詞的審美標準，能符
合這項標準的作品爲「上」。故在作品內容方面，引王述庵之言，推崇由羈旅貶
謫以抒發個人情志的北宋詞，以及因戰亂流離而感嘆歷史興亡的南宋詞。

　　作品數量則居中於姜張詞與蘇辛詞。另外，對南宋姜張典雅詞派詞人史達祖
　　與高觀國的作品，於選錄上排除了憂國傷時、使金平戎之作，並對向子諲、
　　陸游等抒發忠憤之情的詞未加以選錄。方智範、鄧喬彬、周聖傳、高建中
　　等著，施蟄存參訂，徐中玉主編：《中國古典詞學理論史》，頁203～204。
〔註102〕王昶認爲：「夫詞之所以貴，蓋《詩》三百篇之遺也。……蓋詞本於詩，詩合
　　　　於樂，『三百篇』皆可被之絃歌，……盛唐後，詞調興焉，北宋遂隸于大晟樂
　　　　府。由是詞復合於樂，故曰詞『三百篇』之遺也。」王昶：《春融堂集》（上
　　　　海：上海古籍出版社，2002年，《續修四庫全書》第1438冊），卷41，頁7。
〔註103〕王昶：《春融堂集》，卷41，頁8。
〔註104〕許宗彥：〈蓮子居詞話序〉，見於唐圭璋編：《詞話叢編》第三冊，頁2388。

（四）主張寄託

透過南宋對「不溺情」、「復雅」、「抒悲」的主張，呈現出對悲情的傳達以含蓄婉曲的方式較爲讀者接受的情形，而銅陽居士使用「託喻」方式解讀蘇軾〈卜算子・黃州定惠院寓居作〉，可謂開啓寄託說的先河。明代楊愼表示對無名氏〈柳枝詞〉的獨愛來自：「此詞詠史詠物，兩極其妙。首句見隋開汴通江。次句『是誰栽』三字作問詞，尤含蓄。不言煬帝，而譏弔之意在其中。末二句俯仰今古，悲感溢于言外。」〔註105〕透露出對於抒悲之詞，他喜愛以含蓄出之、蘊藏譏弔於其中，由咀嚼言外之意而得悲感的作品，隱含以「寄託」審美詞之意。另稱張仲宗〈賀新郎・送胡澹庵赴貶所〉：「此詞雖不工，亦當傳，況工緻悲憤如此，宜表出之。」〔註106〕肯定此詞的眞情展現具有傳世價值，何況詞人在抒悲的同時還能兼顧詞句的工緻，便顯得更加可貴。由此可知，楊愼主張詞的情感表現應適中，對於抒悲之詞的審美則偏好含蓄，藉著委婉的方式確保抒情的不過甚。明代後期的沈際飛在〈詩餘四集序〉中說道：「情生文，文生情，何文非情？而以參差不齊之句，寫郁勃難狀之情，則尤至也。……況借美人以喻君，借佳人以喻友，其旨遠，其諷微。……故詩餘之傳，非傳詩也，傳情也。」〔註107〕從情文相生的角度看各類文體的產生，而以詞體最宜於抒發人情，尤其適合抒「郁勃難狀之情」。「悲」即屬於「郁勃難狀之情」的一種，詞遂多用以抒發難抑之悲情。他並提出「美人香草」之託喻方式既寓有深遠意旨，又隱含勸諷，顯示出詞人的用心與情意。因此稱詞之「詩餘」一名，所傳的主要是古人作詩的情深意切。沈際飛以此解讀「詩餘」，扭轉前人對詞的貶抑，而成爲對詞的肯定。

全力提倡「寄託」的，是清代中晚期的張惠言。清朝中後期的嘉慶以至道光中，國勢明顯不如前中期的興盛，呈現持續衰敗的情形。由於朝廷大興文字

〔註105〕楊愼談到「唐人柳枝詞，劉禹錫、白樂天而下，凡數十首。予獨愛無名氏云：『萬里長江一帶開。岸邊楊柳是誰栽。錦帆落盡西風起，惆悵龍舟更不回。』」楊愼：《詞品》卷二，見於唐圭璋：《詞話叢編》，第一冊，頁465。

〔註106〕張仲宗〈賀新郎・送胡澹庵赴貶所〉：「夢繞神州路。恨西風，連營畫角，故宮禾黍。底事崑崙傾砥柱。九地黃流亂注。聚萬落千村狐兔。天意從來高難問，況人情易老悲難訴。更南浦，送君去。　涼生岸柳催殘暑。耿斜河、疎星澹月，淡雲微度。萬里江山知何處。回首對牀夜雨。鴈不到、書成誰與。目盡青天懷今古。肯兒曹恩怨相爾汝。舉太白，聽金縷。」楊愼：《詞品》卷三，見於唐圭璋：《詞話叢編》，第一冊，頁481。

〔註107〕沈際飛：〈詩餘四集序〉，見於金啓華等編：《唐宋詞集序跋匯編》，頁399～400。

獄的影響，文人憂心詩詞招禍，成為詞壇的浙派末流逐漸走向空疏餖飣的原因之一。文人紛紛投身乾嘉考據之學，其繁榮促進了經學的發展，專長《易》學的經學家張惠言，有感於詞壇風氣的凋敝，遂提倡對意、言之內涵的重視以期振興詞壇，成為常州詞派的開創者。他對詞主張「寄託」的理念表示：

> 蓋《詩》之比興，變《風》之義，騷人之歌，則近之矣。然以其文小，其聲哀，放者為之，或跌蕩靡麗，雜以昌狂俳優。然要其至者，莫不惻隱盱愉，感物而發，觸類條鬯，各有所歸，非苟為雕琢曼辭而已。〔註108〕

張惠言說明他對詞的要求，與《詩》、《騷》用含蓄委婉的比興筆法，表達因情志而起的諷喻美刺之內涵是相近的。雖然詞「文小聲哀」的特性，容易產生過度豔、俗的感受，然而能確切把握要旨之人，必可藉由詞作透過與萬物的聯繫與類比，使心中隱微的雜然萬感皆獲得可供抒發的通道。這種「感物而發，觸類條鬯」之關係的建立，也就形成張惠言論詞主「寄託」的理念。張惠言重視詞的書寫內容及作法，目的之一即在於提高詞的地位。首先，作為書寫內容的「意」須來自賢人君子之情志；此外，作為表現方式的「言」要出於比興《風》《騷》之寄託。有意藉詩騷之精神與筆法改變對詞「小道」、「閨情」、「淺俗」等認知，以溫柔敦厚的教化內涵達到地位的提升。

　　由詞壇對作詞須合乎騷雅的提倡，時人選詞存在著「近人刊集，凡涉麗製，每多刪棄」〔註109〕的現象，丁紹儀對此提出：

> 世人動以詞為小道，且以情語豔語為深戒，……況〈離騷〉之芳草、美人，即《國風》之卷耳、淑女，古人每借閨禕以寓諷刺。詞之旨趣，實本《風》《騷》，情苟不深，語必不豔，惜後人不能解不知學耳。〔註110〕

以〈離騷〉、《國風》中的穠麗語，是古人用來寄託諷刺的苦心表現，本於《風》《騷》的詞也繼承此項內涵，在閨詞或豔語中寄託詞人心中的深意。為人所戒之穠詞麗制中的豔語，有詞人一片深情於其中，世人只見其豔，不見其情，無法了解詞人用意，是為可惜。丁紹儀藉此指示讀者須由一般人認為無可取

〔註108〕張惠言：〈詞選序〉，見於唐圭璋編：《詞話叢編》第二冊，頁1617。

〔註109〕丁紹儀：《聽秋聲館詞話》卷十七，見於唐圭璋編：《詞話叢編》第三冊，頁2790。

〔註110〕丁紹儀：《聽秋聲館詞話》卷九，見於唐圭璋編：《詞話叢編》第三冊，頁2688～2689。

的閨詞豔語中，探求不尋常的創作意旨。

三、以寄託悲情達到詩詞合流的歸趨價值

心中的悲情悲意以寄託方式表現，顯示不膚淺隨便的作意，提高讀者對詞人用心的感受與詞的深度。張惠言在〈詞選序〉中發表對詞的主張：

> 《傳》曰：意內而言外謂之詞。其緣情造端，興于微言，以相感動。極命風謠里巷男女哀樂，以道賢人君子幽約怨悱不能自言之情。低佪要眇以喻其致。〔註111〕

許慎《說文解字》曰：「詞，意內而言外也，從司言。」東漢許慎著《說文解字》時，當然還未出現作為詩歌體裁的「詞」，他所解釋的「詞」，是作為語詞、字詞一類指稱，解釋為人表達心中之意的憑藉。清代張惠言將此日常生活用以溝通的「詞」意，衍伸作為詩歌體裁之「詞」的內涵，認為詞的創作來自於人情，而化為字句語詞，以獲得情感上的交流溝通。他對於詞的內容，要求以「風謠里巷男女哀樂」為表現於外的言，藉此抒發「賢人君子幽約怨悱不能自言之情」的內在之意。此幽約怨悱來自賢人君子的不遇之悲，明確規範詞須以感士不遇之悲愁為主要內容，並藉委婉幽微的隱喻方式呈現情致之美。張惠言的審美標準顯示其有意識的「以悲為美」，由「悲情」與「寄託」的聯繫，以側重風人比興、政治教化的價值歸趨，達到尊詞體的目的。詞體之抒情本質為悲，張惠言以「寄託」解析詞人隱微之悲情，並以此為尊，其尊詞體之方式即代表著「尊詞之悲」。

張惠言的「寄託說」影響深遠，清代中晚期之後的論者幾乎多以「寄託」獲得對詞的理解，並肯定「寄託」對詞之創作的重要性。蔣敦復曾說：「詞原于詩，即小小咏物，亦貴得風人比興之旨。……南渡諸公有之，皆有寄託。……《樂府補遺》中，龍涎香……皆寓其家國無窮之感，非區區賦物而已。……即間有咏物，未有無所寄託而可成名作者。」〔註112〕指出詞之詠物作品，看似不起眼，卻也有承《詩》《騷》而來的精神。南渡以前詠物詞少，南渡後詞人詠物以寄託家國之感，擴大了詠物詞的內涵。也因此，具有代表性的知名詠物詞，

〔註111〕張惠言：〈詞選序〉，見於唐圭璋編：《詞話叢編》第二冊，頁1617。
〔註112〕蔣敦復：《芬陀利室詞話》卷三，見於唐圭璋編：《詞話叢編》第四冊，頁3675。

皆暗含詞人寄託於其中。徐鼒爲蔣鹿潭《水雲樓詞》作序，提到詞之寫作源於：
「孤臣孽子，勞人思婦，籲閶闔而不聰，繼以歌哭。懼正容之莫悟，矢以曼音。
其體卑，其思苦，其寄託幽隱，其節奏嘽緩。故爲之者，必中句中矩，端如貫
珠，宜宮宜商，較之纍黍。」〔註113〕由於孤臣、孽子、勞人、思婦呼天無用、
求助無門，只好將其身世遭遇的悲苦訴諸「歌哭」，又因憂慮嚴肅的內容不被接
受，於是透過婉轉的音調助其動人，成爲了體卑、思苦、寄託幽隱、節奏嘽緩
的詞。基於此，作詞者務求音律的和諧圓潤，並且依據詞調制度進行。指出詞
之情感本質爲悲，對格律的要求是爲了相襯於詞之情感。

　　陳廷焯後期論詞宗法常州，對於張惠言以寄託闡釋〈蝶戀花〉四章，他
稱：「作詞解如此用筆，一切叫囂纖冶之失，自無從犯其筆端」〔註114〕，認爲
從寄託角度觀察詞作，可使詞中過度粗豪產生的叫囂，與過度密麗產生的纖
冶等缺失，透過讀者對詞意的衍伸，轉化爲可被多數人接受的方式。他更指
出詞之特點在於悲情之感人至深至遠：

> 竊以聲音之道，關乎性情，通乎造化。……撥厥所由，其失有六。……
> 夫人心不能無所感，有感不能無所寄，寄託不厚，感人不深，厚而不
> 鬱，感其所感，不能感其所不感。……爲一室之悲歌，下千年之血淚，
> 所感者深且遠也。後人之感，感於文不若感於詩，感於詩不若感於
> 詞。……詞可按節尋聲，……故其情長，其味永，其爲言也哀以思，
> 其感人也深以婉。……撰詞話八卷，本諸《風》《騷》，正其情性。溫
> 厚以爲體，沉鬱以爲用。〔註115〕

詞雖然上溯《風》《騷》作爲精神內涵，然而眞正能契合此理想的並不多。他
認爲之所以產生「合者無幾」的現象，即是對此有所忽略與不解，探究其原
因有六〔註116〕，包括了：過於急切而不耐感受、託喻過於繁雜、詠物走入雕

〔註113〕江順詒：《詞學集成》卷一，見於唐圭璋編：《詞話叢編》第四冊，頁3223。
〔註114〕陳廷焯：《白雨齋詞話》卷一，見於唐圭璋編：《詞話叢編》第四冊，頁3781。
〔註115〕陳廷焯：《白雨齋詞話·敍》，見於唐圭璋編：《詞話叢編》第四冊，頁3750
　　　　～3751。
〔註116〕此六點爲：「飄風驟雨，不可終朝，促管繁絃，絕無餘蘊，失之一也。美人香
　　　　草，貌託靈脩，蝶雨梨雲，指陳瑣屑，失之二也。雕鎪物類，探討蟲魚，穿
　　　　鑿愈工，風雅愈遠，失之三也。慘戚惽愗，寂寥蕭索，感寓不當，慮歎徒勞，
　　　　失之四也。交際未深，謬稱契合，頌揚失實，邅恓讙評，失之五也。情非蘇、
　　　　竇，亦感迴文，慧拾孟、韓，轉相鬭韻，失之六也。」陳廷焯：《白雨齋詞話·

琢穿鑿、抒情無由流於無病呻吟、論評有失客觀、好為回文鬥韻等文字遊戲。由於詞之創作與欣賞存在著這六種情形，遂使詞逐漸遠離《風》《騷》之美好。人心感於天地萬物，情感必須有所寄託，發為詞若是寄託不深厚，則感人無法深切；縱使寄託深厚，若缺乏了豐富的內涵，讀者只能感受到詞人道出的感受，而不能體會到溢於言外的情感，使讀者的感受內容受到了限制。真正寄託厚郁的作品，往往能流傳久遠，感動千古的讀者為其深遠的悲傷心痛淚流。文、詩、詞等體裁中，詞所能帶給人的感動最為深遠，主要仍是在於詞藉由聲音以呈現，與人之性情息息相關，並與天地萬物相通的特性。是故，詞之情意綿長，風味雋永，文辭哀傷而能啓人思致，感人深刻卻是婉轉曲折。他闡明其撰書動機為有感作詞、論詞之失，遂依據《風》《騷》之本立言，目的在於以沉鬱筆法回復詞之溫厚本體精神，使詞能真正合於《風》《騷》。在此，說明了聲音、性情與自然之三者互通的關係，重視作品對人心的感動，尤其是「悲歌」對人心感動力量之深遠，為「詞」不同於詩文之特點。

沈祥龍則以詞為與人生密切相關的嚴肅體裁，他說：

> 以詞為小技，此非深知詞者。詞至南宋，如稼軒、同甫之慷慨悲涼，碧山、玉田之微婉頓挫，皆傷時感事，上與《風》《騷》同旨，可薄為小技乎。若徒作側艷之體，淫哇之音，則謂之小也亦宜。〔註117〕

視詞為不重要的餘事，是對詞的不瞭解。他舉出辛棄疾與陳亮詞中的慷慨悲涼，以及王沂孫與張炎詞中的微婉頓挫，皆來自對家國興亡與現實社會的感慨，其創作意旨與《風》《騷》的產生是相同的，如何能以輕視的眼光看待詞。假如詞只不過專為豔情而作，那麼不給予重視也是應該的。可見，沈祥龍對詞之內容的審美重在詞的現實意義，能傷時感事的詞便是合於《風》《騷》，不可輕視；對描寫男女之情的詞，則視為存在價值不高的作品。強調了詞是由苦心悲情而出，反映的是生活現實，創作態度是謹慎嚴肅的。

四、悲、美、詞的融合為一

透過「寄託」，有意識地將詞與現實人生之悲感相關聯，讀者多能體認到詞之價值，張德瀛即以「悲情寄託」為詞能流傳的價值所在，其言如下：

鈸》，見於唐圭璋編：《詞話叢編》第四冊，頁 3750。
〔註117〕沈祥龍：《論詞隨筆》，見於唐圭璋編：《詞話叢編》第五冊，頁 4059

> 詞有與《風》詩意義相近者，自唐迄宋，前人鉅製，多寓微旨。如李
> 太白漢家陵闕，〈兔爰〉傷時也。……韋端己紅樓別夜，〈匪風〉怨也。……
> 蘇子瞻睡起畫堂，〈山樞〉勸飲食也。……辛稼軒鬱孤臺上，〈燕燕〉
> 慨失偶也。姜白石淮左名都，〈擊鼓〉怨暴也。……王碧山玉局歌殘，
> 〈北門〉告哀也。……曾純甫寂寞東風，〈黍離〉寫故宮之憶也。……
> 其他觸物牽緒，抽思入冥，漢、魏、齊、梁，託體而成。揆諸樂章，
> 喁于謳聲，信淒心而咽魄，固難得而遍名矣。〔註118〕

唐代以至宋代的代表詞作，其意義內涵皆與《詩經‧國風》篇章相近，張德
瀛援引諸例，說明詞作中多隱含有詞人內心幽微的意旨。這些心中的哀怨，
經由與外在事物接觸而引發，再將思緒寄託於文字深層，漢、魏、齊、梁時
的詩作，皆有透過此種方式完成的。審視所舉出的詞例，可以了解詞與聲音
相應的特性，有助內心淒感的傳達，使人為其精神的悲苦所動，動搖人心實
屬不易，卻也因此造就諸詞的知名流傳。強調了寄託悲情於隱微是詞對《風》
詩精神的繼承，因此能如《風》詩流傳千古而動人。

在「以悲為美」之內容的開展過程中，詞人與論者尊詞體的理想也達到
了一定的高度。如王國維對詞中生命之悲的重視：

> 尼采謂：「一切文學，余愛以血書者。」後主之詞，真所謂以血書者也。
> 宋道君皇帝〈燕山亭〉詞亦略似之。然道君不過自道身世之戚，後主
> 則儼有釋迦、基督，擔荷人類罪惡之意，其大小固不同矣。〔註119〕

尼采所言，呈現其以悲為美的審美觀。血液，象徵的是生命，而流血帶來痛
感，代表生命的危難。因此，以血書者，便是化生命中所遭受的危難為創作
的能量，傳達出最刻骨銘心的深沉悲痛，其意義在於付出生命也不足惜的抗
爭，雖無聲卻最為震撼。於是，以「血書」之悲為美，所「悲」者在一種掏
心掏肺、捨我其誰，知其不可為而為之的付出；而「美」在於這是最貼近生
命的激動與熱烈，故撼動人心，令人愛之。王國維稱李煜詞即「以血書者」，
彷彿以負罪者的孤獨姿態道出全人類生命的共同悲哀，悲壯且崇高。宋徽宗
〈燕山亭〉〔註120〕雖「略似」之，然而其抒一人遭逢之感，與李煜詞之境界

〔註118〕張德瀛：《詞徵》卷一，見於唐圭璋編：《詞話叢編》第五冊，頁4079。
〔註119〕王國維：《人間詞話》，見於唐圭璋編：《詞話叢編》第五冊，頁4243。
〔註120〕宋徽宗〈燕山亭〉又作〈宴山亭〉。詞云：「裁翦冰綃，打疊數重，冷淡燕脂

不同。王國維以李煜生命中不可違抗的必然之悲，具有宗教精神的崇高意義，顯示他對詞人作品反映生命眞切之悲的尊崇。

　　詞，除了本身的抒情特質，又具備詩的言志寄託，更可成爲文的史料補充，在受到一定的重視與肯定之後，論者甚至爲詞正名，如蔣兆蘭提出：「亦既以詞爲穢墟，寄其餘興，宜其去風雅日遠，愈久而彌左也。此有明一代詞學之蔽，……而致此者實詩餘二字有以誤之也。今宜亟正其名曰詞，萬不可以詩餘二字自文淺陋，希圖卸責。」〔註121〕他認爲以「詩餘」作爲詞的名稱，即是造成人們對詞不重視的原因。由於視之爲「餘」，因此多以無關緊要的小事、隨意發想的興致爲內容，創作態度的不謹愼、不正經，使詞離風雅的典範日漸遙遠，終究導致明代詞壇不振的情形。於是，他強調今日既以「詞」爲此種體裁正名，那麼就不可對其抱持著「詩之餘事」的敷衍態度進行創作，而要正視此一體裁的內在精神，以負責任的態度創作才可。況周頤則提出「吾心即吾詞」，他說：「吾聽風雨，吾覽江山，常覺風雨江山外有萬不得已者在。此萬不得已者，即詞心也。而能以吾言寫吾心，即吾詞也。此萬不得已者，由吾心醞釀而出，即吾詞之眞也。」〔註122〕他所聽覽到的風雨江山彷彿有萬不得已之意，所發爲詞的萬不得已是充滿不可抑而不得不發的眞情，並以此爲詞最重要的根源。強調詞應由心出，並由自己的語言書寫。如此，所有的作品皆與人生萬感息息相關，是詞人性情之眞面對生命悲愁時的眞實反映。「悲」更成爲超越宗派的依據，蔡嵩雲於《柯亭詞論・大鶴詞吐屬騷雅》中指出：「大鶴詞，吐屬騷雅，深入白石之室。令引近尤佳。學清眞，升堂而已。辛亥以後諸慢詞，長歌當哭，不知是聲是淚是血，殆所謂亡國之音哀以思歟。此則變徵之聲，不可以家數論者。」〔註123〕鄭文焯詞擁有騷雅氣息，可謂得姜夔詞風，然而與周邦彥詞相比，則只稍具面貌。辛亥革命之後，民國建立，不僅清朝政權被推翻，中國兩千多年以來的帝制也隨之結束。鄭文焯經歷此變，詞中反映其面對亡國的哀思血淚，與時代交替的劇烈變動，充滿作爲遺

勾注。新樣靚妝，豔溢香融，羞殺蕊珠宮女。易得凋零，更多少、無情風雨。愁苦。閒院落淒涼，幾番春暮。　憑寄離恨重重，這雙燕，何曾會人言語。天遙地遠，萬水千山，知他故宮何處。怎不思量，除夢裏、有時曾去。無據。和夢也、有時不做。」唐圭璋編：《全宋詞》，頁898。
〔註121〕蔣兆蘭：《詞說》，見於唐圭璋編：《詞話叢編》第五冊，頁4631。
〔註122〕況周頤：《玉棲述雅》，見於唐圭璋編：《詞話叢編》第五冊，頁4411。
〔註123〕蔡嵩雲：《柯亭詞論》，見於唐圭璋編：《詞話叢編》第五冊，頁4914。

老的悲痛心聲。蔡嵩雲稱此爲「變徵之聲」，不可約束以宗派。這是由於「變徵」相對於代表治世安和的正聲，是以詞人極眞極悲的生命化成，無須論其宗派，藉其藝術技巧、筆法風格等來建立地位，也自有其存在意義與可貴價值。至此，「悲、美、詞」終融爲一體。

本章小結

　　詞最早是以合樂歌唱的形式存在，在唐五代、北宋初期仍可見歌詞的演出。由於是表演形式，多出現在宴飮享樂的場合，「詞」遂被定位在提供人們消遣娛樂之用，內容也以合乎此用途爲主，因此講求經世致用的文人自然視詞爲玩意兒小道。北宋中後期之後，詞所合樂的樂譜逐漸散佚，作爲音樂附庸的身份也產生了改變。首先，是在消遣娛樂之外，展現其不必依附於樂曲，也能使詞人獲得抒情的功用，並且因其詞調本身具有的音樂性，提供了如泣如訴的誦讀旋律，極適合抒情。再者，脫離樂曲之外，詞人的個人風格也就突顯了，是故在既有的豔、婉風格之外，逐漸發展出豪、雅等風格的嘗試，讀者的審美標準也立於「抒情」之上，表現了對抒發人生種種悲情之作品的多方期待。宋室南渡以及南宋滅亡之際，帶給詞人極大的衝擊與痛苦，書寫內容以生離死別與國破家亡的悲哀爲主調，是在抒情之外增加了對理想抱負的感懷，呈現由抒情走向言志的趨勢，讀者對詞著重人生的現實意義，注意詞人性情的反映。由主張語言的雅化，至提出詞存經史，並追溯騷雅精神，從用意與作法中講求寄託，詞之生命悲感的基調因此更加突顯。由整個「以悲爲美」之審美意識發展的過程看來，各種審美偏好的出現都象徵著讀者在其時代中，付出努力衡量一段適切的審美距離，致使詞能提供最大量的讀者在閱讀中獲得美感。由抒情至言志的發展過程，也代表著詞人與論者在創作與審美方面，自覺地肩負起教化的責任，在抒情中言志，在言志中寓教化，一步步走向尊體的理想，「詞」也因此符合更多詞人與讀者的需要，展現其與人生緊密結合的精神內涵。

第六章　結　論

　　對於歡樂之情，人們往往願意透過述說與他人分享，達到喜樂的散播與傳遞，並得到情緒的抒發，團體相聚時的熱鬧與歡樂之景況也被描繪於畫作，不只提供眾人欣賞，也成為歡欣的來源。相反地，對於悲傷之情，在團體中擔憂破壞眾人興致，造成他人尷尬，且對男子而言不符「男兒有淚不輕彈」的教化，對女子而言不合溫婉含蓄的期待，不只視其為表現自身脆弱的一面，故羞於顯露，也是對禮義所要求之合宜舉止表現的違背，因此促使人們習慣以克制、壓抑的方式處理悲傷情緒。然而，情緒終須抒解，否則積累過久的抑鬱將危害心理正常發展，再由心理影響生理健康，於是詞的創作、詞的閱讀成為適合抒發情緒與壓力的選擇。

　　詞人將生命中所遭遇的種種悲傷寄託於詞作，一闋動人的詞是出自真摯熱切的情感，在極為隱私的環境下全心的投入創作以完成。讀者心中潛藏的情感，則有賴詞人描寫細膩、情意真切的詞作導引情緒的抒發，這是由於能夠閱讀的時機多為閒處之時，平日為外物轉移注意力所隱藏的情緒容易在此際浮現，而在書房、閨房、庭園一角等閱讀環境中又多為獨處狀態，即使浮現之悲情受悲詞引發涕泗縱橫的激動，也能保有真我之悲痛的隱私，達到情緒的暢通，促進心理的健康。簡怡人等在〈書寫治療的應用及其療效〉即說明：「早在『書寫治療』一詞出現之前，書寫就已經和治療性的功能並存了。長久以來，將創傷及負面情感經驗以書寫形式做表達的作品並不新鮮。許多詩人與小說家都曾以自身的創傷經驗做為書寫的靈感，並在書寫的過程中達到經驗的重新轉化與療癒，而其作品往往也能成為讀者療癒的媒介。」[註1]

〔註1〕 簡怡人、詹美涓、呂旭亞：〈書寫治療的應用及其療效〉，《諮商與輔導》第 239 期，頁 22。

作者書寫悲詞、讀者閱讀悲詞等活動，皆有助其從中獲得心靈上的療癒。

　　文學體裁本身爲一客觀的存在，寫什麼內容、如何寫，都是人之主觀付諸其上的結果，體裁本身並沒有選擇。各類文學體裁之所以產生、存在，乃是爲了因應人由抒情、言志而來的情感需要，因此，只要能使人「感發不可遏」之情志得到抒發，便是各類文學體裁的價值實現。除了作者、讀者所共有之相同的情感抒發需要，「詞」所能提供的，在此實用的心理治療方面外，更有符合人們相異之美感需要的精神超越力。由讀者對悲詞之審美意識的內容發展可以了解，「以悲爲美」之審美意識雖然作爲民族審美「詞」的主要方向，但基於時代背景的變遷影響了社會文化風氣，社會文化風氣又影響了家庭教育環境，家庭教育環境又影響了個人人生的不同，環環相扣的差異性都將造成「個人特質」的不同。於是，「以悲爲美」的審美內容不僅隨時所變，更是因人而異。然而，正因每個人都是獨立的個體，皆具備不同的生命內容與個性特質，才能夠使詞作的藝術表現多樣化，提供相異的美感內容以契合不同個性的需求，如此人人皆有獲得美感經驗的可能。此外，讀者的審美標準也並非只單一專注在作品的呈現結果，對「性情」之重要性的標準，代表了尚有超越字句之上的審美標準存在。即是對於作者本身眞實性情的認同與道德品格的景仰，使讀者能夠產生由傾慕或崇拜而來的美感，豐富閱讀詞作時的美的感受。

　　能藉著悲詞的書寫與閱讀獲得美的感受，此一過程即帶來了人生力量的提升。書寫，不只是情緒的抒解管道，更是心靈思緒得以沉澱的過程，情緒風暴藉此平復回歸至本然寧靜。一次次的書寫，是心靈的鍛鍊，方能承受生命中更多不順遂的悲傷，許多詞人晚年詞作皆比早年所作多了一份曠達，正是其一生的磨鍊成果。閱讀，也不只藉詞作抒發情緒，往往經由詞作觀看了詞人遠遠大於讀者自身的苦難，對照之下，自己的小悲小苦又算得了什麼，反而從中感受所擁有之富足與美好，獲得了珍惜的幸福感。而「詞」本身的美文學特質，使作者須用心投入，即可暫時轉移「悲」的執著，俟創作完成又能得到「美」的滿足；讀者也透過閱讀，轉換悲情以至藝術美的欣賞。如此一來，看似醜惡的人生悲苦，經過藝術的洗禮，帶給作者與讀者藝術美感的愉悅，成爲感人動人的可貴存在，人生悲苦的價值也因此煥發彰顯。「以悲爲美」尚提供予人面對生命的智慧與經驗。由於人生有種種因不如意而來的愁苦悲傷，因此中國人的智慧便是要人們以美的眼光去看待這樣的事，以美

的語言文字表現出這樣的心情，那麼，與現實之近距離所產生的恐懼，也就受美的影響而增加距離至人心所能負荷與接受的範圍內。透過閱讀這些詞人書以生命的詞作，讀者無形中即受到詞人之人生哲學的潛移默化，學習他們以另一種角度看待這些不完美事物，日積月累而來的學習也就內化成為自身的一部份，當讀者遭遇相同或相似的處境，也就有了面對的能力。

　　透過本論文的研究可以了解：「以悲為美」，確為讀者審美詞的基調。詩歌的表現方式多樣，在詞的書寫中以「豔、婉、涼、壯、鬱」為主要表現方式，實是為了平衡詞人之悲情而來；「真」意、「深」情為文學作品最可貴處，詞作流露的「真、深」作為悲情詞連結詞人與讀者生命的橋樑，發展出「以悲為美」的審美傾向。「以悲為美」立基於「悲」之情感，成為詞學中最顯著的特色，若說「悲」是詞體的基調，那麼「以悲為美」不僅實踐於詞人的創作過程，更是讀者審美詞的基調。由詞學之「以悲為美」的審美意識發展出的審美內涵，顯示出中國特有的文化內涵。中國人講究和諧、協調，此種人生態度同樣展現在文學上，毛騤曾提出「離合」作為詞的要點，他說：「詞家惟刻意，俊語，濃色，俱賴作者神明。然雖有淺淡處，尋常處，忽著一二乃佳。所以詞貴離合。如行樂詞，微著愁思，方不癡肥。怨別詞，忽爾展拓，不為本調所縛，方不為一意所苦，始有生動。」〔註2〕所謂的離合，宋徵璧稱：「詞家之旨，妙在離合，語不離則調不變宕。情不合則緒不聯貫。」〔註3〕可見，離合是「合」於詞人真切之情，詞情意緒才能具備表裡合一的整體感；並且「離」於詞文情緒之語，用語情調才能因不溺於情產生靈活流暢的生動感。這表示適當的悲愁有助於增加詞意的深度，開闊的襟懷能避免情陷溺於愁苦中，離合之間的巧妙搭配，即是一種透過審美經驗建構而來的審美要求，目的在使讀者獲得「恰好」、「適當」、更容易為大多數讀者接受之審美距離，顯現出中庸之道的追求。中國文人「以悲為美」的審美態度，即是由人生的悲苦中反思生命的意義，學會以美超越生命悲苦的真諦，因此，並非是悲觀的、消極的，而是一種正向、積極面對人生的方式。

〔註2〕　此語記載於沈雄：《古今詞話・詞品》下卷，見於唐圭璋：《詞話叢編》，第一冊，頁850。

〔註3〕　此語記載於沈雄：《古今詞話》，見於唐圭璋：《詞話叢編》，第一冊，頁850。

參考暨徵引書目

一、古　籍

1. 〔漢〕班固撰,〔唐〕顏師古注,〔唐〕長孫無忌等撰,楊家駱編:《新校漢書藝文志》,臺北市:世界書局,1963 年 4 月初版。

2. 〔梁〕蕭統撰,〔唐〕李善注,〔清〕胡克家撰攷異:《昭明文選》,臺北市,東華書局,1989 年 10 月臺二版。

3. 〔唐〕白居易撰,楊家駱主編:《白香山詩集》,臺北市:世界書局,1969 年 5 月再版。

4. 〔唐〕韓愈撰,馬其昶校注:《韓昌黎文集校注》,臺北市:世界書局,1967 年 5 月再版,頁 158。

5. 〔宋〕洪興祖補註:《楚辭補註》,臺北市:藝文印書館,1981 年 3 月第六版。

6. 〔宋〕郭茂倩編:《樂府詩集》,臺北市:里仁書局,1980 年。

7. 〔金〕元好問:《遺山先生文集》,上海市:上海商務印書館,1965 年,《四部叢刊初編・集部》影印烏程蔣氏密韻樓藏明弘治刊本。

8. 〔金〕王若虛:《滹南遺老集》,上海市:上海商務印書館,1965 年,《四部叢刊初編・集部》縮印舊鈔本。

9. 〔金〕劉祁:《歸潛志》,臺北市:藝文印書館,1966 年。

10. 〔元〕脫脫:《宋史》,北京市:中華書局,1995 年 3 月。

11. 〔元〕脫脫:《金史》,北京市:中華書局,1987 年 11 月。

12. 〔明〕宋濂:《元史》,臺北市:鼎文書局,1977 年 10 月初版。

13. 〔清〕清聖祖御定:《全唐詩》,北京市:中華書局,1996 年 1 月。

14. 〔清〕張廷玉:《明史》,臺北市:鼎文書局,1975 年 6 月初版。

15. 〔清〕王昶:《春融堂集》,上海市:上海古籍出版社,2002 年,《續修四庫全書》第 1437 冊。

16. 〔清〕朱彝尊:《曝書亭集》,上海市:上海商務印書館,1965 年,《四部叢刊初編・集部》縮印原刊本。

17. 〔清〕陳恕可:《樂府補題》,臺北市:藝文印書館,1966 年,《百部叢書集成》影印《知不足齋叢書本》。

18. 〔清〕陳維崧撰,王雲五主編:《烏絲詞》,臺北市:臺灣商務印書館,1965 年 11 月臺一版。

19. 〔清〕張潮:《幽夢影》,臺北市:文津出版社,1991 年 11 月初版。

20. 〔近代〕吳秀之等修,曹允源等纂:《吳縣志》,臺北市:成文出版社,1970 年臺一版影印民國二十二年蘇州文新公司鉛印本。

21. 〔近代〕顧頡剛:《顧頡剛讀書筆記》,臺北市:聯經出版社,1990 年 1 月。

22. 〔近代〕高亨:《詩經今注》,臺北市:漢京,1984 年 2 月。

23. 〔近代〕逯欽立輯校:《先秦漢魏晉南北朝詩》,北京市:學海出版社,1991 年 2 月再版。

24. 〔近代〕張璋、黃畬編:《全唐五代詞》,臺北市:文史哲出版社,1986 年 10 月臺一版。

25. 〔近代〕唐圭璋編:《全宋詞》,北京市:中華書局,1998 年 11 月。

26. 〔近代〕唐圭璋編:《詞話叢編》第一冊至第五冊,北京市:中華書局,2005 年 10 月第二版。(內含八十五種)

27. 〔宋〕楊繪:《時賢本事曲子集》一卷,趙萬里輯本。

28. 〔宋〕楊湜:《古今詞話》一卷,趙萬里輯本。

29. 〔宋〕鯛陽居士:《復雅歌詞》一卷,趙萬里輯本。

30. 〔宋〕王灼:《碧雞漫志》五卷,知不足齋叢書。

31. 〔宋〕吳曾:《能改齋詞話》二卷,守山閣叢書。

32. 〔宋〕胡仔:《苕溪漁隱詞話》二卷,耘經樓刊本。

33. 〔宋〕張侃:《拙軒詞話》一卷,四庫珍本拙軒集卷五。

34. 〔宋〕魏慶之:《魏慶之詞話》一卷,日本寬永十六年刊本。

35. 〔宋〕周密:《浩然齋詞話》一卷,聚珍版叢書。

36. 〔宋〕張炎:《詞源》二卷,蔡松筠校本附錄楊守齋作詞五要。

37. 〔宋〕沈義父:《樂府指迷》一卷,花草粹編校本。

38. 〔元〕吳師道:《吳禮部詞話》一卷,知不足齋叢書吳禮部詩話。

39. 〔元〕陸輔之:《詞旨》一卷,胡元儀原釋百尺樓叢書。

40. 〔明〕陳霆：《渚山堂詞話》三卷，明嘉靖刊本。

41. 〔明〕王世貞：《藝苑卮言》一卷，弇州山人四部稿。

42. 〔明〕俞彥：《爰園詞話》一卷，蕙風簃藏本。

43. 〔明〕楊慎：《詞品》六卷，拾遺一卷明嘉靖刊本。

44. 〔清〕李漁：《窺詞管見》一卷，笠翁全集。

45. 〔清〕毛奇齡：《西河詞話》二卷，西河全集。

46. 〔清〕王又華：《古今詞論》一卷，詞學全書。

47. 〔清〕劉體仁：《七頌堂詞繹》一卷，別下齋叢書。

48. 〔清〕沈謙：《填詞雜說》一卷，東江集鈔。

49. 〔清〕鄒只謨：《遠志齋詞衷》一卷，賜硯堂叢書。

50. 〔清〕王士禎：《花草蒙拾》一卷，昭代叢書。

51. 〔清〕賀裳：《皺水軒詞筌》一卷，增補賴古堂刊本。

52. 〔清〕彭孫遹：《金粟詞話》一卷，別下齋叢書。

53. 〔清〕沈雄：《古今詞話》八卷，澄暉堂刊本。

54. 〔清〕王弈清等：《歷代詞話》十卷，歷代詩餘卷一百十一至卷一百二十。

55. 〔清〕先著程洪：《詞潔輯評》，胡念貽輯。

56. 〔清〕李調元：《雨村詞話》四卷，函海。

57. 〔清〕田同之：《西圃詞說》一卷，古懽堂家刊本。

58. 〔清〕查禮：《銅鼓書堂詞話》一卷，銅鼓書堂遺稿。

59. 〔清〕焦循：《雕菰樓詞話》一卷，易餘籥錄。

60. 〔清〕郭麐：《靈芬館詞話》二卷，靈芬館全集。

61. 〔清〕許昂霄：《詞綜偶評》一卷，附查初白詩評後。

62. 〔清〕毛大瀛輯：《戲鷗居詞話》一卷，戊寅叢編。

63. 〔清〕張惠言：《張惠言論詞》，詞選。

64. 〔清〕周濟：《介存齋論詞雜著》一卷，詞辨。

65. 〔清〕周濟：〈宋四家詞選目錄序論〉，宋四家詞選。

66. 〔清〕孫兆溎：《片玉山房詞話》一卷，香甫輯花籤錄卷十一。

67. 〔清〕馮金伯輯：《詞苑萃編》二十四卷，嘉慶刊本。

68. 〔清〕葉申薌：《本事詞》二卷，天籟軒刊本。

69. 〔清〕吳衡照：《蓮子居詞話》四卷，退補齋刊本。

70. 〔清〕宋翔鳳：《樂府餘論》一卷，附詞集內。

71. 〔清〕清謝元淮：《填詞淺說》一卷，碎金詞選。

72. 〔清〕清鄧廷楨：《雙硯齋詞話》一卷，雙硯齋隨筆。

73. 〔清〕清陸蓥：《問花樓詞話》一卷，笠澤詞徵。

74. 〔清〕清孫麟趾：《詞逕》一卷，陳凝遠校本。

75. 〔清〕清丁紹儀：《聽秋聲館詞話》二十卷，同治刊本。

76. 〔清〕清杜文瀾：《憩園詞話》六卷，潘鐘瑞費念慈校鈔本。

77. 〔清〕清錢裴仲：《雨華盦詞話》一卷，詞學季刊本。

78. 〔清〕清黃氏：《蓼園詞評》，蓼園詞選。

79. 〔清〕清李佳：《左庵詞話》二卷，光緒刊本。

80. 〔清〕清李寶嘉：《南亭詞話》一卷，南亭四話。

81. 〔清〕清江順詒輯：《詞學集成》八卷，宗山參訂光緒刊本。

82. 〔清〕清謝章鋌：《賭棋山莊詞話》十二卷續《續詞話》五卷，光緒刊本。

83. 〔清〕清馮煦：《蒿庵論詞》一卷，六十一家詞選。

84. 〔清〕清沈曾植：《菌閣瑣談》一卷，舊鈔本。

85. 〔清〕清蔣敦復：《芬陀利室詞話》三卷，光緒刊本。

86. 〔清〕清劉熙載：《詞概》一卷，藝概。

87. 〔清〕清陳廷焯：《詞壇叢話》，雲韶集。

88. 〔清〕清陳廷焯：《白雨齋詞話》八卷，光緒刊本。

89. 〔清〕清譚獻：《復堂詞話》一卷，心園叢刊。

90. 〔清〕清胡薇元：《歲寒居詞話》一卷，玉津閣叢書。

91. 〔清〕清沈祥龍：《論詞隨筆》一卷，樂志簃集。

92. 〔清〕清張德瀛：《詞徵》六卷，闇樓叢書。

93. 〔清〕清陳銳：《袌碧齋詞話》二卷，袌碧齋集。

94. 〔清〕清張祥齡：《詞論》一卷，半篋秋詞。

95. 〔近代〕徐珂：《近詞叢話》一卷，清稗類鈔。

96. 〔近代〕王國維：《人間詞話》二卷，王幼安輯本。

97. 〔近代〕王闓運：《湘綺樓評詞》，湘綺樓詞選。

98. 〔近代〕梁啟超：《飲冰室評詞》，評藝蘅館詞選。

99. 〔近代〕鄭文焯：《大鶴山人詞話》，龍沐勳輯詞詞學季刊。

100. 〔近代〕張爾田輯：《近代詞人軼事》，詞學季刊。

101. 〔近代〕朱祖謀：《彊村老人評詞》，龍沐勳輯詞學季刊。

102. 〔近代〕況周頤：《蕙風詞話》五卷續《詞話》二卷，木刻本及輯本。

103. 〔近代〕況周頤：《玉棲述雅》，之江文學會刊。

104. 〔近代〕蔣兆蘭：《詞說》一卷，近刊本。

105. 〔近代〕周曾錦：《臥廬詞話》一卷，周曾錦遺著。

106. 〔近代〕冒廣生：《小三吾亭詞話》五卷，國學萃編。

107. 〔近代〕夏敬觀：《忍古樓詞話》，詞學季刊。

108. 〔近代〕陳洵：《海綃翁說詞稿》一卷，彙鈔本。

109. 〔近代〕潘飛聲：《粵詞雅》一卷，詞學季刊。

110. 〔近代〕蔡嵩雲：《柯亭詞論》一卷，柯亭詞附錄。

111. 〔近代〕陳匪石：《聲執》二卷。

二、專　書

（一）中文論著（按作者姓氏筆劃排序）

1. 丁放：《金元詞學研究》，北京市：中國社會科學出版社，2002 年第一版。

2. 仇小屏：《古典詩詞時空設計美學》，臺北市：文津出版社，2002 年初版。

3. 方智範、鄧喬彬、周聖傳、高建中等著，施蟄存參訂，徐中玉主編：《中國古典詞學理論史》，上海市：華東師範大學出版社，2005 年 12 月第一版。

4. 王立：《中國古代文學十大主題——原型與流變》，臺北市：文史哲出版社，1994 年 7 月初版。

5. 王隆升：《宋詞的登望意識與境界》，臺北市：文津出版社，1998 年初版。

6. 王學初校注：《李清照集校註》，臺北市：里仁書局，1982 年 5 月初版。

7. 史鳳儀：《中國古代的家族與身分》，北京市：社會科學文獻出版社，1999 年第一版。

8. 田曼詩：《美學》，臺北市：三民出版社，1982 年 6 月初版。

9. 成復旺、馬奇主編：《神與物游：論中國傳統審美方式》，北京市：中國人民大學出版社，1989 年第一版。

10. 朱光潛：《西方美學史》，臺北縣：漢京出版社，1982 年。

11. 朱光潛：《悲劇心理學——各種悲劇快感理論的批評研究》，臺北縣：蒲公英出版社，1984 年。

12. 朱光潛：《文藝心理學》，臺北市：臺灣開明書局，1999 年 1 月初版。

13. 朱崇才：《詞話學》，臺北市：文津出版社，1994 年初版。

14. 艾柯：《詮釋與過度詮釋》，北京市：三聯書局，1997 年第一版。

15. 余傳棚：《唐宋詞流派研究》，武漢市：武漢大學出版社，2004 年第一版。

16. 吳奔星：《文學風格流派論》，太原市：北岳文藝出版社，1987 年第一版。

17. 吳思敬：《詩歌鑑賞心理》，臺北市：揚智文化，2005 年 6 月初版。

18. 吳榮光：《歷代名人年譜》，上海市：上海書店出版社，1989 年第一版。

19. 李華：《宋詞三百首詳註》南昌市：百花洲文藝出版，1995 年 10 月第一版。

20. 李澤厚、劉綱紀主編：《中國美學史》，臺北縣：漢京出版社，1986 年 8 月初版。

21. 於賢德、陸一帆主編：《民族審美心理學》，信宜縣：三環出版社，1989 年第一版。

22. 林淑貞：《詩話論風格》，臺北市：文津出版社，1999 年初版。

23. 邱明正、朱立元主編：《美學小辭典》，上海市：上海辭書出版社，2007 年 4 月第一版。

24. 金啓華等編：《唐宋詞集序跋匯編》臺北市：臺灣商務印書館，1993 年二月第一版。

25. 姚一葦：《美的範疇論》，臺北市：開明書局，1982 年二版。

26. 姚一葦：《審美三論》，臺北市：開明書局，1993 年 1 月初版。

27. 柯慶明、王德威主編：《中國文學的美感》，臺北市：麥田出版社，2006 年二版。

28. 洪漢鼎：《詮釋學史》，臺北市：桂冠圖書出版社，2002 年初版。

29. 唐圭璋、潘君昭、曹濟平：《唐宋詞選注》，北京市：北京出版社，1982 年第一版。

30. 夏承燾、張璋：《金元明清詞選》，北京市：人民出版社，1983 年第一版。

31. 夏承燾：《姜白石詞編年箋校》，上海市：上海古籍出版社，1998 年。

32. 孫立：《詞的審美特性》，臺北市：文津出版社，1995 年 2 月初版。

33. 孫康宜、李奭學：《晚唐迄北宋詞體演進與詞人風格》，臺北市：聯經出版社，1994 年初版。

34. 孫紹振：《文學創作論：審美形象的創造》，福州市：海峽文藝出版社，2000 年第一版。

35. 海明：《唐宋詞的風格學》，臺北市：木鐸出版社，1987 年初版。

36. 耿劉同：《中國古代園林》，北京市：商務印書館，1998 年 11 月第一版。

37. 張法：《中國文化與悲劇意識》，北京市：中國人民大學出版社，1989 年第一版。

38. 張法：《中西美學與文化精神》，北京市：北京大學出版社，1994 年第一版。

39. 張法：《美學導論》，臺北市：五南出版社，2004 年初版。

40. 張健：《中國文學批評》，臺北市：五南出版社，1984 年初版。

41. 張惠民：《宋代詞學審美理想》，北京市：人民文學出版社，1995 年第一版。

42. 張樹棟、李秀領：《中國婚姻家庭的嬗變》，杭州市：浙江人民出版社，1990 年第一版。

43. 張錯：《西洋文學術語手冊》，臺北市：書林出版社，2005 年初版。

44. 梁一儒、盧曉輝、宮承波：《中國人審美心理研究》，濟南市：山東人民出版社，2002 年第一版。

45. 梁廷燦：《歷代名人生卒年表》，臺北市：臺灣商務印書館，1979 年臺二版。

46. 莊耀嘉編譯：《馬斯洛》，臺北市：桂冠圖書出版社，2000 年 5 月初版。

47. 許一青：《文學創作心理學》，上海市：學林出版社，1990 年第一版。

48. 郭爲藩：《自我心理學》，臺北市：師大書苑出版社，1996 年初版。

49. 郭紹虞校釋：《滄浪詩話校釋‧詩辨》，北京：人民文學出版社，1983 年 8 月第二版。

50. 陳振寰：《讀詞常識》，臺北市：萬卷樓圖書，1993 年 7 月初版。

51. 陳植鍔：《詩歌意象論》，北京市：中國社會科學出版社，1990 年第一版。

52. 陳懷恩：《尼采藝術形上學》，嘉義：南華管理學院出版，1998 年 7 月。

53. 陶東風：《文體演變及其文化意味》，昆明市：雲南人民出版社，1994 年第一版。

54. 陶秋英編：《宋金元文論選》北京市：人民文學出版社，1984 年 11 月，第一版。

55. 彭鋒：《生與愛：古代中國人審美意識的哲學根源》，長春市：東北師範大學出版社，1998 年第一版。

56. 程孟：《西方悲喜劇藝術的美學歷程》，長春市：東北師範大學出版社，1998 年第一版。

57. 童慶炳：《中國古代心理詩學與美學》，北京市：中華書局出版社，1992 年 3 月第一版。

58. 黃雅莉：《宋代詞學批評專題研究》，臺北市：文津出版社，2008 年初版。

59. 黃寬重、柳立言：《中國社會史》，臺北縣：國立空中大學出版中心，1996 年初版。

60. 楊成鑒：《中國詩詞風格研究》，臺北市：洪葉文化，1995 年初版。

61. 楊恩寰：《審美心理學》，臺北市：五南出版社，1993 年初版。

62. 楊懋春：《中國社會思想史》，臺北市：幼獅出版社，1987 年再版。

63. 葉嘉瑩：《唐宋詞十七講》，臺北市：桂冠圖書出版社，1992 年初版。

64. 葉嘉瑩：《中國詞學的現代觀》，臺北市：大安出版社，1999 年 7 月第二版。

65. 葉嘉瑩：《迦陵論詞叢稿》，北京市：北京大學出版社，2008 年第一版。

66. 葛曉音：《中國名勝與歷史文化》，北京市：北京大學出版社，1989 年第一版。

67. 鄒同慶、王宗堂：《蘇軾詞編年校註》北京市：中華書局，2007 年 10 月第二版。

68. 廖炳惠編著：《關鍵詞 200》，臺北市：麥田出版，2003 年初版。

69. 劉再復：《性格組合論》，臺北市：新地出版社，1988 年初版。

70. 劉再復：《生命精神與文學道路》，臺北市：風雲時代出版社，1989 年初版。

71. 劉昌元：《西方美學導論》，臺北市：聯經出版社，2002 年 12 月二版。

72. 劉昌元：《尼采》，臺北市：聯經出版社，2004 年 7 月初版。

73. 劉慶雲編：《詞話十論》，三重市：祺齡出版社，1995 年初版。

74. 蔡英俊：《比興、物色與情景交融》，臺北市：大安出版社，2001 年初版。

75. 黎活仁：《宋詞的時空觀》，臺北市：大安出版社，1987 年第一版。

76. 蕭鵬：《群體的選擇》，臺北市：文津出版社，1992 年初版。

77. 龍沐勛：《唐宋詞格律》，臺北市：里仁書局出版社，1995 年初版。

78. 龍協濤：《文學讀解與美的再創造》，臺北市：時報文化出版社，1993 年 8 月初版。

79. 龍協濤：《讀者反應理論》，臺北市：揚智文化出版社，2000 年 1 月初版。

80. 羅中峰：《中國傳統文人審美生活方式之研究》，臺北市：洪葉文化出版社，2001 年初版。

81. 嚴迪昌：《清詞史》，上海市：江蘇古籍出版社，1990 年第一版。

82. 顧俊發行：《西方美學名著引論》，臺北市：木鐸出版社，1988 年 9 月初版。

83. 龔鵬程、李文茹主編：《文學與美學》，臺北市：業強出版社，1986 年初版。

（二）英文譯著（按英文字母排序）

1. 〔瑞〕Carl Gustav Jung（卡爾・古斯塔夫・榮格）原著，馮川、蘇克編譯：《心理學與文學》，臺北市：久大文化出版，1990 年初版。

2. 〔美〕Douwe Fokkema（佛克馬），Elrud Ibsch（蟻布思）合著，袁鶴翔等譯：《二十世紀文學理論》，臺北市：書林出版社，1986 年初版。

3. 〔美〕Elizabeth Freund（伊莉莎白弗洛伊德） 著，陳燕谷譯：《讀者反應理論批評》，臺北市：駱駝出版社，1994 年 6 月初版。

4. 〔德〕Friedrich Wilhelm Nietzsche（弗理德里希·威廉·尼采）著，劉崎譯：《悲劇的誕生》，臺北市：志文出版社，2007 年 10 月再版。

5. 〔加〕Frye, Northrop （諾思羅普·弗萊）著，陳慧、袁憲軍、吳傳仁譯：《批評的解剖》，天津市：百花文藝出版社，2008 年第一版。

6. 〔德〕Hans Robert Jauss（姚斯），〔美〕Robert C.Holub（霍拉勃）著，周寧、金元浦譯：《接受美學與接受理論》，瀋陽市：遼寧人民出版社，1987 年 9 月。第一版

7. 〔德〕Hans Robert Jauss（姚斯）著，張樂天、顧建光、顧靜宇譯：《審美經驗與文學解釋學》，上海市：上海譯文出版社，2006 年第一版。

8. 〔法〕Jacques Gernet（謝和耐）著，耿昇：《中國社會史》，南京市：江蘇人民出版社，1997 年第一版。

9. 〔德〕Karl Jaspers （卡爾雅斯培）著，葉頌姿譯：《悲劇之超越》，臺北市：巨流出版社，1980 年。

10. 〔法〕Lucien Goldman（呂西安，戈德曼）著，蔡鴻濱譯：《隱蔽的上帝》，天津：百花文藝出版社，1998 年 5 月第一版。

11. 〔澳〕Michael White（麥克.懷特），〔加〕David Epston（大衛.艾普斯頓）著，廖世德譯：《故事·知識·權力：敘事治療的力量》，臺北市：心靈工坊文化出版社，2001 年初版。

12. 〔英〕Michele L.Crossley（米雪兒葛洛斯利）著，朱儀羚譯：《敘事心理與研究—自我、創傷與意義的建構》，嘉義市：濤石文化出版社，2004 年，初版。

13. 〔美〕Robert C.Holub（霍拉勃）著，董之林譯：《接受美學理論》，板橋市：駱駝出版社，1994 年。

14. 〔英〕Tessa Dalley （苔薩達利）著，陳鳴：《藝術治療的理論與實務》，臺北市：遠流出版社，1995 年初版。

15. 〔美〕William McKinley Runyan（威廉麥肯林）著，丁興祥等譯：《生命史與心理傳記學》，臺北市：遠流出版社，2002 年 8 月初版。

三、期刊論文（按作者姓氏筆劃排序）

1. 呂君麗：〈審悲中的甘美——淺談唐宋詞中的悲感產生的理論基礎〉，《連雲港師範高等專科學校學報》第 2 期，2005 年 6 月，頁 65～68。

2. 周玲：〈以悲為美，紓解人生——簡論王國維的文藝悲劇思想〉，《濟南職業學院學報》第 4 期，2005 年 8 月，頁 20～23。

3. 胡濤:〈論士大夫詞之悲情〉,《齊魯學刊》第 6 期,1997 年,頁 88～93。

4. 高瑞惠:〈華豔與悲哀——論溫庭筠詞中之境〉,《輔大中研所學刊》第 13 期,2003 年 9 月,頁 201～224。

5. 張崇利:〈談中國古代詩文以悲爲美的音樂特色〉,《中文》第 11 期,2005 年,頁 39～41。

6. 張錫坤:〈中國古代詩歌「以悲爲美」探索三題〉,《文藝研究》第 2 期,2004 年,頁 104～109。

7. 陳立華:〈中西古典悲劇美學特徵之比較〉,《新亞論叢》第 7 期,2005 年 6 月,頁 303～308。

8. 陳茂村:〈王靜安在其詞作中展現的悲劇性格〉,《國立高雄海院學報》第 14 期,1999 年 7 月,頁 143～161。

9. 陳靜芬:〈李商隱審美觀之形成及其理論初探〉,《明新學報》第 31 期,2005 年 10 月,頁 37～55。

10. 傅新營:〈「距離說」與「以悲爲美」的審美特質〉,《山東社會科學》第 127 期,2006 年 3 月,頁 60～64。

11. 黃淑貞:〈「醉臥古藤陰下,了不知南北」——論秦觀詞的悲愴情調〉,《中國語文》第 88 卷第 4 期,2001 年 4 月,頁 36～52。

12. 黃雅莉:〈略論柳永對悲秋詞的拓展及其情感意蘊〉,《中國學術》第 18 期,1997 年 3 月,頁頁 205～220、437～438。

13. 楊寶霖:〈東莞木魚歌研究(下)〉,《東莞理工學院學報》第 12 卷第 4 期,2005 年 8 月,頁 1～11。

14. 楊寶霖:〈東莞木魚歌研究(上)〉,《東莞理工學院學報》第 12 卷第 2 期,2005 年 4 月,頁 4～13。

15. 劉華民:〈宋詞次韻現象探討〉,《常熟理工學院學報》第 20 卷第 1 期,2006 年 1 月,頁 53～58。

16. 蕭廷恕:〈試論宋詞悲美情感場〉,《湘潭師範學院學報》第 4 期,1997 年 8 月,頁 3～8。

17. 簡怡人、詹美涓、呂旭亞:〈書寫治療的應用及其療效〉,《諮商與輔導》第 239 期,2005 年 11 月,頁 22～25。

四、學位論文

1. 田秀鳳:《六朝悲美詩風研究》,臺北:國立臺灣師範大學中國文學系碩士論文,2003 年。

2. 黃雅淳:《魏晉士人之悲情意識研究》,高雄:國立高雄師範大學中國文學系博士論文,2000 年。

五、網路資料

1. 國家圖書館：全國博碩士論文資訊網
   http://etds.ncl.edu.tw/theabs/index.html
2. 國家圖書館：臺灣期刊論文索引系統
   http://readopac.ncl.edu.tw/nclJournal/
3. 中國期刊網：中國期刊全文數據庫
   http://cnki50.csis.com.tw/kns50/Navigator.aspx?ID=CJFD

附錄 臺灣地區古典詞學學位論文彙編[註1]

隋唐五代

分類	論 文 名 稱	研究者	學 校 所 別	學年度
時代主題	敦煌曲子詞析論	成潤淑	中國文化大學中國文學研究所 M	74
	敦煌邊塞詞研究	楊寧楨	國立中正大學中國文學研究所 M	88
	唐代敦煌曲子詞女性情感與民俗之研究	張維恬	國立花蓮教育大學民間文學研究所 M	97
	敦煌曲子詞色彩意象研究	陳章定	國立嘉義大學中國文學研究所 M	98
	唐代文人詞之研究	楊肅衡	國立臺灣師範大學國文研究所 M	87
	詞體起源與唐聲詩關係之研究	陳枚秀	逢甲大學中國文學研究所 M	88
	五代詩詞比較研究	李寶玲	國立政治大學中國文學研究所 M	78
	五代詞中山的意象研究	謝奇懿	國立臺灣師範大學國文研究所 M	86
	南唐詞的審美觀照	楊蕊菁	國立臺灣師範大學國文研究所 M	94
	五代南唐詞人群體研究	杜滋曼	東吳大學中國文學研究所 M	97
	五代西蜀詞人群體研究	黃懷寧	東吳大學中國文學研究所 M	97
	唐五代詞研究	鄭憲哲	國立臺灣大學中國文學研究所 D	81
	唐五代詞「夢」運用現象研究	王迺貴	輔仁大學中國文學研究所 M	84

〔註1〕 本附錄於論文完成後，持續更新整理。臺灣博碩士論文知識加值系統：自由的博碩士論文全文資料庫 http://ndltd.ncl.edu.tw/cgi-bin/gs32/gsweb.cgi/login?o=dwebmge，2012 年 2 月 29 日。

時代主題	唐五代詞雨意象探討	王盈潔	玄奘大學中國語文學研究所 M	93
	宮詞研究──以唐、五代作品爲例	鄭侑仙	東海大學中國文學研究所 M	98
選集	《花間集》的女性形象研究	賴珮如	東海大學中國文學研究所 M	85
	《花間集》主題內容與感覺意象之研究	洪華穗	國立政治大學中國文學研究所 M	86
	《花間集》女性敘寫研究	王怡芬	國立成功大學中國文學研究所 M	87
	李商隱詩與花間集詞關係之研究	李宜學	國立中山大學中國文學研究所 M	88
	花間集風土詞研究	賴靖宜	國立政治大學中國文學研究所 M	91
	《花間集》顏色詞之語言風格與文化意涵	林靜慧	國立政治大學中國文學研究所 M	98
	《尊前集》研究	阮珮銘	國立中央大學中國文學研究所 M	96
專家詞	李白詞研究	許育瑋	雲林科技大學漢學資料整理研究所 M	97
	溫庭筠詞研究及校注	王玉齡	中國文化大學中國文學研究所 M	69
	溫庭筠詩詞中感覺之表現	李恩禧	國立政治大學中國文學研究所 M	80
	溫庭筠與晚唐五代文人詞之定型	洪若蘭	國立清華大學中國文學研究所 D	90
	溫庭筠辨疑	郭娟玉	國立臺灣大學中國文學研究所 D	95
	溫庭筠詞閨情意象探析	余毓敏	國立臺灣師範大學國文研究所 M	96
	溫庭筠詞寄託問題研究	陳虹蘭	國立臺灣大學中國文學研究所 M	96
	溫庭筠詠史詩研究	張惠雯	國立彰化師範大學國文研究所 M	96
	晚唐「溫李」作品對南朝宮體詩之承傳與創變	李瑋賢	國立中央大學中國文學研究所 M	97
	溫庭筠詩詞關係之比較研究	鄭佳琪	國立東華大學中國語文研究所 M	98
	韋莊研究	黃彩勤	東海大學中國文學研究所 M	76
	韋莊男女情詞研究	詹乃凡	國立臺灣大學中國文學研究所 M	90
	主體意識的情志抒寫─韋莊詩詞關係研究	林淑華	國立彰化師範大學國文學研究所 M	91
	韋莊詞之接受史	顏文郁	國立成功大學中國文學研究所 M	97
	李珣詞研究	邱柏瑜	國立高雄師範大學國文研究所 M	93
	李後主研究	陳芊梅	國立臺灣大學中國文學研究所 M	60
	李煜詞的鑑賞與研究	莊淑如	國立彰化師範大學國文研究所 M	92

專家詞	李後主文學研究	李金芳	國立高雄師範大學國文研究所 M	94
	李後主詞研究	劉春玉	玄奘大學中國語文研究所 M	96
	李煜詞篇章意象探析	胡雅雯	國立臺灣師範大學國文研究所 M	96
	李後主前期詞作中的修辭格及其藝術作用之研究	邱國榮	國立臺中教育大學語文教育研究所 M	97
	李煜詞對兩宋詞人之影響	鄂颯如	國立高雄師範大學國文研究所 M	98
	陽春集箋	鄭郁卿	國立臺灣師範大學國文研究所 M	59
	馮延巳詞研究	羅倩儀	中國文化大學中國文學研究所 M	97
	馮延巳詞接受史	薛乃文	國立成功大學中國文學研究所 M	97
	馮延巳詞之境界探析	周玉雯	國立臺南大學國語文研究所 M	99
比較	溫韋詞比較研究	翁淑芳	中國文化大學中國文學研究所 M	91
	南唐二主詞研究	童穗雯	中國文化大學中國文學研究所 M	93

宋金元

分類	論　文　名　稱	研究者	學　校　所　別	學年度
時代主題	烏臺詞案研究	江惜美	東吳大學中國文學研究所 M	75
	北宋夢詞研究	趙福勇	國立成功大學中國文學研究所 M	84
	北宋新舊黨爭與詞學	王璧寰	國立中山大學中國文學研究所 D	94
	先秦至北宋詩詞對「男女情愛」主題的態度	馬美娟	國立清華大學中國文學研究所 D	96
	北宋江西詞人用韻之研究	張珍華	國立彰化師範大學國文研究所 M	98
	北宋詞閨閣書寫之研究——以柳永、秦觀、李清照為觀察對象	張嘉惠	國立高雄師範大學國文研究所 D	99
	北宋詞壇的柳永現象研究	許玉婷	東吳大學中國文學研究所 M	99
	北宋雅詞之美學面向研究——以清、淡、閒為核心的探索	鄭慧敏	國立臺灣師範大學國文研究所 D	99
	金詞「吳蔡體」研究	柯正容	國立成功大學中國文學研究所 M	94
	金代中葉大定、明昌年間（1161～1196）文士詞研究	廖婉茹	國立政治大學中國文學研究所 M	99

	南渡三詞人生平及文學研究	白禎喜	國立臺灣大學中國文學研究所 M	60
	宋室南渡前後詩詞衍變研究	李淑芳	國立高雄師範大學國文研究所 D	89
	宋南渡詞人詠秋詞研究	顏瑞男	國立嘉義大學中國文學研究所 M	96
	宋代南渡政壇詞人詞作花意象研究	吳玫香	中國文化大學中國文學研究所 M	97
	南宋詞研究	王偉勇	東吳大學中國文學研究所 D	75
	論南宋詞中之寄託	業淑麗	國立中央大學中國文學研究所 M	79
	南宋姜吳典雅詞派相關詞學論題之探討	劉少雄	國立臺灣大學中國文學研究所 D	82
	南宋夢詞研究	洪慧娟	東吳大學中國文學研究所 M	84
	南宋山水詞研究	高慈慧	淡江大學中國文學研究所 M	84
	南宋詞人心中之理想都城	陳宜伶	國立東華大學中國語文學研究所 M	92
	南宋論政詞研究	藍淑珠	國立臺灣師範大學國文研究所 M	97
時代主題	南宋題畫詞研究—以吳文英、周密、張炎爲探究中心	楊翰	國立新竹教育大學語文研究所 M	98
	南宋遺民詠物詞研究	陳彩玲	國立政治大學中國文學研究所 M	73
	宋末三家詠物詞研究	金永哲	國立臺灣大學中國文學研究所 D	89
	元代河北詞人用韻之研究	林秀菊	國立彰化師範大學國文研究所 M	98
	元代詠物詞研究	趙桂芬	國立高雄師範大學國文研究所 D	98
	元代詠花詞研究	余惠婷	國立成功大學中國文學研究所 M	99
	元末隱逸詞研究	曾郁琁	國立中央大學中國文學研究所 M	99
	兩宋元宵詞研究	陶子珍	東吳大學中國文學研究所 M	80
	兩宋上巳寒食清明詞研究	張金蓮	東吳大學中國文學研究所 M	82
	宋代節令詞研究	廣重聖佐子	國立臺灣大學中國文學研究所 M	82
	兩宋中秋詞研究	曾淑姿	東吳大學中國文學研究所 M	85
	兩宋七夕與重陽詞研究	劉學燕	東吳大學中國文學研究所 M	85
	兩宋元旦與除夕詞研究	楊子聰	華梵大學東方人文思想研究所 M	97
	兩宋詞論研究	張筱萍	國立臺灣師範大學中國文學研究所 M	62

	兩宋詠物詞研究	馬寶蓮	國立臺灣師範大學國文研究所 M	71
	宋代詠花詞研究	俞玄穆	國立政治大學中國文學研究所 M	74
	宋代詞選集研究	劉少雄	國立臺灣大學中國文學研究所 M	74
	宋代西湖詞壇研究	張薰	國立臺灣大學中國文學研究所 M	75
	全宋詞雨詞意象研究	陳坤儀	中國文化大學中國文學研究所 M	84
	兩宋懷古詞研究	廖祐孰	東吳大學中國文學研究所 M	85
	兩宋詠史詞研究	鄭淑玲	中國文化大學中國文學研究所 M	85
	唐宋文人竹枝詞研究	朴培卿	國立臺灣大學中國文學研究所 M	86
	宋代僧人詞研究	謝惠青	國立中興大學中國文學研究所 M	87
	宋代詠茶詞研究	呂瑞萍	國立臺灣師範大學國文研究所 M	89
	宋代詞學批評研究——批評形式與文化詮釋	程志媛	暨南國際大學中國語文學研究所 M	89
	宋人擇調之翹楚：〈浣溪沙〉詞調研究	林鍾勇	國立彰化師範大學國文研究所 M	90
時代主題	兩宋「詞人詞」雅化的發展與嬗變研究——以柳、周、姜、吳為探究中心	黃雅莉	國立臺灣師範大學國文研究所 D	90
	宋詞雅化研究	陳慷玲	東吳大學中國文學研究所 D	91
	宋代梅花詞研究	廖雅婷	國立中正大學中國文學研究所 M	91
	宋詞中的神話特質與運用	李文鈺	國立臺灣大學中國文學研究所 D	92
	兩宋理學家詞研究	彭舒伶	東吳大學中國文學研究所 M	93
	琵琶音樂及其在宋詞中之聲情研究	高曉琪	國立成功大學中國文學研究所 M	93
	宋詞燕意象研究	戴麗娟	國立高雄師範大學國文研究所 M	93
	兩宋詠春詞研究	許采甄	國立成功大學中國文學研究所 M	94
	兩宋邊塞詞研究	蔡嵐婷	國立成功大學中國文學研究所 M	94
	唐宋牡丹詞研究	楊小鈴	國立彰化師範大學國文研究所 M	94
	宋代海棠詞研究	蔡雅慧	國立彰化師範大學國文研究所 M	95
	宋代戰爭詞研究	林玉玫	淡江大學中國文學研究所 M	95
	宋詞取材唐傳奇之研究	林宏達	東吳大學中國文學研究所 M	96
	唐宋琵琶詩詞研究	蔡受勳	國立高雄師範大學國文教學碩士班	97

	宋詞中的杭州書寫	方妙鳳	國立彰化師範大學國文研究所 M	98
時代主題	兩宋題畫詞研究	莊淳斌	淡江大學中國文學研究所 M	99
	宋元「漁父」詞曲研究	黃文怡	國立彰化師範大學國文研究所 M	92
	金元詞人述評	張子良	國立臺灣師範大學國文研究所 M	59
	金元詠梅詞研究	鄭琇文	國立成功大學中國文學研究所 M	93
	金元詞入聲韻用韻考	趙詠寬	國立彰化師範大學國文研究所 M	97
	金元少數民族詞人及其作品研究	郭翊雲	國立成功大學中國文學研究所 M	98
選集	《元草堂詩餘》研究	羅麗純	國立成功大學中國文學研究所 M	94
專家詞	晏殊珠玉詞研究	江姿慧	國立臺灣師範大學國文研究所 M	91
	珠玉詞的感傷與消解	張秋芬	國立彰化師範大學國文研究所 M	93
	晏殊《珠玉詞》花鳥意象研究	侯鳳如	國立臺灣師範大學國文研究所 M	94
	晏殊《珠玉詞》中的生命意識探究	楊麗珠	國立新竹教育大學語文研究所 M	96
	晏殊酒詞研究	許志彰	中國文化大學中國文學研究所 M	98
	范仲淹詩詞研究	王素珠	臺北市立教育大學中國語文研究所 M	96
	《六一詞》篇章結構探析	顏瓊雯	國立臺灣師範大學國文研究所 M	91
	《六一詞》花鳥意象研究	鄧絜馨	國立臺灣師範大學國文研究所 M	95
	歐陽脩詞的六一風神	吳政翰	國立嘉義大學中國文學研究所 M	96
	歐陽脩詩詞比較研究	秦泉萍	國立政治大學國文教學研究所 M	97
	子野詞研究	李京奎	東海大學中國文學研究所 M	69
	張先詞研究	盧淑娟	中國文化大學中國文學研究所 M	98
	張先詞接受史	夏婉玲	國立成功大學中國文學研究所 M	99
	影意象之探析——以張先詞爲主要考察對象	戴杏娟	國立成功大學中國文學研究所 M	99
	張先及其詩詞研究	朱妤	國立政治大學中國文學研究所 M	99
	柳永歌詞與高麗歌謠之比較研究	張仁愛	國立臺灣師範大學國文研究所 M	74
	柳永樂章集意象析論	張白虹	國立高雄師範大學國文研究所 M	85
	柳永詞情色書寫之研究	連美惠	淡江大學中國文學研究所 M	87
	《樂章集》修辭藝術之探究	呂靜雯	淡江大學中國文學研究所 M	89

柳永詞女性形象之研究	施惠娟	國立中興大學中國文學研究所 M	91
柳永詞對都會描寫的開拓	林燕姈	南華大學文學研究所 M	91
柳永詞研究	姜昭影	臺灣大學中國文學研究所 M	92
物阜民豐的圖卷———柳永《樂章集》太平氣象研究	曾琴雅	國立彰化師範大學國文研究所 M	93
柳永詞評價及其相關詞學問題	林佳欣	國立東華大學中國語文學研究所 M	94
柳永其人與其詞之研究	林柏堅	國立中央大學中國文學研究所 M	95
柳永慢詞研究	王俐菁	國立彰化師範大學國文研究所 M	96
柳永羈旅行役詞研究	謝曉芳	國立彰化師範大學國文研究所 M	97
柳永俗詞意象探討	張家懿	國立臺灣師範大學國文研究所 M	98
王安石詞研究	朴宗	東吳大學中國文學研究所 D	79
李之儀的詞學理論及其詞作研究	蔡麗芬	國立中興大學中國文學研究所 M	88
東坡詞韻研究	許金枝	國立臺灣師範大學國文研究所 M	66
蘇東坡詞用韻之研究	柯辰青	國立彰化師範大學國文研究所 M	93
東坡黃州詞研究	林玫玲	國立臺灣大學中國文學研究所 M	74
困境與超越——以東坡黃州詞為例	許慈娟	國立彰化師範大學國文研究所 M	91
東坡黃州詞研究	周鳳珠	國立中興大學中國文學研究所 M	92
東坡黃州詞篇章結構探析	邱瓊薇	國立臺灣師範大學國文研究所 M	93
蘇軾貶謫時期詞作之研究	鄒碧玲	玄奘大學中國語文研究所 M	93
東坡黃州詞之藝術風格研究	劉淑媛	玄奘大學中國語文研究所 M	95
東坡黃州詞時空設計探析	賴慧娟	國立臺灣師範大學國文研究所 M	96
從蘇軾黃州詞論其思想境遇	杜皖琪	國立政治大學中國文學研究所 M	99
蘇軾元祐詞研究	許錦華	國立臺灣師範大學國文研究所 M	86
蘇東坡詠物詞研究	楊麗玲	國立臺灣師範大學國文研究所 M	86
東坡杭州詞研究	林慧雅	國立臺灣師範大學國文研究所 M	90

專家詞

專家詞	蘇軾詩詞中竹書寫研究	李天讚	國立中正大學中國文學研究所 M	96
	蘇軾離別詞之研究	林麗惠	東海大學中國文學研究所 M	97
	蘇軾感遇詞研究	林均蓮	銘傳大學應用中國文學研究所 M	99
	東坡詞草木意象研究	黃惠暖	國立臺灣師範大學國文研究所 M	91
	東坡詞色彩意象析論	張雯華	國立臺灣師範大學國文學研究 M	91
	東坡詞月意象探析	黃琛雅	國立臺灣師範大學國文研究所 M	92
	東坡詞「風意象」研究	林淑英	國立彰化師範大學國文研究所 M	93
	東坡詞天文意象研究	陳美坊	國立中正大學中國文學研究所 M	94
	東坡詞樂器意象研究	朱瑞芬	國立臺灣師範大學國文研究所 M	95
	東坡詞禽鳥意象研究	黃鈺婷	銘傳大學應用中國文學研究所 M	95
	東坡詞酒意象探析	許育喬	國立臺灣師範大學國文研究所 M	96
	東坡送別詞意象探析	黃千足	國立臺灣師範大學國文研究所 M	96
	東坡詞夢意象的研究	黃惠芳	國立臺灣師範大學國文研究所 M	96
	東坡詞風雨意象探析	彭淑玲	國立臺灣師範大學國文研究所 M	97
	蘇軾詞中「夢」字意象之研究	簡子芽	國立臺北教育語文教學研究所 M	99
	蘇軾詠花詞意象研究	邱明娟	玄奘大學中國語文研究所 M	99
	東坡詞的風格與技巧研究	劉曼麗	東海大學中國文學研究所 M	77
	東坡在詞風上的承繼與創新	郭美美	國立臺灣師範大學國文研究所 M	78
	東坡詞語言風格研究	陳逸玫	淡江大學中國文學研究所 M	84
	論東坡詞中的仕隱情懷	王秀珊	國立中興大學中國文學研究所 M	90
	蘇軾詞之傳播及各家對蘇詞之論述研究—以文獻流傳爲主要觀點	張芸慧	淡江大學中國文學研究所 M	90
	東坡詞用典研究	陳秀娟	國立臺灣師範大學國文研究所 M	90
	蘇軾詞之創作美學研究	陳啓仁	中國文化大學中國文學研究所 M	91
	東坡樂府之美學觀研究	鄭慧敏	國立臺灣師範大學國文研究所 M	92
	東坡詞之美感探賾	李鴻玟	國立中興大學中國文學研究所 M	93
	東坡「以詩爲詞」之論述研究	王秀珊	國立東華大學中國語文研究所 D	97
	蘇軾詞的接受與影響——從期待視野的角度觀之	邱全成	國立彰化師範大學國文研究所 M	97

	東坡樂府修辭藝術探究	陳明啓	玄奘大學中國語文研究所 M	97
	東坡清曠詞風初探——以月夜詞爲考察中心	黃筠雅	國立臺灣大學中國文學研究所 M	99
	蘇軾詞文中「尚意」思想之研究	洪式毅	華梵大學東方人文思想研究所 M	99
	黃庭堅詞研究	許奎文	國立臺灣師範大學國文研究所 M	90
	山谷詞及其詞論研究	陳慷玲	東吳大學中國文學研究所 M	85
	從傳統小令的發展演變看晏幾道《小山詞》	洪若蘭	國立清華大學中國文學研究所 M	85
	晏幾道離別詞研究	許 婷	國立臺灣師範大學國文研究所 M	91
	晏幾道《小山詞》研究	劉嘉熙	國立中興大學中國文學研究所 M	96
	晏幾道《小山詞》接受史	柯瑋郁	國立成功大學中國文學研究所 M	98
	淮海詩注附詞校注（上）	徐文助	國立臺灣師範大學國文研究所 M	55
	秦少游詞研究	楊秀慧	國立中山大學中國文學研究所 M	87
	秦觀詞的回流與拓展	張珮娟	國立臺灣師範大學國文研究所 M	91
	秦觀詞的女性敘寫研究	林怡君	國立彰化師範大學國文研究所 M	92
	秦觀詞作藝術魅力探微	盧麗龍	國立彰化師範大學國文研究所 M	96
專家詞	秦觀詞接受史	許淑惠	國立成功大學中國文學研究所 M	98
	《淮海詞》中仕宦情懷的時空書寫	林思嘉	國立中興大學中國文學研究所 M	99
	《淮海詞》水意象研究	莊斐雯	國立臺灣師範大學國文研究所 M	99
	賀鑄在詞史上的承繼與開展	黃文鶯	國立臺灣師範大學國文研究所 M	91
	賀鑄《東山詞》研究	吳素音	國立高雄師範大學國文研究所 M	94
	晁補之及其詞研究	林宛瑜	國立中央大學中國文學研究所 M	89
	清眞「以賦爲詞」探論	佘筠珺	臺灣大學中國文學研究所 M	96
	論清眞詞的沈鬱頓挫風格——從語言學的角度分析	鄭雅心	國立高雄師範大學國文研究所 M	97
	周清眞詠物詞	王瑋玲	國立中山大學中國文學研究所 M	99
	周邦彥詞用韻之研究	陳建安	國立臺中教育大學語文教育研究所 M	100
	毛滂東堂詞研究	王秀雲	東吳大學中國文學研究所 M	74
	葉夢得之文學研究	高靜文	國立高雄師範大學國文研究所 M	69

	李清照詞之研究	金容春	東海大學中國文學研究所 M	75
	李清照「詞論」研究	張星美	國立高雄師範大學國文研究所 M	79
	李清照詞及其修辭技巧研究	吳平盛	中國文化大學中國文學研究所 M	90
	南渡詞人李清照——其詞作與詞學主張研究	郭曉菁	國立清華大學中國文學研究所 M	91
	李清照詩詞中的譬喻運作：認知角度的探討	林增文	東海大學中國文學研究所 M	94
	漱玉詞藝術探究	張美智	玄奘大學中國語文學研究所 M	94
	李清照詞篇章意象析論	程汶宣	國立臺灣師範大學國文研究所 M	94
	易安詞前後期詞彙句法特點研究	曾文琪	國立中山大學中國語文研究所 M	94
	李清照詞生命意境之研究——以生死學觀點探討	陳則錞	銘傳大學應用中國文學研究所 M	95
專家詞	性別與認同——李清照其人其詞的創作與接受研究	葉祝滿	國立政治大學國文教學研究所 M	96
	李清照詞之音韻風格	郭麗蘋	國立彰化師範大學國文研究所 M	97
	李清照詠花詞研究	黃淑娟	國立高雄師範大學國文教學研究所 M	97
	《漱玉詞》花鳥意象研究	劉淑菁	國立臺灣師範大學國文研究所 M	97
	李清照詞作之情感嬗變與藝術特質探究	吳美珍	玄奘大學中國語文研究所 M	97
	朱希眞及詞研究	孫永忠	輔仁大學中國文學研究所 M	75
	向子諲《酒邊詞》研究	戴妙芬	國立高雄師範大學國文研究所 M	92
	朱淑眞詩詞研究	倪雅萍	國立中山大學中國語文研究所 M	89
	朱淑眞詞研究	王玫懿	玄奘大學中國語文研究所 M	98
	全眞七子證道詞之意涵析論	張美櫻	輔仁大學中國文學研究所 D	87
	丘處機《磻溪集》研究	朱麗娟	淡江大學中國文學研究所 M	88
	馬鈺詞韻考	施惠婷	國立彰化師範大學國文研究所 M	95
	王重陽丘處機詞韻考	王佳蘭	國立彰化師範大學國文研究所 M	97
	蔡松年詞研究	梁文櫻	國立高雄師範大學國文研究所 M	92
	元好問詞用韻考	吳如蕙	國立彰化師範大學國文研究所 M	93

	元好問亡國後詞作研究	楊詔閑	國立高雄師範大學國文研究所 M	96
	元好問及其《遺山樂府》研究	蕭豐庭	國立臺南大學國語文研究所 M	96
	元好問詩詞用韻之研究	任育萱	國立彰化師範大學國文研究所 M	97
	劉秉忠《藏春樂府》研究	林妙玲	國立成功大學中國文學研究所 M	95
	朱敦儒《樵歌》析論	張清玲	國立屏東教育大學中國語文研究所 M	95
	朱敦儒《樵歌》美學研究	林婉婷	臺北市立教育大學中國語文研究所 M	96
	碧雞漫志校箋	徐信義	國立臺灣師範大學國文研究所 D	70
	陸游詞研究	蘇振杰	國立彰化師範大學國文研究所 M	98
	范成大及其《石湖詞》研究	林秀潔	國立高雄師範大學國文研究所 M	97
	張孝祥詞研究（附年譜）	陳宏銘	國立高雄師範大學國文研究所 M	80
專家詞	稼軒詞之內容及其藝術成就	林承坯	國立臺灣師範大學國文研究所 M	74
	稼軒信州詞研究	何湘瑩	東吳大學中國文學研究所 M	81
	辛稼軒詠物詞研究	林承坯	國立臺灣師範大學國文研究所 D	81
	辛稼軒山水田園詞研究	郭靜慧	國立臺灣師範大學國文研究所 M	86
	稼軒詞用典研究	段致平	國立臺灣師範大學國文研究所 M	87
	《稼軒詞》口語風格研究	謝奇峰	國立臺灣師範大學國文研究所 M	87
	稼軒豪放詞風之美學研究	王翠芳	國立高雄師範大學國文研究所 D	89
	稼軒詞評論研究	曾孟雅	國立中正大學中國文學研究所 M	91
	稼軒詞的風格與寫作手法之研究	嚴婉月	國立彰化師範大學國文研究所 M	92
	稼軒詞韻考	鄭宇珊	國立彰化師範大學國文研究所 M	93
	稼軒詞中人物意象之研究	林鶴音	國立成功大學中國文學研究所 M	94
	稼軒詞秋意象探析	李昊青	國立臺灣師範大學國文研究所 M	95
	辛稼軒離別詞篇章結構探析	毛玉玫	國立臺灣師範大學國文研究所 M	95
	稼軒詞之藝術風格研究	徐勇昌	玄奘大學中國語研究所 M	96
	稼軒詞山水意象之研究	陳惠慈	國立成功大學中國文學研究所 M	96
	稼軒詞中鳥意象之研究	陳淑君	國立成功大學中國文學研究所 M	97

專家詞	辛棄疾酒詞研究	黃郁棻	國立成功大學中國文學研究所 M	97
	辛稼軒遊仙詞研究	盧雪玲	國立臺灣師範大學國文研究所 M	97
	稼軒詞借鑒宋詩研究	吳雅萍	東吳大學中國文學研究所 M	98
	辛棄疾詞的女性研究	梁淑芳	國立高雄師範大學國文研究所 M	98
	從互文性觀點探察辛棄疾詞對《世說新語》的引用及其生命情調的反映	林威宇	國立中興大學中國文學研究所 M	98
	辛稼軒俳諧詞研究	紀祝華	國立政治大學國文教學文研究所 M	99
	辛棄疾山水田園詞的自我意識與詞情特質	謝瑩	國立臺灣大學中國文學研究所 M	99
	辛派詞人「以文爲詞」之研究	簡秀娟	國立中央大學中國文學研究所 M	82
	辛派三家壽詞研究	洪文華	國立彰化師範大學國文研究所 M	94
	陳亮《龍川詞》研究	盧雯慧	國立政治大學中國文學研究所 M	91
	劉過《龍洲詞》研究	陳靜琳	國立政治大學中國文學研究所 M	91
	白石詞箋校及研究	賴橋本	國立臺灣師範大學國文研究所 M	54
	史達祖梅溪詞研究	賴茗惠	國立彰化師範大學國文研究所 M	94
	史達祖詠物詞研究	呂怡倫	國立新竹教育大學語文教學研究所 M	99
	高觀國及其詞探究	賴妙姿	國立彰化師範大學國文	98
	李俊民詩詞用韻之研究	黃淑娟	國立彰化師範大學國文研究所 M	97
	劉後村年譜及其詞研究	咸賢子	國立政治大學中國文學研究所 M	71
	劉克莊詞研究	盧雅惠	東吳大學中國文學研究所 M	94
	夢窗詞研究	宋美瑩	國立臺灣大學中國文學研究所 M	77
	吳文英夢詞研究	林瑞芳	國立臺灣師範大學國文研究所 M	86
	吳文英詠物詞研究	普義南	淡江大學中國文學研究所 M	90
	夢窗憶姬情詞意象研究	蘇芳民	國立臺灣師範大學國文研究所 M	94
	吳文英的生涯和他的「節序懷人」詞	蘇虹菱	國立清華大學中國文學研究所 D	98
	吳文英詞接受史	普義南	淡江大學中國文學研究所 D	98
	夢窗詠花詞研究	吳宜蓁	國立臺灣師範大學國文研究所 M	99
	夢窗詞之讀者反應研究	趙國蓉	國立中山大學中國文學研究所 D	99

專家詞	周密及其韻文學研究——詩詞及其理論	張薰	國立臺灣大學中國文學研究所 D	82
	劉辰翁遺民詞研究	林淑貞	國立臺灣師範大學國文研究所 M	90
	陳允平及其詞之研究	陳玥伶	國立彰化師範大學國文研究所 M	99
	文天祥生平及其詩詞研究	張公鑑	中國文化大學中國文學研究所 M	74
	碧山詞研究	金永哲	國立政治大學中國文學研究所 M	79
	汪元量及其詞研究	黃慧淑	國立高雄師範大學國文研究所 M	97
	蔣捷詞的文藝美學	楊秀芬	銘傳大學應用中國文學研究所 M	92
	《竹山詞》研究	林正鎮	南華大學文學研究所 M	98
	《樂府指迷》研究	張于忻	臺北市立師範學院應用語文研究所 M	91
	張炎詞源箋訂	劉紀華	國立政治大學中國文學研究所 M	58
	山中白雲詞校訂箋注	李周龍	國立臺灣師範大學國文研究所 M	60
	張玉田山中白雲詞析論	黃永姬	國立臺灣大學中國文學研究所 M	75
	張炎「清空」、「質實」說與其創作實踐關係探討	蘇虹菱	國立清華大學中國文學研究所 M	89
	金末元初樛山段氏二妙詞研究	蔡欣容	國立成功大學中國文學研究所 M	95
	白樸「天籟集」研究	李金恂	國立臺灣師範大學國文研究所 M	79
	白樸及其《天籟集》研究	卓惠婷	國立成功大學中國文學研究所 M	92
	劉敏中《中庵樂府》研究	陳珈吟	國立彰化師範大學國文研究所 M	98
	仇遠及其詞研究	張華纖	國立彰化師範大學國文研究所 M	94
	許有壬詞及其研究	張庭蓉	中國文化大學中國文學研究所 M	99
	張翥《蛻巖詞》研究	陳郁媜	國立成功大學中國文學研究所 M	93
	張翥及其詩詞研究	謝見智	輔仁大學中國文學研究所 M	97
比較	蘇辛詞內容與風格比較研究	張垣鐸	國立臺灣師範大學國文研究所 M	68
	蘇辛豪放詞的形成及其成就研究	李浚植	國立臺灣師範大學國文研究所 M	71
	蘇辛詞借鑑杜詩之研究	吳秀蘭	東吳大學中國文學研究所 M	96
	蘇辛詠物詞比較研究	鄭秀娟	國立彰化師範大學國文研究所 M	99
	馮延巳與晏殊詞比較研究	姚友惠	國立彰化師範大學國文研究所 M	90

	馮晏歐詠秋詞研究	范詩屏	國立高雄師範大學國文研究所 M	95
	晏歐詞之比較研究	李芳蓓	國立成功大學中國文學研究所 M	97
	晏殊、歐陽脩的選體心理與詞情特質探論	葉淑音	國立臺灣師範大學國文研究所 M	98
	馮延巳與歐陽修詞之比較研究	李湘萍	臺北市立教育大學中國語文研究所 M	98
	淮海詞與清眞詞之比較研究	李德偉	國立中興大學中國文學研究所 M	92
	《樂章集》、《淮海詞》羈旅書寫之研究	高家慶	國立嘉義大學中國文學研究所 M	94
	朱敦儒與陸游詞比較研究	許鸚玲	國立彰化師範大學國文研究所 M	92
	陸游和朱敦儒詞中隱逸思想比較研究	何家育	南華大學文學研究所 M	97
	柳永與周邦彥	崔瑞郁	國立臺灣大學中國文學研究所 M	63
比較	周姜詞比較研究	張秀容	東海大學中國文學研究所 M	74
	二晏詞研究	黃瓊誼	國立政治大學中國文學研究所 M	78
	辛姜詞比較研究	陳鴻銘	國立政治大學中國文學研究所 M	84
	晏幾道與秦觀詞之比較研究	黃玫娟	國立彰化師範大學國文研究所 M	87
	章法風格析論——以蘇軾詞、姜夔詞爲考察對象	蒲基維	國立臺灣師範大學國文研究所 D	92
	性別與書寫—以周邦彥與李清照詞爲例	楊靜宜	國立彰化師範大學國文研究所 M	92
	二安詞之花意象比較研究	林欣怡	國立彰化師範大學國文研究所 M	96
	動亂中的詞人—李煜李清照詞比較研究	王廣琪	國立彰化師範大學國文研究所 M	97
	柳永與蘇軾詞之比較研究	陳怡蘭	逢甲大學中國文學研究所 M	97
	秦觀與李清照詞之比較研究	呂宜芳	淡江大學中國文學研究所 M	99
	張元幹、張孝祥詞之比較	陳若蘭	國立新竹教育大學語文教學研究所 M	99

明

分類	論　文　名　稱	研究者	學　校　所　別	學年度
時代主題	明代詞論研究	林永珠	中國文化大學中國文學研究所 M	69
	明末忠義詞人研究	陳　美	東吳大學中國文學研究所 M	74
	明代詞選研究	陶子珍	東吳大學中國文學研究所 D	89
	明代評點詞集研究	謝旻琪	東吳大學中國文學研究所 M	92
	明季僧人釋澹歸及其詞研究	王楚文	華梵大學東方人文思想研究所 M	92
	明代女詞人群體關係研究	王秋文	東吳大學中國文學研究所 M	93
	晚明女詞人研究	蘇菁媛	國立彰化師範大學國文研究所 D	97
	《金瓶梅詞話》之詩詞研究	傅想容	國立成功大學中國文學研究所 M	97
	明代伎詞研究	蔡依玲	國立成功大學中國文學研究所 M	99
詞派	雲間詞派研究	鄒秀容	國立中興大學中國文學研究所 M	86
	雲間詞人與雲間詞派研究	詹千慧	輔仁大學中國文學研究所 M	93
	明代吳門詞派研究	徐德智	國立中興大學中國文學研究所 M	94
選集	〈草堂四集〉及〈古今詞統〉之研究	李娟娟	國立高雄師範大學國文研究所 M	84
專家詞	劉基《寫情集》研究	潘麗琳	東吳大學中國文學研究所 M	88
	劉基及其文學研究	李麗華	彰化師範大學國文研究所 M	89
	楊基《眉菴詞》研究	雷怡珮	國立高雄師範大學國文研究所 M	88
	高啓扣舷詞研究	李雅雲	東吳大學中國文學研究所 M	88
	瞿佑詞研究	謝仁中	東吳大學中國文學研究所 M	90
	陳霆詞學研究	杜靜鶴	東吳大學中國文學系研究所 D	88
	張綖詞學研究	周雯	東吳大學中國文學系研究所 M	95
	楊慎及其詞研究	江俊亮	東海大學中國文學研究所 M	86
	楊慎及其詞學研究	林惠美	國立高雄師範大學國文研究所 D	91
	王世貞詞學研究	黃慧禎	東吳大學中國文學研究所 M	85
	陳大樽詞的研究	涂茂齡	國立高雄師範大學國文研究所 M	80
	陳子龍詞學理論及其詞研究	蘇菁媛	國立彰化師範大學國文研究所 M	92

專家詞	陳子龍詞中的「春」意象探析	宋潔茹	國立中央大學中國文學研究所 M	98
	龔鼎孳《定山堂詩餘》研究	唐惟詩	國立中興大學中國文學研究所 M	98
	徐燦《拙政園詩餘》研究	沈婉華	暨南國際大學中國語文研究所 M	93
	徐燦及其作品研究	吳智琪	東海大學中國文學研究所 M	95
	陳之遴、徐燦夫婦生平及其詩詞研究	饒芷瑄	國立臺灣大學中國文學研究所 M	97
	徐燦詞探論	何嘉陵	國立中正大學中國文學研究所 M	98
	柳如是及其詩詞研究	沈伊玲	國立臺南大學教管所國語文教學組	93
	王夫之薑齋詞研究	陳民珠	國立政治大學中國文學研究所 M	83
	沈謙詞學與其沈氏詞韻研究	郭娟玉	東吳大學中國文學研究所 M	86
比較	李清照詞與徐燦詞比較研究	洪怡姿	國立中興大學中國文學研究所 M	96

清

分類	論　文　名　稱	研究者	學　校　所　別	學年度
時代主題	清代六家閨秀詞研究	李財福	國立彰化師範大學國文研究所 M	92
	清初女性詞選集研究	陳建男	國立政治大學中國文學研究所 M	94
	清代女性詞之超越研究——以六家閨秀詞爲例	凌培穎	國立屏東教育大學中國語文研究所 M	99
	庚子秋詞研究	陳正平	東海大學中國文學研究所 M	83
	清代道咸期間「詞史」作品研究	黃馨儀	國立屏東教育大學中國語文研究所 M	97
	清初梁溪詞人群體探論	張耕華	國立政治大學中國文學研究所 M	99
詞派與詞學	明末清初詩詞正變觀研究—以二陳、王、朱爲對象之考察	陳美朱	國立成功大學中國文學研究所 D	89
	清初詞學綜論	李京奎	國立臺灣大學中國文學研究所 D	78
	清初浙派詞論研究	楊麗珠	國立臺灣師範大學國文研究所 M	71
	陳維崧和陽羨詞派詞論之研究	李欣益	國立中山大學中國文學研究所 M	95

詞派與詞學	清初廣陵詞人群體研究	林宛瑜	東吳大學中國文學研究所 D	97
	清初廣陵詞人群體研究——以評點與唱和爲主的考察	許嘉瑋	國立政治大學中國文學研究所 M	97
	清常州詞派寄託說研究	張苾芳	中國文化大學中國文學研究所 M	74
	清常州詞派比興說研究	朱美郁	國立高雄師範大學國文研究所 M	79
	常州詞派構成與變遷析論	侯雅文	國立中央大學中國文學研究所 D	91
	常州詞派的文學閱讀	陳宣如	暨南國際大學中國語文研究所 M	93
	晚清詞論研究	林玫儀	國立臺灣大學中國文學研究所 D	68
	清末四家詞研究	劉瑩	輔仁大學中國文學研究所 M	68
	清末民初宋詞學析論	金鮮	國立臺灣大學中國文學研究所 D	86
	清末四大家詞學及詞作研究	卓清芬	國立臺灣大學中國文學研究所 D	88
	晚清四大詞家對常州派詞論之承繼與開展	侯裕隆	暨南國際大學中國語文研究所 M	92
	晚清寄託說詞論的發展及其反響	陳思涵	國立東華大學中國語文研究所 M	95
	清代接受宋詞之研究	陳松宜	國立中央大學中國文學研究所 M	87
	清代詞學尊體之論述研究	顏妙容	國立中山大學中國文學研究所 D	93
	清代詞學的南北宋之爭	余佳韻	臺灣大學中國文學研究所 M	96
	《四庫全書總目》詞曲觀研究	盧盈君	國立政治大學國文教學研究所 M	97
	清代「論詞絕句」論北宋詞人及其作品研究	趙福勇	國立彰化師範大學國文研究所 D	99
專家詞與詞學	陳維崧《湖海樓詞》研究	王翠芳	國立高雄師範大學國文研究所 M	85
	陳維崧及其詞學	楊棠秋	東海大學中國文學研究所 D	90
	陳維崧《烏絲詞》研究	高淑萍	國立彰化師範大學國文研究所 M	91
	陳維崧詠物詞之研究	林青蓓	國立中興大學中國文學研究所 M	97
	朱竹垞詞研究	權寧蘭	國立臺灣師範大學國文研究所 M	74
	朱彝尊及其詞研究	曾純純	淡江大學中國文學研究所 M	80
	朱彝尊《靜志居琴趣》之情詞研究	周佩誼	國立臺灣師範大學國文研究所 M	95
	屈大均及其《騷屑》詞研究	陳珈琪	東海大學中國文學研究所 M	95

專家詞與詞學	屈大均及其詞研究	程美珍	東吳大學中國文學系研究所 M	96
	夏完淳詩詞研究	白芝蓮	東海大學中國文學研究所 M	83
	曹貞吉《珂雪詞》研究	蘇春榮	中國文化大學中國文學研究所 M	92
	王士禎詞與詞論之研究	卓惠美	淡江大學中國文學研究所 M	83
	顧貞觀《彈指詞》研究	吳幼貞	國立政治大學中國文學研究所 M	90
	飲水詞補箋	閔宗述	國立政治大學中國文學研究所 M	58
	納蘭性德文學研究	卓清芬	國立臺灣大學中國文學研究所 M	81
	納蘭性德及其詞研究	李嘉瑜	淡江大學中國文學研究所 M	84
	納蘭性德〈浣溪沙〉探析	邱薏婷	臺北市立師範學院應用語文研究所 M	91
	納蘭性德邊塞詞篇章結構研究	余椒雪	國立臺灣師範大學國文研究所 M	95
	納蘭性德友情詞研究	蔡宛禎	靜宜大學中國文學研究所 M	97
	納蘭性德悼亡詞之研究	陳美娟	南華大學文學研究所 M	98
	焦袁熹「論詞長短句」及其詞研究	唐玉鳳	國立成功大學中國文學研究所 M	99
	厲鶚及其詞學研究	徐照華	中國文化大學中國文學研究所 D	84
	鄭板橋文藝理論及詞作研究	陳瑋琪	國立中興大學中國文學研究所 M	88
	鄭燮詞文藝美學研究	薛慧枝	銘傳大學應用中國文學研究所 M	95
	鄭板橋的文學藝術理論研究	李季芳	東海大學中國文學研究所 M	96
	王昶詞學研究	林友良	東吳大學中國文學研究所 M	95
	黃景仁竹眠詞研究	曾惟文	國立中興大學中國文學研究所 M	92
	黃景仁及其詞研究	薛樂蓉	東吳大學中國文學研究所 M	93
	吳錫麒詞及詞學研究	曾亞梅	靜宜大學中國文學研究所 M	94
	周濟詞論研究	李鍾振	國立臺灣師範大學國文研究所 D	72
	龔自珍詞研究	程昇輝	國立中興大學中國文學研究所 M	86
	項廷紀《憶雲詞》研究	許文恭	中國文化大學中國文學研究所 M	93
	吳藻詞研究	沈素香	國立臺南大學國語文研究所 M	95
	文學生命的建構──顧太清及其詩詞研究	張雅芳	東海大學中國文學研究所 M	92
	顧太清《東海漁歌》研究	李映瑢	國立屏東教育大學中國語文研究所 M	97

專家詞與詞學	蔣敦復詞論及其《芬陀利室詞》探賾	陳奕儒	東吳大學中國文學研究所 M	96
	劉熙載《藝概》研究	周淑媚	國立臺灣師範大學國文研究所 M	78
	劉熙載《藝概》之藝術思想探析	李天祥	國立臺灣師範大學國文研究所 M	87
	蔣春霖及其《水雲樓詞》研究	簡嘉男	臺北市立師範學院應用語文研究所 M	91
	謝章鋌詞學理論研究	張秀鑾	輔仁大學中國文學研究所 M	69
	謝章鋌詞學研究	楊憲欽	東吳大學中國文學研究所 M	96
	「情詞」與「詞史」——謝章鋌詞學理論二題之研究	曾蘊華	國立臺灣大學中國文學研究所 M	97
	左錫嘉及其詩詞稿研究——以生平境遇為主	瞿惠遠	國立政治大學中國文學研究所 M	96
	譚獻詞學研究	蕭新玉	國立高雄師範大學國文研究所 M	80
	馮煦詞學研究	吳婉君	國立成功大學中國文學研究所 M	97
	馮煦詞學及其詞研究	許仲南	東吳大學中國文學研究所 M	99
	清代譚瑩「論詞絕句」研究	王曉雯	東吳大學中國文學研究所 D	96
	《白雨齋詞話》「沈鬱說」研究	宋邦珍	國立高雄師範大學國文研究所 M	78
	陳廷焯早晚期詞學觀念之轉變	金鮮	國立臺灣大學中國文學研究所 M	80
	白雨齋詞話「沈鬱說」析論	侯雅文	國立中央大學中國文學研究所 M	85
	陳廷焯詞論及其詩詞創作實踐之關係	李淑楨	國立中山大學中國文學研究所 M	97
	文廷式詞學研究	翁淑卿	東海大學中國文學研究所 M	81
	鄭文焯詞研究	趙國蓉	國立中山大學中國語文研究所 M	90
	彊村詞研究	申貞熙	國立臺灣師範大學國文研究所 M	73
	況周頤詞研究	羅紐金	國立政治大學中國文學研究所 M	84
	況周頤《蕙風詞話》研究	林千詩	國立高雄師範大學國文研究所 M	87
	秋瑾詩詞研究	龍美雯	國立中央大學中國文學研究所 M	94
	王國維人間詞話研究	陳茂村	國立政治大學中國文學研究所 M	63
	王靜安詞研究	趙桂芬	東海大學中國文學研究所 M	73
	王國維詞學研究	金鍾賢	國立臺灣大學中國文學研究所 M	73

分類	論文名稱	研究者	學校所別	學年度
專家詞與詞學	王國維境界說新議──以中西美學思想融合為考察進路	魏君滿	淡江大學中國文學研究所 M	88
	王國維〈二牖軒隨錄詞話選〉析究──并論王國維的治學變化	張守甫	國立臺灣師範大學國文研究所 M	93
	悲劇生命的心靈歌吟──王國維詞研究	張瓊予	國立臺南大學語文教育研究所 M	95
	文學的境界與人格的境界──從「境界說」論王國維生命意義之追尋	黃柏禎	國立中正大學中國文學研究所 M	96
	王國維詩詞研究	林曉筠	東吳大學中國文學研究所 M	97
	王國維詞的美學研究	梁綺容	銘傳大學應用中國文學研究所 M	98
專家詞接受	柳永詞清代評論之研究	曾子淳	國立中山大學中國文學研究所 M	95
	晚清夢窗詞學之研究──以校勘、編選為探討範圍	鄧昭群	國立中山大學中國文學研究所 M	95
	從《人間詞話》論韋莊《浣花詞》	張芷菱	佛光大學文學研究所 M	99
	清代的李清照研究	林秋燕	佛光大學文學研究所 M	97
	陳廷焯《詞則》選評「王沂孫詞」析論	吳錦琇	國立政治大學國文教學研究所 M	98

近 代

分類	論 文 名 稱	研究者	學 校 所 別	學年度
專家詞與詞學	施士洁及其文學研究	向麗頻	東海大學中國文學研究所 D	95
	日治時期櫟社四家詞析論──林癡仙、陳貫、陳懷澄、蔡惠如	許薰文	國立臺灣師範大學臺灣文化及語言文學研究所 M	97
	龍沐勛詞學之研究	徐秀菁	國立中央大學中國文學研究所 M	92
	賴惠川《悶紅墨瀋》箋釋與文學研究	謝佳珣	東海大學中國文學研究所 M	96
	賴惠川《悶紅詞草》研究	林素霞	東海大學中國文學研究所 M	98
	吳湖帆及其詞意畫之藝術創作與風格研究	莊逸晴	國立成功大學藝術研究所 M	97
	陳虛谷的小說與新舊詩詞的研究	陳綠曼	佛光大學文學研究所 M	98

總　論

分類	論　文　名　稱	研究者	學　校　所　別	學年度
詞學主題	歷代詞話敘錄	王熙元	國立臺灣師範大學國文研究所 M	52
	詞學理論綜考	梁榮基	國立臺灣大學中國文學研究所 D	65
	詞話之批評與功用研究	王國昭	東吳大學中國文學研究所 M	74
	詞學之「言志」論發展研究	顏妙容	國立臺灣大學中國文學研究所 M	83
	以悲爲美——詞學中的審美意識抉微	林佳瑩	國立中興大學中國文學研究所 M	98
	比興寄託說在詞學史上的演繹與詮釋	盧冠如	國立東華大學中國語文研究所 M	99
詞律與音樂	詞律探原	張夢機	國立臺灣師範大學國文研究所 D	70
	曲子詞演唱之研究	孫貴珠	東海大學中國文學研究所 M	84
	蝶戀花	王美珠	國立彰化師範大學國文研究所 M	91
	〈水龍吟〉詞牌研究	施維寧	國立彰化師範大學國文研究所 M	94
	〈漁家傲〉詞牌研究	謝素眞	國立彰化師範大學國文研究所 M	94
	虞美人詞調研究	李柔嫻	國立彰化師範大學國文研究所 M	95
	〈憶江南〉詞調及其內容研究——以唐宋詞爲例	陳揚廣	國立成功大學中國文學研究所 M	96
	詞牌與詞意關係研究——以首見詞爲探論範圍	張白虹	國立中山大學中國文學研究所 D	98
	中國詩詞空間意境的概念在我音樂創作中的實踐	林岑陵	國立臺灣師範大學音樂研究所 D	99
章法	古典詩詞時空設計之研究	仇小屏	國立臺灣師範大學國文研究所 D	89
	古典詞的時空特質及其運用研究	黃政卿	國立高雄師範大學國文研究所 M	93
	辭章章法變化律研究——以古典詩詞爲考察對象	顏智英	國立臺灣師範大學國文研究所 D	94
	辭章意象表現論——以古典詩詞爲例做探討	李靜雯	國立臺灣師範大學國文研究所 D	97
	圖底章法析論以古典詩詞爲考察對象	潘伯瑩	國立臺灣師範大學國文研究所 D	97

教學	南宋愛國詞之教學研究	鄒霏驊	國立高雄師範大學國文研究所 M	68
	古典詩詞義旨教學之研究——以高中一綱多本國文教材爲例	江錦珏	國立臺灣師範大學國文研究所 M	89
	高中國文詩詞曲教學研究	曾瓊芳	國立彰化師範大學國文研究所 M	96
	兩岸三地國中國文古典詩詞曲教材研究	胡瑾瑜	國立臺灣師範大學國文研究所 M	97
	現行國中國文詞選教材吟誦教學之研究與實作	呂佳蓉	國立臺灣師範大學國文研究所 M	99